新潮文庫

天の夜曲

流転の海 第四部

宮本 輝著

天の夜曲

流転の海　第四部

第一章

大阪から富山へと向かう立山一号は、昼過ぎに定刻どおり出発し、さして遅れのないまま米原《まいばら》駅に着いたが、そこから北陸本線に入ると、松坂熊吾《まつざかくまご》がこれまで見たこともない豪雪のなかを止まっては進み止まっては進みしながら、石川県の大聖寺《だいしょうじ》駅でついに動かなくなった。

「この汽車の高さよりもぎょうさん積もってる……」

どこが駅舎なのか、どれが丈高い雪の壁なのか皆目見当もつかないすさまじい吹雪を見つめながら伸仁《のぶひと》が言った。

「あと五日で四月になるっちゅうのにのォ」

向かい側の席に坐《すわ》っている妻の顔を見ないようにして、熊吾は三本目のウィスキーのポケット壜《びん》の蓋《ふた》をあけながら言い、敦賀《つるが》駅の売り子から買った蒲鉾《かまぼこ》をひときれ、伸仁の口に入れた。

「この立山一号は汽車やあらせん。ディーゼル機関車じゃ。お前は何べん教えられても、汽車と言いよる。汽車っちゅうのは蒸気の力で走るのだけを指して言う」

「ぼく、汽車に乗りたかってん。シュッシュポッポて走って行く汽車で富山へ行くんやて思ててん」

通路に新聞紙を敷いて坐っている女が、泣きだした赤ん坊をあやし、太った体を締めつけるようにしているカーディガンのボタンを外して片方の乳房を出すと、それを子に含ませた。

その皮膚の厚そうな乳房にそっと目をやり、

「よう出るお乳……」

そう小声でつぶやいてから、

「いつになったら富山に着くんやろ……」

と房江《ふさえ》は言った。それから、満員の列車の人いきれとヒーターの熱のせいだけではなさそうな、異常に紅潮した頰を結露で冷やそうとするかのように窓ガラスに横顔を近づけた。

武生《たけふ》駅まで窓辺に坐っていたが、顔が火照《ほて》って気分が悪いので席を替わってくれと母に言われて通路側に移った伸仁は、熊吾が知っているだけでも、もう十回以上は読み返しているであろう『秘密の花園』という子供用の小説を、また最初のページから読み始めた。

富山で最初にしなければならないことは、四月で小学校四年生になる伸仁の編入学の手続きであった。伸仁は数日前の終業式の日に、みんなと一緒に四年生になることができなくなったと級友たちに挨拶《あいさつ》させられて、丸三年間通った曾根崎《そねざき》小学校をあとにしたのだった。

大阪で揃《そろ》えることのできる編入学のための書類は、すでに富山市立八人町小学校に送付したし、それ以外の手続きは、富山市豊川町に住む高瀬勇次が暇をみつけて小学校に出向き、あらかたを済ませてくれている。

熊吾たち一家は、とりあえず四月一杯、高瀬勇次と妻と三人の子が暮らす家の二階を仮住まいにして、五月に適当な家を捜して移る心づもりだった。

熊吾は、房江の不満や不安が、わずかな期間にたてつづけに起こった災厄によるものではないことを承知していた。自分の妻は、将棋倒しのように倒れていく生活の基盤に狼狽《ろうばい》したのではない。それらの崩壊から立ち直るために、なぜ縁《ゆかり》も所縁もない北陸の富山へ移り住まなければならないのか。夫がなぜそのような選択を急いだのかということに、ある種の怯《おび》えと恐怖を抱きつづけている。熊吾には、それがわかりすぎるほどにわかっていた。

去年、近江丸《おうみまる》の事件から一ヵ月ほどたった梅雨のはしりのひどく蒸す日がつづいたころ、近くの電電公社の註文《ちゅうもん》で特別に作った中華弁当で集団食中毒を起こしたのは、コックの呉《ご》明華や従業員たちの非ではない。すべての食材には火が通っていて、なまものはいっさい使用せず、納入の日の夕刻までには食べるか、あるいは食べ残した分は遺棄してくれるよう念を押したにもかかわらず、それを自分の住まいに持ち帰って、翌日、食べた連中がいたのだった。平華楼が電電公社の運動会用に作った中華弁当は六十五人分だったが、何等かの事情で運動会場から一斉に引き揚げた職員がいて、その際、弁当だけは後生大事に持ち帰った者が三十二人いた。

発熱を伴なう腹痛と下痢で病院に運ばれたのは二十三人に及んだ。

保健所は平華楼に三十日間の営業停止処分と厨房《ちゆうぼう》設備の改善を通告した。熊吾も呉明華も、平華楼には落ち度がないと抗議して、法的な争いも辞さない覚悟を定めたが、食中毒にかかった二十三人の背後には、筋金入りの左翼系の労働組合組織があった。

食中毒事件はそれを註文した電電公社側に責任があるとして裁判に持ち込もうとする組合の動きを恐れた公社幹部は、平華楼にすべての非があるという形で結着をつけようとして、遠廻しに松坂熊吾に泣き寝入りを強いた。

三十日間の営業停止処分を甘んじて受け、料理の加熱処理に問題があったかもしれないと認めてくれるならば、我々はそれに見合う何等かのお返しができるであろう、と。

組合は、平華楼ごとき一介の町の中華料理屋を照準にしているのではない。電電公社という巨大組織をいじめたいのだ。それが彼等の闘いのやり方なのだ……。

運動会場での組合員と非組合員たちとの些細《ささい》な口論が、おさまりのつかない事態へと発展して、組合員四十人近くが会場から引き揚げた。その発端となったのは、公社側の社屋ビル移転計画に伴なって、組合員の分散や配転、もしくは馘切《くびき》りを極秘に画策しているのではないかという臆測《おくそく》が、何ヵ月も前から生じていたからだ。

公社側は態吾にこうほのめかした。

すでに候補地も決定している新社屋ビルは、現在のものよりもはるかに大きくなり、当然、職員の数も大幅に増えるので、社屋内に職員用の食堂が必要になる。まだどの業者に食堂を委託するか決めてはいない。平華楼にその気があるならば、決定権を持つ部署のおえら方に推薦することもやぶさかではない……。

平華楼に落ち度がなかったことは充分にわかっている。この梅雨どきに弁当を持ち帰って、しかもそれを翌日まで放っておいて、あげく口卑《いや》しく食べた者たちが馬鹿《ばか》なのだ。

魚屋や肉屋や食堂以外に、冷蔵庫を持っている一般家庭などありはしない。

だからこそ公社側の担当者は、季節を考慮して、弁当の中味すべてに強い火が通っている中華料理をあえて註文したのだが、例年どおり富士見屋の幕ノ内弁当にしろと主張する組合員たちがいた。彼等は、平華楼の中華弁当であろうが、富士見屋の幕ノ内弁当であろうが、そんなことはどうでもいいのだ。公社のすることすべてに反対することが目的なのだ……。

篤実《とくじつ》そうな公社幹部の説得とも懇請ともつかない言葉に、熊吾は首を縦に振るしかなかった。お返しなるもの。新社屋ビルの食堂を委託されるかもしれないという見せ金など信じてはいなかった。矛先をおさめなければ、平華楼の最大のお得意さまを喪《うしな》うはめになると判断したに過ぎない。

悪であろうが正義であろうが、間違っていようがいまいが、自分たちの為《ため》になることであろうがなかろうが、それがいささかでも国家権力につながる機構から発せられたものであるならば、重箱の隅をつっつくように徹底的に反対して責めたてるという強固なイデオロギーを背景にした労働組合などとは席を同じくしたくない。熊吾にはそんな思いもあった。

だが、平華楼が非を認めたという噂《うわさ》はたちまち拡《ひろ》がり、同じビルのなかで調理されているカレーうどんも、きんつばも、まるでかさにかかったような保健所の検査対象となり、あげく、非を認めたのなら、食中毒で入院した患者たちに見舞い金と称するそれ相応の具体的な補償をするのが民主主義のルールであろうと組合側からしつこく要求され、熊吾はそれにも応じなければならなくなった。

騒ぎがやっと鎮静化した夏の盛りに、杉野信哉《しんや》が脳溢血《のういっけつ》で倒れた。症状は中度なものだったが、杉野は倒れてから三ヵ月ほど完全に言葉を喪い、右手も右脚も動かなくなった。

熊吾が身を引いたあとの杉松産業を実質的に動かしていたのが、じつは社員第一号として骨身を惜しまず営業活動と配達部門に奔走していた桝井《ますい》啓作・多加志の兄弟であったことを熊吾は知ったが、会社乗っ取りなどの野心も策謀も持たない兄弟を陰で操縦している人物が存在することも知った。

熊吾は、杉野信哉と妻の加根子の生活を考えると、いまは事を荒だてるのは得策ではないと自重して、桝井兄弟に知恵を授けている人間が誰なのかをあえて詮索《せんさく》しなかった。新規得意先の拡張は伸び悩んでいたものの、杉松産業というプロパンガス販売会社は毎月利潤をあげていて、杉野信哉への役員報酬は滞りなく支払われている。

脳溢血の後遺症で寝たきりとなり、失語症で喋《しゃべ》れなくなった杉野が、再び社長の椅子《いす》に戻って、元どおりの仕事をこなせる体になることは不可能だと考えるならば、警察官の時代に貯《たく》わえてきた金も、退職金も、そのほとんどを杉松産業に投じてしまった杉野夫婦の生活の糧《かて》は、役員報酬しかないのだった。

いずれは、桝井兄弟を操っている人間が正体をあらわすときが訪れるだろうが、それまでは穏便に時を稼ぎ、この自分が杉野に代わって経営者の椅子に戻るための根廻しをしなければならぬ。

桝井兄弟は、他人をおとしいれて、他人のものを盗んでしまおうとする人間ではない。

邪《よこし》まな縁に惑わされて、心ならずも分不相応な欲を抱いたに過ぎない……。

平華楼の食中毒事件での処し方も、杉松産業におけるそれも、いずれも一歩も二歩も譲歩し、忍従の形を取ったもので、熊吾は我ながら自分らしくないやり方だと思っていた。

どんなイデオロギーを楯《たて》にした労働組合であろうが、来るなら来い。たかが一軒の中華料理屋を相手に騒ぎたてて、世間への印象を悪くしてしまうのは、お前たちの闘争とやらにとったら百害あって一利なしだ。電電公社側にしたところで、組合対策の専門家を大勢擁している。裁判に要する費用も労力も甚大《じんだい》だが、そこいらの個人商店ではない。うしろにはお国がいるのだ。平華楼ごとき町の中華料理屋をだしにして、勝手に闘争していればいいではないか……。

杉松産業に、何やら陰の悪意が動いていて、桝井兄弟がそれに関わっているのなら、いくらでも適当な口実をつけて、二人を辞めさせてしまえばいい。あの程度の社員の替わりは、掃いて捨てるほどいるのだ。自分が杉野の代理として社長になるためには、テコ入れのための資金をみやげとして持参しなければならないが、その程度の金は、まだ俺にはさほどの苦労なく用立てることができる。杉野の病気は、かえって俺には好都合とも言える。

熊吾はそうも考えて、その考えどおりに動こうともした。

だが、平華楼の事件とほとんど同時期に、房江の更年期症状が、奇妙な精神の乱れを不意に顕在化させたのだった。

営業停止処分中の七月の初め、気分直しに伸仁をつれて海水浴にでも行こうかと誘ったが、房江は返事をしない。川沿いの窓から近江丸が沈んだあたりを見つめている。そして、お義母《かあ》さんが、あそこに沈んでいるとつぶやいた。

私がお義母さんを殺した。私のせいだ……。

熊吾は只《ただ》ならぬものを感じて、房江を小谷医師のところへつれていった。

小谷医師は房江を診察し、注射をして、精神安定剤を処方してくれてから、女性の更年期症状は、単に閉経という生理現象だけではなく、精神の著しい不調和も誘発させるのだと説明した。

そのなかでも、気鬱《きうつ》、これは現代風には鬱病と定義づけられるようになったが、松坂さんの奥方は、まさにその初期症状であろう。この病気にはこの病気の専門医がいる。紹介状を書くので、その医者の診察の後、精神安定剤以外の薬を処方してもらうのが最善だと思う。

専門医とは精神科の医師だと聞いて、房江は、自分は精神病ではないと反論し、断じてそのような病院につれていったりしないでくれと熊吾に頼んだ。そんな病院に行くくらいなら、自分はいっそ死んだほうがいい、と。

熊吾は、小谷光太郎という老医師の能力を認めていたので、梅田の書店で更年期症状と鬱病に関する医学書を買って読んだが、それらはどれも難解で横文字ばかりが並んでいて、何の役にもたちそうになかった。

ただ鬱病なるものが、熊吾が抱いていた概念よりもはるかに厄介な病気であるらしいことだけはわかった。

「死にたくなる」という病気。熊吾はそう理解したのだった。

これは甘く考えてはならない。ちょっと憂鬱感に襲われて元気がなくなり、無口になったり、奇妙なことを考えたり、内臓のどこも悪くはないのに臥《ふ》せってしまったり、といった程度では済まない病気だ……。

房江は、精神科医のところには行かず、週に一度、小谷医院に通った。そうして秋が訪れたころには元気になったが、月のものの乱れはつづいた。

三ヵ月もなかったり、二週間も異常なほどの出血がつづいたり、それがやっとおさまって十日ほどでまた月のものが始まったりするので、大学病院の婦人科で精密検査をしたが、子宮にも卵巣《らんそう》にも病質はなく、この年頃の女性には誰にもある単なる更年期症状だということだった。

けれども、若いころから、何かにつけて物事を悲観的に考えたり、先々に不安ばかり抱くという房江の気質を知っている熊吾は、「死にたくなる病気」が、いつ突然に房江に襲いかからないかと案じて、できるだけ房江の側《そば》にいてやろうと決めたのだった。

平華楼での忙しすぎる日々が、元来虚弱な房江の心身を芯《しん》から疲れさせたのであろう。電電公社も五年後には、ここから別の場所へと移ってしまう。食中毒事件で、電電公社の職員たちは平華楼に足を向けなくなり、きんつばばかりか、カレーうどんさえも売り上げが落ちた。

俺も、こんな小商いの食い物商売に飽きた。杉野も人が話しかける言葉はすべて理解できるが、まだ言葉を喪なったままだ。

さあ、これからどうしようか。

商売をする土地としては、この中之島の最西端の、堂島川と土佐堀川《とさぼりがわ》が合流して安治川《あじがわ》と名を変えていく場所は、先が見えた。間違いなくここは、近いうちに、車の通る数が多いだけの場末、大阪中央卸売市場のなかだけが活気を呈していて、川べりに倉庫群が並ぶ閑散とした地になるだろう。

考えてみれば、南宇和から帰って来て、再起の地として選んだこの場所に腰を落ち着けて以来、ろくなことがなかった。

台風による高潮で、商品が全部廃物と化し、終戦直後に儲《もう》けた金のほとんどすべてを失ない、中華料理屋の弁当で食中毒なんか起こし、「ふなつ屋」のきんつばを註文してくれる料理屋までが背を向け、杉野信哉は卒中で倒れ、房江は「死にたくなる病気」の爆弾をかかえ込んだ。

伸仁は近江丸事件であわや死にかけ、俺の年老いた母親は、目の前の船津橋《ふなつばし》を歩いて消えていった。

ここは、ろくでもないところだ。俺にとっては鬼門みたいなところだ。

熊吾が、この大阪市北区中之島七丁目から、自分の根城を別のところに移す決心をした去年の十月末に、杉野の妻の加根子が訪ねて来て、桝井兄弟が、杉松産業の経営権を売ってくれと申し出たと伝えた。

夫の看病で憔悴《しょうすい》した加根子は、桝井兄弟の提示した条件を熊吾に話し、その金と、帝《て》塚山《づかやま》の家と土地を売った金を大切にして、郷里で余生をおくりたいので、杉松産業の経営権譲渡をどうか了承してくれという。

加根子は、夫や熊吾と同じ南宇和の出身で、一本松村からは二十キロほど、城辺《じょうへん》町からは十五キロほど東へ行ったところの町に、弟夫婦が暮らしている。

住吉《すみよし》区帝塚山の家と土地は、目論見《もくろみ》よりも若干高く売れたという。

なに？　もう売ったのかと熊吾は訊《き》き返し、それならば、きょうの来訪は、相談ではなく事後承諾を求めに来たのではないかと言いかけてやめた。

おそらく加根子は、桝井兄弟の申し出を、渡りに舟と承諾し、覚え書か何かに印鑑を捺《お》したに違いなかった。

桝井兄弟は、金は淡路島で網元をやっている叔父が出してくれたと言ったという。

杉松産業は杉野信哉のものだ。その杉野が決めたのなら、自分がどうこう口を出す筋合のものではない。あの頑丈な杉野が、六十にもならないのに卒中で倒れ、寝たきりになり、あまつさえ、ひとことも話せなくなろうとは思いも寄らなかった。夫婦で決めたのなら仕方がない。厄介なもめ事なしに、会社の経営権が売れてまとまった金額が入ったことも、帝塚山の家と土地にすみやかに買い手がついたことも喜ぶべきことだ……。熊吾はそう言って、杉野夫婦を、郷里での平穏な生活に送り出す以外なかったのだった。

「薬を服《の》んだらどうじゃ。その顔の火照《ほて》りは、ホルモンのアンバランスじゃ」

夜の七時にやっと大聖寺駅から動きだした列車に揺られながら、熊吾は房江に言って、水筒を棚から降ろした。

「雪て、白いもんやとばっかり思てたけど、灰色やねんねェ……」

その房江の言葉に、

「太陽が照ったら白うなりよる」

と熊吾は言い返し、車輛《しゃりょう》全体に溜《た》まった人々の吐息やら食べ物の匂《にお》いやらをたまらなく不快に感じて、厚い雪のへばりついた窓を力まかせに引き上げた。吹雪が音をたてて入って来て、熊吾たちのうしろの席に坐《すわ》っていた男が立ち上がって振り返り、酒臭い息を熊吾に吐きかけて何か言いかけ、出かかった言葉を飲み込むような表情を見せてから、

「満員の映画館に長いことといてるみたいに、頭が痛うになりまんなァ。ほんまやったら、もう富山に着いてる時間でっせ」

と言った。

車内の空気を少し入れ替えたくて窓をあけたのだが、こんなに雪が降り込んでくるとは思わなかった。迷惑をかけて申し訳ない。頭も肩も雪で濡《ぬ》れたようだ。どうかこのハンカチでぬぐってくれ。

熊吾は男に謝り、慌《あわ》てて窓を閉めた。

「また吹雪のために、どこかで立往生するなんてことはありませんじゃろうのお。そんなことがあったら、今夜中に富山には着けんでしょう」

熊吾が男にそう訊いてみたのは、男が首に掛けているタオルに高岡市内の商人宿《あきんどやど》らしき旅館の名が入っていて、しょっちゅう大阪と高岡とを行き来しているのではないかと思ったからだった。男は、第二関節から先がない熊吾の左の小指に目をやった。

「まあ、敦賀から大聖寺あたりまでが関所でんなァ。もっとごっつい大雪のときでも、小松の手前あたりからは、雪は減りよりまんねん。減るいうても、大阪の人間には度肝を抜かれるような雪でっけど」

厚くて重そうな牛革のジャンパーを膝《ひざ》の上に置き、さらにその上に長方形の角張った革製の鞄《かばん》を載せて、それをテーブル代わりにしてウィスキーのポケット壜《びん》と蒲鉾《かまぼこ》とホタルイカの燻製《くんせい》を並べている男の肌は脂《あぶら》ぎり、細い目はすばしこく動いた。

熊吾は雪をかぶってしまった他の乗客にも謝り、少し体をねじったり屈伸運動をしてから席に腰を降ろした。

動橋《いぶりはし》で少し乗客の数は減った。

小松を過ぎると、男の言葉どおり、列車は速度をあげたが、吹雪はその勢いを保ったままだった。

「あの象牙《ぞうげ》の麻雀牌《マージャンパイ》、ほんまに観音寺のケンさんにあげて来たんか？」

顔の火照りが引いて、気分が良くなったらしく、房江はやっと笑顔を浮かべて伸仁に話しかけた。

「うん。ぼくは、あげるって言うたのに、ケンさんは、ぼくらが大阪に帰って来るまで、俺が預かっといたる、って」

そして伸仁は、自分たちはいつ大阪に帰るのかと熊吾に訊いた。

「富山での商売がうまいことといくなら、ずっと富山で暮らすことになる。商売が軌道に乗っても、大阪に帰るはめになるかもしれん。人生、どう動いていくか、わかりゃあせんのじゃ。自分はこうしたいと思うても、そうは事が運ばんことがある。ジグザグの道をぎょうさん歩いた人間のほうが、そうでない人間よりも、いざというとき強うなれる。お前は、偉大な芸術家になるんじゃけん、いろんな土地の、いろんな人間を見といたほうがええんじゃ」

「あんなけったいな易者の言うたこと、本気にしてからに」

房江は笑って言い、もうこれ以上ウィスキーを飲んではいけないと熊吾を諭した。熊吾の糖尿病は、何の節制もしていないのに悪化していなくて、体調の不良を感じることはまったくなかった。

だが、富山へ引っ越す二日前に小谷医院に薬を貰《もら》いに行った際、小谷医師はあらためて糖尿病の恐しさを伝え、六十歳を過ぎてから、糖尿病を元凶とするさまざまな合併症が一気に出て来るのは火を見るよりも明らかなので、酒を断ち、これまでの食事を三割方減らし、極力体を動かすことに努めるよう、ご主人にきつく言い聞かせるようにと念を押されたという。

わかった、わかったというふうに何度も頷《うなず》き、熊吾は、うしろの席の男に、

「そのウィスキー、もう空っぽになって何時間もたったようですけん、もしよろしければ、これを飲んでくれませんか」

と言って渡した。

「いやいや、これはありがたい。おおきに。遠慮なしによばれまっさ」

男はお返しにと言って、ホタルイカの燻製をくれた。

「あの易者は、つまり、言うところの『野に偉人あり』っちゅうやつやとわしは睨《にら》んだがのお」

食中毒事件の後始末もなんとかおさまりかけた夏の終わり頃、平華楼の隣に建てた熊吾たちの住まいの前に、和服姿の、女のように髪をおかっぱにした六十半ばとおぼしき男が立ち、自分は占いで生業《なりわい》を得て四十年近くなるが、もし座興代わりに占わせてみようとお思いになれば、ご一家の将来について、わずかばかりの指針を差し示すことができるはずだと言った。

その夜はとりわけ蒸し暑く、食中毒事件と房江の精神的不調、そして杉野の卒中などで鬱々としていた熊吾は、もし悪い卦《け》が出ても、それは口にしないでくれるなら、観《み》てもらっても構わないと応じて、易者を家のなかに招き入れた。

易者は筮竹《ぜいちく》を掌《てのひら》で揉《も》み、それを一本つまみだすたびに、テーブルに並べた算木を動かし、笑みというものがまるでない顔で房江を見つめ、晩年は幸福な生活が訪れると言ったが、熊吾の卦は口にしなかった。

ついでに、わしの一人息子も観てくれんかと頼み、もう眠っていた伸仁を起こして易者の前に坐らせると、易者は熊吾が不安を抱くほど何度も何度も算木を並べ替え、途中、筮竹をテーブルに置き、伸仁の目をのぞき、手相を見、あらためて算木を組み替えてか

ら、

「うまくいけば、偉大な芸術家になるでしょう」

と言った。

「芸術家……。この子は体が弱いのじゃが、人並の寿命を全うできますかのぉ」

という熊吾の問いに、短命の卦は出ていないと易者は事もなげに言って、八卦というものについて説明した。

三つの算木には、⚋と⚊の二つの線が刻んである。⚋は陰。⚊は陽。この組み合わせで得られる八種の形があるので八卦という。☰が乾《けん》。☱が兌《だ》。☲が離《り》。☳が震《しん》。☴が巽《そん》。☵が坎《かん》。☶が艮《ごん》。☷が坤《こん》。

そしてこのなかの二種の組み合わせでできたものが六十四卦で、自然界や人間界のあらゆる性情と事物が象徴される……。

熊吾は、易者が紙に書いてくれる線も漢字もほとんど見ていなかった。「うまくいけば、偉大な芸術家になる」という言葉と、伸仁は短命な人間ではないという卦に、体のあちこちに鳥肌が立ったのだった。

易者が帰ってしまってからも、寝苦しい夜中に何度も寝返りをうちながら、熊吾は偉大な芸術家という言葉を胸の内で繰り返した。

ピアノを習わすべきかヴァイオリンにすべきか。いやいや、あのような世界は、すでに三歳にもならないころから楽器に触れさせなければ大成しないという。しからば絵画か彫刻か……。

いやいや、伸仁の描く絵は銭湯の女湯ばっかりだ。土いじりをしても、うんこばっかり作っている。

そうだ、小説家だ。偉大な作家になるという手がある。だが、伸仁の作文が先生に賞《ほ》められたという話は聞いたことがない。

四つ橋にあるプラネタリウム見学に行って、「プラネタリウム」という題で書かされた詩には、教師の赤いインクの字で大きく②という点がつけられ、「どうしてあの美しいプラネタリウムがこわいのでしょうか。もっと美しいものを美しいと感じる心を育てましょう」という寸評まで書き添えられていた。

あれは教師の、親への要求であろうか。

熊吾は、夜中に起きだして、整理整頓《せいとん》という言葉とはまるで縁遠い伸仁の勉強机に置いたままになっている詩を読み直したのだった。

——プラネタリウムはぼくはこわい。たくさんの星は、ぼくはこわい。おばけやしきのほうがこわくない。ぼくはねられなくなった。——

なんだ、これは……。どうやら、偉大な詩人も作家も無理なようだな。熊吾はいささか落胆しながら、易者の「うまくいけば」という言葉を思い浮かべた。つまり、「うまくいけば」という条件つきなのだ。もし、「うまくいかなければ」どうなるのか……。いや、「もし」とか「たら」などという言葉を人生で使ってはならない。「うまくいけば」という言葉は聞かなかったことにしよう……。

　それ以後、熊吾は知人たちに「息子は将来、偉大な芸術家になるそうやけん」と公言してはばからなかった。易者が熊吾の卦を口にしなかったことも、伸仁が短命な人間ではなく、偉大な芸術家になるという卦によって、どこかに霧散してしまったのだった。

　金沢で乗客はさらに減り、新聞紙を敷いて通路に坐っている人は、やっと席を得て、そのほとんどは力なく眠り込んでいた。

「北陸にも自動車の時代がもう来ちょる。しかし、新車を買えるようになるには、まだ十年以上かかるじゃろう。地方都市にどんな車種の中古部品も扱える店を、わしが最初に旗上げするんじゃ。高瀬は、わしの中古部品業界での顔と力を、大阪に出て来るたびに耳にして、わしを頼りにしちょる。安心しちょれ。あの易者も言うたやないか。晩年は幸福な生活じゃって」

　熊吾の言葉に、房江は微笑《ほほえ》み返し、

「晩年て、幾つくらいからやろ」

　とつぶやいた。

「わしの女房は、晩年は幸福になり、息子は偉大な芸術家になる。前途洋々じゃけん」

うしろの席の男は高岡で降りた。

「どうも、ごっつォさんでおました」

男は革ジャンパーを着ながら、そう言って軽く頭を下げ、それから身を屈《かが》めて高岡駅のプラットホームに視線を向け、誰かを捜していたが、三、四歳の女の子を抱いたまま、ゴム長を履いて車輛のなかをのぞき込んでいる女に手を振り、列車から降りた。

女は男の女房ではないなと熊吾は思いながら、

「いまだにあんな満州馬賊の下《した》っ端《ぱ》みたいな男がいよる。この日本は永遠に戦後じゃ」

と言った。吹雪はプラットホームの近くに小さな竜巻を作ったが、それは細長い巻貝のようなものに形を変えながら消えていった。

去年の昭和三十年十一月に、自由党と民主党は合同して自由民主党となり、保守は陣営を整えて革新勢力との対決姿勢を鮮明なものとした。

なぜ二大保守は合同しなければならなかったのか。七月に行なわれた共産党の「六全協」なるもので、合法運動に主力を置くという戦術転換は、いったい何を後楯《うしろだて》としているのか。

左右に分裂していた社会党は四年ぶりに統一され、保守二党は手を結ばざるを得なくなったが、それは予定の行動で、じつは日本の生殺与奪を握っているアメリカの次なる手は、日本経済の本格的な復興であり、そのために、ありとあらゆる合法手段で体制側に闘いを挑んでくる反体制勢力を数の上で圧倒的に封じ込めておかなければならなくなったのであろう。

日米の安全保障条約は、アメリカにとってみれば、自国の世界戦略のほんの一端にすぎないが、いわばアメリカの出店としての日本を、いつまでも敗戦国の窮乏状態のままにしておくわけにはいかない。中国やソ連と狭い海峡ひとつへだてた場所での出張所は、中国やソ連よりもみすぼらしいありさまでは格好がつかない。資本主義陣営の豊かさのアジアでの象徴として日本をピエロ化するためには、闇《やみ》の部分での非合法な謀略とそれに附随して生じる社会問題を力でねじ伏せていくしかない。そのためには、元々同じ家の出身だった二つの保守勢力を、ここいらあたりで正式に兄弟として入籍させておこう。

熊吾は、昭和二十八、九年から今日までの政治や経済の動きをそう読んでいた。

それは、連合軍、とりわけアメリカが、アジア全体における日本人の優秀性を、戦前以上にあらためて認識したからではないのか。

そしてその優秀性は、アメリカにとっては目の上のたんこぶでもある。だからこそ、ソ連と中国という巨大な共産国家に対する太平洋側の重要な基地・日本の、日本人的魂の骨抜き計画は緩めてはならない。

日本人骨抜き計画……。熊吾は勝手にそのような言葉を造り、しかもそれをアメリカは極めて重要な戦略のひとつとして実行しつづけていると信じていた。

しかしそのような読みは、同時に松坂熊吾に、好景気の到来を予感させてもいた。日本全体の経済の成長は、おそらく想像を超える形で遠からず訪れるであろう。その一翼を担《にな》うのは自動車産業だ、と。だから、業界の主流とは言えない中古車部品ではあっても、まだ同業者の手垢《てあか》のついていない北陸を、熊吾は自分の最も得手とする分野での新天地だと思ったのだった。

富山駅に着いたのは夜の十一時だった。神通川を渡るとき、吹雪は、風に吹かれて左右に舞うだけの、重そうな牡丹《ぼたん》雪に変わっていた。

プラットホームには、高瀬勇次と妻の桃子が迎えに来てくれていた。

この滅多に笑わない色黒の男の、二十五歳も歳《とし》の離れた女房は、まあなんといつも隙《すき》だらけであろうか。

熊吾はそう思いながら、

「十一時間もかかった。ひょっとしたら、今晩中に着かんかもしれんと思うたくらいじゃ」

と言って、妻と一人息子を高瀬夫婦に紹介しようとしたが、あと五、六分で最終の市電が出てしまうと急がされ、改札口へと向かった。

「何回、駅まで来たことやら。駅員さんは、いつ着くか、はっきりしたことはわからんて言うだけですっちゃ」

赤い綿入れを着てゴム長を履いた二十九歳の高瀬桃子は、背が高くて肉づきのいい体をねじるようにして、房江の荷物を持ちながら、笑顔で言った。

雪見橋というところで降り、小さな川のほとりの民家の並ぶ道を歩きだしたが、二メートル近く積もった雪は、人の歩いた跡で幾分固められているものの、熊吾の膝《ひざ》のあたりまで埋めさせた。十歩も行かないうちに、足先の感覚がなくなり、熊吾は遅れてついて来る伸仁を抱きあげた。

子供たちが作ったのであろう雪だるまは、新しい雪をかぶって、目鼻どころか、その形すら分明ではなかった。

「夜中からまた降りだすて言うとったがや」

高瀬勇次は、富山駅からずっと爪楊枝《つまようじ》をくわえたままだったが、細い路地の手前でそれを雪の上に捨てて、そう言い、朝から屋根の雪降ろしで、腰が痛いと笑った。

「この高瀬のおっちゃんは爪楊枝をくわえて歩きよるが、お前はそんなことはしちゃあいけんぞ。あれほど下品なことはありゃせんのじゃ」

熊吾は、なんだかよるべない表情で高瀬家の玄関に灯《とも》っている豆電球を見つめている伸仁にささやいた。

「どうぞ、遠慮なしにゆっくりしてくだはりませ。子供らも、いまかいまかと待っとたがに、さすがに待ちきれんようになって、寝てしもうたですちゃ」

桃子は三和土《たたき》にタオルを持って来て、房江の頭や肩や着物の雪を払い、ストーブに石炭を入れた。

高瀬の家は木造の二階屋で、階下に十畳と八畳の間、それに板床の台所がある。二階は八畳と六畳の間があり、一階の路地に面した縁側の前には、いったいどこまでが向かい側の家との境なのかわからない小さな庭とも畑ともつかない空地があった。けれども、それらは、熊吾たちがただ茫然《ぼうぜん》と見つめるしかないぶあつい雪に覆《おお》われて、周りの家々はすべて、冬の秋田県の行事である「かまくら」のように見えた。

房江は一息つくと、座敷に正座して、高瀬夫婦に挨拶《あいさつ》をした。房江は、これまで五回、高瀬勇次と大阪で顔を合わせていたが、桃子とは初対面であった。夫婦の歳の差は夫から聞いていたが、二十九歳という実際の年齢よりもさらに若く見える、色白で二重の丸い目の、とても三人の子を産んだとは思えない桃子にとまどっている様子なので、

「高瀬の旦那《だんな》は五十四じゃが、六十過ぎに見える。奥さんは二十九やが、二十三、四と言うても誰も疑わん。わしも最初は、高瀬さんの娘さんかと思うた」

と熊吾は言い、勧められるままに櫓炬燵《やぐらごたつ》に足を入れた。

高瀬夫婦は、熊吾たちのために用意した鯛《たい》とイカの刺身を炬燵の上の台に並べ、石炭ストーブの上に載せたやかんで徳利《とっくり》の酒の燗《かん》をして運んで来た。

「イカの刺身さえ食べさせといたら文句を言わん人ですちゃ」

桃子は夫に笑顔を向けて言い、

「ノブちゃん、よろしゅうにねェ」

と伸仁の頭を撫《な》でた。

しばらくは、この家の二階が俺たちの住居となるが、その「しばらく」は、せいぜい一ヵ月が限度であろう、と熊吾は思った。

房江は忍耐力があり、我慢することを知っている女だが、この高瀬夫婦との同居生活は、どう考えてもうまくいきそうにない……。

十一時間も満員の列車の固い座席に坐《すわ》りつづけて来て、世界のすべてが雪であるかのような見知らぬ街にやって来て、あと数日で、たったひとりの友だちもいない小学校に転校生として通わなければならない伸仁の、なんとまあこの不安そうな顔……。

熊吾は、そう思いながらも、

「しゃきっとせんか」

と伸仁の背を叩《たた》いて叱《しか》った。

熊吾たちの寝具や家具は、すでに貨物便で届いていたので、房江は茶を飲んだだけで、桃子に案内されて二階にあがり、寝るための用意をして降りて来ると、

「お先に休ませていただきます」

と言って伸仁を呼んだ。

襖《ふすま》を閉める際の房江の目線で、何か話がしたいのだと気づき、熊吾は二階に上がった。

「この寒さ……。こんなところで寝たら凍え死んでしまう……。ストーブも火鉢も炬燵も、下にしかあらへんのやろか」

遠い地からこんな雪国へやって来る自分たち一家のために、風呂《ふろ》を焚《た》いておくという気遣いもできないあの桃子という人は、いったいどのような女なのか。

客を迎える八畳の間には、子供たちの汚れた下着や靴下がちらかったままだし、私が求めるまで熱い茶も出そうとはしない。

桃子さんは、どんな育ちをしてきたのか。

「穿《は》いてる下着が丸見えになるような、あの坐り方……」

「うん。早いこと家を捜すけん。それにしても、こんな冷蔵庫みたいな部屋で寝られるかや」

寝巻に着換えるどころか、伸仁にセーターを重ね着させ、自分も着物の上に厚いコートを羽織り始めた房江に、

「適当な口実を作って、どこか旅館に泊まるとするか」

と言い、ここでしばらく待っているよう目配せして、熊吾は階下の座敷に戻った。

「雪国育ちやあらせん人間には、この家の二階は、あんまりにも寒すぎる。わしの女房も息子も体が弱いけん、どこか旅館に泊めたいんじゃが」

熊吾は言って、徳利の熱燗を高瀬の猪口《ちよこ》についだ。

「風呂も凍って、湯を焚けんのかのお。ここは北極か？」

「風呂はこわしたがや」

と高瀬は言い、作業場を大きくするためには、古くなった風呂場をこわすしかなかったのだと説明した。

「歩いて十五分ほどのとこに銭湯があるが、もう閉まってしもたがや」

「わしらには寒すぎる。湯タンポはありませんかのお」

すると桃子は、年寄りか病人以外は、冬でも湯タンポなんか使わないと笑い、

「そんなら、今晩は私らとここで一緒に寝られ」

と言った。

そんなわけにはいかない。こんな大雪だと想像もしていなかったし、大阪に住む我々は北陸の冬を甘く考えていたようだと笑い返して、熊吾は電話帳をめくった。

雪見橋を右に曲がり、市電の通りに沿って七、八分ほどのところに小さな商人宿《あきんどやど》があると高瀬は不機嫌そうに言い、自分でそこに電話をかけてくれた。

今夜は一人の客もいなくて、いま風呂の湯を落としかけたところだ。食事の用意はできないが、それでもいいか。

旅館の主人はそう言っていると伝え、

「下で寝りゃあええがやに、勿体《もったい》ない」

と舌打ちをして高瀬は爪楊枝をくわえたまま酒を飲んだ。

大阪で何度も、富山での新しい仕事の打ち合わせをしたが、高瀬勇次はいつも武骨ではあっても礼儀を忘れることはなく、言葉遣いにも気を配っていた。

富山における中古車部品業者の魁《さきがけ》として、松坂熊吾さんの力を借りたい。この機を逃がせば、目先の利《き》く誰かが本格的に富山での市場を確保しようと動きだす。金沢は、もう三つの会社が勢いを増して、新参者の参入の余地はないし、新潟は東京のほうへ目が向いている。新潟は東京圏と言っても過言ではないのだ。

これまでは自動車修理工場をこまめに廻って、部品の調達を自分ひとりでまかなっていたが、松坂熊吾という人が力添えしてくれるならば、市内に店と倉庫を持って、たいていの自動車部品は揃《そろ》うという会社を興《おこ》せる。

共同出資ということになるが、新しい会社の舵取《かじと》りは松坂熊吾さんであることは間違いがない。富山の中古車部品業界の雄となる好機なのだ。縁も所縁《ゆかり》もない富山へ、奥さんと息子さんをつれて移り住むことに尻込《しりご》みする気持は充分理解している。だがこの高瀬勇次、一家の富山での生活のお世話に骨身を惜しむものではない。どうか、決断してくれ。富山を松坂熊吾の新天地としてみせようではないか。

高瀬勇次の再三再四にわたる懇請は誠意と熱意に溢《あふ》れたものであった。

熊吾は杉野夫婦の郷里への蟄居《ちっきょ》が動かし難いものになったあと、二回、富山を訪れて、市場の下調べやら、新しい会社の建物にふさわしい物件を選んで歩き、富山城の近くに一軒の貸店舗をみつけていた。

だが、大阪をあとにする前々日、電話で高瀬と仕事の段取りについて話をした際、高瀬がまだ手付け金を払っていないことを知った。

理由は、家賃が思惑よりも一割方高いからだという。

一割……。たったの一割をけちって、国道につながる通りに面した、隣にトラックが三台駐車できる空地まで有した貸店舗を借りあぐねているというのか？

熊吾は、思いのほかケチな野郎だなと思ったが、事はすでに動きだし、自分の持ち金の半分を当面の運転資金として高瀬に渡してしまっていたのだった。

まあ、話はあしただ。今夜は、とにかく熱い風呂につかって親子三人体を温め、気がねなくゆっくり眠ろう。

熊吾は、出かかった言葉を抑え、二階の房江と伸仁を呼んだ。

「歩いて十分ほどじゃ。この雪じゃけん、二十分かかるかのお。伸仁、手袋を忘れちゃあいけんぞ」

玄関の戸をあけると、雪はやんでいた。桃子は三本の傘を持って来て、

「あした、湯タンポを買《こ》うとくがや」

と言い、路地を出て、川のほとりまでついて来た。

「この川は何ちゅう川ですかのお」

と熊吾は訊《き》いた。

「いたち川って、この辺の人は呼んどるっちゃ」

そう言って、桃子は寒そうに身を縮め、急ぎ足で家へ帰って行った。

雪がやんでいるのに傘を持って来る……。いま必要なのはゴム長だということに気づかんのか、あの女は……。

熊吾はそう思いながら、深い雪道を歩きだした途端、滑って尻餅《しりもち》をついた。膝をひねったらしく、しばらく立ちあがれなかった。

房江は、夫の腋《わき》の下に手を入れ、起きあがる手助けをしながら、声を抑えて笑いだした。

「こんなことになるなんて……」

「何がおかしい。わしは、ほんまにいま膝を痛めっしもた。神経痛のないほうの大事な膝やけん、あしたから歩けんようになるかもしれん」

「気ィつけて歩かな、また滑って転びますやろ？」

そう言った途端、房江も転んだ。

「富山では、湯タンポは、年寄りと病人以外は使わんやと？　そんなアホなことがあるかや。わしは南国の南宇和の生まれでなァ、寒さには弱いんじゃ」

こんどは伸仁が、もんどり打ってうしろに転び、雪の上に倒れたまま、嬉《うれ》しそうに笑った。

「頭を打っちゃいけんぞ。いま、頭をしたたかに打ちつけたんやあらせんのか？」

「頭、打ってへん」

と伸仁は言い、街路灯の明かりを頼りに市電の通る道へ出て、何の跡もついていない雪の上ででんぐり返りをした。

「そんなことをしたら……」

房江は言って、また笑った。伸仁が目も鼻も雪まみれの雪だるまと化してしまったからだった。

「市電のレールの上を歩くんじゃ。そしたら滑らんぞ」

熊吾の言葉にも耳を貸さず、伸仁はでんぐり返りを繰り返した。

「雪は溶けたら水になるんやで。セーターもズボンも濡《ぬ》れてしもて、あしたになっても乾けへんから、もうやめなさい」

足をひきずって歩いている熊吾の体に手を添えながら、房江は伸仁に言った。そのとき、市電の架線に載っていた雪が房江の衿元《えりもと》に落ち、それに驚いた房江が身を縮めた瞬間、また転んだ。

宙で一回転したのではないかと思うほどの見事な転び方に、熊吾は両手を両膝に当てて身をよじるようにして笑った。

「誠に新天地よ。親子三人、これだけ見事に滑って転んだら、雪が溶けるころには、ええことがあるじゃろう」

熊吾はそう言いながら、旅館の戸をあけた。小さな看板の明かりが灯《とも》っていなければ、そこが旅館だとはわからないだろうと思うほどに、古くてさびれた宿であった。

ぶあつい丹前を着た主人に、枕元《まくらもと》におにぎりと茶と酒を二合並べておいてくれと頼み、熊吾は、房江と伸仁と三人で風呂に入った。

「三人でお風呂につかるなんて、何年振りやろ」

と房江は言い、伸仁の頭にタオルを載せた。

風呂も小さくて、三人が一緒に湯舟につかると、ほとんど体を動かすことができなかった。

「更年期っちゅう体やあらせんぞ。処女のようなとは、ちと言い難いが、きれいなおっぱいじゃ」

「子供のいてるとこで、何を言いますのん」

房江はそうたしなめるように顔をしかめてから、また思い出し笑いをした。

「何がそんなにおかしいいんじゃ。わしの転び方か？　自分の転び方か？」

房江は、そうではなく、十日ほど前に伸仁がやってみせてくれた落語を思い出したのだと言った。

「鴻池《こうのいけ》の犬、っちゅう落語やねん。ノブは、それを最初から終わりまで全部覚えてしもてん」

「ほう、鴻池の犬か。おい、伸仁。ちょっと、さわりだけ聞かせてくれ」

伸仁は、湯から首の上だけ出したまま、テケテンテンと出囃《でばや》しの曲までつけて、

「えー、お寒いなかのお運び誠にありがとうございます。鴻池の犬という、まあ言うたら、しょうもないような、しょうもないこともないようなお話でご機嫌をうかがいます。ちょっとの間《ま》、なにとぞ、おつき合いのほどをお願い申し上げます」

と淀《よど》みなく喋《しゃべ》り始めた。

その鮮かな語り口と、嬉しそうな目の動きだけで、熊吾は旅館中に響き渡るほどの声をあげて笑った。高座にあがって「えー」と言っただけで客を笑わせるなどとは名人の域ではないか、と。

「世のなかには運不運というもんが確かにありますようで、朝、寝過ごして、いっつも乗ってる電車にあと一歩のところで乗り遅れて、くっそォ、けったいくその悪いと思いながら、次の電車に乗りますと、借金取りとばったり出くわしまして、ああやこうやと言い訳をして、やっとのことで放免してもろうて会社に着きますといいますと、これが

十分ほどの遅刻で、またまんの悪いことに、いっつも昼から出社しよる社長がその日にかぎって早《は》ようから会社に来ておりまして、こいつ、遅刻ばっかりしとるんやなと思われて、これまたまんの悪いことに、その日は人事の会議がございましてな。誰も行きたがらん部署に、あいつを行かせェと社長のひと声、それっきりそこで飼い殺しのまま定年てな誠に不運な目に遭う人もいてるかと思いますと……」

伸仁が次第に顔を紅潮させて滑かに喋りつづけていると、

「この落語、終わるのに二十五分かかるねん」

と房江が熊吾に耳打ちした。

たとえ一時間かかろうが、九歳の息子がいったいどんな「鴻池の犬」を演じるのか、熊吾は最後まで聞き届けたかった。

熊吾が伸仁を寄席《よせ》につれて行ったのは数限りない。だが「鴻池の犬」を聴いたのは、たしかおととしの夏であった。噺家《はなしか》は「お暑いなかのお運び、まことにありがとうございます」と話しだしたのだが、伸仁はいま「お寒いなかの」と言った。

九歳の子が、臨機応変に導入部を変えるとは、たいしたものではないか。それにしても、「鴻池の犬」をどうやって最初から最後まで覚えたのであろう。

「よし、つづきはまたこんどゆっくり聴かせてくれ。終わるまで湯につかっちょったら、わしも母さんもお前も目ェ廻して、石川五《ご》右衛門《えもん》になっしまう」

そう言って熊吾は伸仁の両脇《りょうわき》に手を入れてかつぎあげ、洗い場に坐《すわ》らせた。

「ここから面白うなんのに……」

伸仁は不満そうに言い、タオルに石鹼《せっけん》を塗りつけた。

最初に「鴻池の犬」を聴いたのは、天神祭の前だったが、去年の春休みにお母さんが寄席につれて行ってくれたときも「鴻池の犬」を聴き、ことしの正月にラジオの寄席中継でまた聴いたのだと伸仁は説明し、忘れた部分は自分で考えたのだと言った。

「自分で考えた？ それはどのあたりじゃ」

生まれてすぐに捨てられた仔犬《こいぬ》の弟にあたるほうが、兄犬に再会するところだと伸仁は答え、これからそこをやってみせるから聴いてくれとねだった。

「聴きたいのはやまやまじゃが、早よう体を洗うて、また温まって、蒲団《ふとん》に入らにゃあ、風邪を引いてしまうぞ。後日の楽しみにさせてもらうけん」

「後日て、いつ？」

「そうやのお、新しい家に移ってからっちゅうのは、どうかのお」

「新しい家て、高瀬さんとこちゃうのん？」

この雪が溶けるまでは動きがとれない。春になったら、家を捜すのだ。

熊吾はそう言って自分の体を洗った。

形ばかりの床の間に安物の掛け軸が掛かっている部屋には蒲団が三つ敷かれ、そのなかには、布で巻かれた湯タンポがひとつずつ入れられてあった。

体の芯《しん》まで温まった体には、もう必要なかったが、真ん中に伸仁を挟んで川の字になって蒲団にもぐり込むと、湯タンポの熱が熊吾の苛立《いらだ》ちやら後悔の念をほぐしてくれた。

「よう我慢しはってからに……」

枕に顎《あご》を載せた格好で熊吾を見やって房江が言った。

「着いた夜に、怒って暴れだすんやないかて、はらはらしたわ……」

「わしも来年、還暦じゃ。人間が多少円うなったのかもしれん」

「まだ引き返せるのとちがいますやろか」

そのような言葉を夫が最も嫌うことを承知の上で、あえて房江がそう言わざるを得なかった気持が、熊吾にはわかっていた。

「人種が違うって言い方があるけど、私らと高瀬さんとは人種が違うと思う……」

「引き返して、それでどうする。大阪のどこかで、もういっぺん中華料理屋をやれっちゅうのか。わしには向いちょらん。結局、お前が体を酷使するはめになる。いまのお前は、のんびりしとかにゃあいけん。更年期症状が落ち着くまで、人にもよるが、結構時間がかかるそうじゃ」

「更年期なんて、女はみんな通って行く道やのに、なんで私は気鬱《きうつ》なんてものにかかってしもたんやろ……」

「いや、女みんなが通る道やと言うても、なかなか険しい峠やと、小谷先生が言うちょった。難しい学術用語と横文字ばっかりで、わしにはようわからんかったが、『更年期における精神病理』っちゅう本でも、ホルモンと心の密接な相互関係を重要視しちょった。これは、いままでの医学では、なおざりにされてきたわけではないが、専門的な研究にまでは至っちょらんかったそうじゃ。わしは女やないけん、ようわからんが、たしかに心の病気っちゅうのは、思春期に表沙汰《おもてざた》になり、閉経期にまた不意に訪れるっちゅう例は、わしの周りでも、いろいろと思い当たる。南宇和におったころ、近くの娘が、頭がおかしいなったが、それまでは普通の子じゃった。娘らしゅうなってきたころに、首を吊《つ》ろうとしたんじゃ。親も兄妹《きょうだい》も理由がわからんかった。本人も、ようわからんかったんじゃろう」

熊吾は、大阪に出て来た若い頃にも、周りでそんな娘の事件があったことを思い出すのだった。

思春期の娘だけでなく、いま思い起こしてみると、自分の知り合いの奥方にも、二、三人、ちょうど更年期とおぼしき年齢で、精神の著しい不調のために臥《ふ》せってしまった者がいたことに気づいた。

「思春期や更年期が直接の引き金っちゅうわけでもないのじゃろうが、その女の持っちょる心の闇《やみ》みたいなもんが、ホルモンのバランスの崩れで噴き出て来るという考え方があるっちゅうて小谷先生も言うちょった」

父と母を真似《まね》て、蒲団のなかで腹這《はらば》いになり、枕に顎を載せたまま、聞こえるか聞こえないかの声で、「鴻池の犬」をまた最初から語りつづけていた伸仁は、そのままの格好で寝息をたて始めた。房江が、そんな伸仁をそっとあお向けにさせ、肩が冷えないよう蒲団をかぶせ直した。

「薬を服《の》んで寝るか？ それとも、こっちにするか？」

熊吾は冷酒の入っている二合徳利《どっくり》の首をつかんで軽く振った。

久しぶりにお酒が欲しい気分だと房江は微笑《ほほえ》み、湯呑《ゆの》み茶碗《ぢゃわん》を差し出してきたので、熊吾はなみなみと注いでやった。

「こんなに、ぎょうさん」

「口から迎えに行くんじゃ」

とりあえず動きだした仕事を、たった一日か二日でやめてしまって、一家で大阪へ引き揚げるわけにはいかない。しかし、こんどばかりは、見切りをつけるとすれば早いほうがいい。もしそうなっても、お前と伸仁は来年の春まで富山で暮らすほうがいいと思う。

その熊吾の言葉に、

「なんで？ なんのために、私とノブだけ二人が富山に残るのん？」

と房江が訊《き》いた。

「お前も仲仁も、わしの郷里で暮らしちょったときは元気じゃった。富山は小さな町で、ここから南へ十五分も行きゃあ、もう田園がひろがっちょる。立山連峰が見えて、田園風景があって……。そういうところに家を捜して、わしが大阪での商売の基盤をこしらえるまで、のんびり暮らしちょれ。仲仁も、転校したばっかりで、またすぐ大阪に戻って、別の学校に行かされるっちゅうのは可哀相《かわいそう》じゃ」

まあ、それも富山での商売のなりゆき次第だ。短兵急に結論を出すわけにはいくまい。うまくいくかいかないかは、少なくとも三ヵ月くらい様子見の時間が必要だ。

熊吾はそう言って、徳利の酒を飲んだ。

低い笛の音が、閉め切った障子戸と雨戸の向こうから聞こえた。そしてそのあと、これまで耳にしたこともない音とも言えない不思議なざわめきが、小さな旅館全体を包み込んできた。

房江も同じことを感じたらしく、枕から顔をもたげ、

「何の音やろ……」

と言った。

「また吹雪になりよったかな……」

どこか遠くの鈴の音のようでもある。耳を澄ませば澄ますほど、幾種類もの異なった

音が、どこか幽冥《ゆうめい》でありながら、蠱惑《こわく》的なものも含んで静かに迫って来る。けれども、少し顔の向きを変えると、それは消えてしまう。その調べが聞こえる場所は、三つ並んだ枕からせいぜい十センチほどの空間だけなのだった。

不思議な音曲は、最初は市電の通りからだけ聞こえるのかと思われたが、やがて四方八方からの声のないささやきに変わるとともに、いっそう仄《ほの》かになった。

風も吹いている。雪が降っている気配も感じる。屋根に積もった重い雪と雪のせめぎ合う音もときおり交じる。

だが、それだけではない……。この胸の奥の奥を微妙に疼《うず》かせる調べは何であろう。

この調べの源はいったいどこなのか……。

熊吾が、雨戸をあけて通りを探ろうと思い、蒲団から起き上がりかけたとき、

「ノブは、富山の学校で、クラスの子ォらと、うまいことやっていけるやろか……」

と言った。

「心配か？」

「ノブは、大阪の巷《ちまた》の子ォや。頭のてっぺんから足の爪先《つまさき》まで、巷の子ォやから……」

きょうまで黙っていたのだが、明洋軒に伸仁のツケが溜《た》まっていたのだと房江は言った。

明洋軒は、阪急百貨店の東側の商店街にある洋食屋で、熊吾の行きつけの店だった。

月に一度か二度、伸仁をつれて食事をする。たまに房江も一緒のときもあるが、平華楼の事件以後は足を向けていない。

明洋軒の主人は、戦前、神戸の老舗《しにせ》のフランス料理店で修業していたが、徴兵され満州で終戦を迎え、昭和二十三年に日本に帰還したあと、淀川《よどがわ》区の十三《じゅうそう》で細々と食堂を営んでいたが、三年前に梅田に店を出したのだった。

気風《きっぷ》のいい人柄で、シチュー類を得意としているが、店はクリーム・コロッケやロール・キャベツが人気メニューだった。

まだ三十代の後半だが、麻雀《マージャン》が好きで、店が休みの日は、熊吾に誘いの電話をかけてくる。

個人的な相談事にのってやることもあって、いまでは気心の知れたつき合いになっていたので、伸仁が父親のツケで勝手に食事をしていたことを、どうして黙っていたのか、熊吾には解《げ》せなかった。

「ツケが溜まるほど、このチビは何を食うちょったんじゃ」

熊吾の問いに、

「友だちをつれて、五回ほど学校の帰りに寄って、タン・シチューとかクリーム・コロッケとかロール・キャベツとか、ポタージュ・スープとか……。それに食後のデザートも」

と房江は伸仁の寝顔を見やって言った。

ランドセルを背負ったまま、友だち三、四人を伴なって、夜の開店時間ちょうどにやって来て、

「おっちゃん、お父ちゃんにツケといてんか」

と厨房《ちゅうぼう》に走り込んで来て叫び、友だちにメニューを配って、好きなものを食べろと促す。

明洋軒の主人も、あけっぴろげで磊落《らいらく》な性格で、しかも子供がいないので、伸仁を可愛《かわい》がっていて、悪びれたり臆《おく》したりもせず、小学校三年生の子が、親父《おやじ》のツケで景気よく西洋料理を註文《ちゅうもん》し、ナイフやフォークの使い方を知らない級友たちに、その作法を教えるさまがおかしくて、言われるままに料理を運んだ。

伸仁が友だちと食べた分を、熊吾自身のツケの毎月の請求書に加算しなかったのは、あるときいちどきに請求して熊吾を驚かせてやろうといういたずら心からだった。

だが、熊吾たち一家が富山へ引っ越すと聞き、ノブちゃんの出世払いということにして、伝票だけを記念に取っておき、将来、ノブちゃんがおとなになって、この明洋軒を思い出し、訪れるようなことがあれば、大真面目《おおまじめ》なふりをして請求してやろうと思ったが、経理を担当する妻が難色を示した。

洋食屋という所詮《しょせん》は小商いに過ぎない自分たちの店には、そんなおおらかないたずら

をする余裕はないと言うのだった。

妻の実家に金を出してもらって、梅田の東商店街に店を出した身としては、その言い分に従うしかなく、明洋軒の主人は、熊吾が曾根崎新地の雀荘《ジャンそう》にいるのを確かめてから、バスに乗って船津橋までやって来た。伸仁が熊吾に叱《しか》られないようにという配慮であった。

「まあ豪勢な散財ぶり……。お父さんの三ヵ月分のツケよりも多かったわ……」

と房江は笑った。

明洋軒で散財したあとは、必ず朴くんの父親が営んでいる阪神百貨店裏のビリヤード場で玉突きをして遊び、そのあと陳くんの父親のパチンコ店・スター会館で玉を貰《もら》ってパチンコをして、家とは反対側の読売新聞社のビルの近くにある足立くんの家に行く。

ガラス屋を営む足立くんのお父さんが、必ず夜の八時ごろに川口町に借りている倉庫へ軽トラックで行くことを知っていて、それに便乗させてもらって、船津橋の自分の家の近くで降ろしてもらい、何食わぬ顔で帰って来るという段取りまで組んでいるのだ。

「私が、きつう叱っといたから、お父さんはもう怒らんといてやって……」

「なんちゅうチビじゃ。落語によう出てくる、大店《おおだな》のあほぼんとおんなじやないか。お前も息子が夜の八時過ぎまで帰って来んで、心配したり、これは何か隠し事があるとか、すぐにわからんのか」

「おかしいとは思ててんけど、劉《りゅう》さんのお宅で遊んでたって言うし……」

「劉？　劉偉慶さんのとこか？」

劉偉慶とは、大阪の台湾系華僑《かきょう》たちのまとめ役を務める中華食材輸入業者だった。日本の居合抜きに凝って、家の二階に道場を作っている。華僑の子弟だけでなく、日本人の子供たちも集めて剣道を教えている。

伸仁がそこへ寄って来たというと、いかにも剣道を習って来たかに聞こえて、熊吾は機嫌が良くなるのだった。

「そうかァ……。こいつには詐欺師《さぎし》の才能がありすぎるほどある。劉さんとこに行ったと言うたら、親父は文句を言わんと、ちゃんと計算して、事を運んじょるんじゃ。友だちをひきつれて、親父のツケでタン・シチューとかロール・キャベツとかを食べて、デザートまで散財して、そのあと玉突きをして？　次にパチンコをして遊んで？　ガラス屋の親父の車に便乗して帰って来て、劉さんのとこで剣道の稽古《けいこ》をしちょったやと？」

房江は、枕《まくら》に口を押し当てて笑いつづけた。

「母親が笑うちょる場合か」

「こんどだけはお父さんには内緒にしといてあげるって約束したんやから、怒らんといてやって」

「してええことと悪いこととの違いを、親が教えんで誰が教えるんじゃ。日教組にまかしといたら、とんでもないことになるぞ」

「私は日教組の先生方やあらへん」

熊吾は煙草《たばこ》をくわえ、それに火をつけないまま溜息《ためいき》をついた。

「寝小便がやっと治ったと思うたら、すぐに放蕩《ほうとう》息子と化しやがった。こいつには中間というのがないのか」

「さあ、どなたさんに似たんですやろ……」

房江の言葉で、熊吾は声を殺して笑った。伸仁が小学生になったときの、ひとりでバス通学ができた日のあらましを房江から聞いた夜、こいつはこれでなんとか生きていけると思ったのだが、いまもまたそれと同じ感情が熊吾の胸を満たし始めた。

「巷の子ォか……。誠に大阪の巷の子やのお。あげく、あの曾根崎小学校は国際色に溢《あふ》れちょる」

李、金、朴、黄、劉、王、陳、張、曹……。伸仁が家につれて来る子供たちのほとんどが、そのような姓であった。

近江丸の夫婦、観音寺のケン、柳のおばはん、名も知らぬ沙蚕《ごかい》捕り、馬車引き、沖仲仕、頬髯《ほおひげ》の怪力男……。

住んでいた場所にうごめいていたのも、そのような人々だ。

熊吾は、蒲団《ふとん》から出て丹前を着ると、火鉢の前に坐《すわ》り、まだ半分も飲んでいない徳利《とつくり》の酒を房江の湯呑み茶碗についだ。房江は、仲仁の蒲団のなかの湯タンポの熱さを調べながら、

「難産のあと、やっと生まれ出た血まみれの仲仁を、よう思いだすねん」

と言った。

産声《うぶごえ》をあげず、唇が少し青かった。産婆《さんば》は仲仁の両足をつかんでさかさまに吊《つ》るし、思い切り尻《しり》を叩《たた》いた。それでも声をあげない。この子は死んでいるのか、それとももう死ぬのか……。そう思ったとき、なんとも頼りない声で「ほんぎゃあ」と産声をあげた。いや、「ほんぎゃあ」ではなく、あのときの自分には、「ふにゃ」と聞こえた。あまりの難産で、自分も死んだようになっていて、最初の乳を飲ませる力もなかった。産婆は仲仁に産湯を使わせたあと、

「大丈夫、この子は育つでェ」

と言ってくれたが、その言葉には、どこか自信のなさそうな、ためらいの響きがあった。

その子が九歳まで育ち、いじめっ子に「成敗いたす」とえらそうに言ってかかっていって逆に「成敗」され、好きな女の子に、決して投函しない恋文を書き、友だちを引きつれて洋食屋でタン・シチューに舌鼓《したつづみ》を打ち、代金は父親のツケに廻して、玉突きやパ

チンコをして遊んで帰って来る……。房江はそんなことを言ってから、

「ほんまのことを言うたら、私、ノブをあんまりよう叱らんかってん」

と笑った。

熊吾は、そんな房江の心がわかるのだった。

「ここに来てみィ」

と熊吾は火鉢を指差した。風のせいなのか雪のせいなのか、それとももっと他の何かによって生じているのか、どうにもわからない不思議な調べは、寝床よりも火鉢の廻りのほうが鮮明に聞こえるからだった。

「炭がいこってる音やったんやろか」

と房江は火鉢に両手をかざしながら言って耳を澄まし、首を横に振った。炭の火は消えかけていた。

「小さな小さな鈴と横笛と……」

「何かの弦みたいな音も混じっちょらせんか？」

だが、それらは熊吾と房江が顔を見つめ合って息を詰めて聴き入ると消えていく。

「お前にも聞こえるんじゃから、空耳やあらせんのお」

熊吾は言い、枕元に置いた腕時計を見た。二時半であった。房江は炭火の上に灰をかぶせ、蒲団に戻り、伸仁が咳込《せきこ》んで目を醒《さ》ますので、この部屋で煙草は吸ってくれるな

と言って目を閉じた。

炭火を覆《おお》い隠した灰の上に、火箸《ひばし》で別段意味もなく思いつく字を書きつづけながら、熊吾は自分の乏しい資金力を思った。平華楼を閉める際、熊吾は篤実《とくじつ》に働きつづけてくれた呉明華に、自分ができる精一杯の退職金を渡した。

呉明華は、華人仲間が料理長をしている神戸の南京街《ナンキン》にある中華料理店への就職が決まっていたが、いずれは金を貯《た》めて、たとえ小さくとも自分の店を持ちたいという夢を抱いていたので、

「もし、わしがこの世におらんようになって、伸仁が困っちょったら、助けてやってくれ」

と頼んだ。

「私がいたら、ノブちゃん、飢え死にしないよ」

呉明華はそう言ってくれた。

それと同じ言葉を、昭和二十四年の春の初めのころ、御堂筋《みどうすじ》で辻堂忠《つじどうただし》に言ったことを熊吾は忘れていなかった。

「私は、約束をきっと守ります。きっとです」

辻堂はそう言ってくれた。辻堂は、もう幾つになったのであろう。大阪の闇市《やみいち》で初め

てあったのは昭和二十二年。そのとき、辻堂は三十四歳だったから、ことし四十三歳か……。

岩井亜矢子との関係は、まだつづいているのであろうか。いや、いまは岩井亜矢子ではなく、塩見亜矢子だったな。三協銀行副頭取夫人だ。その亜矢子が結婚してからも辻堂と秘密の関係をつづけていた。おそらく、いまもつづいているのであろう。

「罪なことよ」

熊吾は、罪なことよと灰の上に火箸で書いた。大手都市銀行の副頭取夫人として何不自由ない暮らしをおくっている亜矢子と、新しい妻を得て新生活を始めた辻堂とをつなぎつづけているものとは何であろう。

案外、ただ単に体の相性が合うという理由だけならば、まだ救われるものがある。男と女というものも当事者にしかわからないそれぞれの事情を持っている。

まあ、いずれにしても、俺とは関係がないことだ。

だが、洞爺丸《とうやまる》台風のあと、三協銀行が九分九厘《くぶくりん》決まっていた融資を中止した背景に、副頭取夫人の悪意が大きく関与していたとするならば、その悪意の根幹を為《な》すものは、いったい何なのであろう。

気位の高い、矜持《きょうじ》の塊りのような亜矢子は、この松坂熊吾に自尊心を傷つけられて、その恨みを抱きつづけていたという理由だけなのだろうか。どうもそこのところが、俺には釈然としないし、納得がいかない。

──世のなかには運不運というもんが確かにありますようで。──

鴻池《こうのいけ》の犬を演じる伸仁の、咄《はなし》の緩急を心得た語り口が甦《よみがえ》って、熊吾は火鉢のなかの灰に目を落とし、運不運と火箸で書いた。

経済的には苦境に追い込まれている。大阪に帰っても住むところはない。戦後、進駐軍に接収されていた船津橋のビルの持ち主は、いまだに消息不明で、預かった周旋屋も始末に困っている。購入できていれば、また別の身の振り方もあったが、富山行きを決めたことで無期限の賃貸契約も解消した。

杉松産業を興《おこ》す際に投じた金も、いまの杉野に返してくれと言うわけにはいかない。あいつの卒中の原因は、杉松産業での儲《もう》けをガソリン・スタンド経営に廻したことによる心労だ。ガソリン・スタンド経営のために石油会社に支払う権利金と、そのための土地取得金は、まだ杉野信哉には荷が大きすぎた。あげく、仲介に入った男が、舌先三寸の得体の知れない詐欺師同然の輩《やから》なのに、杉野は俺に相談もせず、話を進めた。

松坂熊吾に助言されなくても、自分の才覚だけで事を上手に運べるところを、他ならぬ松坂熊吾に見せつけたかったという、つまりは杉野の自尊心だけの問題だった。

自尊心か……。これもまた人間にとって恐しい敵だ。自尊心という敵に最も弱いのが、じつはこの俺だ。

釈迦《しやか》は、自分の弟子のひとりである提婆達多《だいばだつた》を並いる人々の前できつく叱り、汝《なんじ》は愚人なり、人の唾《つばき》を食らう者なりと辱《はずか》しめたという。提婆達多は、弟子のなかでも優秀で、頭も良く、法論にも長《た》け、才気も優れていたが、内に邪悪な野心も隠していた。釈迦はそれを見抜いて叱ったのだという。

人前で恥をかかされた提婆達多は、自分に非があるならば、釈迦はどうして自分だけにそれをそっと言ってくれないのかと怒った。なにもあえて満座のなかで恥をかかさなくてもいいではないか。こうなれば、俺は釈迦に敵対しつづけてみせる。「生々世々にわたりて大怨敵《おんてき》たらん」と誓い、釈迦を殺そうと企て、教団の尼たちを犯し、悪業の限りを尽くして、地獄へ堕《お》ちていく……。

熊吾がこの話を聞いたのは三十代の後半であった。上海《シャンハイ》で知り合った六十半ばの仏教学者で、自分の研究を進めるために上海に渡り、中国人の仏教研究家たちを各地に訪ねて意見を交換したり、文献を書写させてもらっていた。

研究の成果を本にしたいので協力してくれないかと頼まれ、熊吾は資金の一部を寄附した。格別、仏教に興味を持っていたわけではなく、その老学者の清廉《せいれん》な人柄に魅《ひ》かれたからだった。

提婆達多の話を聞いたとき、熊吾は、提婆達多を提婆達多にさせてしまったのは釈迦ではないのかと思った。人間、誰しも自尊心というものがある。人間は感情の動物だというのは、もはや使い古されているくらいだ。

たしかに提婆達多の邪《よこし》まな心を見抜いているならば、なにもあえて人前で化けの皮をはがなくても、二人きりのときに耳に痛い忠言を与えればいいのではないか。人前で自尊心を傷つけるのは、おとなのやり方ではないと思う。熊吾はそんな考えを老学者に述べた。

老学者は、ただ黙って熊吾の意見を聞いていただけで、自分の考えは述べなかった。

それから二年後、日本に帰った熊吾のもとに、ぶあつい一冊の本が郵送されて来て、老学者の墨痕《ぼっこん》鮮かな字で、積年の研究成果の上梓《じょうし》という夢を果たせたことへの感謝の言葉が綴《つづ》られてあった。

熊吾が多忙にまぎれて一度も目を通さないでいるうちに、その本はどこかに行ってしまった。雑誌類や新聞紙類と一緒にうっかり捨てたのかもしれなかった。

その後、ときおり何かした拍子に、熊吾は提婆達多の話を思い出すことがあったが、熊吾の考えに変化はなかった。釈迦が叱り方を間違えたのだ、と。

だが、そんな自分の考えこそ間違っているのではないかと思ったのは、妻子とともにすごした南宇和における一光景によっている。

深浦港の網元・和田茂十《もじゅう》の県会議員選挙で選挙参謀を務めていたとき、やがては自分の義弟となるはずの野沢政夫《まさお》が、相手陣営の背後にいるならず者・上大道《わうどう》の伊佐男《いさお》の手下となっていることに気づき、それをたしなめようと政夫に事の真偽を問い質《ただ》した。

そのとき、あの気弱な政夫が、ひらき直ったかのようにこう言ったのだった。

「わしは、どれほど、おじさんに人前で叱《しか》られつづけてきたか……。人前だけなら、まだ我慢もできる。おじさんは、わしの子供の前でも、わしをアホ扱いしなさった。わしはたしかにアホじゃ。けど、一寸の虫にも五分の魂でなァし。わしみたいな甲斐性《かいしょう》なしのアホでも、自分の子供からは尊敬されたいんじゃ。尊敬されんでもええ。ただ馬鹿《ばか》にはされとうない。おじさんは、明彦がわしを見る目を知っちょりますかなァし。あれは、道ばたに落ちちょる牛の糞《ふん》を見る目じゃ。自分の親父《おやじ》を見る目やあらせん。明彦をそんなふうにしたのは、おじさんじゃ」

「わしは、いっつも、おじさんに、自分の子の前で恥をかかされましたなァし。きょうも、わしは、わしの友だちの前で、おじさんに衿首《えりくび》をつかまれて、さかりのついた犬よばわりされた」

「こんどは負けんぞなァし。おじさんがわしに指一本でも触れたら、増田の親分が、房江のおばさんや仲仁を、えげつない目に遭わしてくれますでなァし」

政夫の言葉を聞いているときに自分のなかに去来したものが何なのか、熊吾はあの瞬間はよくわからなかった。

けれども、政夫が死に、わうどうの伊佐男も死に、自分たち一家は再び大阪に戻り、伸仁は小学生となり、テントパッチ工業を興し、杉松産業を興し、「平華楼」や「ジャンクマ」や「ふなつ屋」を営む日々のなかで、ひょっとしたらあの風の強い深浦港で、自分は無意識のうちに、釈迦と提婆達多の逸話を思い浮かべたのかもしれないという気がしたのだった。

元より、自分は釈迦のような全人格者でもなければ、悟りとは縁遠い人間だ。釈迦と自分とを同列に置こうなどとは考えたこともない。

そして、自分は釈迦の叱り方が間違ったのだと思いつづけてきた人間だ。そのような自分が、政夫を人前で叱って恥をかかせてきた。なんという驕《おご》りであろう……。そう思ったのだが、同時に、別の思いもまた湧《わ》きあがって来て、己の非に気づいたのだった。

釈迦はなぜ提婆達多を満座のなかで叱責《しっせき》し、お前は愚人で、他人の唾を食うような男にすぎないという言葉を使ったのか。釈迦は、それによって人間の自尊心がどれほど傷つくか、充分すぎるほど知っている。

提婆達多よ、どうだお前の自尊心は傷ついたであろう。さあ、これからどうする。私に敵対し、教団に災いを為し、誓い合った大きな目的を捨てていくのか。

我々の目的とは何だ。釈迦教団は、いかなる障害や弾圧にも耐えて、仏教を流布《るふ》し、衆生《しゅじょう》を導き、救済することが目的ではなかったのか。そしてお前は、その果てしない闘いに参加することを誓って、私の弟子となったのではないのか。

それなのに、自尊心のために誓いと大目的を捨てるのか。

そうなのか。お前には自尊心以上に大切なものはなかったということか。自尊心以上に大事なものはないという人間が、どうして仏教流布という難事を達成できよう。さあ、どうだ、提婆達多よ、お前は己の自尊心と、みずからが選んだ大目的と、どっちを選ぶか……。

熊吾は、釈迦というものについて勉強したことはなかった。だが、己が目指そうとしているものが大きければ大きいほど、自分の自尊心などは取るに足らないものになっていくはずだという思考が、政夫のあのときの尖《とが》った目を思いだすたびに、ある明確な規範を伴なって形づくられたのだった。

自分の人生に、目指すべき大きな目的を持っていない人間の自尊心を傷つけてはならないのだ。釈迦が、提婆達多を人前で恥をかかせ、とりわけ強固な自尊心をあえて傷つけたのは、大目的に向かうために、提婆達多という人間を鍛えなければならなかったからだ。

政夫を人前で叱り、その自尊心を傷つける必要など、どこにもない。ただ、逆恨みを買うだけだ……。

おそらく、言葉にはならないものの、あの深浦港で、自分のなかにそんな考えが湧いて出たのかもしれない……。だから、自分は深く政夫に詫《わ》びることができたのかもしれない……。

海老原《えびはら》太一にも申し訳ないことをした。俺は自分の自尊心を傷つけられて、その仕返しをしたにすぎない。太一も、自分の商売を拡《ひろ》げて金儲けをすること以上の人生の目的など持ってはいない。他者の幸福や天下国家など、彼にはどうでもいいのだ。偉大な芸術を為そうとしている男でもない。そんな人間の自尊心を傷つけてはならないのだ。

「太一には、いずれちゃんと謝罪せにゃあならん」

熊吾はそうつぶやき、かぶせた灰のなかから、まだ消えていない炭火を出して、両手をかざした。

自分にとって自尊心よりも大切なものは何だろうと考えた。すると、この世に生まれ出た伸仁の全身を天眼鏡で隈《くま》なく見つめつづけた夜のことが思い浮かんだ。

熊吾は耳を澄ました。不思議な調べは消え、雨戸をあけてたしかめなくても吹雪とわかる音が、家々や電線や、北陸の夜更《よふ》けの大気そのものを切り裂くかのように聞こえた。

雪は翌日の昼にやんだが、その雪も家々も、いたち川も、鉛色の鈍い光のなかに沈んでいた。

熊吾は昨夜転んだときにひねった膝《ひざ》が痛んで、歩くことができなかった。

高瀬家の二階に移り、熊吾は房江に薬屋で湿布薬を買って来てもらって膝に貼《は》り、その翌日も次の日も、動かせない膝に苛立《いらだ》ちながら安静にしてすごした。

房江は、ゴム長やら湯タンポやら、自分たち一家が使うための鍋《なべ》とかフライパンとか食器を買いに行ったり、伸仁をつれて、八人町小学校に編入学の手続きをしに行ったりで、二日間を忙しくすごしていた。

高瀬家の三人の息子は、人なつこい性格で、長男が七歳、次男が六歳、三男が三歳だった。

伸仁はたちまち三人の兄弟を自分の子分に従え、雪遊びを始めたが、近所の子供たちを真似《まね》て、竹を半分に割り、節と節とのあいだに足を入れて、道の端に作ったスロープを滑り、後頭部をしたたかに打って、それきりスキー遊びをしようとはしなかった。

三人の兄弟は、長男が孝夫《たかお》、次男が弘志《ひろし》、三男が憲之《のりゆき》という名だったが、伸仁は孝夫にはボブ、弘志にはミッキー、憲之にはトムとあだ名を勝手につけて呼んだ。

兄弟たちはそう呼ばれることが珍しくもあり嬉《うれ》しくもあるのか、伸仁にそう呼ばれるたびに大きく返事をするばかりか、それぞれもそう呼び合うようになった。

三人とも母親似だった。長男は何かにつけて反応は遅いが柔順なおとなしい性格で、次男は癇《かん》が強く、三人のなかで最も利発で、三男は末っ子らしい甘えん坊だった。

富山に着いた夜には、暗くて見えなかったが、高瀬の家と路地を挟んだ向かいの家とのあいだには十坪ほどの畑があった。その畑を抜け、人ひとりがやっと通れる家と家とのすき間を行くと通りへの近道となるのだが、畑の持ち主はそれを嫌って、柵《さく》を設けている。

その柵を乗り越えようとして、畑の持ち主に叱られた伸仁は、夜、家と家とのすき間の道に落とし穴を掘り、自分を叱った初老の女が、いつその罠《わな》にはまるかを二階からずっと窺《うかが》いながら、ボブとミッキーに落とし穴の作り方を教えて兄貴ぶっている。

「お前は、ろくなことを考えよらん」

伸仁の肩を杖《つえ》代わりにして、恐る恐る雪道を歩きながら、熊吾は近くにあるという接骨院へ行った。そこは柔道の町道場で、富山では屈指の柔道家として知られている高岡という名の師範が、熊吾の膝を治療してくれた。五十畳ほどの道場の板壁には、段位を示す名札とか、固く畳まれた柔道着が掛けられてあった。

骨には異状ないが、腱《けん》が少し伸びたのだと、熊吾と似た体形の師範は言い、膝に包帯をきつく巻いた。そして、巻き方を教え、寝るときは包帯を緩めるがいいし、痛む箇所に熱がなくなれば、風呂《ふろ》で温めるほうがいいと勧めた。

高岡道場のなかにある接骨院を出て、再び伸仁の小さな肩を杖代わりに、高瀬の家へと帰りながら、屋根にのぼって厚い雪を落とす作業をしている人々の交わす言葉を聞いていると、おといまでの大雪は、雪に慣れたこの地方の人間も驚くほどのものであったことがわかった。

「また滑って転んだら、お笑い草じゃ。伸仁、もっとゆっくり歩いてくれ」

そう言って、熊吾は、自分が旅館で耳にした不思議な調べを伸仁に話して聞かせた。

「わしだけの空耳やあらせんじゃった。母さんにも聞こえたんじゃ。風の音でもないし、雪の音でもない。どこかで流れちょる川の音でもない。雪の重みで、家が悲鳴をあげちょるっちゅう音とも違う。じゃのに、はっきりと何かの音楽かというと、そうやあらせん。お前を起こして聞かせようかと思うたが、よう寝ちょったけん、起こさんかった……」

それから熊吾は、釈迦と提婆達多の話をした。

どう嚙《か》み砕いて話をすれば、九歳の伸仁に理解ができるだろうと考えたが、いまはわからなくてもいい、頭に入ったことは、いつか何かの拍子に思い出して、おとなになった伸仁はそれを何等かの指針とするときが来るだろうと思い、

「自分の自尊心よりも大切なものを持って生きにゃあいけん」

と一語一語区切るようにして言い聞かせた。

「この父さんの言うた言葉を暗記するんじゃ。口に出して何回も言うてみィ」

「自尊心て、何？」

そう問われると、自尊心という言葉を平明にわかりやすく説明するのは難しかった。

「そうじゃのお……、自分というものに誇りを持つ心……。いや、どうも違うのお。わしは、自尊心と誇りとは別のもんじゃっちゅう気がする。……まあ、いまは意味はわからんでもええ。さっきの言葉を復唱じゃ」

「自分の自尊心は」

「自尊心よりも」

「大切なものを捨てにゃあいけん」

「アホ。それじゃあ何にもなりゃせんわい」

熊吾は、もう一度、さっきの言葉を繰り返した。伸仁がそれを大声で復唱した。五回も六回も言わせてから、熊吾はもう一度言ってみろと伸仁の肩を強くつかんだ。

「自分の自尊心よりも大切なものを持って生きにゃあいけん」

「うん、まあ、父さんのお国訛《なま》りまで真似んでもええがの。ああ、それから、あの落とし穴は埋めとけよ。どんな浅い穴でも、はずみっちゅうのは怖いもんじゃ。はまり方によっては足を折ったりする。だいたいあんな下手くそな作り方の落とし穴にはまるやつなんかおらせんぞ。あとで父さんが、上手な落とし穴の作り方を教えてやる」

高瀬は、きょう中に依頼人が受け取りに来るのでと言って、早朝からラジエーターの修理をしていた。

腐蝕《ふしょく》したラジエーターの冷却板の細かい襞《ひだ》をハンダで修復して、どれほどの儲《もう》けがあるというのか……。富山で一番の中古部品会社を興《おこ》そうと、あれほど熱心に誘った男が、松坂熊吾とその妻と子を富山に迎えるにあたって、まずやったのが、古くなった風呂場を壊し、ラジエーター修理のための作業場を広げることだったとは……。

鎔《と》かした鉛を型に流して、細長いハンダ棒を黙々と作り続けている高瀬勇次の、絶えず苦衷にまみれているかに見えるしかめっ面《つら》を見つめ、熊吾は、屋根の雪降ろしをしている桃子に、

「わしらは何の役にも立たんのお」

と声をかけた。

「慣れん人がやったら危ないがや」

桃子はスコップを慎重に使いながら、笑顔で応じ返し、子供たちに、屋根の下から離れるよう言った。

「なんべん言うたらわかるがや。落ちて来た雪で首の骨を折るっちゅうとるのに」

熊吾は作業場の椅子《いす》に腰を降ろし、決して己の過去を語ろうとしない高瀬勇次のうしろ姿に目をやって煙草《たばこ》を吸った。

高瀬は、過去どころか、自分の親のことも、兄妹《きょうだい》があるのかないのかも語ろうとはしない。どこで生まれ、どこで育ち、どんな縁《えにし》から自動車の中古部品を手がけるようにな

ったのかについても言葉を濁すのだった。

熊吾が高瀬と初めて逢《あ》ったのは、南宇和から大阪へ帰ってすぐの昭和二十八年三月だった。

店を移転して大きくさせたという柳田商会に立ち寄ったとき、一九二四年型のフォードのラジエーターはないかと訪ねて来た男に、柳田元雄には内緒で河内善助の店を紹介してやった。その、眼鏡を外すとやぶにらみがひどくなる武骨そうな男が高瀬勇次であった。

それ以後、平華楼の食中毒事件までの二年間に、熊吾は弁天町の河内善助の店で、数回、高瀬と顔を合わせた。

注文数は少ないが、月に一度来阪し、自分が求める中古部品を河内モーターで購入していく高瀬は、こんなに誠実に部品を捜してくれる河内モーターというものを紹介してくれた松坂熊吾さんに一席設けてお礼をしたいと誘った。

お礼をされるほどのことをしたつもりはなかったが、二度三度と誘われるうちに断わりきれなくなり、昭和二十八年の秋に、難波《なんば》の宗右衛門町《そうえもんちよう》筋にある小料理屋で食事をした。

口も重く、気の利《き》いたひとことすら喋《しやべ》れない男だったが、富山にも近々、自動車の時代、ひいては中古部品業の時代が訪れると力説しつづけた。

松坂熊吾については、河内善助から、かつての業界の雄であったことを聞いていたらしかった。

「私に、この業界での商売のやり方を教えてくれませんか」

という謙虚な頼みは、何回か酒席を重ねるごとに、

「私と一緒に富山一の会社を作りませんか」

という誘いに変わっていった。

食中毒事件とそれにつづく杉野信哉の病が要因で多くを失ったとはいえ、熊吾のなかにも、長年、中古車部品業界で一家を為《な》してきたという自負は消えていなかった。

いや、もう自分の時代は終わった。自動車は、これからの日本において重要な産業となることは必定だが、中古車部品を必要とする時代は遅かれ早かれ終わる。あと十年もすれば、新品の部品が幾らでも市場に出廻るだろう。

そんな思いとは別に、あと十年の糊口《ここう》をしのぐには、やはり自分の最も得手とする分野で動くのが安全でもあるという計算も働き、それならば、もはや過当競争化している大阪や神戸よりも、高瀬の言うとおり、北陸という地に思い切って新天地を求める手もあると考えたのだった。

「膝はどないな具合かな」

ハンダ鏝《ごて》を持ったまま、高瀬が訊《き》いた。

「腱がちょっと伸びたらしい」

と答え、熊吾は、新しい店舗を借りる算段なのに、なぜこの作業場を広げたのかと訊いた。

「毎日のまんまの分は、稼がにゃならんがや。わしが、まんま代をこうやって稼いどいたら、兄さんは焦《あせ》らんで、会社設立の根廻しや準備に没頭できっちゃ」

この男、いつから俺を兄さんと呼ぶようになったのか……。

熊吾はそう思ったが、まあ、兄さんと呼びたければ呼ぶがいいと受け流し、

「なんぼ家賃が目論見《もくろみ》よりも高うても、わしは富山城の近くのあの店を借りるぞ」

と言った。

「それも、ある程度の収益のめどがついてからでええがに」

「なんで、そないに腰が引けっしもたんじゃ？　腰が引けたら引けたで、なんで、わしらが大阪におるときにそう言わんのじゃ。わしらは、もう大阪を引き払うて、富山に来っしもたんやぞ」

「腰は引けとらんがや。富山には貸店舗なんて、なんぼでもある。ちょっとでも家賃が安いとこを捜すのは当たり前ですちゃ。雪も、この大雪が最後やないらしい。本格的に動くのは雪が溶けてからでええがや。大阪みたいに忙しい土地柄やないから」

この男、何か隠し事があるな……。それとも、俺たち一家が富山に引っ越して来たこ

とで、俺たちの生殺与奪を握ったつもりになり、自分が主、松坂熊吾が従という立場を作ろうとしているのか……。

「わしはせっかちやが、商売は機敏に動かにゃあいけんちゅうのも鉄則じゃ。雪が溶けてからなんて悠長なやり方はわしに合わん。わしらは大阪へ帰る。わしがあんたに渡した金を返してくれ。わしは、あんたの熱意にほだされて、慣れん土地に移って来たんじゃ。あんたに熱意が失《う》せたのなら、この話、ご破算にしよう」

熊吾は本気でそう思って言ったのだった。

「そんなにむきにならんでも。わしは口が下手で、気を悪うさせたがや」

高瀬はハンダ棒と鏝を作業台に置き、じつは十日程前から血圧が高くて、体調が悪いのだと言った。

玄関から座敷への短い廊下のところに置いてある電話が鳴っていた。桃子は屋根で雪降ろしをしているし、房江は買物に出かけているらしいし、伸仁は高瀬の三人の息子といたち川の畔《ほとり》で雪合戦をしている。

高瀬が油まみれの作業靴を脱いで、やっと電話を取ると同時に切れたが、十分ほどたって、また電話がなった。高瀬が手を洗いだして石鹸《せっけん》まみれなので、熊吾は仕方なく膝をひきずって電話のところまで行った。河内善助の急死をしらせる電話であった。

自分への電話であろうと思って、タオルで手を拭《ふ》きながらやって来た高瀬勇次に、熊

吾は送話口を掌《てのひら》で押さえて、

「河内の善さんが死んだ」

と伝えてから、五年前から河内モーターで働くようになった河内善助の甥《おい》に、いつ、どんな理由で死んだのかと訊いた。

「きのう、いや、もうきょうになってましたな。夜中の一時半くらいにおしっこに起きてから、急に息苦しいて言いだしまして。只事《ただごと》やなさそうなんで、奥さんが救急車を呼んだんです。そやけど、救急車が着いたときにはもう脈も息も停まってたらしいんです」

いちおう病院には運んだのだが、午前二時十五分に医者は死を告げたと河内善助の甥は説明した。

「心臓マヒっちゅうことですねん」

通夜《つや》はあしたの夜七時から、告別式はあさっての昼一時から、どちらも自宅で執り行なうという。

なんということだ。頼りにしていたのに。河内モーターの協力なしでは富山での新会社設立は大きくつまずいてしまう……。高瀬は顔をしかめてそう言い、作業着のポケットから曲がった煙草を出して火をつけた。

熊吾は、そんな高瀬を無視して、

「奥さんは、さぞかしお心落としのことじゃろう。気をしっかり持たにゃあいけんと伝えてくれ。通夜には間に合わんかもしれんが、わしは告別式には必ず行くけん」

「一昨昨日《さきおととい》、富山へ行きはったばっかりやのに……」

と善助の甥は言った。

「そんなことは、たいしたことやありゃァせん」熊吾は静かな口調で言って電話を切り、

「わしより五つ上じゃ。六十四か……」

そうつぶやきながら、屈強な箱のような体つきなのに涙もろくて、なにかというと熊さん熊さんと相談事を持ってきた河内善助の角張った顔を思い浮かべ、雪の道を歩きだした。

「どこへ行くがや？」

高瀬が声をかけたが、熊吾は何も応じ返さず、いたち川の畔で遊んでいる伸仁を手招きした。

「また、父さんの杖《つえ》になってくれ」

もう少しで、この大きな雪だるまが完成するのだと伸仁は口を尖《とが》らせたが、父のいつもと違う様子に気づいたらしく、赤くなった両手に息を吹きかけ、熊吾の傍に走って来た。

高瀬の三人の息子たちもついてこようとしたので、熊吾は、ついて来るなと身振りで

制し、伸仁の肩に手を添えて、さてどこへ行こうかと、いたち川の上流と下流を見やった。

食卓に載せるものといえば、玉子焼きと味噌汁《みそしる》、鱈《たら》の干物、焼き魚、それに出来合いのちくわとか蒲鉾《かまぼこ》程度で、恥かしいことながら手の込んだ料理を何ひとつ知らないと正直に言う桃子に、今夜はハンバーグの作り方を教えるつもりだと房江が言っていたことを思い出し、熊吾はいたち川の下流へと少し歩き、自転車屋の前を左に曲がって、中央通り商店街への道に向かった。

風が強くなり、黒い雲が速い速度で切れて日が射《さ》した。その途端、すべてを覆《おお》っている雪が輝いて、熊吾は目をあけていられなくなった。

太陽が姿をあらわすと、鉛色の雪も、その内側に金色の何かを隠していたかのように、これほどまでに眩《まぶ》しく光るものかと思いながら、熊吾は立ち止まって、商店街への道に並ぶ家々を見やった。表具屋があり、その隣に旗を製造する店がある。その裏側に高瀬の家と作業場があることになる。向かい側には電気器具店があり、店を閉めて何年もたつのであろう薬屋の二階では、文字の消えた看板が傾いている。

住人の多くは、家の前の雪かきをしながら、これが最後の雪だとか、いやもう一度大雪があるとか声を交わし合っていた。

「善助おじさんが死にはった」

と熊吾は伸仁に言った。

伸仁は熊吾を見上げて、

「嘘《うそ》や……」

とつぶやいた。

「こんな大事なことで嘘をつくかや」

「富山へ行く前の日に逢《お》うたでェ」

「きのうの夜中じゃ。いや、きょうの夜中っちゅうたらええのかのお……」

それから熊吾は、二人の息子を戦場で喪《うしな》った河内善助が、まるで自分の孫のように伸仁を可愛《かわい》がってくれて、毎年、誕生日には祝いの品を贈ってくれたことを思い浮かべ、それを伸仁に語って聞かせた。

「最初は小さな革靴じゃった。お前が二歳のときは熊《くま》のぬいぐるみで、三歳のときは水鉄砲。四つになったときは絵本を五冊。どっちもわざわざ南宇和の城辺まで郵便小包で送ってくれなはった。五歳の誕生日には、お金を五百円くれなはった」

「ぼく、その五百円、貰《もろ》てない」

「父さんが飲んでしもうたんじゃ。あれは、もうしばらく貸しといてくれ」

「小学生になったときはランドセルをくれはった」

「そうじゃ、そうじゃったな」

「二年生になったときは……」

「あのときもお金じゃったが、競馬で負けたんじゃ」

「誰が？」

「わしとお前と二人で負けたんじゃけん、あれは借りじゃあらせんぞ。あのとき、お前はちゃんと納得したやろうが。わしが二―六じゃっちゅうとるのに、お前は六番の馬はデブで、すばしっこそうやないって言い張って、結局、二―三と二―四を買《こ》うたんじゃ。二―六を買うちょってみィ、大金持になっちょったんじゃ」

「六番の馬、牛みたいやってんもん」

「お前には馬を見る目がない。もう金輪際、馬券に手を出しちゃあいけんぞ」

「ぼくの五百円、返してェ。善助おじちゃんは、ぼくの誕生日のお祝いにくれはってんでェ」

「お前はなんちゅうケチなことを言うんじゃ。お前が生まれてからきょうまで、いったいどれほどの金がかかっちょるか考えてみィ。その恩も忘れて、五百円くらいが何じゃ。それになァ、金を貸したら、もうあげたと思うとらにゃいけん。返してもらわにゃ困るような金は貸しちゃあいけん」

熊吾の言葉に、伸仁はしきりにまばたきを繰り返しながら、雪道を見つめて考え込んでから、

「ぼく、貸してあげるなんて言うてないでェ。お父ちゃんが勝手に使うたんや。そんなん、泥棒や」

と頬を膨ませて言った。

「そういうのは泥棒やあらせん。使い込みっちゅうんじゃ」

熊吾は笑い、ズボンのポケットから百円札を五枚出して、伸仁に渡した。伸仁が百円札の枚数をかぞえるために、商店街の手前の花屋のところで立ち止まったので、

「どうじゃ？　その五百円、お前からのお香典にするっちゅうのは」

と熊吾は提案した。

「香典袋に、ちゃんと松坂伸仁と書いて、わしが届けてやる。お前を可愛がってくれた善助おじさんへの、ささやかな気持じゃ。葬式っちゅうのには金がかかるけんのお」

伸仁は疑い深そうに熊吾を見つめ、

「ほんまにちゃんと届けてや」

と言って、五百円を差し出した。

「なんちゅうことを言うんじゃ。お前は自分の父親を香典泥棒よばわりするのか」

「これで煙草《たばこ》を買うたり、お酒を飲んだりせんとってや」

この五百円、天地神明に誓って、河内善助の霊前に届けると約束し、熊吾は中央通り商店街へと入った。

房江はどこで買物をしているのであろう。こんなアーケードのある商店街ではなく、どこかの市場へでも行ったのかもしれない。豊川町の近くの市場とはどのあたりなのか。熊吾は中央通り商店街の前方に視線を配り、房江の姿はないものかと思いながら、やはりきょう一日は歩かないほうがよさそうだと考えた。膝《ひざ》の痛みは歩を運ぶごとに増し、初めて出逢ったころの河内善助の容姿ばかりが脳裏をかすめた。

熊吾は、父親の杖代わりになって歩いている伸仁の首から肩にかけての力が、少しずつ萎《な》えていくのを感じて、それとなく伸仁の顔をうしろから探った。伸仁も何やら物思いのなかにあって、足取りに覇気がなく、商店街の道に目を落としつづけていた。

善助おじさんの死が、いま九歳の伸仁にさまざまな感情をもたらしているのであろうと熊吾は思った。

「死なんかった人間はひとりもおらん。人間ちゅうもんがこの地球にあらわれて以来、死なんかった人間は、ひとりもおらんのじゃ」

熊吾は伸仁の肩をうしろから強くつかみながら言い、いまのところ、この子はちゃんと育ちつづけていると思った。親が歳《とし》を取ってからの一人っ子で、我儘《わがまま》放題に育ててきたが、してもいいことと悪いこと、それに礼儀や行儀だけは厳しすぎるほどに教えてきた。

学校の成績は良くないが、勉強などというものは本人のやる気次第でどうにでもなるし、やる気が出たとて個々の能力の差というものもある。昔の人は、一升枡《ます》に二升は入らないと言ったが、じつにうまいことを言ったものだ。だが、たとえ一升しか入らない枡であっても、人間の場合、その枡の形がみな同じだというわけではない。複雑な曲線や膨らみを持った枡であって、そのそれぞれに異なる形が、単なる容器を超えた機能を発揮するからこそ、人間はそれぞれに美しいということになる。

偉大な芸術家になる子が、そこいらのたかが給料取りの教師のおめがねにかなうはずはあるまい。

だが自分にも覚えがあるが、とりわけ男子は思春期が難しい。それは、つまり「型崩れ」の時期なのだ。子供からおとなへと急速に移行していく際、人相や体型だけでなく、精神も「型崩れ」を起こす。肉体は放っておいても成長するが、「精神の型崩れ」には手当てが必要だ。そしてその「精神の型崩れ」が度を過ぎないようにさせるのは、幼い頃の育ち方であり、周りにどれだけのまっとうなおとなや友だちに恵まれるかによっている。それを俺は体験として知っている。

俺の、いわゆる春の目覚めなるものは幾つのときだったであろう……。七つ違いのおうめちゃんが二十歳で死んだときだったから十三歳の秋だった。

ある朝、目を醒《さ》まして、井戸の水を汲《く》み、顔を洗いながら一本松村広見の田園を何気なく見ていると、なんだかいつもの自分ではないような妙な感覚が体の芯《しん》を疼《うず》かせてきた。

家の梨《なし》の木も、井戸の釣瓶《つるべ》も、汲み出す水も、広大な田園も、きのうと同じ朝日を浴びているのに、なんだかどれもこれもが異常なほどに清らかで美しく感じられた。

自分の顔がひどく汚れているような気がして、何度も母親の鏡台の前に行き、飽かず顔を見つめ、そのたびに井戸水で顔を洗った。自分の外見上の欠陥が気になってきて、とりわけ太すぎる眉毛《まゆげ》が醜悪に感じられて、誰も気にもとめていないのに、太すぎる眉を隠して何日間か顔を伏せていた。

あの温厚な父の、欠伸《あくび》の仕方や、きせるに煙草を詰める手つきが、いなか者のケチ臭さの象徴のような気がして、話しかけられても聞こえていないふりをしていた。

あれをしろ、これをしろと言われると腹がたった。とにかく自分ひとりになりたくて、牛小屋で寝たりした。意味もなく、父や母に嫌悪《けんお》を感じた。

そんな時期が二年ほどつづいたような気がする。

俺の場合は十三歳か。明治四十三年ということになる。房江が生まれた年だ。

深泥《みどろ》の唐沢の叔父は一介の百姓だったが小さいときから向学心が旺盛《おうせい》で、若いころ、宇和島の国学者の門弟と親交を結んで、難しい本を絶えず身近に置いていた。古事記伝、排蘆小船《あしわけおぶね》、玉勝間などがあったから、本居宣長《もとおりのりなが》の門人の流れをくむ者を師としていたことになる。

「近頃の熊は、難しいて手がつけられん。目が腐っちょるのに、それがまた恐しいほど尖りっぱなしやて父さんが悩んじょりなはる」

深泥の唐沢家の田植えを手伝うために赴いた際、母が叔父にそう言った。

その言葉に、耐え難い屈辱を感じて、俺は植えたばかりの稲の苗を踏みつぶし、唐沢家から走り出た。

すると、唐沢の叔父は俺のあとを追って来た。俺が走ると叔父も走る。俺が歩くと叔父も歩く。そうやって一定の間隔を保ったまま、深泥から御荘《みしょう》へ、御荘から城辺へとついて来た。

「なんで俺の傍に来んのじゃ！」

俺は深浦への道のところで、とうとう振り返って怒鳴った。

「わしを叔父さんやと思うな」

と叔父は微笑《ほほえ》みながら言った。

「ほんなら、何じゃ」

「わしはアカよ。お前を好いちょった牛のアカよ。わしは松坂の熊を背中に乗せてはやれんけん、ちゃんと一本松の家に帰るのを見届けてから、アカみたいに水を飲んで、ちょっと腹ごしらえをさせてもろうてから、深泥へ戻るでなアし」

「一本松しか帰るとこはあるかや。他に行くとこなんかないんじゃ。こんなくそいなかい、にはなァし」

「腐ったような目を尖らせちょる、なんて言われたら、誰でも腹が立つ。わしが、亀兄《かめ》さんに謝るようにと、ちょっと説教してやるけん」

そして叔父は、肩をいからせている俺にいつのまにか近づいて来て、

「熊よ。その言葉、親父《おやじ》の口から直接聞いたか？」

と訊《き》いた。

「おっ母が、はっきりとそう言うたでなァし」

叔父は首を振り、亀造兄は、熊吾という息子を、ひとかどの人間だと認めていると言った。そして、いよいよ熊吾にも、おとなになるためにむずかる時期が訪れたようだと歓《よろこ》んでいたと教えた。

「男の子が、みんな通る道じゃって、嬉《うれ》しそうにしちょった。そんな亀兄さんが、あんなことを言うはずがあるかや」

おそらく、難しい年頃の息子を扱いあぐねて、お前の母親は、周りのいろんな言葉をかき集め、それに枝葉をつけて組み立て、さも父親の言葉のようにして、俺に訴えたのであろう。叔父はそう言った。

「自分が直接、自分の耳で聞いたもんしか信じちゃあいけん。自分が直接、自分の目で見たもんしか信じちゃあいけん。これは、叔父さんが言うちょると思うな。アカが言う

とるんじゃ。お前を一本松まで送って行って、その帰り道に死んだ牛のアカが、のお、熊よ、お前の目は腐っちょらせん、きれいな、まっすぐな、生き生きした目じゃと言うとるんじゃ。アカは松坂の熊が好きじゃった。お前が来ると、かもうてもらいとうて、気もそぞろになりよった。アカは歳取った雌牛じゃが、お前に片思いの恋をしちょったんやあらせんかと、わしらは言うちょったもんよ。年増《としま》の雌牛が惚《ほ》れるんじゃけん、いまに近在の人間の娘どもが、帯の崩れを直してやんなはれと言い寄って来よるやろ」

叔父は喋《しゃべ》りながら、深泥へと戻って行き、俺は無言でそのあとをついていった。日が暮れるころ、田植えは終わり、母は一本松へと帰り、俺はその夜、唐沢家に泊まった……。

――おとなになるために、むずかる時期。

そのひとことで、なぜか、俺という人間が認められたような気がしたものだ……。

熊吾は、伸仁と一緒に洋品店を覗《のぞ》いたり、本屋に入ったり、梅田の明洋軒のような洋食屋はないものかと捜し歩きながら、遠い昔の、たしかに腐っているのに尖《とが》りつづけていた思春期の自分の目を思いつづけた。それは、おとなになるために、むずかっている目なのであった。

中央通り商店街を抜けて、西町という電車の停留所のところで歩を止め、どこか喫茶店はないものかと周辺を見やっていると、伸仁が、

「お母ちゃんや」

と叫んで、電車通りの向こうを指差した。買物籠《かご》を持った房江が、毛糸のショールを顔に巻き、真新しいゴム長を履いて歩いて来ていた。

「パン屋さんがみつからへんかったから、総曲輪《そうがわ》っていうとこまで行ってしもた……」

市電のレールを小走りで渡って来た房江は、どの肉屋のミンチ肉も古くて、いいミンチ肉を捜すのに苦労したと言った。

「高瀬家の連中はパンも食うたことがないのか？」

熊吾はそう訊きながら、接骨院で膝を治療してもらったことを話し、電車通りに喫茶店をみつけて、房江にコーヒーを飲もうと促した。

「早《は》よう帰って食パンを乾燥させたいねん。細こうにちぎって乾燥させた食パンをハンバーグのなかにつなぎで入れるほうが、私らにはおいしいから」

熊吾は、あとで俺が炭火の上に網を載せて、そこで食パンを乾燥させてやると言い、河内善助が急死したことを伝えた。

「わしは、あした、大阪へ帰る。またどこでどんな大雪が降るかわからんけん、通夜《つや》には間に合わんかもしれんが、あさっての葬儀には、どんなことがあっても参列せにゃあいけん。善さんとは、おおかた三十年ものつき合いじゃ」

喫茶店の椅子《いす》に腰を降ろすと、房江はショールと手袋を脱ぎ、赤くなった鼻先を掌《てのひら》で

押さえて、

「河内さんの奥さん、ひとりぼっちになってしまいはった……」

とつぶやいた。

「喪服を出さなあかん。どの行李《こうり》に喪服を入れたんやろ……。皺《しわ》だらけになってるやろから、アイロンをかけんと……」

房江は、河内善助の急死によって、夫の富山での事業が大きくつまずいたことを承知しているはずだったが、その件に関しては口にしなかった。言わずもがなの愚痴めいた言葉で、夫を苛立《いらだ》たせてはいけないと思っているのを熊吾は察した。

「河内モーターだけが、大阪の中古部品屋じゃあらせん。古い知り合いが、ぎょうさんおるけん、富山での仕事には、さして支障はないんじゃ」

そう言って、熊吾は煙草を吸い、註文《ちゅうもん》した温かいミルクに砂糖を入れている伸仁に、

「スプーンに四杯も砂糖を入れちゃあいけん。虫歯になるぞ」

と叱《しか》った。

「甘いもんを禁じられちょる親父の目の前で、これみよがしに砂糖を使うとは、なんちゅうデリカシーのない息子じゃ」

「禁じられてるのは、甘いもんだけやあれしませんやろ？」

房江は笑みをたたえた目で熊吾をそっと睨《にら》んでから、河内善助に関する折々の思い出

話を始めた。

熊吾も、房江の話を聞きながら、三十年に及ぶ交友の追憶にひたって、ただ苦いだけの、香りのないコーヒーを飲んだ。

ガラス窓から行き交う市電を見つめて、房江は、親子三人で二、三泊の旅行に出て、その地で思いもかけず暮らすはめになってしまった心境だと、どこかぼんやりした目で言った。

「お肉屋さんを捜して歩いてるうちに、私、ふっと考えついたことがあるねんけど」

「高瀬と組まんでも、この富山で儲《もう》ける方法でも考えてくれたか？」

熊吾の言葉に、房江は首を縦に振り、

「中古車部品だけやのうて、中古車も売ってみたらどうやろ……」

と言った。

「中古車ディーラーをやれっちゅうのか？　それには土地が要る。せめて十台ほどの車を常備しとかにゃあいけんし、程度の高い中古車なんて、まだこの富山では調達でけん。車は、野ざらしにしちょくと、すぐに傷《いた》むんじゃ」

初めから何台も中古車を揃《そろ》えなくても、車を必要とする職種の者たちに、どんな中古車が欲しいかと打診しておいて、それに適《かな》う中古車を大阪で仕入れて、富山に運ぶのだ。註文を受けてから車を捜すのだから、大きな駐車場など必要ないのではないか……。

その房江の提案を熊吾は言下にはねのけた。

「わしにエアー・ブローカーになれっちゅうのか」

「エアー・ブローカーって、何？」

「エアーっちゅうのは、英語で空気っちゅうことじゃ。いま大阪や神戸や京都に、うようよ出没しちょる。そいつらは、自分の事務所を持とうとはしよらん。行きつけの喫茶店とか麻雀《マージャン》屋とかに入りびたって、その店の電話番号を仲間に教えて、どこそこで、どんな中古車が売りに出て、どこそこで中古車を買いたがっちょるやつがおるっちゅう情報を交換しおうて、お互い、その利鞘《りざや》で食うちょる。ちゃんとした仕事場も商品も持たんと、他人の家や店と、そこの電話をあつかましゅうに使いまくって商売をするっちゅう、つまり実体のないブローカーやけん、エアー・ブローカーというんじゃ」

熊吾の知る限りにおいて、エアー・ブローカーたちのほとんどは、ならず者ではなかったが、氏素性の定かではない、得体の知れない、狡猾《こうかつ》で吝嗇《りんしょく》な者たちであり、他人の財布も自分の財布も区別がないという連中なのだった。

「お前が考えついた商売を、わしがやるためには、そのエアー・ブローカーとつきあわにゃあならん。わしは、ああいう連中と席を同じくしとうない」

房江は考え込んでから、

「ちゃんと事務所を持って看板をあげたら、立派な中古車ディーラーが旗上げできますやろ？　そんなエアー・ブローカーとは違う信用のおける中古車ディーラーが、富山で興《おこ》せるのとちがいますやろか」

房江が商売のことで自分の閃《ひら》めきを口にするのは珍しいことだなと思いながら、熊吾は、このニ、三年のあいだに中古車業界の秩序を崩し、信用ある昔からのディーラーたちを廃業に追いやっているエアー・ブローカーたちの、縦にも横にもつながる強固な情報網と仲間意識について語って聞かせた。

「日頃は一匹狼《おおかみ》ぶっちょるくせに、いざとなると団結しよる。いつのまにか、あいつらの事務所代わりになっしもた喫茶店とか雀荘こそええ迷惑で、ここはあんたの店ではないから、もう出入りせんでくれっちゅうと、あの手この手で、なだめたり、いやがらせをして、ダニみたいに巣食いつづけよる。神戸に、このエアー・ブローカーのボスっちゅうのがおるが、そのうしろにはやくざがおって、上がりをはねちょるっちゅう図式じゃ。大阪で質のええ中古車を仕入れるためには、そのエアー・ブローカーのお仲間に入れてもらわにゃあいけんのじゃ」

「へえ……、いろんなとこで、いろんな人が、生き馬の目ェ抜くようにして生きてはるんやねェ」

房江は、伸仁の洟水《はなみず》をかんでやりながら、少し落胆したように言ったが、そのエアー・ブローカーなる者たちと関わり合わないようにして、中古車の販売をする方法があるのではなかろうかと熊吾を見やった。

「どうしたんじゃ。えらいまた中古車販売業にこだわったもんよ」

熊吾の言葉に、房江は恥しそうに微笑み、肉屋を捜して歩いているとき、前を歩いていた男二人の会話が聞こえたのだと言った。

ひとりは、どうやら塗料を販売する店の主人らしく、シンナーがどうの、テレピン油がどうのと喋っていた。これまで使っていた三輪自動車には、ドラム缶が三本しか積めない。魚津まで十本運ぶためには、四往復しなければならないため、三回目の運搬の際、無理をして荷台に四本積んだら、途中の道でロープが緩んで一缶が落ち、それが転がって危うく子供を押しつぶすところだった。

二トン・トラックが必要なのだが、新しい車を買う余裕はまだない。そのために、金沢まで中古車を捜しに行ったが、売りに出ていた二トン・トラックは、あまりにも古すぎて、修理しても二年ほどで使えなくなる代物《しろもの》だった。そんなトラックなのに、驚くほど高くて、しかも売り手は強気だった……。

「新しい自動車を買《こ》うたけど、商売が傾いて、それを売らなあかんようになったって人が、平華楼とかジャンクマのお客さんに、ときどききいてましたやろ？　そのことを思い出して、富山で中古部品を扱うんやったら、中古車も一緒に扱うたらええとちゃうやろかて思てしもてん……」

それからまた房江は考え込み、なんとなく生気を宿した目で、

「そんなエアー・ブローカーなんて、いかがわしい、信用のおけん人たちが通用する時代なんて、すぐに終わってしまうような気がするねんけど……」

と言った。

「これから中古車を欲しがる人が増えてきたら、つまり需要が増えれば増えるほど、その人たちの目ェも高うなるから、まっとうな商売をしてるお店の信用が評価されるんとちがいますやろか」

房江の熱心さに、熊吾は、河内善助の葬儀が終わったら、堅い商売をしている大阪の中古車ディーラーに相談してみようと言った。

「ただ、大阪と富山とでは金の動き方が違う。経済の流れの相違っちゅうのは、お前が考えちょるほど甘《あも》うはない。大阪の五万円と富山の五万円とは、おんなじやあらせんのじゃ。たとえば、大阪で中古の二トン・トラックを売りたいという人がおって、エンジンの調子とか、事故車やないかとか、走行距離とかを全部査定して、よし、これで十万円なら、整備代、陸送費、車検の名義変更、他にも雑多な経費を負担して、富山で十六万円の値をつけたとする。はたして売れるか？　大阪でならすぐに売れよるが、富山ではまだ売れんぞ」

喫茶店の主人の目を盗んで、伸仁が砂糖をスプーンですくって、それを口に放り込ん

だので、房江がその手を烈《はげ》しく叩《たた》き、頭も平手で打ちすえた。

「そんな意地汚ない泥棒猫みたいなことをして……。ここは、おうちやあらへん。この砂糖は、ノブのもんやあらへん。」なんぼノブが、いまここのお客でも、してええことと悪いことがあるんや」

砂糖を口に入れた途端に後頭部を叩かれたので、伸仁は気管に砂糖の粒を吸い込んだらしく、木枯らしに似た音を長く曳《ひ》きながら咳《せき》をつづけた。

房江は血相を変えて、伸仁の背を叩きつづけた。

「砂糖を気管に詰まらせると、たいていのやつは死による」

熊吾の言葉で、伸仁は咳をしながら、もうしないから死なないようにしてくれと泣いた。

「乞食《こじき》みたいなことをするやつは、死ね」

「そんなに脅かしたら、ほんまに息がでけへんようになりますやろ?」

房江は、他の客の迷惑にならないよう、咳こみつづけている伸仁を喫茶店から電車通りへとつれて行った。

やがて房江と一緒に戻って来た伸仁は、目に涙を滲《にじ》ませたまま、

「ぼく、罰が当たってん」

と言った。

「罰が当たって、嬉《うれ》しそうにするやつがあるかや」

「もう、死ねへんやろ？」

「ああ、もう死なん。苦しいのは治ったか？」

「うん。そやけど咳が甘いねん」

熊吾も房江も笑った。笑いながら、二度とこんな卑《いや》しいことをしてはならないと諭し、喫茶店から出ると、中央通り商店街を豊川町のほうへと戻って行った。

眩《まば》ゆい雪景色はつかのまで、いたち川の畔《ほとり》にさしかかったころ大粒の牡丹《ぼたん》雪が降り始めたが、それは夕刻にやんだ。

河内善助の告別式に参列したあと、熊吾は丸尾千代麿《ちよまろ》の家に泊めてもらって、戦前からの知己の中古車部品業者を訪ね、富山での仕事に対する便宜を依頼し、具体的な取引き方法などを決めて、四月十日に富山に帰った。

予定よりも長く大阪に滞在しなければならなかったのは、房江の提案を実現する方途はないものかと考えて、旧知の中古車ディーラーたちと逢《あ》って話をするために、思いのほか時間を取られたからだった。

通称エアー・ブローカーたちの商いの網の目は、熊吾の認識よりも広く張りめぐらされていたが、その網の目は意外なところであらくて破れ穴も多かった。

彼等のなかには、悪辣《あくらつ》な手口で粗悪な中古車を売りつけ、その後の保障に冷淡な者たちが多く、被害に遭った買い手の口づてで、事務所を持たず、看板を掲げていない中古車業者の甘言に乗ってはいけないという情報が広がりつつあった。けれども、エアー・ブローカーのなかにも、たちの悪い仲間とは一線を画して、妻子をなんとか養って行ければそれでいいと割り切り、良心的な商売を己に課す者もいないではなかった。

そんなブローカーのひとりである久保敏松《くぼとしまつ》を熊吾に引き合わせてくれたのは丸尾千代麿で、運送業用のトラックだけでなく、最近、自分のためのシボレーの中古車も、その久保敏松の勧めに依《よ》って買ったのだった。

久保は熊吾とおない歳《どし》で、背が高く痩《や》せていて、熊吾がもどかしくなって癇癪《かんしゃく》が起こりそうになるくらい口数が少なく、しかも喋《しゃべ》り方は普通の人の倍近く遅いのだが、姑息《こそく》な悪意というものとは無縁の男であることは、わずか半日ほど行動をともにしただけで熊吾にはわかった。

前身を語りたがらなかったが、少ない言葉の端々に含蓄があり、細い目には絶えず微笑が含まれていた。

そんな久保敏松を丸尾千代麿に紹介したのが観音寺のケンであることを知って、熊吾は驚き、さらに久保が観音寺のケンの母親と同郷で、幼馴染《おさななじ》みであったことを聞いて、世の中の巡り合わせに改めて感嘆せざるを得なかった。久保敏松と知り合う二日前に、熊吾は、大阪にいることを千代麿から教えられて訪ねて来た観音寺のケンと居酒屋で酒を酌《く》み交わし、相談事に乗っていたからだった。

丸尾千代麿の運転するシボレーで、観音寺のケンと愛人、それに久保敏松が富山に遊びに来るという電話があったのは四月十一日で、四人が芦原《あわら》温泉で一泊してから富山に着いたのは十四日だった。

熊吾は、久保敏松という中古車業者と知り合ったことも、自分の友人たちが車で大阪から富山までやって来たことも高瀬勇次には語らないまま、夕刻、一行の宿泊先である宝町の料理旅館へ、房江と伸仁を伴なって訪ねた。三月末の大雪のせいで開花が遅れていた桜が七分咲きの花弁をほころばしかけていた。

観音寺のケンと五年間一緒に暮らしてきた倉田百合《ゆり》は、熊吾たち一家が富山へと発《た》つ二日前に妊娠しているのを知ったが、観音寺のケンこと姫田健蔵は、自分の子が生まれることに逡巡《しゅんじゅん》していた。

自分は父親が誰ともわからない娼婦《しょうふ》の子だ。母親は自分が十三のときに死に、以来、人さまには言えないことばかりして生きて来て、堅気の世界と訣別《けつべつ》するために、二の腕と背中一面に刺青《いれずみ》を彫ったのが二十一歳のときで、そのとき、血走ってばかりいる頭で、生涯、娑婆《しゃば》というものに刃《やいば》を向けて生きようと己に誓った。

そんな男が、子の父となるべきではない。百合がどうしても産みたいならば産めばいい。もしそうするならば、観音寺のケンという男と縁を切ってもらいたい。だが、そうすることで、きっとまたこの自分と同じ境遇の子が産まれ、同じように世の中に背を向けて生きて行くはめになる。

だから、どうか子供を堕《お》ろしてくれ。自分はお前と夫婦になる気はないのだから……。

ケンは自分でも不思議なほどに冷静に、百合にそう頼んだが、百合は、お腹《なか》にいる子の父になってくれと、ただそのひとことだけを繰り返すばかりだった。百合もまた、幼いころに父が死に、親戚《しんせき》に預けられたが、その親戚も三宮の空襲で死んだために幾多の辛酸を嘗《な》めつつ成人した女だった。

旅館の奥座敷で待っていた百合を見るなり、伸仁は飛びかかるように百合に抱きつき、

「百合おばちゃん、赤ちゃんがでけたん？」

と言った。

「そんなん、でけてへん。誰がノブちゃんにそんなこと言うたんや」

観音寺のケンは、余計なことをこの子に教えてくれたなといった表情で熊吾を睨《にら》み、仲居に三十分ほどたったら料理と酒を運ぶよう言った。

「車で来るやなんて……。いまがいちばん流産しやすい時期やのに……」

房江に非難の目を向けられて、ケンは、気まずそうに、

「流産させよと思て、車で来たんちゃうがな」

とつぶやき、千代麿を見やって苦笑した。

「こら、ノブちゃん、千代麿のおっちゃんにも、ちゃんと挨拶《あいさつ》せんかいな」

久保と将棋をさしていた千代麿が、両手をひろげて笑いかけてきたので、伸仁は千代麿のあぐらのなかに坐《すわ》り、

「シボレーなんてでっかい外車買うて、お金持やなァ」

と言った。

房江は久保敏松と初対面の挨拶をしてから、千代麿にも、夫が大阪でお世話になった礼を述べ、大阪から富山までの車での道中は、さぞかし疲れたことであろうと言った。

「いや、さすがにアメリカの車でっせ。クッションのええこと……。どんなでこぼこ道でも、雲の上を走ってるみたいにふわふわで、ハンドルは軽いし、最高のドライブでした。そやけど、ほんまに遠おました。それに、ガソリン食いよるのには、あきれてしもた。あの車、ガソリン撒《ま》いて走ってるようなもんでっせ」

千代麿が機嫌良さそうに言うと、ケンは、料理が運ばれて来る前に一風呂《ひとふろ》浴びて来てはどうかと百合たちを促した。

「ノブちゃんも一緒に入ってこいや。百合おばちゃんと女湯に入るか？ ノブちゃん、女湯が好きやろ？」

そのケンの言葉を待っていたかのように、千代麿も久保も立ち上がり、浴衣《ゆかた》とタオルを手にしたので、熊吾は、ケンが自分たち夫婦と三人だけで話がしたいのであろうと思い、伸仁に、風呂に入るよう命じた。

「旅館のお風呂は滑りやすいから、足元に気ィつけて……」

房江は百合にそう言って、廊下まで送り、伸仁にタオルを湯舟のなかにつけないようにとか、石鹼《せっけん》の泡で遊んで、あちこちに飛び散らさないようにとか注意してから、襖《ふすま》のところで熊吾を見やった。自分はどうしたらいいだろうという表情だったので、

「家内も席を外したほうがええか?」

と熊吾はケンに訊《き》いた。

「いや、ノブちゃんのお母ちゃんにも、俺の考えを知っといてもらうほうがええような気がするんや」

房江は襖を閉め、熊吾の横に坐ると、漆塗りの和卓を挟んでケンが話しだすのを待った。

「百合のやつ、どうしても産みたいし、産まれてくる子を父《てて》なし子にするのもいややて言いよる。それがどうしてもあかんのなら、この私を殺してくれって」

ケンは、日本人には珍しい高い鼻梁《びりょう》に皺《しわ》を寄せ、冷たい目で笑った。

「つまり、俺に夫婦になってくれっちゅうことや。それがいやなら殺してくれ……。こ

れほどの無理難題があるかいな。もし俺が、お前から逃げだしたら、どうするんやって訊いたら、死ぬって抜かしやがって……」

それからケンは、自分はまっとうに生きていくことなど到底できない人間だし、いまさら足を洗って堅気の人間に戻るつもりも毛頭ないと言った。

「来年か再来年あたりに、大きなドンパチが始まりよる。鉄砲玉のチンピラにいつやられるかもわかれへんし、相手の玉を五つ六つ取って、俺がのしあがれるチャンスでもあるんや。どいつが味方か、どいつが敵か、いまのところ、くんずほぐれつで、そのふるいわけのための踏み絵が始まってるんや」

「大きなドンパチか……。わしは、お前らの世界のことはわからんが、組と組との大がかりな抗争が避けられんちゅうことかのお」

と熊吾は訊いた。ケンは薄く笑い、

「表向きはそうやけど、ほんまは、まあつまり、民族闘争や」

「民族闘争？」

ケンは首を横に振り、その件については、これ以上喋るわけにはいかないのだと言った。

「百合を殺したりでけるかいな。そやけど、あいつ、肚《はら》を決めたら、やりかねん。そういう女や。そういう女のくせに、普通の家庭ってもんへの憧《あこが》れが、ごっつう強いんや」

「産まれてくる子のために、きれいさっぱり、いまの世界から縁を切るっちゅうことはできんのか？」

「でけへん。そんな甘い世界やあらへん」

ケンは言って、自分の左の小指を立て、

「これ一本で済むっちゅうような慈悲深い掟《おきて》やあらへん。俺が二十歳のチンピラなら、そのくらいで済むかもしれんけど、俺は深入りしすぎたし、この世界の裏の裏を知りすぎた」

「それなら、わしら夫婦は相談には乗れんのお。百合さんも、お前みたいな男の子を身ごもったことを不運と割り切って、産むか死ぬかしかあらせんじゃろ。お前は堅気になる気はない。子の父親になる気もない。そう肚を決めちょるやつが、わしら夫婦に何の相談がある。死んだりせんと、父《てて》なし子を産めと、わしらに説得してくれっちゅうのか？　わしも家内も、そんな無責任なことはできん。命の尊さを、やくざに説いてどうなる」

熊吾の言葉に、ケンはまた薄く笑い、背広の下に着ている花柄のシャツの衿元《えりもと》を整えると、きのう芦原温泉の岩風呂に百合と二人で入ったのだと言った。

「夜中の二時に、風呂番のおっさんがおらんようになってからや。百合の腹を見てるうちに、おかしな気分になってしもた。見た目はまだ何にも変化はないけど、このなかに俺の子がいてるんやなァ……。男やろか女やろか……。いま、どのくらいの大きさなんやろか……。大きなったら、どっちに似よるやろか……」

それからケンは、朱塗りの和卓に目を落とし、三年間、百合と子供を預かってはくれないかと言った。その間、百合と子が生活する金は早急に用立てる、と。

「預かるっちゅうのは、どういう意味じゃ」

ケンは首をかしげ、ポマードで光る髪を手で撫《な》でつけ、房江の表情を探るかのように視線を動かしてから、松坂伸仁という子供と知り合わなかったら、たとえ自分がどんなに百合に愛情のようなものを抱いていたとしても、夜中の岩風呂で感じた妙な思いなどは湧《わ》いてこなかったのではないかという気がすると言った。

こいつ、切り札みたいな殺し文句を使いやがる……。熊吾はそう思いながら、

「三年ちゅうのは、どういう意味じゃ」

と訊いた。

「俺が……、つまり観音寺のケンちゅうならず者が、この世から消えてしまうための時間やな」

とケンは言った。

「そんなことができるのか？　戦後のどさくさやあらせんぞ」

そう訊き返しながら、熊吾は、ケンの言葉の矛盾を不審に思った。ケンは、さっき、

自分は、いまいる世界でしか生きていけない人間であり、そこから足を洗うなどという考えは毛頭ないと言ったではないか。その言葉と、観音寺のケンというならず者の存在を消すために三年という歳月が必要だという言葉とは、接点がない……。

「わしら夫婦が預からんでも、百合さんはお前と別れたっちゅうことにでもして、どこかで子を産んだらええじゃろ。それで、三年たったら、観音寺のケンじゃあない、姫田健蔵と夫婦になりゃあええ。百合さんも、お前らの世界に染まって生きてきて、そこいらのおぼこ娘やあらせんのじゃ」

「あいつ、この世にたったひとりの身寄りもないんや。親切に、わけへだてせんと、つきおうてくれたんは、松坂のおやっさん一家だけや」

ケンの目には濁っているようでもあり、ある種特異な智慧《ちえ》がめまぐるしく動いているようでもある光が交錯していた。

「わしは、いま人の面倒を見るような立場やあらせん。洞爺丸台風以後、いろんな物をなし崩しに失うて、あげく、いわれもない食中毒事件の責任を取らされて、深いつきあいでもない富山在住の男の誘いを頼りに、この北陸の富山なんちゅう縁も所縁《ゆかり》もない土地に移り住んで、どうやってこれから生きて行こうかと摸索しとる人間じゃ。わしら夫婦には、百合さんと生まれて来る子に助け舟を出せるっちゅうような力はない。こんな大事なことで、ええ加減な約束はでけん。預かったかぎりは、お前が約束どおり姫田健蔵として生き返って来るまで、わしら夫婦は、百合さんと子供を守らにゃあいけん。それが、ちゃんとできるかどうか、わしらには自信がない。お前の頭のなかには、何か健全でない策略がある」

「策略？　何や、策略て。そんなもん、あるかいや」

「いや、ある。二股《ふたまた》をかけるっちゅうのは、お前らの常套《じょうとう》手段か。どういう二股か。もしお前が自分でも気がついちょらんのなら、いま、わしが教えてやろうか」

熊吾が、持っていたマッチ箱を和卓に軽く叩《たた》きつけて、さらに言葉をつづけかけると、

「きのう、風呂から上がってから、俺の考えを百合に話したら、三年間待つって。その三年で、さんに助けてもらえるんなら、この富山で子供を産んで、松坂のおやっさんと奥俺の思惑どおりに事が運ばんかったら、そのあとの身の振り方は、自分で考えるって言いよったんや」

とケンは言って、熊吾が和卓に叩きつけたマッチ箱を手に取ると、くわえた煙草《たばこ》に火をつけ、助け舟を求めるかのように房江を見た。

「思惑どおりに事が運ばんことは、お前はいますでにわかっちょるんじゃ。そのときはそのときで、女と子は勝手に生きていくやろう……。となれば、観音寺のケンは、子の父にはならんで済む……。お前らは、何でもありやけんのお。仁俠《にんきょう》やの俠気やのっちゅうのは格好づけだけで、この『何でもあり』っちゅうのが、お前らのたったひとつのイ

デオロギーよ」

熊吾はケンを怒らせて、ひらきなおらせ、そこまで言うなら松坂熊吾にこれ以上頭を下げるものかという心境にさせるつもりだったが、近江丸の放火事件の際の、ケンの忠言に助けられたことや、伸仁を可愛《かわい》がってくれたことなどとともに、南宇和の菜の花畑で、増田伊佐男の子を身ごもっていた浦辺ヨネに、子を産んで育てるよう勧めた夜の光景を思い出していた。

――食うに困って、三つの伊佐男を殺そうとした伊佐男の母親に、わしの親父《おやじ》は、将来、この子がどんなにすばらしい人間になって、自分をどんな幸福な母親にしてくれるんじゃろうと考えて、草の根を食うてでも頑張らにゃあいけんとさとしたそうじゃ。――

そうヨネに言った己の言葉が、城辺から深浦への道の途中の菜の花畑と重なって、熊吾の胸に甦《よみがえ》った。

その後、ヨネは正澄という男の子を産み、城崎《きのさき》で小料理屋をしたたかに営みながら、千代麿が愛人に産ませた女の子と、その祖母と、夫に裏切られた麻衣子と、ひとつ屋根の下で、かばいあい、助けあいながら生きている。

正澄は三歳になったが、秋田犬の仔犬《こいぬ》のような顔つきと体型で、聞きわけが良くて、何かにつけてよく笑う子に育っている……。

蛙《かえる》の子は蛙と言うが、はたしてそうなのであろうか。蛇の子は蛇……。だが、人間はどうなのか。性情や気質といったものは多かれ少なかれ引き継いでいるとしても、人間は育ち方次第ではないのか。

旅館の庭の石灯籠《いしどうろう》と、無数の桜の花びらを浮かべている池のあたりに視線を移して煙草を吸っているケンの目からは光が失《う》せ、太い首筋がこころもち力なく前に突き出て、日頃の逞《たくま》しさもなりを潜めてしまったかに見えた。

「千代麿も久保さんも、このことは知っちょるのか」

と熊吾は訊いた。

ケンは熊吾を見ないまま、小さく頷《うなず》き、

「きょう、芦原温泉から富山までの車のなかで、俺と百合の話を聞いとったからなァ」

と言った。

「百合さんと、生まれてくる子のために、お前はいまどのくらいまとまった金が作れるんじゃ」

と熊吾は訊いた。

「いま、手持ちの金は七万とちょっと。そやけど大阪に帰ったら、五十万くらいは用立てられるなァ」

「その程度の金で、三年先に観音寺のケンが姫田健蔵として生き返ってこなんだあとの百合さんと子供が、どうやって将来の設計をたてられるんじゃ。百万、用意せえ。お前も、子分を二十人も持っちょる男じゃろうが。そのくらいの金を身ィ張って作れん男の約束を誰が信じるっちゅうんじゃ」

ケンは煙草を折るようにもみ消し、

「百万て大金やで。百万長者て言うくらいや……。百万、用意したら、俺の頼み、聞いてくれるんか？」

と熊吾のほうに向き直って訊いた。

「郵便貯金に、百合さんの口座を作って、そこに金を振り込め。わしら夫婦が、その金を預かるっちゅうことはでけん。百合さんの金じゃけんのぉ。わしはいま金に困っちょるけん、どんな出来心で、その金を寸借しようなんて誘惑に駆られるか、知れたもんやあらせん」

「百合は、このまま富山におってもええか？　いったん大阪に帰ると、ややこしいことになる」

「面倒を看《み》るっちゅうても、たいしたことはでけんぞ。家内が、出産のことや、そのあと、百合さんが赤ん坊の世話がでけるようになるまでの産後の時期に、いろんなことを手伝うてあげられる程度じゃ。それに、ひとつ条件がある」

そう言って、熊吾は房江を見た。房江は立ちあがり、風呂《ふろ》からあがって来たら、百合さんと女同士二人きりで話をしたいと言って出て行った。

熊吾も部屋から出て、廊下に立って百合が戻って来るのを待っている房江のところに行くと、

「わしらの家より先に、あの百合っちゅう女の家を捜さにゃあいけん」

と言った。

「結局は引き受けてしまいはるやろて思たわ……。なんで、あんたの周りには、あんな人らが集まるんやろ……」

房江はそう言ったが、あきらめたような、それでいて、どこか期するところがあるような表情で、風呂場へとつづく廊下の曲がり角ばかり見つめた。

「条件て、何？」

料理を運んで来た二人の仲居が、ケンのいる部屋に入ってしまうのを見届けてから、房江は訊いた。

「子供を育てるっちゅうのは、ただ可愛い、可愛いだけでは済まんし、育て方をころころ変えてもいかんのじゃ。親のそのときの機嫌で、朝令暮改みたいにヒステリーをぶつけたり、躾《しつけ》をなおざりにして、自分の女っちゅう部分に負けて、品性下劣な行いをしてもいかん。そのことを、あの百合っちゅう女に肝に銘じて貰《もら》わにゃあいけん。わしの言おうとしちょることが、あの百合っちゅう女に望めんのなら、わしもお前も面倒を看る

ことはでけん。やくざの女になるくらいじゃけん、あの百合っちゅう女にも、やくざなとこがあるんじゃ。それにあの男好きのする器量じゃ。わしらを慕って、この富山で子を産むのなら、あの女こそ、まず先に生まれ変わってもらわにゃあいけん。生まれ変わり方にも形というものがある。髪型、化粧の仕方、目つき、着る物の好み、言葉遣い、立居振舞い、世の中への処し方……」

房江は熊吾の言葉を目で制し、そのようなことも折に触れて順々に女同士で話をしていくほうがいいと思うと言った。

浴衣《ゆかた》の上に紺地の半纏《はんてん》を着た湯上がりの千代麿と久保敏松が戻って来て、廊下に立っている熊吾と房江の表情をうかがった。

「どないしましてん。二人で廊下にぼけェっと突っ立って」

と千代麿が言った。

「松坂熊吾も房江も、上にアホがつくくらいのお人好《よ》しじゃ。わしの周りには父《てて》なし子ばっかり生まれよる。あの瞬間、もうどうでもようなって、ぶっぱなしたら子供ができるっちゅうことを忘れよる男ばっかりじゃ」

熊吾の言葉で、千代麿は額の汗をタオルで拭《ふ》きながら、房江を盗み見ると、

「大将、ちょっとご相談がおまんねん」

と言って腕を引っ張った。

「お前らの相談事なんて、ろくなことはありゃせん」

そう言いながら、腕を引っ張られるまま風呂場のほうへとついて行くと、

「まさか、わての子供のこと、喋《しゃべ》ってしまいはったんとちゃいますやろなァ」

と千代麿は声をひそめて言った。

「そんなことを喋る男やと思うちょるのか。見くびられたもんよ。見くびられたんなら、そのご期待に添わにゃあいけんのお」

「見くびったわけやおまへんがな。わては松坂の大将を信頼してまっせ。そやけど、あんな危ないことを、わての目ェ見ながら、嫌味ったらしいに言うたら、このわてに何か隠し事があるのかと、奥さんに疑われまんがな」

熊吾は千代麿の頭を平手で叩き、

「ちょっと商売がうまいことといって金ができたら、ええ気になってシボレーなんて乗り廻しやがって。そんな金があるんなら、城崎で育っちょる可哀相《かわいそう》な娘の将来のために使え。まさか、得意先のところへ、あんなでっかい外車に乗って、集金に行っとるんやないじゃろうのお。そんなことしやがったら、お前、罰が当たるぞ」

と言った。

「そんなアホやおまへんて。女房が、いっぺん外車に乗ってみたいて言いよりまして。ニッサンの新車よりもはるかに安かったし、手に余るようなら他に買い手があるっちゅ

うて久保さんに言われて」

「ほんなら、なんで女房を温泉につれて行ってやらんのじゃ。シボレーは六人乗りやぞ」

「急に、ケンさんと女とが行くことになって。そんな旅に、女房をつれて行くわけにはいきまへんがな」

熊吾は、もうそろそろ百合と伸仁も風呂からあがってくるだろうが、それにしても長風呂だなと思いながら、千代麿と観音寺のケンとは、いつのまにこんなに昵懇《じっこん》な仲になったのであろうと、ふいにいまになって気づいた。

自分はケンを千代麿にひきあわせた覚えはない。いったい二人はどうやって知り合ったのか……。

熊吾にそのことを問われて、

「あれ？ 大将に説明しまへんでしたか？」

そう千代麿は訊《き》き返し、

「ノブちゃんでんがな」

と言って笑った。

「ノブちゃんが、うちの事務所にケンさんをつれて来ましたんや。三月の半ばくらいやったかなァ」

「なんで伸仁が、丸尾運送店に観音寺のケンをつれて行ったんじゃ」

「梅新の、友だちのお父さんがやってるっちゅうパチンコ屋で逢《お》うたっちゅうて。引っ越しするから運送用のトラックを貸してくれそうなやつを知らんかて訊かれて、丸尾運送なら少々顔が利《き》くっちゅうて、ほんで、わてとこにつれて来よったんですわ。若い者《もん》を五人も従えて」

「顔が利く？　伸仁がそない言いよったのか」

「へえ、そうらしいんですわ」

そのとき、よもやま話のなかで、質のいい中古車の外車を買おうかと思っていると話すと、ケンは久保敏松に連絡してくれたのだと千代麿は言った。

「うちは運送屋やから、引っ越しの荷物を運んで代金を貰うのはありがたいけど、トラックだけを貸すわけにはいかんて、びくびくしながら断わったら、えらいあっさりと仕事を依頼されて、代金も先に払てくれましてなァ。それから、ちょくちょく店に遊びに来るようになって。まあ、松坂の大将と親しい運送屋をいじめるわけにはいかんと思たんとちがいますやろか。やくざ屋はんの紹介のエアー・ブローカーやっちゅう先入観で逢うた久保さんも、あのとおりのお方で」

「あのチビ、どこへでも、ちょこまかちょこまかと顔を出しよるやつや。なにが少々顔が利く、じゃ。くそ生意気な」

大都会の塵芥《ちりあくた》から離れて、この富山で、やくざ連中や、パチンコ屋や玉突き屋などとは無縁の生活をするのは、伸仁にとってはいいことかもしれないと熊吾は思った。

「びっくりしましたでェ。ケンさんと子分衆を引きつれて、うちの事務所にランドセルしょって飛び込んで来るなり、『千代麿のおっちゃん、この人ら、やくざ屋さんやねん』て大きな声で言うたもんやさかい……。また突拍子もないこと言うとるわと思いながら、ノブちゃんのうしろに立ってる連中を見たら、絵に描いたような正真正銘のやくざやおまへんか……。大将、ノブちゃんの交友範囲は、ちょっと広すぎまっせ」

「親の顔が見たいもんじゃ」

いささか野放図に、したい放題に育てすぎたなと熊吾は思った。富山で、毎日、立山連峰を見て、こましゃくれてはいない子供たちと暮らさせるほうがいい……。

浴衣の上に女物の朱色の半纏を着た百合と、湯にのぼせたことを示す火照《ほて》りと息遣いの伸仁が戻って来た。伸仁は、頭がふらふらして気分が悪いと訴えた。湯につかったまま、鴻池《こうのいけ》の犬という落語を最初から最後まで咄《はな》しつづけたのだと、百合は言った。

「冷たい水を飲んで、横になっちょれ」

そう言って、伸仁の尻《しり》を軽く叩《たた》き、熊吾は、

「わしの家内が二人きりで話をしたいっちゅうとる」

と百合に耳打ちし、千代麿と座敷に戻った。伸仁は、庭に面したガラス窓をあけて、

膝《ひざ》を投げだして坐《すわ》り、肩で息をしていた。

熊吾夫婦が、ケンの頼みを引き受けたことに関しては、久保はひとことも触れようとはしなかったが、熊吾のコップにビールをつぎながら、まだ目立つ腹ではないのに、どうしてこのまま百合を富山に残していくのかとケンに訊いた。

「そんなに慌《あわ》てんでも、いっぺん大阪に帰って、家がみつかるまで待っとったらええやろ。百合さんは、あしたから、どこで寝泊まりするんや？ そないすぐに家なんてみつかれへんで」

するとケンは、百合が身ごもったということを誰にも知られてはならないのだと言った。

自分たちの世界の情報網は、想像を絶して至るところに張りめぐらされている。幹部の女の妊娠は、組の上層部にとっては格好の踏み絵ができたことを意味する。

子供なんて持つな。そんなことは、もっともっと一人前になってからだ。言われなくても堕《お》ろすのが不文律だ。子持ちのやくざが修羅場に飛び込めはしない……。

「俺の預りになってる若い者《もん》のなかには、俺の腹をさぐるのが目的のやつがおるんや。俺と百合とが富山へ来たことは誰も知れへん。そやけど、女と二人きりでどこかへ行ったことを、もうすでに怪しんでるこっちゃろ。若い者をひとりもつれんと遠出するなんてことは、ないことやからなァ。俺から逃げようとした女を、逆上してひとりで追いかけて行ったということにせなあかん。徹底的に痴話ゲンカで押し通すんや。極道が、自分の女の願いを聞いて別れてやるなんてことは有り得んこっちゃ。別れるにも、この渡世の大義名分ちゅうのが絶対に必要なんや。それがなかったら、俺が疑われる。足を洗う気ィか、それとも寝返る気ィか、こいつ、そのどっちかやなと睨《にら》みをつけられるんや」

「なるほどなァ。やくざが、関わり合うた女を骨までしゃぶるっちゅうのは、仏ごころを出したら、自分の身が危ないっちゅう裏事情もあるんか……」

久保は、回転数の遅いレコードのような鼻にこもった声で、悠長すぎるほどゆっくりと言って、熊吾に微笑を向けた。そして、越中富山の薬売りのことに話題を転じ、富山人というのは、地味ではあっても、進取の気概を内に秘めていて、粘り強く自分の仕事に工夫を凝らすという特質を持っているような気がすると言った。

「越中富山の反魂丹《はんごんたん》ちゅう独特の売薬制度はなァ、江戸時代に、越中よりも備前のほうが先に始めたっちゅう説もありましてなァ。備前の場合は、大庄屋廻《しょうや》しっちゅう販売制度で、つまり日本各地の庄屋の家に薬を置いて、使うた分の代金を貰うて、そのときに薬の補充をしとくっちゅうやり方やったのを、富山の薬売りは、それをもっと広範囲に、それぞれの家に置くっちゅうやり方を考えて、備前を凌《しの》いでしもたんです」

「わしの子供のころにも、家に越中富山の反魂丹と書かれた袋が置いてあった。愛媛県の南の涯《はて》じゃぞ。全国津々浦々、薬を背負うて、草鞋《わらじ》を履いて、一軒一軒、薬を置き、代金を計算し……。生半可な忍耐力やあらせんぞ。その代わり、日本全国でいま何が起こっちょるのかは、花のお江戸よりも先に、この越中に届いとったことやろ。各藩のお家事情も、どこそこの町の商家の女房の間男も、越中富山の薬売りは、みんな知っちょったということになる」

熊吾は、そう言って、久保敏松にビールをつぎ、観音寺のケンにも千代麿にもついだ。大庄屋廻しなどという言葉を知っているのは、久保の単なる雑学とは考え難かったが、茫洋《ぼうよう》とした久保の口から出る話題や知識の豊富さは、すでに初めて逢ったときから、熊吾に、一介の中古車ブローカーにはない教養と人間の幅を感じさせていたのだった。

料理旅館を出て、富山駅の前から市電に乗り、雪見橋の停留所に降りたのは夜の九時だった。熊吾と房江は伸仁を真ん中にして、どこか重く湿ったものを含んでいる富山の夜の大気のなかを、いたち川沿いに高瀬勇次の家へと歩きだしたが、その歩みは鈍りがちで、路地の手前にまで来ると、どちらからともなく立ち止まった。

気心の知れた丸尾千代麿や、穏かな人柄の久保敏松や、粗暴ではあっても機知に富んだ気風《きっぷ》のいい観音寺のケンと百合たちとの会食と談笑の席から外れてしまうと、ひどく空疎《くうそ》で潤《うるお》いのない場所へ戻って行く心持になったのは、自分だけではなく房江も同じらしいと熊吾は思った。

土地柄の違いというのは、一朝一夕に慣れるものではないし、その影響は生活だけではなく精神にも及ぶことを、すでに熊吾は実感せざるを得なかった。

その点、子供というのは柔軟なものだ。兄弟のいない伸仁は、高瀬家の三人の子供との同居のお陰で、これまでの倍近くも飯を食べるようになった。一皿のおかずを奪い合うなどということは初めての経験で、油断をしていると自分のおかずが失《な》くなってしまうので、膳《ぜん》に並んでいるものを我先に口に運ばなくてはならない。

自分よりも歳下《としした》の三兄弟は揃《そろ》って食欲旺盛《おうせい》で、伸仁がやっと一膳の飯を食べ終えるころには、それぞれが三膳ずつむさぼり食って、まだ足りないといった顔をしている。それに刺激されて、自分も負けまいと伸仁は最初は欲しくもないのにお代わりしていたが、いまはそれが定量となってしまった。

高瀬家の食卓は、大根の味噌汁《みそしる》と野菜の煮つけ、それに鱈《たら》の干物と青海苔《あおのり》のふりかけと決まっている。主人の高瀬勇次だけが、イカの刺身で晩酌をする。子供たちは父親の機嫌のいいときだけ、イカの刺身をねだるのだが、高瀬勇次は、これは働いている人間だけが食べるものだと言って、たまにその一切れを息子の口に放り込むこともある程度で、滅多に息子たちに分けてやろうとはしない。

房江は、伸仁にもう少し栄養価の高いものを食べさせたいのだが、同じ家に住みながら、自分たちだけ別の料理を作るわけにもいかず、毎日、朝昼晩と鱈の干物を見つめるだけで、それを口にしようとはしない。

それなのに、伸仁は血色が良くなって、少し目方も増えたという。三人の兄弟を見ていると、ひとりっ子の食が細いのは当然のように見えてくる。競争がなくて、そのうえ親はたったひとりの子を大事にするあまり、よく嚙《か》んでゆっくり食べろとしつけるのだから。

熊吾はそんなことを思いながら、商店街の和菓子屋は、まだ店をあけているだろうかと話しかけた。

「饅頭《まんじゅう》でもおみやげに買うて帰ってやったら、子供らが喜ぶじゃろう」

「そうやねェ、私らだけが外で食事をして帰ったら、気を悪うさせるかなァって、さっきからずっと考えててん……」

房江はそう言って、高瀬の住まいへの路地の前を通り越すと、歩を速めた。和菓子屋はもう店仕舞いをしただろうが、商店街の手前の花屋の向かいに小さな食堂があり、そこに大福餅《だいふくもち》が置いてあるという。

「花屋の息子さんが、ノブとおんなじクラスで、口数の少ない、のんびりした性格で、たぶんそんなことも考慮して、担任の先生はわざとノブの最初の友だちにその子をみつくろってくれはったような気がするねん」

伸仁が八人町小学校に通い始めて以来、その土屋という花屋の息子が毎朝迎えに来てくれるのだと房江は言った。

「そういう匙《さじ》加減ができるおとなの教師っちゅうのは、日教組やあらせんぞ」

熊吾が言うと、伸仁がうしろを振り向いて熊吾の手を引っ張った。路地の暗がりに、高瀬家の次男が立って泣いていた。裸足《はだし》だった。

伸仁がミッキーというあだ名をつけて呼んでいる六歳の弘志は、熊吾たちに気づくと泣きながら走って来て、房江の膝にしがみつき、父さんが母さんを殺したと言った。

「殺した？」

熊吾は慌てて路地へと走り、高瀬の家の座敷にあがった。高瀬の、声が裏返ったような怒声と、末っ子の、母親を呼ぶ声が聞こえた。

倒れている桃子の服の衿《えり》をつかんでさらに殴ろうとしている高瀬勇次をうしろからはがいじめし、熊吾は、とにかく落ち着くようにと制して、桃子の顔をのぞき込んだ。

頭のどこかに切り傷があるらしく、血が出ていたが、たいした出血ではなかった。

「殺したらええっちゃ。私は死んであげるっちゃ。自分の女房の頭に急須《きゅうす》を力まかせにぶつけて、あんたは立派な亭主ですっちゃ」

桃子は起きあがり、割れている急須を床の間に投げつけて、そう言った。高瀬勇次は、熊吾の腕を振りほどき、

「まだ口ごたえするがか」

とつぶやきながら、拳《こぶし》で桃子の目のあたりを殴った。

「夫婦ゲンカか……。あんたらの勝手じゃが、物にはほどほどっちゅうことがある。男が力まかせに女をゲンコツで殴ったら、ほんまに死なせっしまうぞ」

遅れて走って来た房江は、伸仁に、家の外にいるようにと命じ、廊下で泣いている長男の孝夫を呼んだ。

「憲之ちゃんをつれて、表に出ときなさい。お母さんのことは心配せんでええから……。私らがおったら、お父さんも、もうこれ以上のことはしはれへん」

安堵《あんど》の表情で弟の手を引いて、七歳の孝夫が外に出て行くのを見届け、熊吾は、派手にやったものだなと、座敷のありさまを眺めた。

膳の上の食べ物も皿も醤油壜《しょうゆびん》も畳に散乱し、襖《ふすま》は破れ、酒と茶は畳に染《し》み込み、踏みつぶされたイカの刺身は熊吾が歩くたびに靴下にへばりついた。

桃子の顔は腫《は》れあがり、口のなかも切れたのか、涎《よだれ》混じりの血が顎《あご》から首へと伝っている。

「この女は、笊《ざる》みたいですっちゃ。掃除と洗濯以外のことは何にもでけん。家計のための金を渡しても、一日で使うてしまうがや」

高瀬勇次は、醤油で汚れた眼鏡を雑巾《ぞうきん》で拭《ふ》き、極《き》まり悪そうに言って、台所へ行くと、新しい酒の封を切った。

一緒になって以来、この女の金の使い方には頭を悩ませつづけてきた。家計というものへの計画性などまったくない。必要のないものばかり買って、すぐに金がないと愚痴を言う。だから自分は、この女の性格を考えて、その日必要な金以外は渡さなくなったのだ。

そんな自分の非を棚にあげて、事あるごとに亭主をケチよばわりする。ひとつのラジエーターを一日かかって修繕して、いったい幾ら儲《もう》かるというのか。亭主が朝から晩まで工場で汗水流して稼いだ金を、この女はたったの一時間で使って帰って来る。子供をつれて映画に行き、欲しがるままに菓子やおもちゃを買い与え、水道代や電気代や電話代の金までも使ってしまう……。

高瀬勇次の言い分を聞いているうちに、熊吾は、富山での生活に見切りをつけた。この男と組むことはできないと断を下したのだった。この男は所詮《しょせん》小さな町工場の親父《おやじ》にすぎない。

夫婦ゲンカの理由は、もっと他にあるのであろう。若い妻の家計のやりくりに不満があるだけで、これほどまでに容赦なく殴ったり蹴《け》ったりするはずはない。いかに経済観念がないと言っても、桃子は子供たちを映画につれて行って、たまに散財し、菓子やおもちゃを買ってやったのだ。親が子供にそうしてやりたいと思うのは自然の情だ。高瀬はそれに事寄せて、何か他の鬱憤《うっぷん》を爆発させたのであろう。この俺と新しい事業を始めようという男が、なぜ廃品同然のラジエーター修理をやめようとしないのか。俺はなんとまあ、人を見る目が狂ったことであろう。貧すれば鈍するというやつだ。俺も落ちぶれたものだ。よりにもよって、こんな吝嗇《りんしょく》な、ケツの穴の小さな男の口車に乗って、富山くんだりまでやって来るとは……。

「ご夫婦のいろんな事情に、他人がどうこう口だしはでけんけんのお」

熊吾は、房江が桃子を台所につれて行き、井戸水にタオルをひたして、それで殴られた箇所を冷やしてやっているのを確かめ、

「若すぎる女房を持つと、気がもめることよ」

と小声で高瀬に言った。

「恥しいことですちゃ」

高瀬はわざとらしく苦笑し、男に色目を使うのは、桃子という女そのものの癖なのだと言った。

「色目を使うとるように、あんたが邪推しとるだけじゃ。不満はあるじゃろうが、しょうがあるかや。あんたは五十四歳で、桃子さんはまだ二十九歳やぞ。体を持て余して、亭主から貰《もろ》うた家計の金を、ぱあっと使うてしもうたんじゃ。女は、鬱屈が溜《た》まると、やたらと買物をしとうなるもんらしい。男を買うたわけやあるまいし……。夜な夜な迫

られて、乗っかかられて、命を縮めるよりもましじゃと思うてやることよ。殴るにもほどがある。わしはゲンコツで女房を殴ったことはありゃせんぞ」

「桃子は、若いころの派手な生活が忘れられんのですっちゃ」

「若いころっちゅうが、あんたの奥方はいまもまだ若い。自分の父親ほどの歳の差がある亭主と、手のかかる三人の男の子との生活は、退屈でしょうがないことじゃろ。あげく、亭主が財布の紐《ひも》を握っちょって、自由になる金が一銭もないんじゃ。気の毒なことよ」

「あいつは経済観念ちゅうもんが、まるでないがやちゃ」

高瀬勇次は、絶えず何かに苦悶《くもん》しているようなしかめっ面《つら》をさらに歪《ゆが》めて溜息《ためいき》をつき、畳の上に転がっている湯《ゆ》呑《の》み茶碗《ぢゃわん》を拾って、それに冷や酒をついだ。

「経済観念がないっちゅうても、亭主に内緒で博打《ばくち》に手を出すわけやあらせんじゃろ。若い男に貢《みつ》ぐわけでもない。子供に優しい、ええ母親じゃ。まあ、なにかにつけて、気は利《き》かんが、そんな失礼なことは、わしは口が裂けても言わん」

熊吾が笑いかけても、高瀬のしかめっ面は緩まなかった。およそ、笑顔というもののなさそうな高瀬は、その骨張った顔と体をいからせて、熱い茶をすするように冷や酒を飲んだ。

だが、容貌《ようぼう》から受ける印象とは異なるものを高瀬勇次という男が内に蔵しているのを能吾は知っていた。高瀬は、人を騙《だま》して陥《おとしい》れようなどとは考えてはいない。地道に汗水流して働くことを信条として、贅沢《ぜいたく》を嫌い、大言壮語とは無縁の男なのだ。そして自分の財布と他人の財布を混同することもない。

「これまでよりも大きな商いをしてみたいっちゅう気持はわかるがのお、あんたは町工場の親父として生きるのがいちばん適しちょる。あんたは口下手で人嫌いで、その苦虫を嚙みつぶしたような顔は、人間相手の仕事に向いちょらん。それに、この富山では、中古車の流通はまだまだ先のことじゃ」

「松坂の兄さんは、腰が引けたがか？」

「腰が引けたのは、あんたのほうじゃ。この話はなかったことにせんか。わしは大阪へ帰る。わしがあんたに預けた金は、富山に残していく女房と息子の身代金《みのしろきん》と思うてくれ。それでお互い恨みっこなしにせんか。わしが大阪で新しい生活の基盤を整えるまで、房江も伸仁も富山におったほうがええ。わしもそのほうが動きやすいけんのお。伸仁は新しい学校に転校したばっかりじゃ。その小学校をたったの一ヵ月ほどでやめて、また大阪のどこかの小学校に転校させるのは可哀相《かわいそう》じゃ。来年の春、五年生になるときに転校させるほうがええと思うんじゃが……」

　高瀬は大きく舌打ちをして、

「だらなことを」

と言った。

熊吾は房江を呼び、座敷を掃除してくれと言い、上着を脱ぎながら、ポケットからハンカチを出した。ハンカチと一緒に一組の軍手も出て来たので、それを膳の上に置き、熊吾はさっき高瀬をはがいじめした際に手首にこびりついたらしい飯粒をハンカチで取り除いた。

「それは何ですっちゃ」

高瀬は軍手を見つめて訊《き》いた。

「ああ、これは面白いアイデアじゃぞ。わしの知り合いの運送屋が、最近みつけてきたそうじゃ」

掌《てのひら》と指の部分にゴムを塗ってある軍手で、これを使って作業すると滑らないし、濡《ぬ》れた物をつかんでも軍手は濡れず、汚れも取りやすいという代物《しろもの》で、じつに重宝していると言って、千代麿がくれたのだった。こんなアイデア商品が、大阪ではたくさん出廻るようになった、と。

「これはええ。なるほど、ゴムを塗るがか……。これは専売特許か何かを取っとるがやろか」

高瀬は半分に切ってシガレット・ケースに入れてある煙草《たばこ》をくわえ、ゴム加工した軍手に見入りながら訊いた。

「さあ、どうかのお。堺のほうの軍手工場で、近所のかみさん連中を時間給で雇うて作っちょるらしい。これをくれた運送屋は、出来上がったこの軍手を、月に一回トラックで倉庫まで運ぶ仕事をしちょるそうじゃ」

軍手工場の拡張の話があって、千代麿は戦前からの知り合いの経営者に話を持ちかけられ、かなりの資金を融資したのだった。それによって今後、純益の二パーセントが丸尾千代麿に入るらしい。

「こんなもんに、ちょこっと手を出してみましてん」

と言って、千代麿は一組の真新しい軍手を熊吾に見せたので、熊吾は何気なく上着のポケットに入れたのだが、高瀬の興味深そうな目を見つめているうちに、そうだ、このゴム加工を施した軍手を作る仕事のほうが、高瀬勇次には向いているという気がしてきたのだった。

「ラジエーターの修理なんかやめて、これを作る工場をやってみたらどうかのお。軍手を仕入れて、その軍手にゴムを塗るだけじゃ。ゴムをどこで仕入れるか、わしが調べてやる。そうじゃ、これを北陸で売るんじゃ。これは重宝されるぞ。普通の軍手はすぐに汚れて、濡れて、穴があいて、長持ちせんけん、これは売れるぞ」

熊吾は、上着のポケットから宝町の料理旅館のマッチを出すと、そこに印刷されてある電話番号のダイヤルを廻し、千代麿を呼んでもらった。

特許は、いま申請するための準備をしているはずだと千代麿は言った。

「ゴムの値段は毎日毎日変動してましてなァ、高いんですわ。そやさかい、普通の軍手の三倍の値をつけてまんねんけど利益率は低いんです。ところが、これがないと作業がでけへんちゅう職種が結構多いんです」

「たとえば、どんな職種じゃ」

「そらまあ、ぎょうさんおまっせ。電気工事、熔接《ようせつ》、土木工事、水道工事、漁港……」

「漁港？」

「へえ、魚の荷上げに軍手は必要でんねん。そやけど、濡れる仕事やから、普通の軍手ではたいした役に立てへんさかい、みんな面倒臭うて、素手で作業してまんねや」

大手漁業会社三社が、ことしからこのゴム塗りの軍手を採用して、南氷洋の捕鯨船団に大量に積み込んだと千代麿は言った。

「ゴムはどこで仕入れるんじゃ」

熊吾の問いに、あした、製造業者に電話で訊いてみると千代麿は言い、

「大将、ゴム塗りの軍手を作って売ろうと思いはりましたんか？」

と訊いた。

「わしやあらせん。こういう仕事にうってつけの、人間嫌いの男が、この軍手を見て目を輝かせちょる」

「競争相手がいつ出てくるかと、戦々兢々《きょうきょう》としてまっさかい、そう簡単に作り方を教えてくれるとは思えまへんなァ」

「そこを何とか、お前がスパイになって調べてこい。こっちは北陸だけじゃ。先駆者の縄張りを荒らしたりはせんし、そんな力もありゃせんわい」

「そんな無茶な……。わてかて、出資者でっせ。商売仇《がたき》のためにスパイをするなんて……」

「お前、わしには一生の恩があるじゃろが。どんな恩か、わしに言うてみィ」

「またそんな脅迫を……。ほんまに北陸だけにしといておくれやすや。何かのひょうしに関西に出廻ったりしたら、わては裏切り者でんがな」

「あんなええ女房を裏切った罰じゃ」

「そんな大きな声で。近くに奥さんはいてまへんのか？」

電話を切り、廊下から玄関の戸に目をやると、路地の暗がりで遊んでいる伸仁と高瀬家の三兄弟の姿が見えたので、熊吾は家のなかに招き入れ、

「夫婦ゲンカは終わりじゃ。平和が戻ったぞ」

と笑顔で言った。

末っ子の憲之が、伸仁の手を振りほどいて三和土《たたき》に走って来ると、廊下に駆けあがり、母親を捜して座敷を覗《のぞ》いてから、台所へ行こうとした。すると、房江が通せんぼの格好

で立ちはだかり、お母さんのことは心配しなくていいから、もう少し表で遊んでいるように訓《さと》し、熊吾にそれとなく目配せをした。

「ひょっとしたら、えらいことになるかもわかれへん」

そう耳打ちし、房江は二階へ上がると、薬箱を持って降りて来て、病院へつれて行ったほうがいいと思うと言った。

「そんなにひどい怪我《けが》か？」

熊吾が台所を覗きかけると、いまは男子禁制だと言って、房江は、どこかちゃんとした産婦人科に電話をかけてくれと頼み、慌《あわ》てふためいた足取りで台所へ入り、いつもはあけたままの戸を閉めた。

桃子は妊娠していたのだった。本人も気づいていなかったが、夫に殴られて倒れたときの衝撃が流産の原因であることは充分に考えられた。

腹痛と出血が止まらず、高瀬勇次が隣家で借りたリヤカーで病院へ運んだのは夜の十一時前で、流産が確認されたのはそれから三十分ほどあとだった。

医者は殴打《おうだ》の跡を重視し、いくら夫婦ゲンカでもひどすぎると怒って、知らなかったとはいえ、これは犯罪だと言い、夫に蹴られたかどうかをしつこく詰問《きつもん》した。桃子は顔を二、三回殴られたが、蹴られてはいないと夫をかばいつづけ、夫どころか、当の自分でさえ妊娠に気づかなかったのだから仕方のないことだと主張し、事を荒だてて くれるなと医者に懇願した。

桃子が再びリヤカーの荷台に乗せられて帰宅したのは夜中の三時に近かった。

「あんた、自分の女房の腹とか腰とかを蹴ったんやないがか?」

と三度同じ言葉で医者に詰問されたとき以外は、高瀬はひとことも喋《しゃべ》らなかったが、帰宅するなり、自分で旅支度を整え、大阪へ行ってゴム塗り軍手について調べて来ると言い残し、五時前に出て行った。

きっと家に居づらくて、大阪へ向かう列車が出るまで駅で待つつもりなのであろうと思い、熊吾は丸尾運送店の電話番号を教えたが、千代麿から貰った軍手には小さなラベルが貼《は》ってあり、製造元の住所がそこに印刷されてあったので、高瀬は直接そこに出向いてみると言った。

「私に申し訳のうて、何か私が歓《よろこ》びそうなもんを大阪で買《こ》うて来るなんてことは、ようせん人ですっちゃ」

蒲団《ふとん》に横たわった桃子は、かすかに笑みを浮かべて、そうつぶやき、熊吾と房江に、もう休んでくれと言った。

「こんな時間に寝てしもたら、子供らが起きる時間に起きてこられへん」

子供たちが学校に行ってしまってから、自分は寝ることにすると房江は言い、桃子の枕元《まくらもと》で伸仁の服や靴下のほころびを直し始めた。

今夜だけ二階で伸仁と一緒に寝るようにと言われた高瀬家の三兄弟の寝相は悪く、熊吾が二階に上がっても、寝る場所はなく、隣家の庭で飼っている鶏の鳴き声がうるさくて、熊吾は自分で握り飯を作り、そこに青海苔《あおのり》のふりかけをまぶすと、玉子焼きを焼いた。

「そんなこと、自分でしはらんでも、言うてくれたら私がするのに」

台所にやって来た房江は言って、湯を沸かした。

「きょう一日で、わしらの家と、百合の家を捜すぞ。自転車に乗って家捜しじゃ。お握りと玉子焼きを弁当箱に入れてくれ。そこの自転車屋で子供用の中古の自転車を売っちょった。あれを伸仁に買うてやる。この近くで借家を捜すのはやめた。もっといなかに行くぞ。伸仁はそこから自転車で学校に通うたらええ。田圃《たんぼ》があって、きれいな川が流れちょって、トンボや蝶々《ちょうちょう》が飛んどって、鎮守の森でもあるところで、伸仁が自転車で学校へ通えるとこを捜してくる」

「そんな思いどおりのとこに、借家なんてうまいことみつかるやろか……」

「先に周旋屋であたってみる」

熊吾は、富山での高瀬勇次との共同事業を断念したことは、まだ房江には黙っておいたほうがいいと思った。たとえいかに不自由な生活が待ち受けていようとも、夫が富山に見切りをつけたのなら、自分も伸仁も一緒に大阪へ帰ると言い張るに決まっていたからだった。

仲仁の転校も、さして面倒な問題でもない。わずか二、三週間で大阪の新たな学校に移ろうとも、仲仁は仲仁でうまく順応していくことであろう。腺病質《せんびょうしつ》で神経質で、何かというとすぐに泣く子だが、仲仁は周りとの順応力は意外に強く、友だちを作る才も持っている。

いじめっ子の標的になっても、いつのまにか相手と仲良くなってしまうというところがあるのは、父親に似たのだろうか。それとも、案外母親に似たのか……。

だが、目を離すと、子供が出入りしてはいけない場所に行きたがり、その世界に染まってしまう傾向もあって、それが将来にどんな災いをもたらすやも知れない。環境というのは恐しい敵であり、「朱に交われば赤くなる」という諺《ことわざ》は不変の真理とも言える。仲仁には、しばらくいなか暮らしをさせたほうがいい……。

熊吾はそう思い、

「あいつは、油断のならんところがある」

と言って、一升壜《びん》の栓をあけた。その熊吾の手を房江が叩《たた》いた。

「もう夜が明けかけてるのに、お酒やなんて。何の為《ため》にお握りを作って、玉子焼きを焼いたん？　お腹《なか》が減ったんやったら、こっちを食べたほうがええ」

「うるさいことを言うな。高瀬は、つらかったことじゃろう……。まさか女房が妊娠しとったなんて、夢にも思わんかったんじゃ。自分が流産させてしもうた……。いたたまれんかったんじゃろう。大阪へ行く列車が何本あるかは知らんが、いまごろ、富山駅のベンチに坐《すわ》って、あの苦虫を噛《か》みつぶしたような顔を、そのうえ渋柿《しぶがき》でも食うたように歪《ゆが》めちょることやろ」

「それと、いまお酒を飲むこととは、何の関係もあらへん」

「わしはいま人生の悲哀を持て余しちょるんじゃ。一杯くらい、かまわん」

「あかん。糖尿病は怖いんや。ノブのために、お父さんには長生きしてもらわな」

「高瀬家の四人目の子になるはずやった小さな命を偲《しの》んで、……一杯だけじゃけん」

房江は笑い、徹夜をするなどということは何年振りであろうと言った。

「この隣の家の鶏は、なんとかならんのか。絞め殺してやろうかと思うのお」

房江のほうに唇を突き出し、自分の口髭《くちひげ》を剽軽《ひょうきん》に動かしてから、熊吾は酒をコップについだ。

「それ、何の合図？　私はもう子供はよう産まんねんけど……」

「何を言うんじゃ。妙な誤解をしちゃあいけん。なにとぞ、お目こぼししてやんなはれ。酒を飲むのを許可してくれて、ありがとうっちゅう合図じゃけん。糖尿病になると、男のあれは役立たずになるそうじゃ」

「お相手が若いと、話は別ですねんやろ？」

「高瀬は、しんどいことじゃろう」

房江は、タオルで熊吾の口髭をぬぐった。セーターの小さな毛玉が口髭についていたのだった。

「いつのまに、こんなに円い人になりはったんやろ……。円満すぎて、なんや心配になってくる。つかのまの休火山やろか……」

「このへんに、白髪が出て来よった」

熊吾は、自分の側頭部を房江に見せた。

「それに、老眼鏡がないと、どうにもならんようになった」

「五十九歳やもん、当たり前ですがな。世間の五十九歳いうたら、白髪のおじいさんみたいな人もいてはる。五十を過ぎたら、どんなに目のええ人でも老眼鏡をかけなあかんのに、いまごろ、やっと老眼鏡が必要になるなんて」

「新聞の字が見づろうなった。伸仁の自転車を買うたら、その次に眼鏡屋に行かにゃあいけん」

房江は、熊吾の酒のあてに蒲鉾《かまぼこ》を切り、それから、高瀬家の幼い三兄弟について語った。

「長男のボブは」

「お前までボブと呼んじょるのか」

「本名は覚えにくいねん。どの子が弘志ちゃんで、憲之ちゃんで、孝夫ちゃんなんか、わかれへんようになって、孝志ちゃん、とか、弘之ちゃん、とか、間違うてしまうねん。ボブとミッキーとトム。覚えやすいし、わかりやすいし、本人らも、そう呼ばれるほうが喜ぶから」

「上からボブ、ミッキー、トムか。よし覚えた」

ボブは、生まれてから怒ったことがなく、争い事が嫌いで、優しい子だ。宿題を忘れて、三日に一度は廊下に立たされているらしい。ミッキーは頭の回転が速くて、顔立ちも整っているが、少々病的なほどに癇《かん》が強くて、四歳になるまで、よく引きつけを起こしたが、最近はその癖もおさまったらしい。覚えが良くて、小学校にあがったばかりなのに、兄よりもたくさんの漢字を知っている。トムはまだ三つなので、母親のあとばかり追っているが、チャンバラごっこや戦争ごっこよりも、近所の女の子たちとままごと遊びをするのが好きで、すでにおとなに気にいられる術《すべ》を心得ている。

「もうあの歳《とし》で、なかなか世渡り上手やねん。末っ子って、あんなんやろか。上に二人お兄ちゃんがいてると、家のなかでの自分の上手な生き方を本能的に覚えるんやろか」

熊吾は、コップの酒を飲むと、台所の奥の裏口から出て、井戸水のポンプで水を汲《く》み、顔を洗った。

房江は口にしないが、家計は逼迫《ひっぱく》している。のんびり構えている場合ではないのだ。

富山での商売に見切りをつけたとなれば、生活の糧《かて》を得る手だてを早急に大阪でみつけなければならない。高瀬に預けた資金の半分は、房江と伸仁の富山での生活費として手をつけるわけにはいかない。

熊吾はそんなことを考えながら、

「わしは、なんで、こんなに金がのうなっしもたんじゃ」

とつぶやいた。

鶏の鳴き声はやっとおさまり、起きだしてきた近所の人々の声が四方から聞こえて来た。高瀬の家の南側につづく家々の屋根に朝日が当たり、その上のはるか彼方《かなた》に、雪のかぶった立山連峰がかすかに見えた。

熊吾は、富山市内でも南へ行けば行くほど立山連峰の姿が鮮明になるのかもしれないと思った。

「伸仁も家捜しにつれて行くぞ。学校なんて、一日くらい休んでも、どうっちゅうことはない」

台所で朝飯の用意を始めた房江にそう言い、熊吾は二階にあがると、伸仁を起こした。

百合の住まいに適していそうな借家は、稲荷《いなり》町に一軒、清水町に二軒、それに神通川の畔《ほとり》の磯辺《いそべ》町に一軒あったが、熊吾は建築金物の卸屋も営んでいる周旋屋の三輪自動車に乗せてもらって家を見に行き、いたち川の東側に建ってまだ三年しかたっていないという清水町の平屋の一軒家に決めた。そこは豊川町の高瀬の家から歩いて二十分のところで清辰橋のたもとにあった。

熊吾は、周旋屋の事務所に戻ると、旅館に電話をかけ、借家を見に行くよう伝えてから、

「ひとりで行け。いや、久保さんか千代磨かのどっちかについてってもらえ。ケンを見たら、家主は怖がって貸してくれんかもしれんけんのお。身元保証人は、松坂熊吾じゃ。わけありそうな若い女がひとりで家を借りるとなると、うさん臭がられるが、借り手がのうて困っちょる。敷金は家賃の三ヵ月分じゃが、それを五ヵ月分払うっちゅうて承諾させた。ケンに金を貰《もろ》うて、すぐにも蒲団や台所用品を買うことよ。房江が手伝うてくれるけん」

と言い、自転車屋へ行って、中古の子供用自転車を買った。

その荷台に弁当をくくりつけ、熊吾は高瀬の自転車を借りて、伸仁と一緒にいたち川の上流へとのぼり始めた。

周旋屋は、立山連峰がよく見えて、周りに田圃が多くて、きれいな川が流れていて、木が多くて家賃の安いところという熊吾の要望に苦笑しながら、大泉町と大泉本町の二軒の借家の地図を描いてくれたのだった。

いたち川の川幅は広いところでも十メートルほどで、緩かに曲がりくねっていたが、不必要に思えるほどに古い橋がたくさん架かっていた。

「雪見橋」

ひとつ橋のところを通り過ぎるたびに、伸仁は欄干に書かれてある橋の名を読みあげた。

「泉橋」

その泉橋のあたりから、川の流れは南へと変えた。

「東橋」

すぐに久右衛門橋《きゅうえもんばし》があって、そこで県道を越えた。

「橋のたもとごとに祠《ほこら》があるのお。水はきれいじゃが、川沿いにはずうっと民家があって、土手には食べ物の残りが捨てたりしてある。こういうところには蛍が多いんじゃ」

と熊吾は伸仁に教えた。

「蛍は、あんなにきれいに光って、美しい虫じゃと思われちょるが、じつは獰猛《どうもう》なやつでのお、カワニナっちゅうタニシの一種の肉を食うて育ちよる。カワニナは人間の残飯を餌《えさ》にして生きちょるけん、人里離れたところにはおらんのじゃ。じゃけん、人間が生活しとるところで、そのうえきれいな川があるっちゅう条件が揃《そろ》わんと、蛍はあらわれてはくれん。このいたち川っちゅうのは、蛍にはうってつけじゃ。田植えのころになると、さぞかしぎょうさん出よるやろ」

いたち川橋を過ぎたところに駄菓子屋があったので、熊吾はそこで伸仁にキャラメルを買ってやり、八人町小学校にはどんな子供たちがいるのかと訊《き》いた。

いまいちばん仲のいいのは、花屋の土屋くんで、その次が水沼くんで、もうひとりは河井さんという女の子だと伸仁は言った。

新学期が始まったころは、まだ寒くて、みんなは廊下に置いてある卓球台に集まり、卓球ばかりやっていた。自分は卓球なんかやったことがないので、一球も打ち返すことができなかった。いまは運動場でキック・ボールというのをする。水沼くんは、相撲も卓球もチャンピオンで、ドッヂ・ボールも上手だ。

いちばん勉強ができるのは薬屋の尾川くんで、背が高くて、空手の道場に通っている。瓦《かわら》を五枚、拳《こぶし》で割れるらしい。

担任の荒木先生は滅多に怒らない。このあいだ、図画の時間に、松坂は絵がうまいと賞《ほ》めてくれた。絵を賞めてくれたのは、荒木先生が初めてだ。

クラスの子のほとんどは近くに住んでいる。表具屋の宮田くん、ブリキ屋の山内くん、加瀬医院の加瀬くん、蒲鉾屋の神崎くん、自転車屋の佐々木くん、料理屋の扇田くん……。みんな、豊川町の家から歩いて十五分以内のところだ。

大阪の曾根崎小学校と違うのは、男の子と女の子が一緒に遊ばないことだ。教室内で少し話をしても、休み時間になると、別々に遊んで、声をかけようともしない。

おとといの夕刻、道でクラスの女の子三人が歩いて来たので、おーいと手を振ったら、びっくりして逃げて行った。だから、これからは道で会っても、話しかけないことにした。

でも河井さんだけは、自分のほうから話しかけてくれて、自転車に乗せてくれたりする。ぼくの大阪弁を笑ったりもしない……。

「ほう、その河井さんは可愛《かわい》い子か？」

と熊吾は訊き、いつのまにか雲ひとつなくなった空の向こうの立山連峰を見つめた。これからさらに南へ行き、民家の数が減って田圃が多くなれば、立山連峰の白くて長い壁は、常に大きく聳《そび》えつづけるであろうと思った。

河井さんは、まあ可愛いほうだ、と伸仁は言い、

「母さんは、もう赤ちゃんを産んでくれへんのん？」

と訊いた。

「うん、ちょっともう無理じゃのお。女が子供を産めるのは、四十までじゃろう。お前を産むので精一杯じゃったけん」

熊吾は、伸仁と並んで、再びいたち川に沿って自転車をゆっくり漕《こ》いで行った。

有明橋と清辰橋を過ぎると、百合が借りることになるであろう平屋の一軒家が見えて

来た。熊吾は、電力会社に勤めている男が所有しているというその家を指差し、たぶん二、三日中に百合おばちゃんがあそこに引っ越して、富山での生活を始めることになると伸仁に教え、

「母さんが子供を産むのは無理じゃけん、なんぼお前が欲しいても、弟も妹もでけんじゃろうが、城崎には正澄もおるし、美恵もおる。百合おばちゃんが男の子を産むのか女の子を産むのかは、まだわからんが、お前は、その子も、正澄も美恵も、自分の弟や妹やと思うて、可愛がってやらにゃあいけん。自分ができることは、ケチな料簡《りょうけん》を起こさずに、親身になってしてあげにゃあいけん。見返りを求めちゃあいけんぞ。自分がしてあげたことに対して、何等かの見返りを求めるっちゅうのが、父さんはいちばん嫌いじゃ。こっちがしてあげたことに対して、相手が裏切りみたいなやり方で応じても、知らん振りをしちょれ。それが、いつかお前という人間に福徳のようなものを運んでくる。お前は、城崎の美恵や正澄や、ことしの秋ごろに産まれる百合おばちゃんの子のお兄ちゃんになってあげるんじゃ」

橋の上で四、五歳の男の子二人が、腰におもちゃの刀を差して遊んでいた。子供のおもちゃにしては立派な刀で、鞘《さや》には黒い漆が塗ってあった。

熊吾は、御影《みかげ》の直子に預けたままの関の孫六兼元を手離そうかと考えた。中之島の地下倉庫が高潮でつかった際も、あの国宝級の刀剣を売りたい衝動に駈《か》られたが思いとど

まったのだった。

それは、万一のときのために取っておかなければならない。その万一のときとは、自分の身に何かが起こって、伸仁が高校や大学に進めなくなることであった。

この先、伸仁がどのように成長していくかはわからないが、いずれにしても体が弱く、頭脳も晩生《おくて》で、それは一朝一夕に変わるわけではあるまい。人が十五歳で理解できることが、伸仁には三年余分にかかるという場合もある。

だが、戦後の日本の教育制度は、すべての子供たちに平等に教育の場を与えるというたてまえを金科玉条にして、あるレベルでの均一化にだけ主眼が置かれつつある。教師は小役人化し、占領軍の緻密《ちみつ》な日本人骨抜き計画の罠《わな》に気づかぬまま、ただ幼稚な民主主義を錦《にしき》の御旗《みはた》にして、日本人の教育レベルを戦前戦中よりもわずかに底上げしつつ、突出したものの芽を切り取る方向へ進んでいるのだ。

それは、伸仁が小学校一年生のときに、どうしても嚙《か》み下すことができなかった得体の知れない給食の肉を、食べるまで家に帰そうとしなかった若い女教師の陰険な教育法に象徴されている。

三年生のときの男の教師は、家庭訪問と称して、平華楼で飲み食いをし、あげく自分の後輩の大学生を伸仁の家庭教師に斡旋《あっせん》して、その月謝のうわまえをはねようという見え透いた泥棒根性を俺に指摘された途端、伸仁に連日居残り授業を受けさせた。

敗戦後、たったの十年かそこいらで、小学校の教師ですら、このありさまだ。中学、高校になれば、思いも寄らない弊害があちこちではびこっていることであろう。この日本の「公《おおやけ》」というところに自分の息子を託してはならない。そこでは、何か大切なものが奪われていく気がする。

中学から高校へ進む際の試験というものに、俺は疑問がある。六、三、三制の教育制度にあって、中学校の三年間は、年齢では十三、十四、十五歳あたりの、男の子も女の子も思春期の入口で、最も難しく、曲がりやすく、繊細な年頃だ。

その年頃は、ありとあらゆることに目移りし、心が動く時期だ。性に魅《ひ》きつけられてやまぬ不思議な衝動。親への反感。自分を抑えつけようとする規範への憎悪《ぞうお》。そして、決して消えてはいない幼児性……。

そのような微妙な時期に、苛酷《かこく》な試験を設けて縛りつけることに、俺は反対だ……。

熊吾のそのような考えは、この一、二年で強固で不動のものとなっていた。だから、熊吾は、何があっても、伸仁が小学校を卒業したら、高校へと無試験で上がれる私学の中学校に入れなければならないと考えていた。成績の悪い伸仁が私学に入るためには、少々の裏金も必要かもしれない。そういう匙《さじ》加減ができるからこその私学なのだから、それはそれで結構ではないか。だが、自分に万一のことがあれば、私学へ進むことは金銭的に不可能となる。そのときのために、関の孫六兼元は、威力を発揮する……。

熊吾は、百合の住まいとなるであろう川向こうの家へと走りかけた伸仁を制し、

「ここに、わしらの知人が住んじょることは誰にも言うちゃあいけんぞ。母さんにはええがの」

と耳打ちし、周旋屋が描いてくれた地図を見た。

「言うたらあかんことばっかりや。城崎の美恵ちゃんのことやろ。西条あけみさんのことやろ。それから、百合おばちゃんのことやろ。競馬で儲《もう》けたこともやし、ごっつう負けたこともやし」

と伸仁が指折りかぞえながら言った。

「おとなになるっちゅうのは、自分の胸に秘めちょくことが増えるっちゅうことでもあるんじゃ」

熊吾は、伸仁が肩にたすき掛けしている水筒の茶を飲み、

「ここをずうっと南へ行くと、富山地方鉄道の立山線ちゅうのが走っちょるらしい。富山におるあいだに、いっぺん立山に登ってみたいもんじゃ。母さんに巻き寿司《ずし》を作ってもろうて、三人で行こうか」

と言い、自転車を走らせた。

辰泉橋、大泉橋、大清橋を過ぎ、南大泉橋にさしかかると田圃《たんぼ》があらわれ、法蓮寺《ほうれんじ》橋の近くから西側は、木に囲まれた農家と田園が拡《ひろ》がり、立山連峰が鮮かさを増した。

大泉町の借家は、農家の離れで、日当たりが悪く、真向かいの農家の大きな楠《くすのき》に遮られて、立山の峰の左半分しか見えなかった。

熊吾は、もう一軒の、大工の家の二階へと向かった。いたち川橋の次が見竜橋で、そこからいたち川は細くなり、細い四つ辻《つじ》の角に雑貨屋があった。大泉本町の嶋田《しまだ》という大工の家は、その雑貨屋の前を西に曲がって二十メートルほど行ったところにあった。借り主を捜している部屋は作業場の二階の八畳で、去年まで嫁いだ長女が使っていたという。

熊吾と伸仁は、鉋屑《かんなくず》だらけの、鑿《のみ》や鉋が棚に並ぶ作業場から二階へ上がり、南に面した窓のところに立った。嶋田一家の住まいは、仕事場とつながった階下の二間で、五十歳くらいの夫婦と、高校二年生の長男、ことし中学を卒業して大工の修業をしている次男、そして伸仁とおない歳《どし》の三男の五人家族だった。

坊主《ぼうず》頭の嶋田元雄は、二階の八畳を借りてくれることが決まれば、すぐに新しい畳に換えて、襖《ふすま》も貼《は》り替えると言った。

一間しかない点が多少不満だったが、熊吾は南側の窓からの立山連峰の景観が気に入ったし、北側の窓からの田園風景にも心がなごんだ。だがそれにも増して都合が良かったのは、嶋田家には電話があるということだった。

工務店からの請け負い仕事が主なので、電話は去年の夏につけたのだと嶋田は言った。

「大阪と富山を行ったり来たりしますけん、ときどき女房に電話を取りついでもらうかもしれませんが、それはかまいませんか」

熊吾の問いに、嶋田は、いっこうに差しつかえないと答えた。熊吾は二階の八畳を借りることに決めた。

「人がええということもないし、悪うもない。口下手な、地味ないなかの大工夫婦じゃ。ああいうのがいちばんええ。気を遣わんで済むけんのお。ただ、他人の家の二階じゃけん、部屋で暴れたりしたらいけんぞ」

熊吾は、元来た道を戻りかけ、嶋田家の前の道を西へと向かった。八人町小学校へ自転車通学をすることになる伸仁はいいとして、自転車に乗れない房江は、何かの用事で高瀬家へ出向く際、どんな交通機関を利用すればいいのかと考えたのだった。豊川町の高瀬の家から大泉本町の嶋田家までは、いたち川沿いに歩いて、四、五十分かかりそうで、それはあまりにも遠すぎる。

伸仁にしてみても、雨が強く降る日は合羽《かっぱ》を着ようとも自転車では濡《ぬ》れてしまう……。

「ちょっと遠すぎたかもしれんぞ」

熊吾は言って、嶋田の家に引き返すと、最も近くにある市電の停留所と、市場の場所を訊いた。嶋田は、太い眉《まゆ》ばかりが目立つ日に灼《や》けた顔を西の方角に向け、ここから十五分ほど歩けば、堀川小泉という市電の駅があり、それは富山市の繁華街を通って、番町や総曲輪《そうがわ》から公会堂のほうへとつながっていると教えてくれた。市場はないが、いたち川橋を渡ったところに八百屋も魚屋もあるし、その向こうには米屋もある、と。

熊吾は交通機関をたしかめるために、堀川小泉町へと自転車を漕いで行った。途中に太い楠の繁《しげ》る神社があり、境内には土俵が施けられていた。さらに行くと、小学校と商業高校が隣接していて、もうそこからは市電の通りが見えた。

「うん、これでええ。ここにはパチンコ屋も玉突き屋もやくざの組事務所もないし、夜の女もおらん。ヒロポンの密売人も、たぶんおらんじゃろう。おるのは、バッタ、イナゴ、タニシ、蛍、蛙《かえる》、トンボ、蝶々《ちようちよう》、それに、人が好《よ》さそうで純朴そうやが、じつは四方八方に隈《くま》なく野次馬みたいな目を光らせちょる、底意地の悪いいなかの百姓だけじゃ。こいつらのひそひそ話は蛙よりもうるさいがのお」

熊吾は伸仁に言って、またいたち川沿いに戻り、雑貨屋の角を南に曲がった。踏切があった。富山地方鉄道の立山線だった。単線のレールが長く南西へと延びていた。

「サイクリングじゃ。行くぞ」

熊吾が勢いよく自転車を南へと漕ぎだすと、伸仁も「サイクリングや、サイクリングや」と叫んで、熊吾を追い抜き、田園のなかを縫っている土の道を気の向くままに右に曲がったり左に曲がったりして走り始めた。

いたち川から枝分かれしたのであろう小さな川に沿って、リヤカーが一台通れそうな道があり、その丈の低い土手には菜の花が輝く帯となっている。その時期が来れば田に引かれる水を供給するのであろう清流が、枝分かれを繰り返して、やがて杜《もり》のような暗い緑の密集のなかで消えるところまで自転車を走らせると、熊吾は、自分たちがいったいどこにいるのか見当がつかなくなってしまった。

田園のなかを南へ進んだのか、それとも西へなのか、あるいは地方鉄道に沿って南西の方向へ来たのか、まったくわからなかった。

太陽は真上にあり、紋白蝶の群れが畑で舞い、富士山の形をした雲がひとつだけ浮かんでいる。

「あそこに線路があるでェ」

自転車から降りて、杜の近くの小高い場所にのぼった伸仁が指差したので、熊吾は、おそらく地方鉄道の立山線であろうと思い、その線路のところへ行った。鉄路は、どうやらどこかで南東へと方向を変えたらしかった。

「越後は米どころっちゅうが、この越中も立派な米どころじゃ。父さんの生まれた一本松村の、盆のなかの土俵みたいな田圃やあらせん。これは誠に広大な田園じゃ」

農家の集落といっても、それらはせいぜい五、六戸が並ぶだけで、このまま立山の麓《ふもと》までずっと田圃がつづくのではないかと思えるほどの風景がひらけていた。

熊吾はそこで自転車を停め、房江が編んでくれた黄土色のカーディガンを脱いだ。父親とお揃《そろ》いで編んでもらったカーディガンを脱いだ伸仁が首筋に汗をかいていたので、熊吾はそれをハンカチで拭《ふ》いてやり、かつては野良《のら》仕事の人が弁当を食べる場所ではなかったかと思える椎《しい》の大木の下に坐《すわ》った。

伸仁が飲み終えるのを待って、水筒の茶を飲んでから、煙草《たばこ》に火をつけ、煙を深く吸い、

「石川啄木《たくぼく》っちゅう人は『雲は天才である』っちゅう小説を書きなはった。啄木は歌人やが、小説も書いたのかと思うて、昔、読んだことがある。内容はぜんぜん覚えちょらん。ただこの『雲は天才である』っちゅう題だけが、父さんの心に残っちょるんじゃ。啄木っちゅう人は、『雲は天才である』っちゅう一行だけ書いて、これが俺の歌だと言やあええもんを、なんでこんなにつまらん小説をつけくわえるのかと、少々がっかりしたもんよ」

と言った。

満州で、野戦がひとまず終わった真昼時、累々《るいるい》たる兵士の死骸《しがい》の傍で見上げた空に円融円満としか言いようのない雲が浮かんでいた。そのとき、「雲は天才である」という一行が痛切に胸を打った。古里の海、古里の山河という言葉が、あのときほど、狂おしいまでに懐《なつか》しいものとして感じられたことはなかった。

熊吾は伸仁にそう語って聞かせ、

「しかし、五十を過ぎたころから、わしは、人間にとって最も重要な古里は、自分を産んでくれた父と母やないのかと思うようになった」

と言った。

「そういう意味では、お前の母さんは、古里を持たん人じゃ。赤ん坊のときに、父親も母親もおらんようになった。古里の山や海に抱かれることなく育ったんじゃ。じゃけん、母さんは、自分が受けけんかった愛情をお前に注いじょる。わしも、お前が可愛《かわい》いてしょうがない。お前のためなら命なんかいらん。お前は、そういう父親と母親に育てられちょる。そのことを忘れちゃあいけんぞ。人は、わしや房江が、お前を甘やかしすぎちょると言いよる。こんなに我儘《わがまま》放題に育てたら、将来、ろくな人間にはならんじゃろうと陰で言うちょるやつもおる。しかし、わしも母さんも、お前のことは心配しちょらん。健康のことだけが心配なだけで、他のことは何にも案じちょらせんのじゃ。お前が生まれてから九年間、わしはお前に、人が人としてあるべきことを折に触れて教えつづけてきた。人間として、これだけはやっちゃあいけんちゅうことも、折に触れて教えつづけてきた。九年も教えつづけたら、骨身に徹してわかったことじゃろう。これだけ教えられて、それでもやっちゃあいけんことをやってしまうとしたら、それはもう教育や躾《しつけ》の問題やあらせん。その人間の持って生まれた業《ごう》っちゅうもんじゃ」

熊吾は、こんなに青い空の下で、こんなに見事な立山の峰々を眺め、菜の花の香りを

嗅《か》ぎ、蝶の飛ぶさまを見ながら、説教臭いことを言うのはやめようと思い、

「石川啄木っちゅうと、泣きながら蟹《かに》とどうのこうのっちゅう歌があるが、わしは『函《はこ》館《だて》の青柳町こそかなしけれ　友の恋歌　矢ぐるまの花』っちゅうのが好きじゃ。陳腐なはやり歌みたいじゃが、わかりやすうて品がある。物事は、わかりやすうないといけん」

と言い、自転車の荷台から弁当を入れた重箱を持って来た。おにぎりが十個、刻みねぎを入れた玉子焼き、蒲鉾《かまぼこ》、ほうれん草のおひたしが入っていた。

弁当を食べ終わると、水筒の茶が失《な》くなってしまった。

たしかに無性に喉《のど》が渇く。そして、すぐに尿意を催す。糖尿病が進んでいる証拠なのであろうか。熊吾はそう思い、小高い丘に似た山裾《やますそ》にある集落を見た。ここから自転車で十分くらいだろうと目星をつけ、曲がりくねった田園のなかの道を、伸仁と一緒に自転車を走らせた。

それは集落ではなく、母屋《おもや》が二軒、何かの作業小屋が一軒、家畜小屋が二つ並ぶ大きな農家だった。

庭には鶏が十数羽放し飼いにされていて、茅葺《かやぶ》きの屋根では猫があお向けになって寝ている。二つの母屋のあいだに、かなりの樹齢とおぼしきいちじくが二本あり、大きいほうの母屋の前に、釣瓶《つるべ》式の井戸があった。

ひよこも十数羽、親鶏《おやどり》の周りで何かをついばんでいたが、熊吾が「ごめんください」と言いながら庭に入って行くと、一斉に逃げまどった。

「女とおんなじじゃ。追うと逃げるし、離れると追いかけて来よる」

熊吾は、ひよこたちを指さして、伸仁にそう言うと、もう一度、母屋のほうに声をかけた。

鎌《かま》を持った老人が、いちじくの木のうしろから顔を出し、いぶかしそうに目を細めて熊吾と伸仁を見やった。

通りがかりの者だが、水筒の茶がなくなったので井戸の水をわけていただけないか。熊吾がそう頼むと、七十に近いと思われる老人は笑みを浮かべ、遠慮せずいくらでも飲んで行ってくれと言い、母屋からコップを二つ持って来て、釣瓶で井戸水を汲《く》んでくれた。

礼を述べてコップの井戸水を飲み、さらに水筒にもそれを入れさせてもらって、熊吾はズボンのポケットに入れてある封を切っていないピースの箱を出すと、それを老人に差し出した。

幾らでも湧《わ》いて出る井戸の水なのだから、そんなお礼などは無用だと何度も固辞しつづけたが、老人の穏かなたたずまいに好感を抱いて熊吾が煙草を無理矢理受け取らせると、老人は母屋からいちじくの実を乾燥させたものを、笊《ざる》に山盛りにして持って来て、それを伸仁のポケットに入れた。

「ほう、干しいちじくを作るのは難しいのに、こんなに形良く干し上げてある。こんなにたくさんは、ちょっと頂きすぎですな。干しいちじくは貴重品です。この子には五つ六つで充分です」

熊吾がそう言って、伸仁のポケットに入りきらなかった分を返そうとすると、老人は、ピースという高級な煙草を吸ったのは三年前だと言って微笑《ほほえ》んだ。

「村会議員の選挙のときに貰《もろ》うたですちゃ。一本だけ。いやァ、おっとろしいほどうまいかったがや。一本だけでも賄賂《わいろ》は賄賂でないがかっちゅうて、息子に叱《しか》られて……」

熊吾も笑い、

「たしかに賄賂は賄賂ですな」

と言った。

母屋の奥から、幼い女の子の声が聞こえた。老人は返事をして母屋に入って行き、戻って来ると、孫が朝から元気がなくて、いつもちゃんと「じいちゃん」と言えるのに、きょうはなぜか正確に喋《しゃべ》れず、喉が渇いたと訴えるくせに、飲もうとすると水を気管に入れて、むせつづけるのだと言い、再び母屋へと戻って行った。

熊吾は、伸仁に、もっと立山連峰のほうへとサイクリングをつづけようと促し、自転車にまたがって走りだした。

五分ほど走ったころ、熊吾は、いつも喋れる言葉が喋れず、水を飲み下せないという老人の孫の様子に、もしやと思って自転車を止めた。

「破傷風やあらせんじゃろうのお。もしそうなら、えらいことやぞ」

破傷風……。熊吾には忘れることのできない恐しい病気であった。

三十数年昔、最初の事業で失敗して、借金取りから身を隠すために、城崎温泉の近くの農村に逃げて、そこで偽医者《にせ》をやって暮らしていたとき、六歳の女の子がかつぎ込まれて来た。奇妙な叫び声をあげて痙攣《けいれん》を起こし、高熱を発していた。子供の両親は、娘の様子がおかしくなったのは、おとといの夜で、喋る言葉が縺《もつ》れて、食べ物だけでなく水も飲み下すことができなくなったと話したのだった。それが破傷風の兆候だった。偽医者の熊吾は、これはひょっとしたら只事《ただごと》ではないかもしれないという危惧《きぐ》を抱きながらも、日射病という診断を下して、熱冷ましだけを与えて帰したのだった。その女の子は翌日の夜に死んだ。

熊吾が、破傷風の典型的な初期症状をつぶさに目にしたのは、召集されて赴いた満州でだった。そこで熊吾は、受けた傷から破傷風菌に冒されて、為《な》す術《すべ》もなく死んでいく兵隊を何人も見た。開口、発語、嚥下《えんか》障害。それが初期症状で、やがて全身の筋肉の強直が始まり、呼吸困難と全身痙攣を起こし、死に至る。

「もし破傷風じゃったら、設備の整うた大きな病院でないとお手上げじゃ」

熊吾は言って、さっきの農家へと自転車を走らせた。

驚き顔の老人に理由を説明し、熊吾は母屋にあがると、立派な仏壇を置いてある部屋でけだるそうに横たわっている女の子のところへ行った。一週間程前に、遊んでいて怪《け》我《が》をしたという足の親指に包帯が巻いてあった。

「万一っちゅうことがある。わしは医者やあらせんけん、早いこと医者につれて行かにゃあいけん」

病院はどこか。熊吾は老人に、孫をリヤカーに乗せろと言った。そのリヤカーを自転車で曳《ひ》いて、とにかく医者に診せるのだ。

熊吾の有無を言わせない剣幕に、老人は不思議なほどに従順に従った。

一家で使っている頑丈そうな自転車につないだリヤカーの荷台に六歳の孫を乗せて老人が行ってしまうと、熊吾と伸仁は縁側に坐って、もうじき帰って来るはずの、女の子の母親を待った。

「あの子も六歳か……」

熊吾はつぶやき、自分が三十数年前、偽医者をしていて、六歳の女の子を死なせてしまったことは、これまで誰にも喋りはしなかったと思ったが、すぐに、いや、ひとりだけ話して聞かせた相手がいると気づいた。

園田美根子だ。俺と別れたあと、死んだはずの相場師・片桐《かたぎり》善太郎が生きて復員したことを知って、東京へ行ったという。あれは、伸仁が三歳のときだから、昭和二十四年だ……。

二時間近く待ったが、老人も嫁も帰ってこなかったので、仕方なく熊吾と伸仁は帰路についた。

第二章

夫が、自分と伸仁《のぶひと》を富山に残して帰阪して一ヵ月ほどたつと、房江は騙《だま》し討ちにあったような腹立ちと、もしやという猜疑心《さいぎしん》に、ときおり強く襲われるようになった。

妻子に対して、手の込んだ策略を用いる男ではないとわかっていても、三日に一度は必ず大阪から電話をかけるという約束が、五日に一度になり、十日に一度になると、ひょっとしたら夫は、妻子が身近にいないほうが都合のいいことでもあって、自分ひとりで帰阪したのではないかと考えてしまう。

それは、清水町のいたち川沿いの借家で一人暮らしを始めた百合の、

「熊おじさんは、女がほっとけへん。あの歳《とし》であんなに色っぽい男は珍しいもん」

という他意のない言葉によって、房江のなかでいっそう煽《あお》られる結果となったのだった。

房江の富山市大泉本町での暮らしは、伸仁が三歳から五歳まですごした愛媛県南宇和郡城辺町での穏かな二年間よりももっと単調で、空疎《くうそ》と言ってもいいほどの日々の連続

であった。

朝、伸仁を起こすまでに朝食の準備をし、伸仁が自転車で学校へ行ってしまってから、嶋田家の裏の洗濯場で洗濯をし、それから八畳一間の部屋を掃除する。洗濯物の量も少なく、掃除も十五分もあれば片づいてしまう。

伸仁が帰って来るのは早ければ午後の三時くらいで、遅いときでも夕方の五時前後。夕食のための買物は済ませてあるので、伸仁が帰って来てから、飯を炊《た》き、おかずを作り、二人きりで食べ終わるのが七時前。

それからあとは、何もすることがない。ラジオをつけっぱなしにして、これまでゆっくりと聴いたこともない歌番組や寄席《よせ》中継やクイズ番組を聴くともなしに聴き、階下の嶋田家の話し声をわずらわしく思いながら、たったひとりの話し相手である伸仁にあれこれと話しかけるうちに、夜の十時になり、蒲団《ふとん》を敷いて床に就く。

街灯はなく、見つめていると地の底に吸い込まれそうな錯覚を覚える闇《やみ》が田園に拡《ひろ》がっている。

富山地方鉄道・立山線の最終列車は、すでに通過して、もうそのころまでに夫から電話がなければ、よほどの急用が生じないかぎり、その日は夫の声を聞けないということになる。

嶋田家の朝は早く、妻の嶋田フクが起きるのは五時ちょうどなので、どんなに遅くとも夜の十時前には全員、床に就いてしまうのを知っている熊吾《くまご》は、九時半を過ぎたら電話はかけないと房江に言ったのだった。

可能なかぎり倹約したい房江は、とりあえず千代麿の事務所の二階で寝起きしている熊吾への長距離電話代が勿体《もったい》なくて、自分のほうから連絡しないようこころがけていた。けれども、房江が千代麿に電話をかけても、熊吾が居合わせた試しはなかった。丸尾運送店の朝も早く、夜の十時を過ぎてからの電話は差し控えなければならないと思い、嶋田家の人々がまだ起きている九時ごろに電話を使わせてもらうのだが、電話に出てくるのは千代麿の妻で、

「もう帰って来はるころですねんけど」

と申し訳なさそうに言うばかりだった。

用件を伝えておくと言われても、房江は熊吾に格別の用向きがあるわけではなかった。自分でも情ないと思うほどの奇妙な焦燥感に駆られての電話なので、夫が世話になっている礼を述べて、自分も伸仁も息災に暮らしていると伝えてくれと言うしかなく、電話を切り、電話局が教えてくれる代金を嶋田に払いながら、いつも後悔してしまう。

「平華楼」で酷使した体をゆっくりと休めるがいいという熊吾の言葉を無理矢理自分に言い聞かせて、天気のいい日は立山連峰を眺め、百合の出産に合わせて、赤ん坊のためのおむつや肌着を縫い、毛糸の小さな靴下を編み始めたのだが、房江は六月に入ると、

塒《ねぐら》に帰って行くカラスの声に恐怖を感じ、まだ数少ない蛙《かえる》の鳴き声に怯《おび》えてしまうようになった。そして、時を合わせるかのように、伸仁が学校へ行きたがらなくなったのだった。

伸仁は、いつのまにか富山弁を身につけてしまっていたが、それは学校にいるときと、高瀬家の兄弟たちと遊ぶときだけで、大泉本町の借家に帰り、房江と二人きりになると大阪弁に戻してしまう。その使い分けは巧みで、房江は、この子は妙なことにだけ器用なのだなと感心していたのだが、何度起こしても蒲団から出ようとはしない伸仁を叱《しか》り、掛け蒲団を剝《は》がすと、

「体中が痒《かゆ》いがや」

と伸仁は富山弁で言って、寝そべったまま寝巻を脱いだ。伸仁の腹や内股《うちもも》には、これはいったい何事かと驚くほどの大きな蕁麻疹《じんましん》が拡がっていた。体に触れてみると熱もあった。

「蕁麻疹が出るようなもん、食べてないのに……」

房江が何度もそうつぶやきながら、きのうの夕食で何か蕁麻疹の原因となるものはあっただろうかと考えていると、伸仁はこんどは大阪弁で、

「こんな痒いかったら、学校、行かれへん」

と言って房江を見つめた。

「いやぁ、ものすごい蕁麻疹……。ノブが蕁麻疹を出すのは、鯖《さば》と牛肉の脂身《あぶらみ》と肝油だけやろ？　学校で肝油でも飲まされたんか？」

伸仁は、そんなものは飲んでいないと言い、体中を掻《か》きむしりながら、蒲団の上で転げ廻った。その背中には、腹や内股よりも広範囲に蕁麻疹があった。

「塩水を飲んだらええって、お父さんが言うてはった」

そう言って、房江は塩水を作り、伸仁に飲むよう促してから、

「学校、休まなしょうがないわ。ちょっと熱もあるみたいやし」

と裸の体に蒲団を掛けてやり、体温計を探した。

「荒木先生が休んではんねん。そやから、きのうもきょうも、他の先生が来はんねん。もしかしたら、あしたもかもわかれへんて、その先生が言うてはった……」

「へえ、風邪でも引きはったんやろか……」

「学校の用事で、東京へ行きはってん」

まだ教師は誰も学校に来ていないだろうと思い、房江は高瀬の家に電話をかけて、ボブこと孝夫に、職員室に行って事情を伝えておいてくれと頼み、二階に戻った。

「学校、休んでもええのん？」

「しょうがないやろ？　そんな体で学校へ行かれへん。蕁麻疹が引けへんようやったら、

お医者さんに診てもらわな……」

だが、それから十五分もすると、伸仁の蕁麻疹は急速に消えて、熱も平熱に下がってしまった。

いまから急いで朝食をとれば、遅刻せずに学校に行けると言いかけたのだが、かけらほどの雲もない青空がひろがってきたのを目にすると、房江は、きょう一日、伸仁と遊んでいたくなり、蒲団を干して、窓から立山の峰々を眺めた。

家の前では、まだ水を引いていない田圃《たんぼ》で農家の夫婦が土を耕していた。農作業のことなどまったくわからない房江にも、その夫婦が田圃に水を引く準備にいそしんでいるのではないことがわかった。鋤《すき》と鍬《くわ》で土を掘り、その土を幾筋もの真っすぐな線上に盛っていた。

嶋田家の長男が、制帽をかぶりながら小走りで登校して行き、そのあとから、大工の修業中の次男が新聞紙で包んだ弁当箱を荷台にくくりつけて仕事場へと出掛けて行き、少し遅れて、伸仁とおない歳の三男が、素足に高下駄《たかげた》を履いて走って行った。

富山の小学校は、ランドセルではなく、肩にたすき掛けする布製の鞄《かばん》を、まだ生徒に使わせているのだった。そしてどうやら、いま小学生の男の子のあいだで流行しているらしいバンカラ風の高下駄を、伸仁が買ってくれとねだりだしてから十日ほどたってい
る。

まだ日が昇らないころに収穫したのであろうネギと大根をリヤカーの荷台に積んだ老《ろう》婆《ば》が通り過ぎて行き、揃《そろ》って長い髪を三つ編みにした女子高生が三人、自転車を西へと漕《こ》いで行った。

やがて、別の田圃では、水田を作るために農家の一家がやって来て、それと時刻を合わせるかのように、嶋田家の女房が裏の井戸端で洗濯を始めた。

濃い塩水を飲んだので気持が悪いと言って、いつまでも朝食をとろうとしない伸仁が、お膳《ぜん》の前に坐《すわ》って、ノートに「TIME」と書き、自分はこれを「チメ」と読むと教えられたのに、それは間違っているそうだと言った。

「お母ちゃんは、そんなん、よう読まんわ。尋常小学校の二年生のとき、働かなあかんようになって学校をやめなあかんかったから」

と言い、房江は伸仁のノートをのぞき込んだ。そこにはアルファベットがたくさん並んでいた。

ローマ字で日記をつけているのだと伸仁は言った。

「母さんに読まれへんように……」

「へえ、読まれたら困ることでもあるんか？」

房江が笑うと、

「内緒のことが、ぎょうさんあるねん」

と言い、

「かたつむりの秘密、とか、ミミズの秘密、とか、鮒《ふな》の秘密、とか……」

と照れ臭そうに小鼻を動かして、伸仁はノートを閉じた。そして、自分はローマ字が得意だったが、もういやになってしまったとつづけた。

きのう、荒木先生の代わりに来た若い先生が、「TIME」と表紙に書かれた英語の本を持っていて、生徒に自習させながら、その本を読み始めた。

誰かが、「先生は英語が読めるがか。すっごいなァ」と話しかけた。それで自分は本の題を口に出して言った。「チメ」と。

先生は、馬鹿《ばか》にした笑いを浮かべて、「チメ」はローマ字読みだと言い、黒板に「I LOVE YOU」と書いた。

そして、「松坂、読んでみィ」と言ったので、自分は「イ・ロベ・ヨウ」と大声で答えた。

するとその先生は、「いい気になるな」と怒り、都会の小学校ではローマ字を教えて、それが将来の英語教育に役立つと考えているらしいが、ローマ字に毒された人間は永遠に英語が上手にならないのだと言った。

そして、他の生徒全員に「I LOVE YOU」を「アイ・ラブ・ユー」と声を揃えて読ませ、自分ひとりだけ「イ・ロベ・ヨウ」と何度も言わせた。そのうち、みんなが笑いだした。

「TIME」は「タイム」と読むのが正しいそうだ。

将来必ず英語の時代が来るから、しっかり勉強するようにと言われ、自分も他の科目よりも好きだったので、ローマ字を一所懸命覚えたが、そんな人間は永遠に英語が上手にならないのだという……。

「……ぼく、もう学校、行きたないねん」

そうつぶやいてから、伸仁は、「毒される」とはどういう意味なのかと房江に訊《き》いた。

その言葉は、伸仁にわかりやすく言い換えるのは難しかったし、おかしな説明の仕方をすれば、伸仁をひどく傷つけかねなかったので、

「影響を受ける、とか……、まあそんな意味やけど」

と房江は言った。そして、ああ、また狭量《きょうりょう》な教師があらわれたと思い、自分でも珍しいと感じるほどに腹が立ってきたのだった。

房江は、伸仁に、いまから高瀬さんの家に行くから用意をするようにと言い、外出用の服に着換えると、伸仁と歩いて堀川小泉の市電の停留所まで行った。

西町で降りて、少し買物をするので、先に高瀬さんの家に行って待っているようにと伸仁に言い、伸仁が商店街を歩いて行くのをたしかめてから、八人町小学校へと向かった。

二時限目の授業が終わるまで、小学校の塀の周りを歩いたり、職員室の近くの壁に貼《は》ってある生徒の絵を見たりしてから、房江は荒木先生の代わりを務めているという教師に面会を求めた。

三十歳前後の、長い癖毛をポマードで固めた教師は、怪訝《けげん》そうに房江のところにやって来て、

「熱を出したので休むという連絡を貰《もら》いましたが、重病でしょうか。もしそうなら、ぼくは担任でないがで」

と言い、チョークのついた指で煙草《たばこ》を出した。

房江は、なにぶん子供の言うことなので、どこまで正確かはわからないがと前置きし、

「ローマ字に毒された人間は永遠に英語が上手にならないというのは、先生個人のご意見でしょうか。それともこの小学校のお考えでしょうか」

と訊いた。

「いや、自分はそんなつもりで言うたがでないですちゃ。ローマ字と英語とは違うってことを松坂くんに理解してもらわんといかんがでないがかと」

それにしては、いやに念の入った意地の悪いやり方で九歳の子を大勢の前で槍玉《やりだま》にあげたものだ。教える、ということといじめるということを、あなたは混同なさっているのではないのか。永遠に英語が上手にならないと烙印《らくいん》を捺《お》されて、もしあの子がこれき

り英語への向学心を喪《うしな》ってしまったら、どう責任をお取りになるのか。

あの子は成績も悪く、授業中も落ち着きがなく、宿題をして行かなかったり、忘れ物をしたりと、決して賞《ほ》められた生徒ではない。それはひとえに親の責任と申し訳なく思っている。

そのうえ、いい意味でも悪い意味でも、都会を代表するかのような小学校からこの富山の小学校に転校して二ヵ月足らずなので、教師も同級生も扱いに困る言動があるかもしれない。

だがそのことと、英語をローマ字読みしたこととは無関係であり、将来云々《うんぬん》にまで及ぶのは筋違いであり、教師としては愛情のなさすぎるやり方ではないのか……。

「失礼な言い方ですけど、私の子の将来が、先生の目に確かにお見えになっていらっしゃるのでしょうか」

房江の言葉に、その若い教師は、それとなく耳をそばだてている他の教員たちに視線を走らせながら、

「いや、私は、そんなつもりではなく……。つまり、私は、教育委員会のことでこの学校を代表して上京された荒木先生の単なる臨時の代わりの……」

と言うばかりだった。

房江は、もっと話のわかる教師があいだに入って来るだろうと期待して待ったが、職

員室にいる教師たちは、みな知らん振りで、房江と目を合わさないようにして、書類や出席簿に見入っていた。

「将来、英語の勉強の災いになるローマ字を、なんで日本の小学校では生徒に教えていらっしゃるのでしょうか。私は、無教育な人間ですので、そこのところがわからないんです。どうしてですか？」

房江は訊いた。この若い教師にこれ以上話しても無駄だとわかり、自分の素朴な疑問を投げてみたのだが、

「いや、それは、松坂くんの受け留め方の問題でして、個人的な私の考えでもなく、文部省の方針でもなく」

と教師は次第に声を小さくさせ、しかめっ面《つら》を作りながら言った。

「私の息子の受け留め方の問題……？　あの子が作り話をしてると仰言《おっしゃ》るんでしょうか。先生は『ローマ字に毒された人間は永遠に英語が上手にならない』とは言ってないってことでしょうか？」

「松坂くんが、少し曲解して私の言葉を受け留めたんでしょう」

「じゃあ、先生は、そのとき、どう仰言ったんでしょう」

「ローマ字を勉強したからといって、英語がわかるようになるわけではない、と……」

房江は背筋を伸ばし、

「そのところは、大変に重要なところやと思います。私は自分の意見を述べたつもりですので、これで失礼するつもりでしたが、もしあの子が、曲解であろうとなかろうと、先生が言わなかった言葉を、さも言ったかのように私に作り話をしたのなら、私は母親として、あの子について考え直さなければならないということになるんですよ。『ローマ字に毒された人間は永遠に英語が上手にならない』と先生は言ったんですか？　言わなかったんですか？」

「まあ、そんな言い方になってしもたがでないがかと思いますが……」

房江は、伸仁の熱は引いたし、蕁麻疹もおさまったので、あしたから登校できると思うと言って、職員室から出た。

緊張がほどけてくると、首から上が異常なほどに火照《ほて》っているのに気づいた。歩を運ぶたびに軽い眩暈《めまい》も感じた。

――日本人骨抜き計画が着々と進んじょる――という夫の言葉が、夫一流の独善と深読みではなく、的を射た勘であるような気がして、房江はまたたまらなく夫の声を聞きたくなった。

豊川町の高瀬家に行くと、伸仁は高瀬勇次が仕事をしている横で、空き缶に紐《ひも》を通すための穴を錐《きり》であけていた。釣りの餌箱《えさばこ》を作っているのだという。

「五軒の荒物屋で注文が取れたですちゃ」

と高瀬が言った。ラジエーター修理のためだった作業場には、ゴム塗り軍手を造るための用具が積みあげられ、一ダースを一束にして紐で縛りつけた軍手が百組ずつ収納された箱も、作業場の半分を占める数で積まれている。

そこで高瀬勇次は、もう二週間近く、指の形をした木型を小刀とグラインダーを使って造りつづけているのだった。

「ゴムは、いつ届きますのん？」

と房江は訊き、台所の窓から顔を突き出して笑いかけている桃子に微笑を返した。

「それがなかなか届かんがやちゃ。約束の納期は五月二十八日やったがに。あれがないと仕事が始まらんですちゃ」

掌《てのひら》を拡《ひろ》げた形の木型を少なくとも百個は造らなければならない。その木型の人差し指と中指のあいだから縦に二つに切るのがこつだと高瀬は言った。

「木型にこうやって軍手をはめさせて、それからゴムを塗るがや。ところが、ゴムが乾いてから木型を抜くとき、木型が二つに分かれとかんと、抜きにくいっちゃ」

木型の見本ができたら、木工所で百組造らせるのだが、それもそんなに簡単な作業ではない、と説明してから、

「ご亭主から電話があったがや」

と高瀬は言った。

「えっ？　いつですのん？」

「ノブちゃんと一足違いで……。大泉のほうにかけたが留守なんで、わしにことづてをしようと思たそうですちゃ」

「どんなことづてでした？」

いやな予感を抱きながら房江が訊くと、

「やっと住む家が決まったそうで、今晩の八時ごろに大泉のほうにまた電話をするって伝えてくれと」

そう言って、高瀬勇次は一服するために作業衣についた木屑《きくず》を手で払い、シガレット・ケースをあけた。

「ゴムっちゅうのは、なかなか乾きにくうて……」

高瀬は、けさ届いたという鈑金《ばんきん》塗装用の大型ランプを指さし、ゴム塗り軍手の製造工程を説明しはじめた。

そのいつにない饒舌《じょうぜつ》さが、新しい仕事に光明をみいだした歓《よろこ》びを代弁していたが、房江は夫から電話があったことが嬉《うれ》しくて、高瀬の説明がまだ終わっていないのに、桃子のいる台所のほうへ行った。

「今晩、私がみんなにすき焼きをご馳走《ちそう》するわ。ええお肉を買《こ》うて来るから、楽しみに待っといて」

房江が言うと、桃子は丸い目をさらに丸くさせて手を叩《たた》き、それから怪訝そうに房江の顔を見つめた。

「熱でもあるがでないがか？」

「火照ってるねん。冷えのぼせ……。去年から、ときどきこうなるようになって……。もう四十五やもん。更年期に入ったらしいわ。あんまりつづくときは、お医者さんに何とかホルモンていうのを注射してもらうねん。そしたら嘘《うそ》みたいに元気になるねんけど……。ひどいときは、眩暈がしてふらふらァって倒れたりするねん」

「女は損やちゃ」

桃子は洗濯物を持って裏の井戸のところへ行きながら、あの流産以後、自分にもまだ月のものがないのだと小声で言った。

房江は、高瀬家の台所の板の間に坐《すわ》って、しばらく休んでから、伸仁を呼び、映画を観《み》に行こうと耳元でささやいた。

「観たい映画があるって言うてたやろ？」

「うん、西部劇やけど、だーれも死ねへん西部劇やねん」

それは公会堂の近くの映画館でまだ上映しているという。

房江は、すき焼きは五時から始めようと桃子に言い、自分は上等の肉を買って来るので、野菜や豆腐などは桃子が用意しておいてくれと言って、伸仁と映画館へ向かった。

映画を観て、中央通り商店街の肉屋で買物をし、高瀬家に戻ったのは午後の二時だった。

学校から帰って来たボブが、必ず五時には戻るから、ノブちゃんと魚釣りに行ってもいいかと母親にねだった。

魚釣りに行ったら、必ず暗くなるまで釣り糸を垂れつづけて、夕食の時間に帰って来ない。だが、きょうは帰って来なくともよい。みんなですき焼きの肉を食べてしまう。お前とノブちゃんの分も食べてしまう。

桃子は長男をそう脅した。

護国神社の裏側の、神通川へと流れ込む小さな川に、鯉《こい》や鮒《ふな》がたくさんいる。その場所は、自分とボブとでみつけた秘密の釣り場なのだ……。

いつだったか、伸仁がそう言っていたのを思い出し、房江は自分もそこに行ってみたくなった。城辺にいたとき、僧都《そうず》川で鮎《あゆ》を追った日々への懐《なつか》しさがつのってきたのだった。

そして房江のなかには、伸仁と観たばかりの映画の冒頭が、深い余韻を残しつづけてもいた。

それは、アメリカの西部の小さな町に捨てられていた赤ん坊の物語であった。……私の父親は、赤ん坊の私を残酷に捨てた。映画のなかの赤ん坊は、拾ってくれた貧しい夫婦の愛情を一身に受けて育つが、私は誰からも愛情を受けなかった。私に深い愛情を注いでくれたのは、夫の松坂熊吾だけだ。その夫からの音信が少しばかり遅れたからといって、はしたない勘ぐりをした自分が情ない。夫は、ちゃんと電話をくれた……。

「おばちゃんも魚釣りをしてみたいわ。一緒に行こか？」

房江が言うと、伸仁もボブも喜び、房江を自転車の荷台に坐らせるための座蒲団《ざぶとん》を持って来た。

富山駅から南東へ少し行ったところでいたち川と合流する松川は、市役所や県庁などが並ぶ市内を流れて、磯辺町の護国神社の裏側あたりで神通川へと注ぎ込む。その注ぎ口のところに水草が密生していて、澄んだ松川の水流が澄んだまま流れを滞らせていた。岸辺から水中をのぞき込むと、溜息《ためいき》をつくほどの無数の魚たちがいた。

「なっ？　ごっついやろ？」

伸仁が得意そうに言った。

作ったばかりの餌入れ用の缶からミミズをつかみ出し、それを釣り針に掛けながら、

「ノブちゃん、魚に見られんようにするっちゃ」

ボブはそう言って、水門近くの橋状の通り道を走って対岸へ行った。

房江は自転車の荷台に載せた座蒲団を岸辺に置き、そこに腰をおろして、純白の立山

連峰と清流の底の魚たちを交互に見つめ、日の光を浴びた。

肌の色、表情、目元、口元。まあなんとボブは桃子に似ていることであろう……。歳下《としした》の女の子にまで泣かされるという高瀬家の長男を見て、房江は笑った。

「夕方の五時くらいから釣れるようになんねん。それまでは、どんなに餌を変えても、魚のやつ、知らん振りしとんねんで」

水中の魚に聞かれないように用心しているのか、伸仁は声をひそめて言った。

「なんぼ魚でも、お腹《なか》がすかんと餌を食べようって気にはなれへんねやわ」

房江は言って、岸辺に腹這《はらば》いになり、水面の浮きの動きに息を凝らしている伸仁を見やった。

歳下のボブよりもはるかに小さな体で、骨格も細く、首などは折れそうなほどだ……。食が細く、一膳《ぜん》のご飯を食べるのに二十分も三十分もかかる……。だから学校の給食を残さず食べたということがない。半分をやっと食べたころには、給食時間が終わってしまうからなのだ……。

それにしても、まさか北陸の富山で、伸仁との二人暮らしが待ち受けていようとは夢にも思わなかった。どうしてこんなことになってしまったのであろう。

「平華楼」を閉めてしまう必要があったのだろうか。腕の立つコックもいて、電電公社員以外の常連客もいた。

食中毒事件も、いつのまにか一件落着という形になり、「ふなつ屋」のきんつばも、作った分はちゃんと売れていた。「ジャンクマ」もたいした儲《もう》けはないが、雀荘《ジャンそう》というのは麻雀台と牌《パイ》とお茶とおしぼりさえあれば、他の資本などつぎ込むことはないので、らくな商売なのだ。

あの中之島の西端が、次第に人通りの少ない場所になるというのなら、「平華楼」も「ふなつ屋」も「ジャンクマ」も、他の場所に移ればいいのだ。三つの店は、この自分が切りもりして、夫はやりたい仕事をすればいい。

それなのに、何もかもご破算にして、この富山に新天地を求めようとする……。

房江のなかに突然「血」という一字が浮かんだ。

そう、それが松坂熊吾という人間に流れる血なのだ。才気と行動力で階段をのぼって行くが、もっと高いところへのぼろうとして、いままでの階段を取り外し、別の階段に移ってしまう。これまでの階段に新たな階段をつなごうとはしない。また元の位置に戻って、まったく別の階段をのぼり始め、やがてそれにも嫌気がさして、さらに別の階段の最下段へと戻る……。

血だ。どうしてもそうしたくなるという血なのだ……。

房江は、なんだか大発見をしたような心持になり、釣り場を変えて、対岸へと走って行く伸仁に、ひとつの場所に腰を据えて、魚が餌を食べたがるまで待ちつづけてはどうかと言いかけてやめた。伸仁は伸仁で工夫しているのだからと思ったからだった。そうなのだ、血なのだ。夫は、いつもその「血」に動かされて昇ったり降りたり、昇ったり降りたりを繰り返す。もっと上に昇ろうとして降りてしまう……。山登りをしていて、七合目あたりまで辿《たど》り着き、そこでふと近くに、もっと登りやすそうな別の道が視界に入る。だがその道に移るには、これまで登って来た道を下ってゼロに戻るしかない。そうとわかっていても、夫はいままで懸命に登りつづけた道にいともあっさりと見切りをつけて、ゼロに戻り、新しい道を嬉々《きき》として登り始める……。決して横着でもなく、忍耐力がないのでもない。さらに高いところへ行くためには、別の登り道のほうがいいと考えてしまうからなのだ。

夫は、これまで幾度、山の七、八合目まで登ったことであろう。それも並の人間には到底真似《まね》できない迅速さと機敏さで……。それなのに、いつもそこで別の登り道に魅《ひ》かれて、一気に麓《ふもと》まで降りてしまった……。

房江は水門の近くへ行き、神通川を見やった。鮎釣りをする人たちが、川の畔《ほとり》で膝《ひざ》のあたりまで水につかって動かなかった。餌に食いつきかけた鮒を焦《あせ》って逃がしてしまった伸仁が、口惜《くや》しそうに釣り竿《ざお》の先を見て、缶のなかからミミズをつかみ出した。伸仁の頬は健康そうな赤味がさし、細い腕も脚も日に灼《や》けていた。

この子は、どんなおとなになるのであろう、と房江は不思議な生き物を見る思いで、九歳の我が子の顔を盗み見た。

私の一個の卵子と、夫の一匹の精子が合体しただけで、どうしてこんなひとりの人間がこの世に出現するのであろう……。細胞の分裂がどうのこうのと説明する教育用の映画を、曾根崎小学校のPTAの集まりのあと、講堂で観たことがある。

卵子は一個、精子は何百万だった……。そのなかのたった一匹の精子が、私の卵子のなかに飛び込んで、伸仁という人間が誕生した。

もし、他の精子だったら、いま目の前にいる子とは性格も容貌《ようぼう》も異なる別の人間が生まれていたのだろうか。

その一匹の精子は、何によって選ばれたのであろう。その一匹が、他の何百万もの同類のなかでもっとも元気だったから？　それとも偶然に先頭を切っていたから？　それとも、迎え入れようとする私の卵子との相性？

房江はそんなことを考えて伸仁を見つめつづけたのは初めてだったので、伸仁と目が合って慌《あわ》てて作り笑いで応じた。

「釣り針が見えてるんかなァ。見えへんように餌に引っ掛けてあるのに」

と伸仁は言い、浮きと釣り針とのあいだを少し長くした。

「これは人間の罠《わな》やって、魚らはちゃんと知ってるんやわ」

と房江は言い、そろそろ帰り支度をするよう促した。

「すき焼き、ぜーんぶ食べられてしまうで」

その言葉で、ボブは釣り竿から糸を外し、伸仁は缶のなかの弱っているミミズだけを選んで、それを川に投げ込んだ。

高瀬家から大泉本町の嶋田家まで、房江は伸仁と一緒にいたち川に沿って歩いて帰った。法蓮寺橋近くに、地元の人々から「どんどこ」と呼ばれる流れがあって、そこで一匹の蛍をみつけた。他にもたくさん蛍が飛び始めたのかもと思い、房江も伸仁も川辺に目を凝らしたが、まるで偵察のために先陣を切ってあらわれたかのようなたった一個の蛍火の浮遊しかなかった。

いたち川は法蓮寺橋の下をくぐったあと、そこだけえぐられたような急な段差を滑り落ちる格好になっていた。

夏、近在の子供たちは、その「どんどこ」と呼ばれる段差の上を水流と一緒に滑り落ちて遊ぶのだが、そこにはおとなでも足が届かない深みがあって、ときおり溺《おぼ》れ死ぬ子がいるという。

「みんなが、ここでおもしろそうに遊んでても、ノブは真似したらあかんで」

房江はそう言って、川の飛沫《ひまつ》に巻き込まれてしまったのかと、たった一個の蛍火の行方を捜した。それは、房江の心に、卵子とも精子ともつかない命の種に見えたのだった。

このあたりの子は、大泉本町の子供たちを仲間に入れてはくれないのだと伸仁は言い、

「ぼくがここを自転車で通るたびに、ケンカふっかけてくる子ォがいてんねん」

と、さして気にとめていない口振りでつづけた。

「へえ、なんでやのん？」

「わかれへん。ぼくが帰って来るのを、この『どんどこ』で待ち伏せしとんねん」

あいつをいたち川に放り投げてやりたいから柔道を習っていいかと伸仁は言った。

「お父さんに訊《き》いてみなさい。きっと怒られるわ。ケンカのために柔道を習いたいなんて言うたら」

「高岡道場で月謝はなんぼか訊いてきてん。なァ、柔道、習いたいねん」

「その子をいたち川に放り投げるために柔道を習うなんてこと、お母ちゃんが許すはずがないやろ？」

嶋田家に帰り着いたのは夜の七時過ぎであった。二階の自分たちの部屋に入ると、房江は普段着に着換え、五分置きに柱時計を見た。

夫は八時に電話をかけると言ったが、時間どおりに市外電話のかけられるところにいられるとは限らない。もっと早い時間にかけてくるかもしれないし、約束の時間よりも遅くなる場合もあるだろう……。

房江はそう思いながらも、嶋田家の台所脇《わき》にある電話へと神経を注ぎつづけた。

そうしているうちに、階下で言い争う声が聞こえた。最初は単発的に「この、だらめが！」とか、「それでも親か！」とかの罵《のの》り声であったが、次第に言葉の応酬は多くなり、縺《もつ》れ合って倒れる音が混じり始めた。父親と長男による、いささか異常なほどに憎《ぞう》悪《お》に満ちた争いは、八時になっても終わらなかった。

電話が鳴ったので、房江は階段の中途まで行ったが、誰も電話に出ようとはしなかった。夫からの電話だとわかっていても、嶋田家の人間よりも先に受話器を取るわけにいかず、どうしようかとうろたえていると、伸仁が階段を駆け降りて行き、電話に出て、

「もしもし、嶋田です」

と言った。親子ゲンカの声は小さくなり、

「ぼくの父さんから」

と誰かに説明する伸仁の声が聞こえた。房江は何度も嶋田家の人々に頭を下げながら、伸仁から受話器を受け取った。

「お前も伸仁も元気か？」

「うん、元気や。お父さんは？」

「わしも元気じゃ。あしたから、またあの船津橋のビルで暮らすことになっしもた。電気も水道も止まっちょるけん、水は近所の家からの貰《もら》い水。明かりはローソクじゃ。その代わり、家賃はタダじゃ」

と熊吾は笑った。

あちこち、仮住まいのためのアパートを捜したが、どこも貧乏臭くて住む気になれない。大正区によさそうな借家があったが、近くには夜の女が立つ通りがあり、何かと揉《も》め事が多いという。

淀川区に二軒、アパートを紹介されたが、住人たちは、どうにもまっとうな庶民とは言い難く、赤ん坊も多くて、安眠できそうにない。

例の周旋屋に相談したら、平華楼だったビルに住んではどうかと言ってくれた。詳しい事情は電話では話せないが、あのビルの三階の、小人数の宴会用に使っていた部屋に寝泊りすることになった。

「犯人は必ず現場に戻って来るっちゅうが、ほんまじゃのお」

と熊吾は笑い、七月に入ったらすぐに富山へ行くと言った。

「七月のいつ？」

「わからん。六月の末に、関の孫六を買いたいっちゅう京都の骨董《こっとう》屋に会うけん、その話がまとまったら、すぐにそっちへ行くつもりじゃ」

新しい仕事の目処《めど》もたちかけている。そのことも富山で話をする。この電話は梅田の居酒屋からかけているのだが、急いでいるらしい人がうしろで待っているので、もう切らなければならない。

熊吾は早口でそう言った。

「ちょっと待って」

房江は受話器を伸仁に渡した。

伸仁が父親と話し終えると、房江は、立ちつくしたまま口をつぐんでいる嶋田家の人に礼を言って、すぐに視線を彼等から外し、伸仁の背を押して二階へあがった。嶋田の唇からは血が流れ、高校二年生の長男は鼻血を出していて、母親は髪をほつれさせて、襖《ふすま》の陰に身を隠すようにしていたのだった。

房江は、すぐに銭湯へ行く用意をし、自分と伸仁の着換えをタオルで包んだ。

いなかだから、どこの家にも風呂《ふろ》があるとばかり思い込んでいた房江が、嶋田家の二階に引っ越すにあたってまず案じたのは、近くに銭湯はあるだろうかという点だった。だが、大泉本町の家々に内風呂を持つ家は案外少なくて、法蓮寺橋を渡ったところに一軒、堀川小泉に一軒、銭湯があった。

伸仁と二人でいたち川沿いを法蓮寺橋へと歩きながら、どんな事情があるにせよ、父と息子が血を流し合うほどの親子ゲンカを目にしたのは初めてだと思い、伸仁には決して他言しないようにと言い聞かせた。

「嶋田さんとこのお兄ちゃん、いっつも、お父さんに『教育がないやつは黙れ』って怒鳴るねん」

伸仁はそう言い、嶋田家の長男は、しょっちゅうずる休みをして高校を休んでいるが、勉強はとてもよくできるそうだとか、近所の高校生たちと仲が悪い、とかを話して聞かせた。

「人の噂《うわさ》を口にしたらあかん。噂は噂や。人から聞いた噂話をして楽しむなんて、男のすることとやあらへん」

房江はそうたしなめ、法蓮寺橋を渡った。いつもは夜の八時に店を閉める酒屋が、まだ営業していて、主人夫婦が棚に並ぶ酒壜《さかびん》の数を帳簿と照らし合わせていた。

その酒屋の前を行きかけ、房江は、今夜は夫から電話があったし、七月に入るとすぐに富山に行くと言ってくれたのだから、この嬉《うれ》しい気持のまま、少し酒を飲もうかと思って歩を停めた。

――わしがおらんところで酒は飲むなよ、という夫の言葉は忘れていなかったが、寝る前に少しだけなのだと自分に言い聞かせ、房江は日本酒の一升壜を買った。

「お酒、飲むのん？」

伸仁が困惑したように訊き、母さんに酒を飲ませてはならないと、父さんからきつく念を押されたのだと言った。

「お料理に使うねん。お母さんが飲むのとは違う」

房江はそう言って、銭湯の暖簾《のれん》をくぐった。

風呂からあがって嶋田家に戻ると、親子ゲンカはおさまったらしく、階下の明かりは消え、話し声も聞こえなかった。伸仁は十時から始まる寄席《よせ》中継を聴くためにラジオのスイッチを入れ、チューナーを合わせ、アースの先をコップの水にひたした。

嶋田家の二階に暮らすようになってから、伸仁は「鴻池《こうのいけ》の犬」以外に、「らくだ」と「二階ぞめき」という落語を覚えてしまった。近頃では、漫才は上方のほうがおもしろいが、落語は江戸落語のほうがおもしろいなどと言うようになって、廓《くるわ》が何をするところかも、吉原《よしわら》がいかなる場所かもわかっていないくせに、志ん生の「二階ぞめき」の、吉原狂いの若旦那《わかだんな》のセリフをじつに上手に咄《はな》して聞かせてくれるのだった。

「『もう半分』ていう落語、ものすごう怖いでェ」

寝巻に着換えながら、伸仁がそう言ったとき、階下で大きな物音がして、父と息子ののしり合いが再び始まり、それは房江の部屋の真下の作業場へと移って行った。

作業場には、よく研いだ鑿《のみ》が置いてある。

夫と長男とのつかみ合いを止めようとする嶋田の妻の声と、三男坊の泣き声が聞こえて、房江は迷ったあげく、階段を降りて行った。

他人が口出しすることではないとはいえ、物のはずみで取り返しのつかないことにもなりかねない気配を感じたのだった。他人が仲裁に入れば、双方とも、矛先をおさめざるを得ない場合もある……。

嶋田と長男は、作業台を挟んで向かい合い、お互いが折れた角材を握り締めていた。母親似の腫《は》れぼったい瞼《まぶた》をかすかに動かして房江を見た長男は、こめかみから汗を垂らしながら、大きく息を吸った。どんな事情があるのかはわからないが、お二人は血の通った親子ではないか。子が父を殴るなどとは、言語道断の話だ。冷静に話し合ったらいかがか。二階に間借りしている他人が余計な口を挟むようだが、今夜は私に免じて、お二人とも怒りを鎮《しず》めては下さらないか……。

房江の言葉が終わると、嶋田の妻は裸足《はだし》で作業場へ走り、長男の手から角材を奪った。

「教育のない人間には、いらいらするっちゃ」

と長男は言い、房江を突き飛ばすようにして自分の部屋へ戻って行った。

嶋田は気まずそうに、鉋屑《かんなくず》を手でかき集め、

「あいつ、頭が狂いかけとるっちゃ」

と言って、作業場の豆電球を消した。

寄席中継が終わり、伸仁がやっと寝入るのを待って、房江は日本酒の封を切り、湯呑《ゆの》み茶碗《ぢゃわん》で飲んだ。

久しぶりの酔いが心をほどけさせてくると、房江は、平華楼のビルの三階を思い浮かべた。最初はテントパッチ工業の事務所だったのだが、こぢんまりとした部屋で中華料

理を楽しみたいという客の要望で、六畳の和室を造ったのだ。

訳ありそうな男女の二人づれや、得意先の接待に絡《から》めて内緒の商談をするには使い勝手が良く、週のうち五日は予約で一杯だった部屋だった。

その和室の上はビルの屋上で、夏には、そこで花火見物ができる。

三階建てのビルの屋上なのに、小さな川蟹《かわがに》がどこからか登ってくる。その蟹を捕えて、伸仁が屋上の手すりから身を乗り出し、ちょうど真下のバス停でバスを待つ男の頭めがけて蟹を落としたことがあった。

それは見事に男の脳天に命中し、小さな蟹はつぶれて四方に散らばった。さいわい、男はハンティング帽をかぶっていたので、怪我《けが》はなかったが、激怒して平華楼へと入って来た。

平身低頭して謝り、男の前で伸仁の頬を叩《たた》いて叱《しか》りつけ、汚れたハンティング帽をクリーニングに出すからと、無理矢理それをぬがすと、滅多にない変わった禿《は》げ頭で、伸仁が、

「河童《かっぱ》や。このおっちゃん、沙悟浄《さごじょう》や」

と驚いたように叫んだ。自分は慌《あわ》てて伸仁を叱りながらも、ついにこらえきれずに笑ってしまった。

いま考えれば、よくも帽子のクリーニングだけで済んだものだ……。

房江は、片手に湯呑み茶碗を持ち、窓を半分あけて、もう片方の手を窓べりに載せ、きのうの夜よりも数が増した蛙《かえる》の鳴き声に聞き入り、田園を渡ってくる夜風に胸から上をなぶらせた。

茶碗の酒はすぐになくなり、房江はそこに水を入れて飲んだが、富山に来て以来の不安や寂しさがまだ少し残っていると思い、もう一杯だけと決めて酒をついだ。

夫は誤解をしている。私は酔うと暗くなるのではない。酔い醒《ざ》めの不快感が、私にしつこい倦怠感《けんたいかん》をもたらすのだ。だから、ちょうどいい酔い加減のときに寝てしまえばいいのだ……。

夫はそのときの自分の機嫌や気まぐれで、昼間とか晩酌の時分に、私に酒を勧めたりする。けれども女は、そのまま寝てしまうというわけにはいかない。

夕食の仕度、雑多な家事、あと片づけや洗い物。それらが気になって、酔い醒めの不快感は男よりもわずらわしいものになり、それが私を暗くさせるのだ……。

それはそうと、夫は電話で、新しい仕事の目処も立ちかけていると言った。どんな仕事なのだろう。

あの国宝級だという関の孫六は、いったいどのくらいの値で売れるのであろう……。

房江は窓のところに置いた腕の上に顎《あご》を載せ、いつもより甘く感じられる心地良い風を吸いつづけながら、伸仁が夏休みに入ったら、夫と三人で黒部渓谷や立山に行きたいと思った。

翌朝もまた伸仁の頰や腹部や内股《うちもも》には夥《おびただ》しい蕁麻疹《じんましん》が出て、きのうよりも熱が高かった。

房江はもう一日学校を休ませることにして、伸仁を病院につれて行ったが、医者は原因はよくわからないと言って、ただ薬だけをくれた。

伸仁の蕁麻疹は、病院から出るとたちまち消えて、熱も下がってしまった。

病院の玄関のところから、清水町の百合の借家が見えたので、房江は、伸仁に家に帰って安静にしているようにと言い、百合の家へと向かった。

まるで申し合わせたかのように、あちこちの田圃《たんぼ》では稲を植える作業が始まり、房江が近道をするつもりで畦道《あぜみち》を行くと、そこには農作業のための道具が置いてあって、いたち川沿いの道へと引き返さなければならなかった。

百合が借りた家の玄関には、不釣合なほどに大きくて立派な表札が「倉田」と彫られて掛けられていた。それは、四日前にはなかったものなので、

「どないしたん？　えらい立派な表札やこと」

と言いながら、小さな中庭のほうから縁側のほうへと廻って声をかけると、百合は自転車のチェーンに油をさす手を止めて照れ臭そうに微笑《ほほえ》んだ。

「自分の名字を彫った表札の掛かった家に住んでみたかってん」

だが、印章屋で表札を註文《ちゅうもん》したときに目にした見本は、これよりもひと廻り小さかったような気がするのだが、出来あがってきたものを見てびっくりした……。

百合はそう言って、縁側から座敷へとあがり、房江が作り方を教えてやったばかりのホット・ケーキの生地を見せた。

「こんなもんでええやろか？」

「うん、ちょうどええ具合や。重曹を入れたら、あんまり寝かしたらあかんよ。重曹はほんのひとつまみ。入れすぎたら苦《にご》うなるから」

フライパンにホット・ケーキの生地を流し込みながら、ほとんど新品に近い中古の自転車を安く売っていたので、思わず買ってしまったが、代金を払ったあと、いまの自分は自転車に乗ってはいけない体なのだと気づき、当分納屋《なや》にしまっておくために油をさしていたのだと百合は言った。

「ケンさんから連絡はあった？」

房江は百合の鏡台の上に置いてある「編み物入門」という本を手に取りながら訊《き》いた。

「ぜんぜんあれへん。この家、電話がないし、あの人、字ィ書くの苦手やから。何か用事があったら、房江おばさんに連絡するはずや」

ほんの十日程前まで悪阻《つわり》がきつかったのだが、いまはそれもおさまって、百合の顔は血色が良かった。

女の房江ですら見惚《みと》れる百合の美貌《びぼう》は、薄化粧になって逆に色気が増したようで、細いが形のいい濃い眉《まゆ》と彫りの深い目元や鼻梁《びりょう》、それに肉厚の唇には、意志的であることを超えた一種の威圧感が漂っていた。

房江は、ホット・ケーキを焼く百合の手さばきを見ながら、伸仁がきのうの朝も今朝も蕁麻疹を出したので、いま病院につれて行って来たのだと言った。

「あっ、ノブちゃん、学校へ行きたないんやわ」

百合は笑ってそう言った。

私とケンが玉川町に住んでいたとき、遊びに来たノブちゃんが所在なげにいつまでも帰ろうとしない日は、決まって脇腹《わきばら》や内股に蕁麻疹を出した。私はそれが蕁麻疹だとは知らずに、虫刺されの薬を塗ってやったものだ。

そろそろ家に帰らないとお母さんが心配するだろうと言うと、ノブちゃんは、きょうは家庭教師が来るのだと答えた。

あの家庭教師は、勉強が終わったあとに平華楼でビールと中華料理を食べるために来ているのだ。ぼくは、あの人を嫌いだ。小学校二年生で習う算数もできないのかと馬鹿《ばか》にして、ぼくに宿題をさせながら、自分は新聞ばかり読んでいる……。

ノブちゃんはよくそう言ったものだ。

そのうち私には、ノブちゃんの体におかしなぶつぶつが出るときは、家庭教師が訪れる日に限られていることがわかって来て、

「ノブちゃんの体は、都合のええ勝手な体や」

とひやかしたものだ……。

そんな百合の言葉を聞いて、房江は驚き、

「あの子、家庭教師が来る日に限って蕁麻疹が出てたやなんて、ひとことも私には言えへんかった……」

とつぶやいた。そうか……。蕁麻疹の原因は、臨時の教師のあの言葉なのかもしれない……。

「あの子の体は、我儘《わがまま》で難儀な体やなァ。お父さんが大事に育てすぎたから……。ちょっと寒いと、何枚もセーターを着せるし、ちょっと暑いとパンツひとつにさせて団扇《うちわ》であおいでやるし……。蕁麻疹、百合さんの言うとおりかもしれへん。学校に行きたないと思た途端に蕁麻疹が出て来るんやわ」

「うまいこと出来てる体やなァ」

百合の笑い声を聞きながら、房江は困ったことになったと思った。

世の中、自分の好きな人ばかりではない。気の合わない人のほうが多いのだ。思いどおりにいくことなど滅多にありはしない。性の合わない人間とつき合ったり、うまく事

が運ばないとき、そのたびに蕁麻疹が出ていては生きていくことなど出来はしない……。

「そやけど、ノブちゃんは、おんなじ年頃の子供とは、うまいことつき合うんやで」

と百合は言い、フライパンのなかのホット・ケーキを返した。

「玉川町に子供のボスがおってん。タケフミって子ォやけど、この子がノブちゃんを目の仇《かたき》にして、しょっちゅう待ち伏せをしては殴ったり押し倒したりすんねん。そのタケフミが待ち伏せしてる道は決まってるのに、ノブちゃんはいっつもその道を使うて、うちに遊びに来るねん。他に廻り道はぎょうさんあるのに……。私かケンかが、タケフミをいっぺんガツンと怒ったらなあかんなァって言うてるうちに、いつのまにかノブちゃんはタケフミと友だちになってしもて……。ノブちゃん、どんな手ェ使うて、タケフミのシマを取りよったんやろて、ケンが不思議がってたわ。あいつ、思いも寄らん老獪《ろうかい》な手口を使いよるときがあるからなァって」

「蕁麻疹は私に似て、老獪なのはお父さんに似たんやわ。たいした老獪さやないねんけど」

その房江の言葉に、百合は声を殺して笑いつづけた。

いずれにしても、学校に行きたくない日は都合よく蕁麻疹が出るというような癖は直さなければならない。房江はそう思い、うまく狐色《きつねいろ》に焼き上がったホット・ケーキを食べた。

百合は、「倉田」と彫られた表札が出来あがって来たきのうの夜、嬉《うれ》しくて表札を枕《まくら》元《もと》に置いて寝たのだと言った。

「私のお父ちゃん、やっと自分の表札を掛けられるような一軒家を借りてすぐに死んでん」

「百合さんが幾つのとき?」

「七つ。仕事中に倒れて、それっきり。お父ちゃんが死んでから、表札屋が『倉田』っていう表札を届けて来て……。そやけど、お父ちゃんが死んだから、借りたばっかりのその家から出て行かなあかんようになってしもて。結局一度もその表札は使わんままやってん」

母も死んだあと、自分と兄は別々の親戚《しんせき》に預けられて育ったが、その親戚も三宮の空襲で死んだ。

兄は十五のころから行方知れずになり、自分の前に姿をあらわしたときは二の腕から背中一面に刺青《いれずみ》を彫っていて、酒とヒロポンなしでは一日とて生きられないといったありさまだった。

兄には、ひどい目に遭わされつづけた。兄が二十五歳で死んだとき、自分は兄の死を神仏に感謝したほどだ。

それなのに、自分が真底から好きになり、どんなことにも耐えて一緒になりたいと初めて思った男にも、兄に優《まさ》るとも劣らない刺青があった。

「私、ケンは自分からは二度と姿をあらわせへんて思てんねん」

と百合は微笑みながら言った。

「約束の百万円は作られへんかったけど、七十五万円は、あの人の精一杯のお金や。熊おじさんが言うた百万円という大金、ケンはなんとか作ろうとしたはずやけど、七十五万円しかでけへんかった。銀行通帳が五通に、郵便貯金の通帳が十通。七十五万円を小分けにして送ってくれた……。あの人、これで自分の世界でとことん生きられるわ。生きたらええねん。他の世界ではもうどうにも生きられへんねんもん」

房江は何も応じ返すことができなかった。ケンが自分たち夫婦を騙《だま》したというふうに受け取る気持も、まるで湧《わ》いてこなかった。あるいは夫は、そのような可能性も念頭に置いて、百万円などという法外な金額をケンに用立てさせようとしたのかもしれないと思った。

「いまは、丈夫な赤ちゃんを産むことしか考えたらあかん」

房江が静かな口調で言ったとき、自転車のブレーキの音がして、伸仁が一葉の葉書を持って中庭へと走って来た。

それは国鉄富山駅貨物課からで、届いた荷物を受け取りに来るようにというものだった。送り主は「台湾鵬中公司《ほうちゅうコンス》」で受け取り主は「松坂熊吾」になっていた。

どうしてこんなものが国鉄富山駅に届き、大泉本町の私のところに通知が来たのであろう……。いったい何が送られて来たのか……。台湾鵬中公司……。台湾と書かれているのだから、呉明華と関わりがあるはずだ……。房江は、葉書を手に持って、それを伸仁に向かって振りながら、

「きっと、芳梅ちゃんのお父さんからや」

と言った。

伸仁は、芳梅という名を聞くと、わざと無関心を装《よそお》って、百合がフライパンから皿に移しているホット・ケーキを見つめながら生返事を返し、

「へえ、台湾に帰りはったんかなァ」

と言った。

そう言われてみればそのとおりで、呉明華一家は、いまは神戸の中華街で暮らしているはずで、日本や台湾によほどの政変でも起こらないかぎり、日本に骨を埋《うず》める覚悟なのだった。

それに、呉明華は、自分たちが富山市大泉本町に移ったことを知らない。もしかしたら、大阪へ帰った夫が新しい住所をしらせたのかとも考えられたが、送り主は呉明華ではなく台湾の鵬中公司という会社なのだ。

房江は、とりあえず富山駅に行ってみるしかあるまいと思い、いったん嶋田家の二階

に戻ると、印鑑を持ち、伸仁に、いまからでもいいから学校へ行くようにと命じた。

「蕁麻疹がおさまったんやから、学校へ行っといで」

伸仁は不満そうに、また蕁麻疹が出るかもわからないと、柱に凭《もた》れてつぶやき、

「ぼくが自転車で富山駅まで送ったげるわ」

と言った。

「お母ちゃんは市電で行く。そのほうが早いやろ？」

「そやけど、どんな荷物かわかれへんで。大きな荷物やったら、ぼくの自転車に積んで帰れるやろ？」

学校に行きたくないために、こしゃくな知恵を働かせて、と思ったが、どんな荷物なのか見当もつかないとあっては、伸仁の言葉ももっともに思え、房江は苦笑して伸仁の自転車の荷台に横坐《ずわ》りし、

「慌《あわ》てんとゆっくり行くんやで」

と言った。

富山駅構内の貨物便の受け渡し所にあったのは、直径四十センチ、高さ六十センチほどの陶製の甕《かめ》だった。駅員三人が掛け声をあげて持ちあげなければならないほどの重さで、伸仁の子供用の自転車の荷台には到底載せることはできなかった。甕の真ん中にはアヒルの絵が描かれた大きなラベルが貼《は》ってあって、そこに「松花蛋」と印刷されてい

た。

「何やろ……。この字、何て読むんやろ」

どうやって持って帰ろうか思案しながら、房江が甕を見ていると、

「ピータンや」

と伸仁が言った。

「これとおんなじ絵の甕が、平華楼にも置いてあったで。冷蔵庫の近くに」

房江があらためてラベルに見入ると、たしかに「上質皮蛋《ピータン》」という漢字もあった。

おそらく、平華楼で使うピータンを呉明華は台湾の鵬中公司という会社に註文していて、それがいまごろ船で日本に着き、貨物便で大阪駅へ運ばれたあと、受取人不在として、その転居先である富山へ転送されたとしか考えられなかった。

しかし、それならばなぜ、豊川町の高瀬の家に通知が行かないのであろう。

不思議に思いながらも、自分と伸仁の二人では持ちあげることもできない大きな甕をとりあえず運搬しなければと、房江は貨物課の駅員に相談した。

駅に出入りしている運送屋を紹介され、その事務所へ行くと、若い運転手が親切に応対してくれて、三輪自動車の荷台に伸仁の自転車とピータンの入った甕を積み、狭い運転席の左右に房江と伸仁を乗せて、大泉本町まで走ってくれた。

作業場で床柱にするための檜《ひのき》を磨いていた嶋田にも手伝ってもらって、甕を二階に運

びあげ、

「思いもよらん物入りやったなァ」

とつぶやきながら、房江は財布を簞笥《たんす》の引き出しにしまってから、蓋《ふた》にかぶせてある油紙を取った。素焼きの土の上を粘土で塗り固めてあって、それを外すには金槌《かなづち》と鑿《のみ》のようなものが必要だった。

「これは何ね？」

房江に遠慮ぎみに頼まれて、刃が大きく欠けて大工仕事には使えなくなった鑿で、その素焼きの土を削ってくれながら、嶋田が訊いた。

「ピータンていうアヒルの卵ですねん」

「アヒルの卵？」

「中華料理によう使う食材で……」

いったい何個のピータンが泥のなかに詰まっているのかと思いながら、房江はピータンについての呉明華の説明を、そのまま嶋田に話して聞かせた。

「石灰とかソーダとか、紅茶とか、もっと他の中国のお茶の煮出し汁とか、塩、薬草なんかを土と混ぜて、そのどろどろの泥をアヒルの卵にぶあつうに塗りつけてから、もみがらを全体にまんべんなくまぶして、甕のなかで長い期間寝かせるんです」

「茹卵《ゆでたまご》を？」

「いえ、アヒルの生卵を」

「生卵……？　腐らんがか？」

日本語としての「腐らす」という意味とは少し異なるのだが、まあ、腐らすと言っても間違いではないかもしれない……。

房江はそう言って、甕のなかから姿をあらわした泥の塊りを掌《てのひら》に載せた。

「醱酵《はっこう》させるっていうほうが正しいかもしれませんけど……」

嶋田は気味悪そうに、房江の掌から泥ともみがらにくるまれたピータンを取って、日の光にかざした。

「ここに松花蛋って書いてありますやろ？　ピータンのなかでも最高級で、卵の白身と黄身とのあいだに松の花みたいな結晶があるんです」

「松の葉？」

「いえ、松の花ですねん」

房江は、まだ泥ともみがらの厚い層から姿をあらわしていないピータンを嶋田に見せるために、それを一個持って階段を降り、家の裏の井戸のところへ行った。

伸仁が、ピータンや、ピータンやと嬉しそうに言いながらついて来た。

「ピータンが好きな日本人の子ォなんて、ノブくらいのもんやわ」

そう笑いながら、井戸の水でもみがらと泥を洗い落とすと、黒茶色のアヒルの卵があられた。房江はその殻を半分むいて、青黒い光沢の白身の部分を嶋田に見せた。

嶋田は顔をしかめて匂《にお》いを嗅《か》ぎ、

「こんな腐った卵を食うがか？」

と訊《き》いた。

中国人は昔からこれをおかずにお粥《かゆ》を食べるのだが、料理の前菜としても重宝されている……。

「ちょっとお醤油《しょうゆ》をつけて食べはったら、ご飯のおかずにもおいしいんです」

房江は食べてみるよう勧めたが、嶋田は顔をしかめたまま首を横に振り、作業場に戻って行った。

殻を剝《む》いてしまったピータンは、夕飯のときのおかずに添えようと思い、房江が二階にあがりかけると、週に二度、昼前にやって来る魚の行商人の鳴らす鈴の音が聞こえた。

魚津港であがった魚を夫がスクーターで運んで来て、それを氷詰めの木箱に入れて自転車の荷台に積み、清水町から音羽町、さらに大泉町から小泉町へと売り歩く中年の女は、房江がここに引っ越して以来、二度、嶋田家の前の道を通りかかった。そのたびに房江は、活《い》きの良さそうなアジとかカレイとかを買ったのだが、この二週間近く、姿を見せなかったのだった。

鈴の音は、嶋田家の前でさらに大きくなった。行商の女は、通りかかるたびに魚を買ってくれる房江に向けて鈴を打ち鳴らしていて、それに気づくと、房江は仕方なく井戸の横から道へとつづく畦道《あぜみち》を通って、嶋田家の玄関のところへと廻った。

手ぬぐいで頭を包んだ、日灼《ひや》けした女は、房江を見ると、いい甘鯛《あまだい》があるのだがと言った。

「しばらくお顔を見ィひんかったけど……」

伸仁と二人きりの夕餉《ゆうげ》にはいささか大きすぎるが、女の言葉どおり活きの良さそうな甘鯛と、イカが六杯、それにアジが三尾、ほとんど溶けかけた氷と氷に挟まれて木箱のなかにあるのを見ながら房江は言った。

行商中に、自転車のタイヤを石にとられて転倒し、膝《ひざ》をしたたかに打ちつけて、五日間動くこともできなかったのだと女は説明し、

「奥さんは坊やと二人暮らしやっちゃ？」

と訊いた。

夫は仕事で大阪へ戻っているので、いまは息子と二人暮らしということになる……。

房江がそう答えると、

「旦那《だんな》さんは、口髭《くちひげ》をはやしとりなはるがか？　眉《まゆ》が太うて、おっとろしそうな顔で、ピースを吸いなはるがか？」

とさらに女は訊いた。

いぶかしく感じながらも、房江は微笑《ほほえ》み、

「そうやねェ……。初めて見る人は、おっとろしそうに見えるかもしれへん。煙草《たばこ》は、ピースを吸うねんけど」

と言った。

それならば間違いはない。女はかぶっていた手ぬぐいを取り、それで前掛けにこびりついている魚の鱗《うろこ》をはたき落としながら言って、南の方角を指さした。

この立山線の線路に沿って行ったところに、土地の者たちは「しいところ」と呼ぶ村がある。正式な村の名はあるのだが、そしてなぜ土地の者たちがそう呼ぶのかわからないが、そこの農家の六歳の末娘が、あなたのご亭主のお陰で命拾いをしたのだ。

息子さんと一緒にサイクリングの途中、水を求めて立ち寄った農家で、体の具合が悪いその末娘を見て、これは破傷風の可能性が高いので即刻、病院につれて行くようにと忠告してくれた。祖父が言われるままに孫娘を病院に運ぶと、まぎれもなく破傷風で一刻を争うという。運良く、大学病院に破傷風の血清があり、その子は死なずに済んだ……。

女が喋《しゃべ》っている途中で、房江は、夫が伸仁と家捜しに行ったあと、大泉本町から南へ南へと自転車を走らせて、喉《のど》が渇いて一軒の農家で水を飲ませてもらったときのことを話してくれたのを思い出した。

――破傷風じゃったらえらいことじゃ。病院にうまいことと血清がありゃあええが。

夫はそう言って、農家の老人に貰《もら》ったという干しいちじくを伸仁のズボンのポケットから出したのだった。

房江は魚売りの女に頷《うなず》き返しながら、その話は夫から聞いていたと言った。

「へえ、私の主人の勘が当たって、命拾いしはったやなんて……」

「そこの家のもんは、坊やをつれた口髭のおっとろしそうな旦那さんにお礼を言いたいがやに、どこの誰かわからんですちゃ。わたしが魚を売りに行って、世間話をしようるうちに、あんたは行商であっちこっちの事情をよう知っとるがやから、心当たりはないがかって。坊やとサイクリングをしなはっとったがやから、そんなに遠いとこに住んどらんはずやっちゃって……」

大学病院の医者も、この段階で破傷風だと判断できるのは、よほど破傷風に詳しい人間で、あるいは医者ではないのかと語ったそうだ……。女はそう言った。

房江は、おそらく食べ切れないであろう甘鯛を買い、半身を塩焼きにし、残りは昆布〆《じ》めにして百合に食べさせようと思った。

自転車にまたがり、堀川小泉のほうへ行きかけて、行商の女は戻って来ると房江の名を訊いた。それから、自分は今後毎週火曜日と金曜日にこのあたりで行商をするつもりなので、その日は魚だと決めて待っていてくれと大声で言って笑った。

できるだけそのつもりで献立てを考えよう……。房江も笑顔で応じ返し、部屋に戻ると、農家の老人に貰った干しいちじくをみずやの下の段から出し、呉明華に教えてもらった菓子を作ろうと思った。

干しいちじくをひと晩ぬるま湯に浸してもどし、それを砂糖と一緒に弱火で煮るのだ。それだけで長期間保存のきくおいしい菓子ができる。

呉明華に教えてもらった料理は数限りない。教えられずとも、厨房《ちゅうぼう》で呉明華の調理ぶりを見ているだけで自然に覚えたものもある。

ただこの富山では、そのための食材が手に入らないだけだ。

洋食も、ときおり夫がつれて行ってくれる梅田の明洋軒で、これはどうやって作るのかと訊くと、主人は親切に教えてくれた。

ベシャメール・ソースの作り方。ドミグラス・ソースの作り方。ビーフ・シチューの作り方。オムレツの焼き方。カレーのルーもハヤシ・ライスも、ロール・キャベツも、ハンバーグも、クリーム・コロッケも……。

房江は、たとえ屋台に毛がはえたほどの店であっても、来年の春、大阪へ帰ったら、自分が食べ物商売を始めてみてもいいのではないかと思った。値段を安くしておいしいものを客に提供すれば、細々ではあっても、親子三人が生活する程度の儲《もう》けは得られるはずだ。

大きな商いはできないが、小商いなら夫よりも私のほうが向いている。

夫がやろうとしているのは、自分の家もない人間が三日でビルを建てようとするのとおんなじことで、そんな手品を現実化する芸当は、戦前、戦中、そして戦後のどさくさという荒れた世の中にあっても無から有を生みだす稀《ま》れな運の良さが伴なってのうえだったのだ。

その証拠に、平華楼での収益は、結局、テントパッチ工業や杉松産業のそれをはるかに凌《しの》いでいたではないか。

あの国宝級の名刀と鑑定された関の孫六は、幾らで売れるのだろう。いっそ、その金を私に預けてくれればいいのに。そして夫は、「髪結いの亭主」におさまって、好きに遊んでいればいい。

夫は博打《ばくち》に大金を賭《か》ける人ではないし、株は若いころにひどい目に遭った経験から、決して手を出そうとはしない。女遊びも、私の知らないところでうまくやっていたとしても、それで家庭を壊す真似《まね》などしない人だ。

松坂熊吾という人は、髪結いの亭主に向いている。そのついでに道楽で政治遊びでもして、いなかの議員におさまって天下国家を論じているのがいちばんいい。だから、あのまま南宇和の城辺町で、和田茂十の地盤を引き継いで、県会議員選挙に出馬していたほうがよかったのかもしれない……。

房江はそんなことを考えながら、

「あの人、来年はもう還暦や」

とつぶやき、土のなかにいったい皮蛋《ピータン》が幾つ隠れているのか見当もつかない大きな甕《かめ》を見やった。

夕刻、見竜橋のたもとにある雑貨屋に醬油を買いに行った房江は、茄子《なすび》の苗を植え終わって帰路につこうとしている農家の婦人に、いま植えたら、いつごろ茄子の実がなるのかと訊いた。

植える時期が遅かったので、八月の半ばごろからになるだろうという返事に、

「食べごろになったら、売ってもらえますやろか」

そう房江が訊くと、買ってくれるのならありがたいと返事が返って来た。

茄子はいろんな調理法があって重宝だ。糠漬《ぬかづ》けにするのは勿論《もちろん》だが、焼き茄子に生姜《しょうが》を添えてもおいしいし、挽《ひ》き肉と一緒に炒《いた》めてもいい。味噌汁《みそしる》の具にすることもできるし、味噌をまぶして焼けば田楽にもなる。もぎたての茄子はさぞかしおいしいことであろう……。

房江は、リヤカーを引いて家路を辿《たど》って行く農家の婦人を何気なく見送っていて、慄然《りつぜん》として立ち尽くし、持っていた醬油の壜《びん》を落としそうになった。農家の婦人とすれち

がって、夫の母・ヒサが背を曲げて歩いて来たからだった。

すぐにその老婆《ろうば》がヒサに体つきがそっくりの別人であることはわかったのだが、房江は立ちつくしたまま、次第に近づいて来る老婆から視線をそらすことができなかった。

歩き方、背の曲がり具合、目元から口元にかけての皺《しわ》、必要以上に胸高に締めた帯と、着物の裾《すそ》の乱し方……。それらは、春の好天の船津橋を渡って忽然《こつぜん》と姿を消した姑《しゅうとめ》の松坂ヒサに、あまりにも似ていた。

老婆は嶋田家の表札に近づき、目を細めて字に見入ってから、持っていた風呂敷《ふろしき》包みを道に置き、着物の衿《えり》を整えると、作業場にいる嶋田に何か声を掛けた。

嶋田が表に出て来て、ふたことみこと会話してから、房江を指さした。

「あの人ですちゃ」

嶋田の声が聞こえ、房江は何事かと恐る恐る老婆に近づいて行った。近づくにつれて、その老婆が、ヒサよりもかなり若くて、七十歳前後で、顔の色艶《いろつや》も良く、ヒサとは似ても似つかない顔立ちであることがわかった。けれども、おそらく若年のころから太陽を浴び風雪にさらされて野良《のら》仕事に従事してきた老人特有の皺深さが、やはり老婆と呼ぶしかない老いを顔や首や手に刻みつけていた。

老婆は、破傷風にかかった幼女の祖母であった。

自分の村にも魚の行商に訪れる女から、孫を救ってくれた人の住まいを教えられ、取るものも取りあえず松坂という人の住む家を捜して訪ねて来たのだと、老婆は訛《なま》りの強い早口で言い、手を合わせて房江を拝み、いつまでも頭をあげなかった。

「まあ、ご丁寧に遠いところをわざわざありがとうございます。主人が大阪から戻りましたら、お心遣いのこと、必ず申し伝えます」

房江は老婆が合わせている手を離させて、お孫さんが破傷風ではないのかと考えたのは夫なので、どうか私に手を合わせないでくれと笑顔で言った。

「ここまで歩いてどのくらいかかりましたん？」

房江の問いに、老婆は、たかだか二時間ほどだと答え、風呂敷包みを解いた。竹で編んだ籠《かご》には、子供の頭ほどの大きさの山芋と、根に土をつけたままのホーレン草の束が入っていた。

本来なら孫の両親が揃《そろ》ってお礼に来なければならないのだが、きのうから田植えが始まって、日のあるうちは田圃《たんぼ》から離れることができず、祖父は持病の膝の痛みが出て歩くのが難儀な状態で、とりあえずこの自分だけでもと思ってやって来たのだ……。

老婆はそう言って、房江が困惑するくらい何度も手を合わせて頭を下げつづけてから帰って行った。

「きょうはどういう日やろ。ぎょうさんの食べ物が勝手に向こうから集まって来てくれはった」

ラジオを聴いているか、映画の主人公になりきってひとり芝居をしているかのどちらかであろう仲仁に階段の途中からそう話しかけながら部屋に戻ると、仲仁はいなかった。自転車はあるのだから、たぶん近くの神社で遊んでいるのであろう。房江はそう思い、三時間ほど前に昆布〆めにした甘鯛のしまり具合をたしかめ、これを百合に届けさせようと、南に面した窓から半身を突き出して、神社のほうを見た。すると、田植えの人々が去って、黒ずむ夕日が田圃を果てしない沼のように見せている光景の只中《ただなか》に、さっきの老婆のうしろ姿があった。

その迷いのない足取りも、ヒサに似ていた。気味が悪いほどに似ていた。

房江は、ふるさとをめざして船津橋を渡って行くヒサを見たわけではなかったが、ヒサもあのように歩いて行ったのであろうと思った。そしてどこかで寂しく生涯を終えたのだ……。この私の不注意によって……。

房江は胸苦しくなり、窓を閉めて、何度も深く息を吸ったが、自分の周りにだけ空気がなくなったように感じて、北側の窓をあけた。水を張った田圃が揺れていた。

早く田圃を稲の緑で覆《おお》ってはくれないものか……。この時刻の水を張っただけの田圃は、恐しい底なし沼だ。やがて冬になれば、あの重く湿った雪が、私の周りのすべてを圧迫して行くのであろう……。

房江のそんな思いは、やがて、大阪に帰りたい、いっときも早くこの富山から離れたいという駄々っ子のような願望に変わり、そして次には、生きていくことに対する虚《むな》しさへと変わった。

房江は自分でもいったいどうしたことであろうとうろたえて、突然の理由のない恐怖から逃がれようと、用もないのに箪笥《たんす》の引き出しをあけたり、押し入れから枕《まくら》を出して枕カバーを変えたりした。

南側の窓に近づけば、意に逆らって窓をあけ、もう小さな点のようになってしまったであろう老婆のうしろ姿を見るにちがいなくて、房江は箪笥の把手《とって》をつかんで坐《すわ》り込んだ。

伸仁が帰って来た。房江は甘鯛《あまだい》の昆布〆めを百合のところに持って行ってくれと頼んだ。伸仁の自転車の音が聞こえなくなると、房江は何度かためらったあと、一升壜をつかみ、湯呑《ゆの》み茶碗《ぢゃわん》に酒をついで飲んだ。

この恐しいほどの失意の感情は、夫が言うところの「酔ったときの悪い癖」などではない。酔ったときというよりも、酔い醒《ざ》めのひととき私に襲いかかる奇妙な心の乱れは、たとえば月末の支払いをどうしようとか、さっさと食事の跡始末をしてしまいたいとか、新しく買った服に付いたしみはもう取れないかもしれないとかの、いわば瑣事《さじ》に関することばかりなのだ。

いまこの瞬間の、自分という人間の精神すべての名状し難い虚しさとは種類がまるで違っている……。

房江はそう考えながら、酒が胃の腑《ふ》に沁《し》みていくのを、いまかいまかと待ち望んだ。

「私には、この富山というところがあえへんのやわ」

酔いが少し廻っただけで、突然の心の乱れは消えていくのがわかって、房江は酒の入った湯呑み茶碗を持ったまま、南側の窓をあけた。さっきまでの広大な沼も消えて、水を張った田圃全体を夜が包み込んでいた。老婆が歩いて行ったであろう田圃のなかの道も闇《やみ》のなかにあった。

だが見えなくとも、あの老婆はいまも自分の村めざして歩きつづけているはずだ。房江はそう考え、片道二時間のいなか道を歩いて来てくれた老婆に茶どころか水一杯ふるまわなかった自分を悔いた。

姑のヒサも、城辺から深泥《みどろ》の唐沢の家に遊びに行った帰り道、御荘《みしょう》の町に入るあたりで路辺の石に腰を降ろし、ふくらはぎを揉《も》んだり、腰をさすったりしたものだ。健脚ではあっても、深泥から城辺までの徒歩の道は遠かった。けれども、二時間もかかったりはしない……。

急な坂道が三つあるにしても、御荘湾は絶えず見え隠れして、その美しい景色に見惚《みと》れて腰を降ろすことも多く、それが脚を休めさせる頃合の休憩を兼ねていたものだ……。

だが、さっきの老婆は、こんなに暗くなってしまって、どこかで休むこともしないいまま、ひたすら田圃のなかの道を歩きつづけていることであろう……。

房江は、孫の命を救ってくれた松坂という男に礼を述べるために、野良着を一張羅の着物に着換え、精一杯の気持を込めた見事な山芋とホーレン草を持って家を出たのであろう老婆の心根を思い、夫の鋭い勘が誇らしくなってきた。

ノブが帰って来るまでに、もう一杯飲もう……。房江はそう思って、慌《あわ》てて酒をつぎ、一升壜を押し入れに隠した。

「ノブは、お父さんのスパイやから……」

そうつぶやいて、房江は小さく笑った。

「すぐ泥を吐いてしまうスパイ……」

一気に畳み込んで詰問《きつもん》すると、

「ぼくは知らん。覚えてない」

と小鼻を膨ませつづけるが、少しずつ時間をおいて、

「そのあと、どんなとこに行ったんやった？」

と訊《き》いていくと、誤魔化しきれずに「父との内緒事」をばらしてしまう……。

「京都の近くの公園」と答えれば、それは淀《よど》の競馬場のことであり、「金色のふんどしを穿《は》いたお姉さんがいた」ところとは梅田のミュージック・ホールであり、「チョコレート・パフェを食べた」と答えれば千日前のビリヤード場なのだった。

房江は、ふと思いたって、炊《た》きたてのご飯をおひつに移し、甘鯛の切り身を皿に載せ、それを布巾《ふきん》で覆ってから風呂敷に包み、百合の家に向かった。

途中、雑貨屋でバターと小麦粉を買い、いたち川に沿って歩いて行くと、案の定、自転車に乗った伸仁がやって来た。

「ああ、よかった。田圃のなかの道から帰って来てたら、行き違いになるとこやった」

と房江は言った。

「百合おばちゃんのとこで一緒に晩ご飯を食べよと思て……」

「百合おばちゃん、いまお風呂に行きはった」

房江は百合の家の合鍵《あいかぎ》を預っていて、それはいつも財布のなかに入れてあるのだった。

房江は、伸仁の自転車の荷台に風呂敷包みを載せ、あしたはどんなにたくさん蕁麻疹《じんましん》が出ようとも学校を休んではならないと言った。

「世の中、自分と気の合う人ばっかりやあらへんのやで」

「うん。ぼく、あの先生、日教組やと思うねん」

「……そんな。すぐにお父ちゃんの言葉を真似してからに。日教組が何かも知らんくせに」

それから房江は、破傷風にかかった幼女の祖母が訪ねて来たことを伸仁に話して聞かせた。

「ノブの頭くらいの大きさの、掘りたての山芋を持って来てくれはった。あした、おいしいトロロ汁を作ろな。昆布と鰹節《かつおぶし》でだし汁を取って、すりこぎでゆっくりすり合わせて……」

すると、伸仁は、お酒を飲んだであろうとなじるような視線で言った。

「お酒なんか飲んでへん」

「飲んだ。ぼくにはわかるねん。母さんの目が、とろんとするねん」

「お料理に使《つこ》た残りをちょっとだけや」

「ちょっとしか飲んだらあかんでェ」

百合の家にあがると、房江はベシャメール・ソースの作り方を紙に書いた。ベシャメール・ソースがあれば、マカロニ・グラタンとクリーム・シチューが作れる……。

房江は、百合に自分の料理の知識を教えようと思ったのだった。

百合と観音寺のケンが、これからどうなっていくのかわからない。だが、百合の勘はおそらく当たりそうな気がする。百合が子供を産み、その子が少し大きくなれば、百合は男に頼らず生きていく道を考えなければならない。

ケンから貰《もら》ったあの大金を活《い》かすためには、おいしい物を出す小さな店を営むのが最上の方法だ。そのためには、お金を取れるだけの料理の習得から始めなければならない。

房江は、嶋田家の二階でそう思いついたのだった。百合のあの男好きする美貌《びぼう》は、決して百合に幸福を与えるものではない。百合の美貌を、今後の彼女の災いとさせないためにも、物を作って売るという地道な商いの道をひらいてやりたかったのだ。

第三章

御影の直子に預けてあった関の孫六兼元を桐《きり》の箱に入れ、唐草模様の風呂敷《ふろしき》に包むと、熊吾《くまご》はそれを持って阪神電車で梅田まで戻り、駅と百貨店のあいだにある洋食屋で遅い夕食をとりながら、これから京都の中京区まで行こうかどうか思案した。

美術骨董《こっとう》というものは、金に困って手離すとなると買い手は足元を見て値を叩《たた》いてくるのが常識だろうと考え、さして売る気はないがそれも値段次第だと知人を介してもちかけてあったので、帰る電車もない時間に自分から刀剣商を訪ねるのは得策ではない気がした。

だが熊吾は、約束どおり一日も早く富山に帰ってやりたかったし、そのためには国宝級の刀剣を金に換えて、それを房江へのみやげにしたかった。

もしいまから京都へ行き、関の孫六を刀剣商に鑑定してもらって、それから値の交渉を行なったとしたら、おそらく大阪へ帰るための終電車には乗れないだろう。それよりも、あすの午前中に訪ねるほうがいい。だがまだ九時半だ……。

「中途半端《はんぱ》な時間じゃ」

熊吾は洋食屋の勘定を払い、重くて長い風呂敷包みを肩にかついで地下道へ出ると、土佐堀川の畔《ほとり》のビルへ戻ろうかどうか迷って、しばらく立ち止まった。右側の階段をのぼればバス停がある。バスに乗らずに南へと二十分ほど歩けば丸尾千代麿の住まいを訪ねることもできるが、千代麿は得意先のモーター機器メーカーの品物を和歌山県新宮市に運送するために三台のトラックを引き連れて、今夜の八時に出発したはずだった。

電気も水道も停められたビルに帰るには早すぎるな……。

熊吾はそう思って、阪急百貨店へとつづく地下道をあてもなく歩きだした。

平華楼のあったビルのなかの至るところに熊吾はローソクを立ててあった。ビルの前のバス停附近に明かりはなく、船津橋の欄干のところに街灯がともっているが、それはビルのなかにまでは届かない。

玄関のシャッターを上げ、ドアの把手《とって》をさぐるにもマッチの火が必要で、ドアをあけて階段の手すりのところに立てかけたローソクに火をつけるまでに五メートルほど手さぐりで進まなければならない。だが、おととい、めくれた床板につまずいて転んだとき、雪の富山で痛めた膝《ひざ》を再び打ちつけてしまって、熊吾はきのうから背広のポケットに細いローソクを忍ばせるようになった。

まずそのローソクに火をつけてから、ビルのなかに入り、かぼそくゆらめく明かりを頼りに三階へとのぼり、畳敷きの部屋へ入ると、すぐに柵《さく》に立てかけてあるローソクに火を移し、それから和卓の上の太いローソクを灯《とも》して、やっと一息つくのだった。

便所は三階にあったが、水洗便所なので使うことができなかった。これほど清潔で便利なものはないと思っていた水洗便所は、水がなければどうにも始末に負えないことを熊吾は知るはめとなり、小用のためのバケツを買って、それを部屋の外に置いたが、大便のための方策はなかった。

そのために熊吾は、朝起きると真っ先に、隣家に行き、水道の水をバケツに貰《もら》って、水洗便所のタンクに水を入れる作業をしなければならない。タンクの容量は思いのほか大きくて、便所と隣家とを五往復してやっと一杯になる。けれどもそれだけの労力も、たった一回の使用で流れ切ってしまうのだった。

隣家の主人は、伸仁《のぶひと》が「赤ふんどし」と呼んでいた元船頭で、戦後五年目に陸《おか》に上がり、鉄屑《てつくず》業やら古タイヤの売買やら川魚の卸やら、いったい何が本業なのかわからないながらも生活力旺盛《おうせい》な気前のいい男だった。

熊吾とおない歳《どし》の、河原というその男は、自分の家の水道の蛇口からビルの三階の水洗便所までホースでつないだらどうかと言ってくれて、熊吾は長いホースを買って来たのだが、水圧が足らなくて三階にまで水は届かなかった。

馴染《なじ》みの者たちがいれば、久しぶりに卓でも囲もうかと、熊吾はかつて杉野と一緒によく出入りした曾根崎商店街の雀荘《ジャンそう》に行ったが、顔見知りの常連客はひとりしかいなかった。

メンバーが揃《そろ》うのを待っていた三人の客が、やるのかやらないのかという表情で熊吾を見つめた。熊吾は三人の風態を見て、

「いや、わしはちょっと知り合いを捜しに来ただけじゃ」

と断わり、相も変わらず清一色《チンイーソー》にばかり走りたがるレコード店主の手作りをうしろの椅子《いす》に腰掛けて見つめた。

「えらいご無沙汰《ぶさた》でんなァ。人捜しいて誰を捜してはりまんねん？」

とレコード店主が訊《き》いた。

「いや、何でもありのブー麻雀《マージャン》はあんまり好きやあらせんのじゃ」

熊吾が言うと、レコード店主は、自分の知り合いで、松坂熊吾という人を捜している人がいるのだと牌《パイ》をつもりながら振り返った。

「大将、そこの御堂筋に松坂商会っちゅうビルを持ってはったんでっか？」

「ああ、戦前にビルを建てたが、空襲で跡形も失《の》うなって、戦後に木造の事務所を建て替えてのお。いまは宝石店になっちょる」

「へえ、あそこでっかァ……」

「わしを捜しちょるやつって、誰なんじゃ」

熊吾は幾分の警戒心を抱きながら訊いた。

「阪神裏で玉突き屋をやってる男でんねん。磯辺《いそべ》っちゅうんですけど」

その名に思い当たりはなくて、

「知らんな」

と答えたが、阪神裏という俗称がレコード店主の口から出たので、戦後の闇市《やみいち》の時代と関わりがあるのかと熊吾はいやな予感に駆られた。

大阪駅や、その向かい側の阪神百貨店の周りには、戦後、夥《おびただ》しい数のバラックが並び、得体の知れない人間たちが群がって闇市を形成していたが、やがて世情の変化とともに闇市は姿を消した。だがそこを居場所と定めた連中は阪神百貨店の南側一帯に迷路のように入り組む町を生みだした。

主に繊維関係の店が多く、古着専門の店、下着専門の店、毛織物だけを扱う店、ベルトや革手袋の店というふうに、身に着ける物の細分化された小さな店舗の居並びに混じって、居酒屋やホルモン焼き屋や、表向きはおでん屋だが体を売る女が二階で客を待つ店などが密集している。人々はいつのまにかその地域を「阪神裏」と呼ぶようになっていた。

熊吾の頭のなかには、「阪神裏」は闇市であり、闇市は辻堂忠との出会いの場所であり、辻堂はあのあたりを縄張りとする檜岡《ひおか》組の幹部の柄島《からしま》という人殺しを刑務所に送った張本人なのだった。

あるいは事の真相を嗅《か》ぎつけた檜岡組が、辻堂忠という千人針の腹巻きをした革コートの男のうしろに松坂熊吾がいたことを知って、報復に動きだしたのかもしれない。

熊吾はそう思ったが、レコード店主は磯辺という男が松坂熊吾に恩返しをしたがっているのだと言った。

「恩返し……。磯辺っちゅう名前に覚えはないがのお」

すると、レコード店主は熊吾の耳に顔を近づけ、

「闇市のころは稲葉っちゅう名前やったそうでんねん。老松町で小さな喫茶店をしてたんやけど、阪神裏に新しい店を出すとき、名前を変えよったんです」

「名前を変えた？　稲葉……、老松町で喫茶店？」

「本名は知りまへん。おおかた金とか朴とか……」

熊吾は、松坂ビルの跡地で断わりもなく珈琲《コーヒー》店を営んでいた小柄な男を思い出した。

「ああ、あいつか……。うん、稲葉っちゅう名前じゃった。稲葉修次じゃ」

「思い出しはりましたか。あいつ、松坂の大将にえらい逢《あ》いたがってまんねん。大将がここに来てはること、教えてやってもよろしおまっか？」

熊吾は、それは別段かまいはしないと答えると、レコード店主は熊吾に代わり打ちを

していてくれと言って、雀荘から出て行った。

　点棒の入っている箱を見て、

「えらい負けちょるのお。ハコテン寸前やぞ」

　と笑い、熊吾は牌をかき廻した。

親が廻ってくるまでは打ち込まないように手作りし、親になると、筒子《ピンズ》の清一色と決めて、たてつづけにポンやチーをすると、

「打ち手が替わっても清一色でっか」

　と対面《トイメン》の男が苦笑した。

「そういう手が来よる。あのレコード屋の癖が配牌をそういうふうにさせよるんやのお。麻雀ちゅうのは不思議なもんじゃ。地獄の数で遊ぶゲームじゃけん」

熊吾が言うと、下家《しもちゃ》の男が、

「なんでっか、地獄の数っちゅうのは」

　と恐る恐る一筒《イーピン》を捨てながら訊いた。

「ロン。それじゃ」

「えー？　四筒《スーピン》も切ってるし、二筒《リャンピン》はもうおまへんで。俺もこれ切ってリーチやねん」

「一筒単騎の頭待ちじゃ。親の満貫。レコード屋に怒られんですむのお」

熊吾は見知らぬ三人が、たちの悪い男たちではなさそうだったので、地獄の数につい

て講釈を始めた。

「麻雀は百三十六個の牌を使うゲームじゃ。それは仏教で説く地獄の数とおんなじでのお、一百三十六地獄という」

対面の男は、牌をかきまぜる手を止め、

「へえ、牌て、百三十六個でっか？」

と訊き、数をかぞえ始めた。

「地獄には大別して二種類ある。八熱地獄と八寒地獄。熱い熱い地獄が八種類に、寒い寒い地獄が八種類。八と八とで十六小地獄。その十六小地獄のなかに、またいろんな種類の地獄が分かれちょって、合わせて一百三十六地獄。麻雀の牌も百三十六個。四人で地獄の海を取り囲んで、それぞれ違う種類の地獄をつもったり捨てたりして遊ぶのが麻雀じゃ。中国人ちゅうのは凄《すご》い遊びを考えたもんよ」

「うーん、わしら、牌の数も知らんと麻雀やっとったんかァ。ほんまや、百三十六個や」

対面の男がつぶやくと、下家の男は、

「百三十六個っちゅうのは知ってるわいな。知らんのはお前ぐらいのもんや。そやけど地獄の数とおんなじやとは、お釈迦《しやか》さまでもご存知あるめェ」

と言って笑った。

熊吾は雀荘の主人にコーヒーの出前を頼んでから、高玉林はどうしているかと訊いた。黙っていれば野太そうで押しのきく顔つきなのに笑うと黄ばんだ乱杭歯《らんぐいば》があらわれて品が悪くなる雀荘の主人は、

「あの人、もう一年近う、来てまへんなァ」

と答え、台湾に帰ったという噂《うわさ》を耳にしたとつづけた。

「いんちきな翡翠《ひすい》を売りよったらしいて、警察に追われてたっちゅう噂でんねや」

「翡翠？」

「へえ、見た目はきれいな翡翠でんねんけど、ある日突然、緑色が消えて、ただの白い石に化けてしまう似せ物を売りよったんですわ。うちの客にも二人、騙《だま》されて買《こ》うたやつがいてて……」

前の晩までは大粒で色の濃い翡翠の指輪だったのに、朝になるとその鮮かな緑色はいったいどこにどうやって抜け落ちたのか、透明がかった真珠色の石に変わっていて、指にはめた贋物《にせもの》を茫然《ぼうぜん》と見つめるしかなかった女が、蒲団《ふとん》や枕《まくら》に緑色が附着してはいまいかと捜したが、塗料らしきいかなるものも身辺にみつけだすことはできなかった……。

「あんまりにも見事などんでん返しに、声も出なんだっちゅうて、嫁さんにその翡翠の指輪を買うてやった人が、怒るよりも感心してましたでェ」

「どんでん返しか……」

熊吾は笑った。若いころ上海《シャンハイ》で、熊吾もそれと似た翡翠を買ったことがあったのだった。

「小判が木の葉に変わるようなもんじゃな。あれは色を塗ってあるんやあらせん。石に翡翠色の特殊な色素を沁《し》み込ませてあるんじゃ。その色素が効力を失うと、手品みたいにただの石に変わりよる。これはいったいどんなからくりかとびっくりする。石に色素を沁み込ませる方法も、人間技とは思えんいんちきな手口のほとんどは、アラビアのほうから中国に伝わったそうじゃ」

熊吾はそう言いながら、自分の手紙をたしかに約束どおり上海の周栄文に届け、その返事までを日本に持って来てくれた高玉林という肌の浅黒い台湾人の大きな金歯を思い浮かべた。

どうやって、熊吾と周栄文の手紙が、日本と中国とを行き来したのか、高玉林はいっさい語ろうとはしなかったし、熊吾も知ろうとはしなかった。高玉林の持つ人脈には、日本と台湾と中国大陸とを、海路や陸路を縦横に使って行き来している者たちがいるにちがいなかった。

中国大陸だけではなく、国交のない国と闇の道をつなぐ者たちが存在する。その裏の世界の知恵も人脈も、日本人という民族がおよそ持ち合わせていない国際性やしたたかな生命力という大陸の血のなせるところであって、中華世界からさらに西方の国々の人間のなかに脈々と流れているのだ……。熊吾はそう思い、日ソ漁業条約の締結につづく日本とソ連との国交回復の気運の高まりの裏にも、島国日本が足元にも及ばない大陸の思惑が動いていることであろうと考えた。

麻雀が終わってもレコード店主は戻ってこなかった。代わりに打った熊吾は二回上がったが、それでもレコード店主の負けは取り返せず、どうしても所用で帰らなければならないという対面の男に、負けた金を立て替えて、熊吾は雀荘に置いてあった新聞をひろげた。それは五日前の六月八日付の朝刊で「日共再び地下へ」という見出しが一面にあった。

――日本共産党は昨年七月の第六回全国協議会以来、党活動の重点を非公然面（地下活動）から公然面に置きかえ、一般国民の前にその組織をむき出しにしてきたが、さいきん治安当局が得た資料によれば、日共はこの〝全面合法〟方針を再び転換して、党組織の大半を「非合法に再編成せよ」と全国に指令したといわれる。――

熊吾はここ数日忙しさにかまけて新聞を読んでいなかった。

「これも、日ソ国交回復を条件にした漁業交渉の落とし種じゃ」

と雀荘の主人に新聞の見出しを指でつつきながら言ったが、

「へえ、そうでっか」

と熊吾の言葉に何の関心も示さず応じ返し、主人は二週間ほど前に公布された売春防止法に話題を向けた。

「売春を法律で取り締まったら、やくざを喜こばせるだけでっせ。いままでよりもっとええ金儲《かねもう》けになるっちゅうことでんがな。体を売る以外に生きていく方法のない女は路頭に迷って、これまで以上にやくざ組織に頼るしかおまへんよってになァ。浜の真砂《まさご》は尽きるとも、世に売春の種は尽きまじ、やがな」

「エセ人道主義者には困ったもんじゃ。これから性病が蔓延《まんえん》しよる。食うに困った女が泥棒したり、果ては人殺しなんかに手を染めよる」

熊吾は雀荘の主人にそう相槌《あいづち》を打ちながら、さらに一面の記事を読んだ。

――日共のこの〝転換〟について治安当局は次のような理由によるものではないかとの見方をしている。

一、日共はソ連党大会の〝平和主義〟の動きを事前に察して、露はらいの意味で昨秋全面合法方針を立て、大会を待った。ところがフルシチョフ第一書記の演説は「共産革命は輸出できない。各国はその国情に応じて独自の革命方式を立てなければならない」と述べた。この演説内容をめぐって六全協後の日共中央委員会総会でも〝敵、味方の力関係を考えず、党組織をムキ出しにした誤り〟について党幹部は下部からさんざんつるし上げられるという一幕もあり、これに対する党幹部の自己批判が今度の〝変異〟に現われた。

——ソ連革命後、大正十四年の……——。

そこまで読んだとき、レコード店主が小柄な男と一緒に雀荘に戻って来た。

熊吾はたしかに男に見覚えがあった。闇市の時代には痩《や》せていて、頬も顎《あご》も尖《とが》っていたが、身のこなしが敏捷《びんしょう》で、言動に愛嬌《あいきょう》があったという印象のほうが強くて、いま笑みを浮かべて熊吾を見つめているのは、当時よりもはるかに太って、左の薬指に大きな蒲《かま》鉾《ぼこ》形の金の指輪をはめた五十前後の男だった。

「松坂の大将……。いやぁ、やっとお逢いできた」

男は言って、レコード店主の体を横に押しやるように前に出ると、二度三度と頭を下げた。

「稲葉やのうて、いまは……」

熊吾が笑顔で言うと、男は屈託なく大声で、

「磯辺富雄でんねん」

と答えた。

「元気そうでなによりじゃ。喫茶店だけやのうて、玉突き屋もやっちょるそうで、商売も順調みたいやのお」

「たかが知れた日銭商売で、おっきなことができる才量はおまへんねんけど、お陰さんで、ぼちぼちやらしてもろてます」

磯辺は、もし時間があるなら、これから行きつけの店にご案内したいのだがと誘った。

「さっき晩めしを済ませたばっかりでのお、酒はいらん。うまいコーヒーでも飲もうか」

熊吾の言葉に頷《うなず》き返し、磯辺はレコード店主に軽く会釈《えしやく》すると、先に立って曾根崎商店街に出た。

「ええ女が揃《そろ》てるキャバレーがおまんねんけど、ほな今夜のところは、ちょっと凝ったコーヒーを出す店に行きまひょか」

磯辺は迷うことなく曾根崎小学校の方へと歩きだし、その前を通り過ぎて交差点を北へと渡り、ＯＳミュージック・ホールの近くの、カウンターに幾つものサイホンを並べた喫茶店に案内したが、そのわずかな道のりのあいだに、早口で昭和二十四年以降の自分の経緯を喋《しやべ》りつづけた。

稲葉姓から磯辺姓へと替えたのは、戦後すぐのころに知り合った女と所帯を持ったからで、子供の将来を考えると、妻の戸籍が必要だという判断に基づいている。

老松町で営む喫茶店は、その後、界隈《かいわい》に多く集まった広告業の者たちが贔屓《ひいき》にしてくれて、夜は洋酒と軽いつまみを出すようになり、若干の貯《たくわ》えもできた。

客のひとりにビリヤード好きの者がいて、誘われて玉突き屋で遊ぶうちに、ビリヤードにのめり込んでしまい、自分で玉突き屋をやってみたくなって、おととし、阪神裏に

「ラッキー」というビリヤード場を持った……。

「松坂の大将が、あのとき老松町に店をみつけてくれはったことで、まあ言うたら、こんな私にも小さな運がひらけたんです」

と磯辺は言い、喫茶店のテーブルにつくなり、

「マスター、超豪華ミックスを淹《い》れてんか」

と註文《ちゅうもん》した。

「なんじゃ？　超豪華ミックスっちゅうのは」

と熊吾は長い風呂敷《ふろしき》包みを椅子《いす》に置きながら訊《き》いた。

「ここのマスター特選の、いろんな豆をミックスしたコーヒーでんねん。どんな豆をどんな割合でミックスしてるのかは秘密で、絶対に教えてくれよれへんねんけど、これがうまいんですわ」

阪神裏の「ラッキー」という玉突き屋か……。伸仁が学校の帰りに、友だちの父親が営んでいる玉突き屋で遊んでいたが、たしかその子の姓は朴だったな……。

熊吾はそう思い、

「きみの本名は、朴か？」

と訊いた。

「いえ、ちゃいます。本名は李ですけど……」

熊吾は、曾根崎小学校に通っていた小学生の息子が、阪神裏の玉突き屋に遊びに行っていたらしいと説明した。

「ああ、それは、『一玉』です。阪神裏には、私の『ラッキー』とその『一玉』の二軒しか玉突き屋はおまへんよってに」

と磯辺は答え、松坂商会が突然事務所を閉めてから、その跡地は二年ほど空地のままになっていたのだが、あの土地を巡って何軒もの不動産屋による争奪戦の噂が飛び交ったのちに、いまの宝石店の仮店舗が建ったのだと言った。

「びっくりしました。松坂の大将がある日消えてしもたさかい。あの土地をめぐって、厄介事に巻き込まれはったんとちゃうやろかって心配してましてん。もしそうやとしたら、私にも責任の一端はあるわけで」

熊吾は、運ばれてきた濃厚な味と香りのコーヒーを味わいながら、思うところあって郷里に引き籠《こ》もり、昭和二十七年に再び大阪に戻ったのだと磯辺に言った。

「歳《とし》を取ってから生まれた一人息子の体が弱いもんじゃけん、いなかの空気やお天道《てんと》さまのもとで野山を走らせて、丈夫にせにゃあいけんかった。まだあのころは、都会よりもいなかのほうがはるかに食糧事情もよかったけんのお。伊予《いよ》の南は、海の幸にも山の幸にも恵まれちょる」

「それでぼんぼんは丈夫になりはりましたか？」

「いやァ、相も変わらず虚弱児童で、身体検査のたびに栄養要注意っちゅう判こを捺《お》されちょるが、まあなんとか死なんと生きちょる」

そう言って、熊吾は笑った。

梅雨入りはしたが、雨は少なく、まだ扇子が必要な季節ではなかったし、半袖《はんそで》シャツでなければしのげない暑さではないのに、派手なアロハ・シャツを着て、黒眼鏡をかけた青年が四人、喫茶店に入って来た。

磯辺は熊吾に顔を近づけ、

「太陽族っちゅうやつです」

と言った。

「ほう、こういう格好をしよるのか。『太陽の季節』っちゅう小説にかぶれた若い連中は……」

「阪神裏でも、アロハ・シャツが飛ぶように売れてまっせ」

「結構なことじゃ。流行に合わせたがるのは若者の性《さが》で、わしらが若いころも、流行じゃっちゅうだけで、いまから思うとおかしな格好を真似《まね》したもんじゃ。帯の結び方とか、袴《はかま》の丈とか、腰に下げる手ぬぐいの柄とか……。平和の証《あかし》よ。戦時中にそんなことをしちょったら非国民扱いやけんのお」

磯辺は、熊吾が傍らの椅子に置いた風呂敷包みに目をやり、それは何かと訊いた。

「日本刀じゃ。関の孫六兼元っちゅう天下の名刀じゃ」

「日本刀……。本物の、ちゃあんと切れる日本刀でっか？」

「当たり前じゃ。腕の立つやつなら、これで十人や二十人の首をすぱァっと落とすぞ」

磯辺は煙草《たばこ》を挟んだ指を小刻みに震わせながら声を殺して笑い、

「体つきといい歩き方といい、あの闇市《やみいち》でお逢《あ》いしたときから変わってはれへんけど、やっぱりどこかまるうなりはったなァと思てましてん。そやのに、日本刀を持ってこの梅田を歩いてはりましたんかいな。松坂の大将は変わってまへんなァ」

と言った。

「いや、大阪に戻って以来、いろんな商売につまずいて、いまは傘貼《は》り浪人のような境遇じゃ。そやけん、この関の孫六を金に替えようかと、親戚《しんせき》に預けちょったのを、きょう引き取ってきたんじゃ。磯辺くん、この名刀をええ値で買《こ》うてくれる男の心当たりはないか」

「なんぼくらいやったら売りはりますねん？」

「百万と言いたいが五十万なら手を打とう」

「え！　五十万……。家買えまっせ。そんなに値打ちのあるもんでっか？」

「美術館とか博物館におさまるべき国宝級の刀じゃ。なんならここで抜いて鑑賞させてやってもええぞ」

「そんなあほなことを……。警察が飛んできまっせ。銃砲刀剣不法所持っちゅうやつでんがな」

磯辺はそう言って笑ったが、しばらく考え込んでから、まんざら心当たりがないわけでもないとつぶやき、席を立って、喫茶店のカウンターに置いてある電話のところへ行った。

そのとき、賑《にぎ》やかな一団が入って来た。派手な鳥打ち帽をかぶった男。赤いマニキュアと同じ色のハイヒールを履いた女。大きなキューピー人形をかかえた女。女性物のネックレスを首に巻いた男……。

それらは空席を捜して、店の奥へと行きかけ、熊吾の横で立ち止まった。

「あれ？ノブちゃんのお父さんや」

という男の声で顔をもたげると、ヌード・ダンサーの西条あけみとそのマネージャー、ミュージック・ホールの支配人、そしてこの二、三年で人気が出て来た若いダンサーが立っていた。

熊吾は、これまでに二度、この四人組を明洋軒でご馳走《ちそう》してやったことがあったのだった。

四人はみな酔っていて、赤いハイヒールの本当はまだ十九歳なのに二十二歳と偽っているダンサーはその高いヒールで体を支えるのも困難なほどに酩酊《めいてい》していた。

「こんな時間にもうできあがっちょるなんて、どういうことじゃ」

熊吾はわざと倒れかかってきた十九歳のダンサーの体を両手で受け留めながら言った。ファンからの贈り物らしいキューピー人形をかかえた西条あけみは、さっきまで磯辺が坐《すわ》っていたところに腰を降ろし、

「停電で、きょうは臨時休業」

と言って笑った。

劇場の照明用の配電盤が故障して、幕があがって十分もしないうちに真暗闇になってしまったのだと、小さな黄色い魚の柄が入った鳥打ち帽の支配人は説明した。

「マドモアゼルがええ腰使いになったころに停電。グラインドさせてた腰の持って行き場がのうて、いまごろ火照《ほて》ってきたわ。熊ちゃん、冷ましてェ」

自分でつけた「マドモアゼル・ローズ」という芸名を気に入っているのに、支配人に「ミツコ」と芸名を変えさせられた十九歳のダンサーは、それが不満で自分のことを「マドモアゼル」と呼ぶのだった。

熊吾は立ちあがり、そのダンサーを椅子に坐らせてやると、四人分のコーヒーを註文した。

「最近、ノブちゃんが楽屋にお花を届けてくれへんようになって、寂しいわ。富山からいつ帰って来るのん？」

と西条あけみが訊いた。

「なんで、富山に行ったことを知っちょるんじゃ」

熊吾は不審に思って訊き返した。

「ノブちゃん、楽屋にお別れの挨拶《あいさつ》に来てくれやってん。学校の終業式の日に」

「楽屋に？　そんなこと親父《おやじ》にも母親にも言わんかったぞ」

「私が楽屋入りするまで、ずうっとランドセルしょって待っててくれやってん。終業式が終わったのが十時ぐらいやったらしいから、お昼ご飯も食べんと、四時間も待っててくれてん。それで楽屋に玉子丼《どん》を出前させて、遠慮せんと食べやって言うのに、ぜんぜん手ェつけんと帰ってしもて……」

それから西条あけみは、自分の上半身と同じくらいの大きさのキューピー人形を左腕に持ち変え、人差し指の先だけでそっと手招きした。

「もうこの三人とつきあうのん、しんどいねん。まだもう一軒飲みに行こうってしつこうて。うまいこと逃がして」

それとなく顔を近づけた熊吾の耳元でそうささやき、あけみはキューピー人形を熊吾に渡した。

誰かと電話で話し終えた磯辺が戻って来たので、熊吾は片方の腕にキューピー人形を、もう片方の手に風呂敷包みを持つと、

「この人形は、伸仁のために貰《もら》うぞ」

と言って、磯辺を促して喫茶店から出た。

「あっ、あかん。それは大事なキューピーちゃんやねん。返してェ」

そう叫んで、西条あけみは熊吾を追って喫茶店から出て来ると、せきたてるように熊吾の背を押し、居酒屋の並ぶ細い路地へと走った。

人混みのなかで笑いながらうしろを振り返って、連れの三人のうちの誰もが追ってこないのを確かめると、西条あけみは、鼻筋の通った彫りの深い顔を一瞬華やかにさせて、熊吾からキューピー人形を受け取り、それを小脇《こわき》にかかえて、

「ローズは、もうあれ以上飲んだら、誰かれの見境いなしにケンカを売るし、マネージャーはスケベーの塊になるねん」

と言って、天神橋六丁目のほうへとつながる市電の通りに出た。

「支配人はどうなんじゃ」

と熊吾は訊き、晩飯は食べたし、コーヒーも飲んだし、さして酒を飲みたくはないが、さてこれからどうしようかと考えた。舞台化粧をしていなくても、通りすがりの男たちが振り返るほどの美貌《びぼう》の西条あけみと二人きりになって、このまま別れてしまうのもいささか惜しいという気がしたのだった。

うしろにいる磯辺富雄が所在なげに立っているので、熊吾は久し振りに玉突きでもし

て遊ぼうかと思い、あけみを誘った。

「こいつは磯辺っちゅうてのお、阪神裏でビリヤード場をやっちょる。こいつの店で玉突きでもして遊ばんか。わしは四つ玉しか突いたことはないが、上海ではイギリス人の先生について練習したことがあって、勘さえ取り戻したら、なかなかの腕やぞ。わしが教えちゃるけん、ビリヤードを練習してみィ。酔い醒《ざ》ましにもなる」

西条あけみは目の前を走り過ぎて行く市電を見ながら、どうしようか迷っているふうだったが、うしろの磯辺に聞こえないようにして、

「阪神裏には、あんまり行きとうないねん」

とささやいた。

「そうか、なら、どこかの喫茶店で何か冷たいもんでも飲むか」

磯辺とはここいらで別れようと思い、熊吾が振り返って、磯辺に声を掛けかけると、あけみは、

「ええよ。ビリヤード教えて。松坂の大将の、上海仕込みのビリヤードの腕、見せてもらうわ」

と言った。

熊吾は、磯辺に、

「お前の店に行こうと思うが、かまわんか？」

と訊いた。磯辺は、嬉《うれ》しそうにタクシーを止めようとしたが、熊吾はそれを制した。ここから阪神裏まで歩いて十分ほどで、そんな近いところに行けと運転手に言うのは気が咎《とが》めたし、元来、熊吾は歩くのが好きなのだった。糖尿病には歩くのが一番いいと小谷医師に教えられて以来、熊吾は意識的に電車やバスを使わず歩くことをこころがけていた。

市電の通りを渡り、曾根崎警察署への道へと歩きかけたが、繁華街から少しはずれた堂山町の民家が並ぶ一角に縁日の露店が出ているのが見えた。

「あっ、あの提灯《ちょうちん》屋さんや」

と西条あけみは言って、熊吾の肘《ひじ》を引っ張り、自分の住む老松町のアパートの近くでは毎月七の日に縁日があるのだが、その縁日に店を出す者たちが、三の日は場所を変えてここで商売をしていることを知らなかったと言った。

「おもしろい提灯屋さんがいてるねん」

歌舞伎《かぶき》などの看板には独特の書体の筆文字が使われるが、あれと同じ書体で、それぞれの名前を提灯に書いてくれて、希望とあらば、その人の似顔絵も小さく付け加えてくれる。ただ縁日での商いにしては代金が高くて、前々から「西条あけみ」と書かれた提灯が欲しいと思いながらも、買うにはためらいがあったという。

「そんなに高いのか」

「うん。大きなちゃんとした提灯やったら、七百円」

「そんなに高いのか。トリスのウィスキーのポケット壜《びん》が……、あれは百二十円じゃけん……、六本ほど買えるぞ。上等の提灯には柿渋《かきしぶ》を塗るんじゃ」

規模の小さな縁日で、セルロイドのお面屋、スマート・ボール屋、パチンコ屋、金魚すくい屋、綿菓子屋、花火屋、飴《あめ》細工屋がそれぞれ一店ずつ並んでいたが、その一角だけいささか雰囲気の異なる露店がたしかにあって、子供相手の骨も紙もちゃちなものから、本格的なぶら提灯や小田原提灯、それにしっかりとした竹の柄のついた弓張提灯までもが並び、七十近い小柄な男が大きな硯《すずり》で墨をすりつづけていた。

母親につれられた女の子が、いちばん安い子供用の提灯に「圭子」と自分の名を書いてもらってから、自分の似顔絵を求めた。男は微笑《ほほえ》んで頷《うなず》き、五十円追加してくれと言い、その女の子の顔の特徴を巧みに誇張した似顔絵を一分もかからない素早い筆さばきで描きあげ、細いローソクを添えて渡した。

「ほう、これはなかなかおもしろい商売を思いついたもんよ。さぞかし子供は喜ぶことじゃろう」

熊吾は露店の提灯売りの年季の入った筆さばきに感心し、「松坂伸仁」という姓名と伸仁の似顔絵を書いたものを富山へのみやげにしたいと思ったが、本人がここにいないので似顔絵はあきらめるしかなかった。

露店の台に置かれたワラ半紙に「松坂伸仁」と書いてから、熊吾は最も高い七百円のぶら提灯を指差し、

「あれにしてくれ」

と言った。

「お前はどれがええ？」

そう訊《き》くと、小田原提灯を指差し、

「楽屋の私の化粧台のとこに吊《つ》りたいねん」

とあけみは答えた。

ぶら提灯には「松坂伸仁」、小田原提灯には「西条あけみ」と太い筆文字で書き、提灯屋は似顔絵はどうするかと尋ねた。あけみは迷ってから、字だけでいいと答え、熊吾もいまここに本人がいないのでと言いながら代金を払いかけた。すると磯辺富雄が自分の財布から紙幣を出し、

「このくらいのこと、わてにさせておくんなはれ」

と言って、それを提灯屋に渡した。

「こんな程度で恩返しがでけたとは思てまへんさかい」

有無を言わさぬ金の払い方に、熊吾は断わるわけにもいかず、

「じゃあお言葉に甘えるか。こんな高いもんを誠にすまんな」

と礼を言い、提灯屋が差し出したローソクを受け取って、一本をあけみに渡した。あけみはローソクを小さなハンドバッグにしまい、キューピー人形をかかえた腕で小田原提灯を持つと、乾き切っていない墨文字に息を吹きかけたが、楽屋に飾ったら、ローソクを灯《とも》す機会などないだろうから、いまここでローソクを提灯のなかに入れて火を灯したいと言った。

「小田原提灯は、持って歩くもんじゃあらせんけん、火のついたローソクを入れて、このてっぺんの把手《とって》を持つと手が熱いぞ。火傷《やけど》しかねん」

熊吾はそう言ったが、あけみはハンドバッグからローソクを出して火をつけ、小田原提灯のなかのローソク台にそれを差そうとした。

歩きながらうしろを振り返り、

「なんにも知らんやつよ。提灯をひろげたまま火のついたローソクを入れるやつがおるか。ローソクは、提灯を畳んで、台に差し込《こ》んでから火をつけるんじゃ」

買いたての提灯の把手を焦がしかねない手つきに苛立《いらだ》ち、熊吾は、あけみの手から火のついているローソクを取り上げようと腕を伸ばしたが、あけみはわざと駄々をこねるように笑いながらローソクを奪われまいとそれを頭上にかかげた。

その瞬間、あけみが小脇にかかえていたセルロイドのキューピー人形に火が点《つ》いた。油蟬《あぶらぜみ》の鳴き声に似た音があけみの顔の右側で起こったと同時に、爆発するように炎があけみの首から上を包んだ。

悲鳴をあげて両手をばたつかせながら、あけみは走り、民家の壁にぶつかってしゃがみ込んだ。火は髪の毛に燃え移り、爆《は》ぜるような音をたてた。

熊吾は咄嗟《とっさ》に、金魚すくい屋へと走り、バケツに金魚台の水を入れて駆け戻ると、それをあけみの頭からかけた。焼けたセルロイドと頭髪と肉の匂《にお》いがたちこめ、十数匹の金魚が両手で顔を覆《おお》ってうずくまっているあけみの周りで跳ねた。

セルロイドのキューピー人形は跡形もなく燃えて消えてしまったかに見えたが、そうではなかった。熔《と》けたセルロイドの一部は、あけみの右のこめかみから側頭部に食い込むようにしてへばりついていたのだった。

「磯辺、近所に病院はないか。救急車を呼べ。電話のありそうなとこへ早《はよ》う行け」

と怒鳴り、驚き顔で遠巻きに見やっている人々にも、近くに病院はないかと訊いた。

「救急車や。顔に大火傷したって、早よ電話してこい」

野次馬のなかからそんな声が聞こえ、近所の住人らしい男がどこかへ走って行った。

「私の顔、どないなったん？　なァ、顔はどないなったん？」

あけみは全身を濡《ぬ》らして路上にしゃがみ込んだまま、それ以外の言葉は発しなかった。

救急車が着き、救急隊員が二人走って来たとき、熊吾は関の孫六を磯辺に渡し、しばらく預かっておいてくれと耳打ちして、あけみに付き添って救急車に乗った。

セルロイドの引火性が強いことは知ってはいたが、まるで火薬が爆発するかのように、わずかなローソクの火で一瞬にして燃えあがったさまは熊吾の知識をはるかに越えていたのだった。

救急隊員は無線でどこかと連絡を取ってから、十三大橋《じゅうそう》に近い大きな病院に行くと告げた。

救急治療室で応急の処置を受けたあけみは、首から上に幾重にも包帯を巻かれ、目と鼻と口だけが見えるだけの姿で、看護婦の肩にすがって出て来て、入院病棟へと移された。

衣類はすべて熊吾がかけた水で濡れていたので、それらを脱いで毛布をまとい、四人部屋の入口に近いベッドに横になって点滴を受けつづけ、熊吾は治療にあたった若い医者に呼ばれて事情を訊かれた。

「ご関係は？」

「知り合いです。偶然梅田の喫茶店で顔を合わせて、あのあたりを一緒に歩いちょるうちに、縁日にでくわして、提灯を買おうっちゅうことになったんです」

「知り合いねェ……」

医者はどこか小馬鹿《こばか》にしたように熊吾を見つめ、単なる知り合いにしかすぎない人間に、患者の容態を詳しく説明するわけにはいかないと言った。

「なるほど。それなら、あの子の身寄りの者に連絡せにゃあいけませんなァ。一人暮らしっちゅうことやったが、近くに住んどりゃええが」

その熊吾の言葉で、医者はミュージック・ホールの名を口にし、看護婦にカルテを見せながら、とりあえずここに連絡してみてくれと言った。

「火傷はひどいですか」

と熊吾は訊いた。

「ひどいですね」

それだけ言って医者は立ちあがり、廊下を指差すと、警察の人があなたから事情を訊きたがっていると告げ、別の患者のカルテを出して、それに見入った。

病院の廊下には、制服の警官二人が待っていて、キューピー人形が燃えあがったときのことについて説明してもらいたいのだが、ここでは都合が悪かろうから、署まで来てほしいと言った。

「曾根崎警察ですか」

警官はそうだと答え、熊吾をパトカーに乗せた。

署に着くと、熊吾は警官の問いに一切の粉飾を混じえずに答えた。その訊問《じんもん》の最中に、熊吾は西条あけみの本名が森井博美《ひろみ》であること、年齢は二十八歳で長崎市の出身であることを初めて知ったのだった。

喫茶店で逢《あ》ってから、あの事故が起こるまでのことを警官は三回訊き、三回とも熊吾は思い出すままに正確に答えた。

「もうひとり、連れの男がおったそうですが……」

と警官は訊いた。

「どうしても急ぎの用があるっちゅうので、私だけが病院につき添うたのです」

「その人の氏名は？」

熊吾はそれにも答え、まだ行ったことはないが、阪神裏のどこかでラッキーという名の玉突き屋を営んでいると言った。

警官は席を外し、熊吾には聞こえないところで別の警官と話をしてから戻って来て、お帰り下さって結構だと言った。

「事件性はおまへんな。森井博美さんも、松坂さんが止めるのもきかんと、火のついたローソクをキューピーの人形に自分で近づけてしもたんやって言うとります」

熊吾は自分の右のこめかみから側頭部にかけて指で示しながら、

「私が慌《あわ》てて水をぶっかけたのが、良うなかったんですかな。あの子のここらあたりに、熔けたセルロイドが食い込んじょったような気がするんですが……」

と部屋から出て行きかけて訊いた。警官は首をかしげ、水をかけなかったら、セルロイドに引火した火はもっと広範囲な火傷をもたらしていたのではないかとも思えると言った。

「セルロイドの人形は危ないんです。ちっちゃな子が、それでよう火傷しよる。火鉢とか、石炭ストーブの近くで、セルロイド製のもんを持って子供を遊ばせたら、えらいことになるんです」

熊吾が事情を訊かれた部屋は曾根崎警察署の二階だった。熊吾は階段を降りかけて、三階のほうを見上げた。そこにはかつて杉野信哉がいたのだった。

警察署を出たところで熊吾はしばらく立ち止まって、御堂筋と扇町筋を走る車のライトを見るともなしに見つめた。阪神裏のラッキーを捜して、磯辺に預けた関の孫六を返してもらおうか、それとも濡れてしまった衣類をすべて脱いで薄い毛布一枚をかぶっただけの西条あけみのために、下着と寝巻を買うのが先かを考えたが、すでに夜の十二時を過ぎて、まだ営業している店があろうとは思えなかった。

あけみの親兄弟、もしくは親戚《しんせき》が大阪やその周辺に住んでいるならば、連絡を受けて駆けつけるかもしれないが、さっきの警官の口振りでは、ミュージック・ホールに関わる者以外に近しい者はいないようだった。

迷ったあげく、熊吾は阪神裏の繊維街なら真夜中でも女の下着類を売っている店があるかもしれないと思いつき、警察署前から阪神百貨店へとつづく交差点を渡った。大阪に住んでいたころ、伸仁が学校の行き帰りに大きなランドセルを背負って渡った交差点であった。

阪神百貨店の横の道を南に折れると、通称「阪神裏」の、なかに足を踏み入れなくともバラックに毛の生えたような店舗が夥《おびただ》しい数でつらなって迷路と化しているさまが窺《うかが》える薄暗くて湿った異空間の前に出た。

熊吾がその路地へ入ると、女たちが古着屋のなかに身を隠した。売春防止法が公布されて、それを摘発する活動が盛んになり、女たちは警戒しているのであろうと熊吾は思い、目が合わないよう古着屋の奥に行きかけた女に、

「女物の下着とか寝巻とかを売っちょる店はありませんかのお」

と訊いた。

新品のものを売る店は、どこももう閉まったはずだが、寝巻代わりになる古着なら、ここに幾らでも吊り下がっていると女は言った。

いくらなんでも下着だけは古着を届けるわけにはいかないが、地味な柄の浴衣《ゆかた》なら、とりあえず寝巻代わりになるだろう……。

熊吾はそう考えて、比較的新しそうな浴衣の古着を買った。

「ラッキーっちゅう玉突き屋を知りませんかのお。四つ橋筋に近いほうじゃと聞いたんじゃが」

熊吾の問いに、女は裸電球が一個灯っているだけの路地の南を指差し、ここから三つ目の角を右に曲がって、次に中古のミシンを売っている店の角を左に曲がり、まっすぐ行けばラッキーの看板が見えるだろうと教えてくれた。

言われたとおりに歩いたはずなのに、中古ミシンを売る店はどこにもなくて、電柱の陰や、客が五人も入れば満員になりそうな居酒屋の立て看板の陰で、客を引く娼婦《しょうふ》が警戒心をむき出しにして熊吾の顔を盗み見るばかりだった。

「蟻《あり》の巣じゃのお……」

自分が北へ歩いているのか南へ歩いているのかわからなくなり、今夜は磯辺に関の孫六を預けておこうと思いながらそうつぶやくと、熊吾はおそらくこっちだろうと見当をつけた細い道をどこにも曲がらずに歩いたが、阪神裏から出たところには、道を隔てて大阪市中央郵便局のビルがあった。熊吾の勘では、梅田新道の交差点に近い場所に出るはずだったので、ほとんど心づもりとは反対の方向へ歩きつづけたことになったのだった。

古着の浴衣を包んだ新聞紙を持ち、熊吾は再び曾根崎警察署の前に戻りながらタクシーを捜し、さして食べたいとは思わないのに屋台のラーメン屋の椅子《いす》に腰かけ、支那《しな》ソバとコップ酒を註文《ちゅうもん》した。

咄嗟の機転だったとはいえ、磯辺に関の孫六を持たせてあの現場から去らせたのは不幸中の幸いだったなと思い、熊吾はコップの冷や酒を飲んだ。

あのまま関の孫六を持って救急車に乗っていれば、銃砲刀剣不法所持で日本刀は警察に没収されていたであろう……。

それにしても、ほんのわずかな見解の相違、もしくは自分とあけみとの供述の違いで、過失致傷の罪に問われる可能性は極めて高かったのだ。そのほうが、銃砲刀剣不法所持罪よりもはるかに重大な問題であったことだろう……。

熊吾はそう思い、火傷による顔の損傷だけが思考のすべてを埋めていたであろうとはいえ、あけみにいささかの損得勘定もなく、キューピー人形に引火したのは、自分が火のついているローソクを振り廻したからだと正直に供述してくれたことに、感謝を越えた、なにか手を合わせて拝みたくなるような純な心根を感じた。

そしてそれと同時に熊吾の胸には、踊り子としての西条あけみの未来が絶たれたという事実が刻み込まれたのだった。

いや、売れっこのダンサー、西条あけみとしての未来だけではあるまい。あの日本人離れした彫り深い美貌《びぼう》も、おそらく甦る《よみがえ》ことはないのだ……。

医者は熊吾には火傷の度合を語ろうとはしなかった。知り合いだと？　ふん、愛人なら愛人と言ったらどうなのだ……。あの若い医者は腹のなかでそうつぶやいたことであろう。

だが、彼が言った「ひどいですね」というひとことは、あけみの顔の火傷が重篤《じゅうとく》なものであるのを如実《にょじつ》に示唆《しさ》していた。

火傷というのは軽度であっても跡が残るのだから、医者が「ひどいですね」と吐き捨てるように言った言葉によって、およその見当はつく。しかも熔けたセルロイドの一部は、あけみの顔の肉に食い込んでしまっている……。

この自分にまったく何の責任もないとは言えない。ローソクに火をつけたまま、ひらいた小田原提灯《ぢょうちん》のなかに立てようとしたのを止めたのは俺だ。放っておいても、あけみは手が熱くなってすぐにやめたであろうに、それを無理にやめさせようとしたのだから……。

熊吾は、このまま事がおさまるとは思わなかった。

あけみが、場末のストリッパーではなく、大阪では最も格の高いミュージック・ホールのダンサーだとはいえ、男たちに裸体をさらす職業についた女であることに変わりはない。あけみは隠していても、「ヒモ」と称される男がついている可能性は高いし、ミュージック・ホールとの契約事項に、どんな条件が含まれているかもわからない。今後、あけみに陰で悪知恵を吹き込む連中も出て来るであろう……。

熊吾は支那ソバを半分食べただけで割り箸《ばし》を置き酒をもう一杯頼んだ。

「関の孫六兼元か……」

煙草《たばこ》に火をつけてから、熊吾は胸のなかでつぶやいた。あの名刀を、俺の言い値で買うであろう男がひとりだけいると思った。

こっちの足元を見て、言い値を叩《たた》いて叩いて少しでも安く買おうとする美術骨董《こっとう》屋に売るよりも、己れの威勢を見せつけるために少々法外だとわかっていても、気前良く、そして勝ち誇って恩着せがましく、松坂熊吾が頭を下げれば言い値で買う男……。

「自分の自尊心よりも大切なものを持って生きにゃあいけん……」

熊吾は、富山で雪道を歩きながら伸仁に言った言葉を、笑みを浮かべて口に出してつぶやき、あした、その男に逢いに行こうと決めた。たとえ門前払いされても、頭を下げつづけて、あの男が欲しがっていた名刀を買ってもらうのだ……。

「海老原太一に侮辱されに行くとするか……」

屋台の主人は、熊吾のひとりごとに何の反応も示さず、鉢を洗い、煮たっているダシ汁に水を足した。

病院に戻ると、あけみは、看護婦の計らいで、以前入院していた女性患者が置き忘れていったという寝巻を着て、点滴を受けつづけていたが、ミュージック・ホールの関係者も親類縁者らしき者も、友人すらも来てはいなかった。

救急治療室から出て来たときには気づかなかったが、あけみの左手首から先すべても包帯で巻かれていた。

あけみは、目を閉じていたが、ときおり顔を痛そうにしかめるので、熊吾は同室の患者に気遣いながら、

「痛むのか?」

と耳元に口を近づけて訊《き》いた。あけみは小さく頷《うなず》き、何か言いかけてやめた。

「とりあえず寝巻を買うて来たんじゃが、下着を売る店はもう閉まっちょった」

あけみは薄く目をあけ、口をできるだけ動かさないようにして、

「もうじきミキちゃんが、私の着換えを持って来てくれる……」

と言った。

病院から連絡を受けたミュージック・ホールの事務員が、思いつく限りの立ち寄り先に電話をかけて支配人たちを捜したがみつからず、さっきやっとあけみと親しいミキという踊り子と連絡がついたらしかった。

「あの三人、まだどこかで飲んでるんやわ」

そしてあけみは、喋《しゃべ》ると顔全体の皮膚が動くので、喋ってはいけないと医者に命じられたのだと言った。

「ああ、喋っちゃあいけん。そのミキっちゅう人が来るまで、わしはここにおるけん」

「なんであそこでローソクに火ィなんかつけてしもたんやろ……」

とあけみは言い、目を閉じてそれきり何も喋ろうとはしなかった。

「医学は急速に進歩しちょる」

そう言って、さらに何か励ましの言葉をつづけようとしたが、そのような言葉はかえってあけみの悲嘆を増すかもしれないと考え、熊吾は、看護婦詰所とどこかの病室とをせわしげに行ったり来たりしている足音に耳をそばだてた。誰かが死にかけている様子だった。

看護婦詰所のところに置いてある電話で男が喋っていた。

忙しいとはなんという言い草だ。お前の親が死のうかというのに、忙しいとはなんだ。お前、それでも子か……。

男の声は途切れ途切れに聞こえた。

隣のベッドで寝ていた老婆《ろうば》が起きあがり、長い時間をかけてベッドから降りると、右脚をひきずりながら便所へと行き、それと入れ替わるようにして、風呂敷《ふろしき》包みを持った長い髪の女と、ミュージック・ホールの支配人が病室に入って来た。

やっと連絡を受けた支配人は、あけみの着換えを持って病院に着いたミキと通用口のところででくわしたのだという。

熊吾は支配人に目配せして、病棟の北の端にある面会所のようなところに行き、長椅子に腰掛けて煙草に火をつけ、事のあらましを説明した。

「どんな火傷《やけど》でんねん？」

支配人は酒臭い息を熊吾に吐きかけて訊いた。

「医者は赤の他人には詳しいことは喋りよらんが、ひどい火傷じゃ。熔けたセルロイドが、いまもあの子の肉に食い込んじょる」

「元通りの顔に戻りまんのか？」

「さあ、医者に訊いてくれ。わしにはわからん」

支配人は吸い口を唾《つば》で濡《ぬ》らしながら火をたてて煙草のけむりを吸い込み、

「あんたがキューピーの人形を取って行ったりするからやがな」

と言った。

「わしのせいやと言うのか？　あんたは共産主義者か」

「なんのこっちゃねん。共産主義と何の関係があんねん」

熊吾は、下手な芝居をして喫茶店を出て行った理由を説明し、

「あの子は、もうあれ以上あんたらと飲み歩きとうなかったけん、わしにひと芝居うたせたんじゃ。あんたの理屈で言うなら、そうさせたあんたらのほうこそ責任を取らにゃあいけんぞ。あんたはいまかなり酔うちょる。話は酔いが醒《さ》めてからじゃ」

熊吾に睨《にら》みつけられて、支配人は、煙草を灰皿に捨て、

「ファンもぎょうさんついて、ピンでトリを取れるとこまで行っとったのに……」

と言い、せわしなく長椅子の周りを歩き廻った。

「あの子は長崎の出身やそうじゃが、親兄弟も長崎におるのか」

と熊吾は訊いた。

「さあ……。親父《おやじ》さんは長崎で表具屋をやってたっちゅうようなことを他の踊り子にどこかで喋ってたそうやけど……。とにかく身内は誰ひとり関西にはおらんはずでっせ。わたいと振り付けの滝本が広島でみつけてきた子ォでんねん」

それから支配人は、

「お父《と》はんは、いまも長崎にいてるらしいけど、実の父親やないし、長いこと音信不通やってあの子の口から聞いとりまんねんけど」

と言った。

熊吾は、警官が自分とあけみの双方から事情を訊き、あけみ自身の過失であって、事件性といったものは皆無だと明言したことをあらためて説明し、

「わしは、あした、また見舞いに来る。何時にとは約束できんが……。西条あけみさんにそう伝えといてくれ」

と言って病院から出た。

端建蔵橋《はたてくら》のたもとのビルに帰り着いたのは夜中の二時で、熊吾は手さぐりで入口のド

アをあけ、階段のところまで歩くと手すりに立てかけてあるローソクに火をつけ、その明かりを頼りに三階へあがった。

堂島川にも土佐堀川にも船の音はなく、そのふたつの川が合流する地点には、北側の中央卸売市場に灯《とも》るわずかな明かりと、南側の倉庫群の街灯の光とが重なって、幾つもの三日月状の煌《きら》めきを作っていた。

ビルの東隣りの河原家の水道の水圧でやっと二階まで届く水をホースで汲《く》みあげさせてもらって、それをバケツで三階にまで運んだ水が半分ほど残っていたので、熊吾はそれをコップに入れ口のなかをゆすいで、もう何日も枕元《まくらもと》の灰皿に立てたままのローソクに火をつけ、万年床にあぐらをかいて坐《すわ》った。

そして、海老原太一にどうやって逢《あ》ったらいいのかを考えた。太一とは昭和二十三年の一月以来、顔を合わせてはいない。六甲から有馬《ありま》温泉へとつづく旧街道の、行楽の季節以外は滅多に人通りのない灌木《かんぼく》に囲まれた原っぱで、熊吾は太一の顔を革靴のかかとで殴って傷を負わせたが、あれからすでに八年がたったことになる。

海老原太一の噂《うわさ》はときおり熊吾の耳にも届いていた。相変わらずの目先の利《き》く才覚で「亜細亜《アジア》商会」を順調に発展させ、朝鮮動乱の特需景気のときには、兵庫県を地盤とする代議士と組んで大儲《おおもう》けし、社名も「エビハラ通商株式会社」と変更したという。

海老原太一が同郷の熊吾を頼って、学生服に風呂敷包みひとつで上阪したのは、彼が十八歳のときで確か昭和元年だったはずだと熊吾は思った。

そしてわずか十年で独立し、神戸の三宮《さんのみや》に五坪の事務所を持って商売を始めた。最初は熊吾が経営する幾つかの会社のおこぼれを貰《もら》うという形での商いであったが、それから五年もしないうちに鉄道列車の車軸を扱う仕事を得て、そこから当時の軍関係の物資調達に関わったのだった。

「金だけが目的の男」と陰口を叩かれながらも、奇妙な人なつこさと寝食を惜しんでの働きぶり、そして機を見て敏な行動は、同業他社の者たちも認めざるを得ないものがあったのだ。

関の孫六兼元が見知らぬ男によってもたらされたとき、「わしには猫に小判じゃ」と言いながら白鞘《しらさや》から抜いて刀身に眺め入る熊吾の横で、太一はその名刀に異常な関心を示して、ぜひ自分に譲ってはいただけないかとしつこく迫った。

元々、太一には、熊吾の持物に憧《あこが》れるという癖があって、熊吾が英国製のライターを手に入れると、同じ物を捜して来て「大将のんとおんなじやつでっせ」と喜んでみせる。熊吾が車を買い専門の運転手を雇うと、自分もそうしようとする。熊吾が京都の祇園《ぎおん》や大阪の新町で茶屋遊びをすると、太一も誰かの口利きを使って同じ店で遊んで芸者を呼ぶ……。

そのようなことは枚挙に遑《いとま》がなかったので、関の孫六兼元を欲しがるのも似たような心の動きによるのであろうと、熊吾はとりあわなかったのだった。松坂熊吾の真似《まね》をすることが嬉《うれ》しくて仕方がないという演技によって、熊吾の信頼と寵愛《ちょうあい》を得ようとする魂胆を、ちゃんと魂胆として見せつける……。それが海老原太一の、自分にとって得となる人間への取り入り方なのだった。

だから熊吾は、太一が関の孫六兼元を欲しがったときも、また例のこざかしい手をと思って相手にしなかったのだが、それから数ヵ月たって、太一は関の孫六兼元よりも二十年ほど後に美濃《みの》で作刀に没頭したという刀匠の銘品を手に入れて、それを熊吾に見せに来たのだった。

太一が日本刀の美しさに惹《ひ》かれたのは十四歳のときで、祖父につれられて松山におもむいた際、訪問先の知人宅で江戸中期の作という刀を見せてもらう機会があって、そのとき子供心にも日本刀の妖《あや》しさに心がときめいたのだという。

「手放す気が起こったら、何が何でもこの海老原太一に声をかけてやんなはれ。この業物は、手放したら最後、二度と戻っちゃこん代物《しろもの》でなァし」

太一は、それと似た言葉を少なくとも五回は熊吾に言ったのだった。そして昭和二十四年に熊吾が松坂商会を閉めて一家で南宇和へ行くという噂を耳にした太一が、関の孫六兼元の行方を本気で気にしていたという話を熊吾は大阪に戻って来て知人から伝え聞いた。

それればかりではなく、海老原太一は、刀剣蒐集《しゅうしゅう》の好事家《こうずか》のあいだではその名を知られる人物となっているということも、熊吾の耳に届いていた。

熊吾は開衿《かいきん》シャツとズボンを脱ぎ、風呂につかって体を洗いたいという思いを抱いたまま、土佐堀川に面した窓をあけ、近江丸が燃えながら沈んだあたりの川面《かわも》に見入った。

昭和二十四年に松坂商会の土地を売って郷里へ帰って以来、少しずつ歯車が狂って来ていることは自覚していたが、それは自分に欲がなくなったのと同時に時代の流れでもあって、焦《あせ》らず時を待てば、再び自分の風が吹いて来ると鷹揚《おうよう》に構える余裕は残っていた。だが、西条あけみの大火傷が熊吾にもたらしたものは、縁起の悪さとか、ただの突発的事故とか、あけみという女の運の悪さを気の毒がるとかの、傍観者的感情の余地の入りようのない不吉な先行きへの予見であった。

もし、とか、たらとかの言葉は熊吾の最も忌《い》み嫌うところだったが、どうして自分は阪神電車の梅田駅に降りて、そのまま真っすぐ阪急電車に乗って京都の美術商のところへと行ってしまわなかったのかという腹立ちを消すことができなかった。

直子が出先で急用ができて予定よりも帰宅時間が延びたために、関の孫六兼元の名刀を受け取るのが遅れ、それで目論見《もくろみ》よりも二時間近く梅田に戻って来るのが遅くなった。すべてはそこで狂ったのだと熊吾は自分に言い聞かせ、

「風が吹けば桶屋《おけ》が儲かる、の反対じゃのお」

とつぶやいた。

色白の肌理《きめ》細かな自分の顔にどんな火傷の跡が残るかを、西条あけみは病院で応急処置をされているときに大方の見当はついたはずなのだ。こずるい人間ならば、火のついたローソクを取りあげようとした松坂熊吾に責任の一端をなすりつけても不思議ではないだろう。けれども、あけみは、すべては自分の過失だと述べて、熊吾に恨みがましい言葉を投げかけたりはしなかった……。

もし、セルロイドのキューピー人形に火がついたのは松坂熊吾が無理矢理ローソクを奪おうとしたからだとあけみが言い張っていたら、熊吾に課せられるものは、治療代やあけみのダンサーとしての将来への償い金だけでは済まなかったはずなのだ。

熊吾は、感情的にはなるまいと己に言い聞かせながらも、自分が出来る精一杯のことを西条あけみにしてやらねばならないと思った。そしてこの事件のことは決して房江には知られてはならないと思った。

自分の強引な、いわば我儘《わがまま》とも言える身の処し方で、松坂商会を閉めて郷里へ引きこもり、しぶる房江を叱《しか》って再び大阪へ戻り、甘い判断で台風の被害に遭ってほとんど全財産を失い、さらに房江の明確な反対を押し切って富山に新天地を求め、たちまち見切りをつけて自分だけが大阪に舞い戻った……。そして若い美貌《びぼう》のダンサーと縁日に行き、悲惨な大火傷の原因を作った……。

房江はどれほど落胆することであろう。たとえ夫とその女とのあいだに何事もなかったとはいえ、情緒の安定していない房江の心の衝撃は並大抵ではあるまい……。房江の潔癖さを熟知している熊吾は、今夜の事件だけは何があろうと隠しつづけなければならないと思うのだった。

「親鳥が餌《えさ》を持って帰って来るのを、二羽の雛《ひな》が大きな口をあけて待っちょる。それも縁《ゆかり》も所縁もない北陸のいなかで……。あの太一にだけは、わしは頭を下げとうはないのお……」

そうつぶやいて、熊吾は苦笑し、安治川のほうからなのか、土佐堀川の上流のほうからなのかわからないポンポン船の音をさぐって、夜の川面の彼方《かなた》に視線を投じた。

翌日の昼、熊吾は丸尾運送店の近くの喫茶店から阪神裏のラッキーに電話をかけ、関の孫六兼元を受け取りに行く時間を決めて、次に電話局で番号を調べてもらい、神戸市中央区の「エビハラ通商」のダイヤルを廻した。

名前を告げ、海老原社長にお取りつぎ願いたいと頼むと、十分近く待たされてから、女子社員に「どんなご用件か」と訊《き》かれた。

「お願い事があるので、お時間を作っていただけないかとお伝え下さい」

するとまた五分近く待たされて、こんどは別の男の声で「どんなお願い事か」と訊かれた。

「関の孫六兼元の件ですとお伝え下さい」

「はい？　なんです？」

「関の孫六兼元作の刀剣です」

「とおけん……。せきの？」

「関の孫六です。そう仰言《おつしや》っていただければ、海老原社長にはおわかりいただけると思います」

こんどは二分ほどで同じ男が電話に出てきて、いま来客中なので一時間ほどあとにかけ直してくれないかとぞんざいな口調で言った。

ということは、太一はいま社にいるのだなと思い、熊吾は関の孫六兼元を持って神戸の太一の会社へ押しかけようと決めた。

「門前払い一回で十万円ずつ値が上がるぞ」

熊吾は、覚悟していたとはいえ、やはり抑え難く湧《わ》き起こってきた屈辱感をいさめるために、笑みを浮かべてそう言った。

約束の時間よりも早かったが、〈ビリヤード・ラッキー〉には磯辺が桐箱《きりばこ》に入れて風呂敷《ふろしき》に包んだままの刀剣を持って待っていた。

磯辺はまだ客もいないビリヤード場の帳場の前に椅子《いす》を運び、そこに坐るよう勧めてから、西条あけみの容態を訊いた。

「ひどい火傷じゃ。熔けたセルロイドが肉に食い込んじょる。いまは顔中包帯だらけじゃが、包帯を取る瞬間が恐しいのお」

「あっというまに燃えあがって……。一瞬、何が起こったのか、ようわかりまへんでした」

と磯辺は言った。

「セルロイドがあれほど燃えやすいもんやとはのお……。多少は話には聞いちょったが……」

「燃えるっちゅうよりも、爆発したっちゅう感じでしたで」

「顔のど真ん中じゃなかったのがまだ救いじゃが、こめかみから頭の横にかけて、大きな跡が残るじゃろう」

そう言って熊吾は、警察で事情を訊かれたことを話した。

「なんで松坂の大将に責任がおまんねん。ローソクに火ィつけたのもあの子やし、それをあのキューピーの横で振り廻したのも、あの子ですがな」

「わしが、危ないけんローソクを取りあげようとせんかったら、あの子もローソクをキューピーに近づけたりはせんかったじゃろう。それに、ローソクの火でちょっとばかし手を火傷するよりも、あの子が小脇《こわき》に抱きかかえちょるセルロイドの人形に火がつくほうがはるかに危ないいっちゅうことに気がついてやらにゃあいけんかった」

「そんなふうに責任を感じてたら、人が雷に打たれて死ぬのも、大雨で家が流されるのも、みーんなどれもこれも責任を取らなあきまへんがな」

磯辺はそう言いながら、自分で湯を沸かして茶をいれてくれて、

「あの子に、厄介なヒモはついてまへんのか？」

と訊いた。

「さあ、どうかのお……。ヒモがおったら、多少はそれに関する噂があるもんじゃが、いっぺんもわしの耳には入ったことがない」

「まァ、十中八九、ヒモはいてまっせ。あの世界の女には……。あの器量とあの体……。男がほっときまっかいな」

だがヒモなる男が存在するのなら、劇場関係者がそれを知らないはずはないのだから、昨夜のうちに誰よりも先に、その男は病院に駆けつけていたであろうと熊吾は思った。大事な金ヅルが売り物の顔に大火傷を負ったのだ。悠長に構えてはいられまい、と。

熊吾は茶を飲むと、磯辺に礼を言って、風呂敷包みを持ち、阪神裏の繊維街の迷路を右に曲がり左に曲がりしながら、阪神電車の駅をめざした。

迷路のあちこちに、ここだけは治外法権だと言わんばかりの顔つきの男たちがうろついていて、そのなかの何人かは熊吾の顔を用心深く観察してから声をかけてきた。

「二階にええ品物がおまっせ。ちょっと遊んでいきまへんか」

そのたびに熊吾は無言で小さく手を振り、長くて重い風呂敷包みを右肩から左肩へ、左肩から右肩へと載せ直して歩を止めなかった。

海老原太一への電話を切ってから一時間半後に三宮駅に着いた熊吾は、神戸の街を目にするのが昭和二十四年以来で、七年ぶりであることに気づき、交差点に立って、かつての商売仲間の店やビルを捜したが、駅周辺の景観はあまりに様変わりしていて、どれが張邦徳の事務所があったビルなのか、どれが劉建恵の愛人が経営する洋品店だったのか、どれがマダム・ヤンの酒場だったのか、もはやまったくわからなくなっていた。

だが阪急電車と国鉄と阪神電車の駅が集結する三宮の中心部から海のほうへと真っすぐ伸びる広い道路に向かって立つと、大通りの右側にあのすさまじい三宮空襲にあって奇跡的に無傷で残った旧「亜細亜商会」の煉瓦《れんが》造りのビルが見えた。看板は「エビハラ通商」に変わっていて、戦後に建てられた隣の五階建てのビルの屋根にも「エビハラ通商」の社章が掲げてあった。

「さあ、死んでも頭を下げとうないやつに、頭を下げるぞ」

熊吾は口に出して言うと、「エビハラ通商」の玄関ドアをあけて、受付の女子社員に名刺を渡した。

来客用の長椅子に腰かけて待っていると、四十前後と思われる男が熊吾の名刺を持って階段を降りて来て、さっきの電話では意味がよくわからなかったが、つまり日本刀を社長に買ってもらいたいという依頼なのかと訊いた。

「そうです。以前、というても戦前ですが、海老原社長が私の所有しているこの関の孫六兼元を大変に欲しがっていらっしゃいまして。もしいまでもまだその気がおありなら、ぜひお買い上げいただけないかと思い、持参した次第です。お忙しいのに事前に面談のお約束も得ずに参上するのが失礼なこと、重々承知しておりますが、なにとぞよろしくお取り次ぎ下さい」

男はあきらかに困惑の表情で熊吾を見やって、

「社長はいろいろと予定が詰まっておりまして、直接お会いできる時間はなさそうなのですが」

と言った。

「そうですか。致し方ありませんな。私、恥しいことですが、現在、落ちぶれ果てて困窮いたしておりまして、早急にこの刀剣を金に替えなければなりませんので、これで失礼いたしましょう。海老原社長に、どうかお元気でとお伝え下さい」

熊吾は笑みを浮かべて一礼し、エビハラ通商のビルから出ると、牛が歩くような速度で三宮駅へと戻って行った。

「門前払い一回。これで十万円値上げじゃ」

そう胸の内で言って、おそらくこの界隈《かいわい》では最も台数が多いのではないかと思えるパチンコ屋の前にさしかかったとき、若い女の声で呼び止められた。受付係の女子社員だった。

「社長がお会いするそうです」

「いやァ、それはありがたいことで」

熊吾は女子社員のあとからエビハラ通商のビルに戻り、案内されるまま二階の応接室に入った。

昭和二十三年当時は、二階への階段は木だったが、いまは改装して石に替わり、かつては経理部だった部屋が応接間になっていた。その応接間には、中国というよりも東南アジア的な彫刻が施されたチークのテーブルと、それと対になっているらしい変わった形の小机が並んでいた。

熊吾が煙草《たばこ》を一本吸い終わったころ、さっきの中年の男が入って来て、熊吾の横に立った。そしてそれにつづいて海老原太一が、機嫌がいいのか悪いのか、微笑《ほほえ》んでいるのか怒気を浮かべているのか、どうにも判断のつかない表情で姿をあらわした。

「いやァ、お久しぶりです。お忙しいのに、あつかましくも参上いたしまして」

熊吾は椅子から立ちあがって、海老原太一に深く頭を下げた。

ことし四十八歳になったはずの海老原太一の頭髪には白いものが混じり、顔にも体全体にも二廻りほど肉がついていた。

「こちらこそ、お久しぶりです。まさかまたお会いしようとは……」

太一は身振りで椅子に坐《すわ》るよう勧め、シガレット・ケースから煙草を出すと、熊吾が膝《ひざ》に載せている風呂敷包みに目をやった。

「大沢くん、松坂さんが持参されたその長いぶっそうなやつ、お預りしてくれへんか」

太一の言葉が終わらないうちに、大沢という名の社員は、熊吾に向かって手を差し出していた。

「何とかに刃物や。かっとなったら、その天下の名刀を抜いて、ばさァっとやりかねん。怖い、怖い。……ああそうや。松坂さんて呼んだらあかんのでしたなァ。どうお呼びしまひょ？」

太一は本気で心配だったらしく、風呂敷包みが大沢の手に渡されると、はっきりそれとわかる笑みを浮かべてそう言った。

「あの節は誠に乱暴狼藉《ろうぜき》の数々……。私と海老原さんとの長年の友情に免じて、なにとぞお許し願いたいんじゃが」

熊吾はまた頭を深く下げた。

「三針ずつ縫いましたんや。ここところを。こんなひどいことするやつ、警察に訴えてしまえって、いろんな人に言われたけど、私は辛棒してあげたんです。松坂さんのためやおまへん。奥さんや、あのころはまだ一歳にもならん坊っちゃんのためや」

太一は言って、大沢に目配せをした。大沢は風呂敷包みを持って応接室から出て行ったが、ドアのところで待機しているよう命じられていたらしく、磨《す》りガラス越しにその姿が見えていた。

「勝手に押しかけて来て、関の孫六兼元を買え、でっか……」

「買《こ》うてくれると、誠にありがたいんじゃが」

「日本刀には飽きました」

「ほう……。刀剣の蒐集《しゅうしゅう》家としての高名も、わしの耳にはあっちこっちから届いちょったが……」

「名だたる物は、ほとんど見ましたし、手に入れられる物も手に入れて……。いま私が凝ってるのは猟銃です」

「猟銃……。猟をなさるようになりましたか」

熊吾の言葉に、太一はある大臣と財界の大立者の名をあげ、その二人が年に一度、贅《ぜい》沢《たく》な狩猟の会を催すメンバーに自分も名を列《つら》ねているのだと言った。

「全国で選ばれた人間だけの会で、私はその関西の世話人ということで、まあ銃も犬も、恥かしい物は持てまへんのや」

「犬……？　猟犬ですか？」

「そうです。セッター、ポインター。まあ他にも猟に適した犬がいてるけど、やっぱりこの二種類は優秀で、仔犬《こいぬ》のときから専門の訓練士のもとで訓練を受けさせるんです。犬にも金はかかるけど、肝心の銃は、もっと高い。英国製の特注物の味わいの深さってのは格別です。そやけどこれも奥が深うて、もう日本刀の蒐集は休憩中です」

「わしも若いころ、南宇和で猪《いのしし》の猟をする連中につれられて、三日も四日も冬の山を歩いたことがありましたがのお」

「私らの猟は、あんないなかのどん百姓の暇つぶしみたいなセンスのない猟とはレベルが違うんや。参加するお歴々の名前を聞いたら、松坂さんもたまげますやろ」

地位が人を作るという言葉があって、それはなるほど一理あるものだとつねづね思ってきた熊吾は、手入れの行き届いた太一の頭髪や爪《つめ》や、上等の背広や靴を見ながら、こいつの人間の小ささだけはどうにも変わりようがないらしいと思い、

「お母さんは息災でお暮らしですか」

と訊いた。

太一の父は、太一が熊吾を頼って上阪する二年前に病死し、母は御荘《みしょう》の海産物を加工する作業所で働きながら、太一の弟と妹を育てたのだった。

「御荘に家を建ててやりまして、そこで弟夫婦と暮らしとります」

と太一は言った。

「私も子供の父っちゅうもんになりました」

「ほう、それは知らなんだ。お子さんはもうお幾つになられましたか？」

「ことし二歳になります。女です」

そう答えて、太一はわざとらしく腕時計を見ると、テーブルに両肘《りょうひじ》をついて少し身を乗りだし、

「お困りやそうで。あの関の孫六、なんぼで買うてほしいんです？」

と訊《き》いた。

「五十万」

と熊吾は言った。

太一は苦笑し、

「正気でっか？」

と訊き返した。

「松坂熊吾さんのはったりが通用する時代は、とうに終わりましたんやで」

「たしかに高いが、それに近い値段で買いたいっちゅう人が九州におってのお」

「そんなら、その人に買うてもらいなはれ」

「向こうは四十万でと言うちょる。どうしても、もう十万欲しい事情がありましてのお」

太一は立ちあがると、テーブルを挟んで応接間を行ったり来たりしながら、視線を熊吾の目に注いだり、臆《おく》したようにそれを窓のほうに向けたりした。

「頼みます。なにとぞ五十万で、あの刀を買うてやんなはれ」

熊吾はテーブルに手をついて、額をすりつけるようにして言った。

「この海老原太一、ぎょうさんの人前であんなに大恥をかかされたあげく、靴の裏で額を割られましたんやで。松坂さん、あんたどの面《つら》さげて、そんな法外な金を私に出せと言えまんのや」

熊吾は、亜細亜商会の落成式でのあまりにも行き過ぎた非礼を詫《わ》びた。それは刀を買ってもらうための芝居ではなかった。いつの日か心から詫びたいと思いつづけてきたことを、いま実行したのだった。刀を買ってもらうこととそれとは、熊吾のなかでは別の次元にあったのだが、太一は目の下を小刻みに痙攣《けいれん》させながら、

「私の社員の前で土下座でもするなら、道で落としたとあきらめて、五十万、めぐんだるわ」

と大声で叫び、応接室の外で待機させていた大沢という社員を呼んだ。

「誰でもええ。仕事の手のすいてるやつを四、五人呼んでこい。受付の女の子もや」

そして、風呂《ふろ》敷《しき》包みをほどき、桐箱《きりばこ》をあけて、白木の鞘《さや》におさまっている関の孫六兼元を出したが、熊吾が土下座をするために床に正座すると、

「五十万、落ちぶれ果てた大将とかに渡したれ」

と言い捨てて応接室から出て行った。大沢という社員が風呂敷と空の桐箱を持って慌《あわ》てて太一のあとを追った。

エビハラ通商の社員たちが社長に命じられたまま見物に来るのかと、熊吾は床に正座して待ちつづけたが、誰もやって来なかった。

——汝《なんじ》は愚人なり、人の唾《つばき》を食らう者なり。

熊吾は正座して待ちつづけながら、不思議な心地良さにひたって、胸の内で繰り返しそうつぶやいた。

やがて、大沢だけが別の風呂敷包みを持って戻って来ると、どうか椅子《いす》に腰かけてくれと言ってから、テーブルに一枚の紙とペンを置いた。

「刀の代金です。お確かめ下さい。そこに刀を五十万円で譲渡したことを書いて捺印《なついん》していただきたいんですが」

熊吾は、五十万円の札束をかぞえることなく、刀の譲渡書を書いて、自分の印鑑を捺《お》した。

そして、

「海老原さんは刀をご覧になりましたか」

と訊いた。大沢は、さあと首をかしげただけで、熊吾が書いた譲渡書に目を通すと、応接室のドアをあけたまま出て行った。

大金を包んだ風呂敷包みを持ち、熊吾は階段を降り、受付の女子社員に軽く一礼してその前を通りかけ、受付と階段のあいだに小さな飾り台が置かれているのを見て歩を止めた。

それは熊吾が太一に面談を申し込んで待っているときにはなかったのだった。

「これは、さっきまではここにありませんでしたなァ」

熊吾がそう訊くと、受付の女子社員は「はい」とだけ答えて、かかって来た電話の応対を始めた。

熊吾は、飾り台の上の木枠に囲まれたガラスケースの中の一個の壺《つぼ》に見入った。それは、昭和二十三年の夏、精神に異常をきたした母と暮らす岩井亜矢子が、亡《な》き父の骨壺代わりだと偽って一丁の拳銃《けんじゅう》を隠していた仁清《にんせい》の壺であった。

よく似た別物かと、熊吾はガラスケースのなかの焼き物に見入ったが、それは零落していた岩井家の仮住まいで目にした壺に間違いはなかった。

なぜこれがエビハラ通商の社屋ビルにあるのか。さっきここで太一との面談を請《こ》うて待っているときにはなかったのに、いまなぜ急遽《きゅうきょ》置かれたのか……。

熊吾は、受付の女子社員が電話を切るのを待って、その理由を訊いた。女子社員はとまどった表情で、どこまで正直に説明していいのかと思案している様子だったので、熊

吾は笑顔を浮かべ、

「こんな立派な壺は、そう滅多にお目にかかれる代物《しろもの》ではありません。さすがは海老原社長です。こんな壺を会社の受付にさりげなく飾られるとは……」

と言い、

「私がここで社長さんを待たせていただいておりましたときにはなかったのに、二階の応接室で社長さんとお話しして、階段を降りてくると台に載せて飾ってある……。それはどうしてかと思いまして。どうしてですか？」

と訊いた。

女子社員は、自分には理由がわからないが、さっき総務部の者が大慌てで、ここに運んで来たのだと答えた。

「社長さんのご指示でしょうか」

その熊吾の問いにも、女子社員はわからないと答えた。

たしかにこの受付の若い女子社員にはわからないのであろうと思い、熊吾はあらためて仁清の壺を間近で見つめてから、エビハラ通商のビルから出た。

五十万円の現金を即座に用意できるとはたいしたものだなと感心したが、太一はすでに刀を買うつもりで金を用意しておいたのかもしれないと思った。

それにしてもなぜ急遽、あの仁清の壺を受付のところに飾らせたのか……。あきらかにこの松坂熊吾に見せるために、海老原太一が社員に命じたとしか考えられない。なんのために太一は、あの壺を俺の目に触れさせようとしたのか……。

岩井家所蔵の壺は、いかなる事情で海老原太一の手に渡ったのか……。

熊吾は釈然としないまま、かつての岩井亜矢子、現在の塩見亜矢子と、海老原太一との接点を考えたが、そのうち面倒臭くなって、どこかに市外電話をかけられるところはないかと三宮駅周辺を見やった。

戦争中には元町にあったはずの老舗《しにせ》の洋食屋が商店街の入口近くに看板を出していたので、熊吾はそこに入り、遅い昼食をとってから、店の電話を借り、電話局に富山市までの長距離電話を申し込んだ。

嶋田家の女房が出てきて、房江を呼びに行ってくれているあいだ、嶋田家の長男とおぼしき声が受話器から伝わり、何かが割れる音も聞こえた。

「教育のないだらに何がわかるっちゃ」

こんどははっきりと嶋田家の長男の声が聞こえ、

「わしには教育はないっちゃ。それでもお前らにまんまを食わしてきたがやちゃ」

という嶋田の怒鳴り声がつづいた。

房江が電話に出てくると、熊吾は刀《とう》が売れたと伝えた。

「ああ、よかった。どのくらいの値段で買うてくれはったん？」

いかにも周りを気遣っているらしい房江の話し方に、

「どえらい親子ゲンカをやっちょるみたいやのお。いま、そこでは話しづらかろう」

と熊吾は言いながら、さて幾らで売れたと妻に言おうか考えた。西条あけみの治療費にいったい幾らかかるのか。自分はそのうちのどの程度を負担したらいいのか、見当がつかなかったのだった。

「三十万じゃ」

と熊吾は言い、あさっての夜、富山駅に着くから伸仁と迎えに来てくれと早口で伝えた。

「希望どおりの値段で売れたんやねェ」

房江は嶋田家の者たちを意識して、ささやくように言ったが、歓《よろこ》びは声にあらわれて、熊吾は房江の顔が見えるような気がした。

「育ててくれた親を、教育のない馬鹿《ばか》者とののしるような息子は、ひとつ狂うと危ない。ちゅうよりもう狂うちょる。別の借家を捜せ。思いも寄らんとばっちりを受けてからでは遅いけんのお」

熊吾の言葉に、自分もそうしたいと思っていたと房江はさらに小声で言った。

電話を切り、電話局からの料金をしらせる電話を洋食屋の若い主人が受けた。元町にあった店には何度か行ったことがあったがと熊吾が言うと、父と母と兄は三宮の空襲で死んだと主人は答え、自分は丹波《たんば》のほうに姉と一緒に疎開《そかい》していて助かったのだと説明した。

「あの三宮の大空襲の二日後に、親父《おやじ》もお袋も兄貴も店を閉めて疎開するはずやったんです」

「あんたのお父さんの作るコンソメ・スープは一流でした」

熊吾はそう言って代金を払い、阪急電車の駅へと歩いた。来たときは阪神電車だったが、帰りは阪急電車の中津駅で降りて、西条あけみの入院している病院まで歩いて行こうと思ったのだった。

車窓からは、御影、岡本、芦屋《あしや》、西宮にかけての海側に広い原っぱのような土地がつづき、土埃《つちぼこり》が舞うなかに住居群が見えた。空襲の前よりもわずかに戸数は減ったかと思える。あの無惨《むざん》な焼け跡に、とにもかくにも元の住人が戻って来て、新しい家を建てたのであろうが、一家全滅して土地だけが残ったところは、家と家とのあいだに歯が抜けたような寂し気な空地と化して梅雨前の陽光を浴びている。

西宮の海で獲《と》れる小アジを売る行商人が自転車に乗って商いをしていたり、夏にはさらにその数を増すアイスキャンディー売りの小さな旗も見えた。

六甲山寄りの高台から見えるこの阪神間の景色を、房江が殊《こと》のほか好きだったことを思い出し、いつか再びここに戻って来るのをひそかに願っている房江の心情がわかる気がした。

熊吾は、とりあえず富山へ行き、房江と伸仁とすごす時を十日ほどもったら、大阪に戻って、具体化しつつある仕事のために奔走しなければならなかった。

中古車部品が重宝される時代は遅かれ早かれ終わるだろうが、中古車そのものの流通はもっと盛んになると熊吾は読んでいた。そのためには、闇市《やみいち》に似た発生の仕方でいまの日本の中古車業界を牛耳っているエアー・ブローカーの勢いを止めなければならないと考えて、戦前からの中古車業者たちに相互扶助的なつながりと結束を促し、社会的に信用ある組織作りを提案して、それを近畿《きんき》一円に広げる中枢《ちゅうすう》の管理組合の結成を呼びかけたのだった。

知己の業者たちは、松坂熊吾の提案に賛意を示したが、元来、組織的な行動や営業方法に不得手な彼等は、さてそれでは具体的にどうすればいいのかという知恵を出せなかった。

熊吾は、「関西中古車業会」という名称をまず発案し、機関誌の発行と、合同の中古車展示販売会の開催を勧めた。

機関誌では、それぞれの業者の、そのときどきのお勧め車と値段を掲載したり、中古車の売買に関する多面的な情報を載せる。活版刷りで十六ページもあれば、そこには業者個別の広告も扱える。かつて「日刊自動車新聞」を発刊させ、そこの社主としての経験を持つ熊吾には、月に一度十六ページの業界誌を編集することなどたいして難しいことではなかった。

犬猿の仲の業者たちを一堂に会させて、共同で大がかりな展示販売会を催すことも、熊吾にすればさほど困難なこととは思えない。

松坂さんが中心となって音頭《おんど》を取り、行動に移してくれるならば、その「関西中古車業会」に参加してもいいという者たちが、すでに十二人集まっていた。

戦争中に死んだり、行方がわからなくなったり、それぞれの事情で引退した業者を除くと、大阪府下だけで、二十三社が細々と店舗を構えて商いをつづけている。そしてそれらはみな、エアー・ブローカーたちの信義を無視した悪辣《あくらつ》で精力的で、正体不明の網の目のようなつながりによって顧客を奪われつづけている。

熊吾は二十三社すべてをまとめられるとは考えていなかったが、いまの十二社が、あと六社増えて十八社になれば、一社当たりの組合費は彼等にも捻出《ねんしゅつ》できる額になると計算していたのだった。

なによりも急がなくてはならないのは業界誌の発行で、それを旗印に、「関西中古車業会」を形として興《おこ》すことができる。

とりあえずその叩《たた》き台を作るために、熊吾は千代麿の事務所で原稿を書き、図書館でアメリカの中古車業界に関する雑誌や新聞の記事を書き写してきた。

熊吾が思案しているのは、自分が作る「関西中古車業会」にいかにして社会的認知と信用を得させるかという点であったが、それよりも厄介なのは、エアー・ブローカーたちの横槍《よこやり》だった。

どこでどう洩《も》れたのか、すでに何人かのエアー・ブローカーたちは、熊吾と戦前からの業者との動きに神経を尖《とが》らせて、何かを画策している様子で、それとなく脅迫めいた電話を受けた業者もいたのだ。

ならず者崩れとケンカをするつもりはなかったので、熊吾は、エアー・ブローカーの親玉と話し合いを持とうと、久保敏松を介して、ひとりの男に挨拶《あいさつ》を申し入れたが、まだ返事はなかった。

熊吾は阪急電車の中津駅で降りると、暗くて臭いガード下をくぐって淀川の南側に出て、十三《じゅうそう》と梅田とをつなぐアスファルト道を病院へと歩いた。

あけみの顔を覆《おお》う包帯は、きのうよりも厚みを増していたが、痛みも増したようで、目と鼻の下と口だけしか見えない顔は苦痛で歪《ゆが》んでいた。

「話はできるか？」

熊吾はベッドの横の椅子に坐《すわ》って訊《き》いた。あけみは小さく頷《うなず》き、朝、包帯を替えて薬を塗ったが、そのときの痛みは耐え難いものだったと言った。

「医者はどう言うちょる」

って」
「火傷《やけど》の傷がある程度回復するまでは、こびりついてるセルロイドに触れんほうがええ
「セルロイドは、どのくらいの大きさなんじゃ」
「ここからここにかけて……」
あけみは指先でこめかみから側頭部を示しながら、
「長さは七センチ、幅は三センチくらいやって。皮膚に食い込んでる深さは、三ミリか
ら四ミリくらい……」
と言った。
とにかく化膿《かのう》することが最も怖いので、いまはそれを防ぐために抗生物質の投与をつ
づけるとしか医者は説明しなかった。
あけみはそう説明した。
「治療費のことは、何か言うちょったか」
と熊吾は訊いた。看護婦長が劇場の支配人に話したようだが、詳しくは知らないとあ
けみは言った。
「支配人は、いまは劇場か？」
という熊吾の問いに、あけみは、わからないと答え、自分は劇場から出演料の前借り
をしていて、預金などはなく、劇場側がさらに金を用立ててくれるとは到底思えないと

言った。

「もう舞台に立たれへんダンサーに、出演料の前借りなんかさせてくれるはずないもん……」

「舞台に立てんと決まったわけじゃあるまい」

熊吾は、そう言いながらも、自分の気休めの言葉にいやけがさし、便所に行くと、千円札を五十枚出して、それをズボンのポケットに入れた。

「わしからの見舞いじゃ。裸で手渡すのは失礼じゃが、五万円ある。とりあえずこれだけありゃあ、安心して入院しちょられるじゃろ」

熊吾は、あけみのベッド脇《わき》に戻ると、そう言って他の患者に見えないようにして、紙幣をあけみの寝巻の袖《そで》に入れた。

千円札の枚数の多さに驚いたように、あけみは額と鼻の上に巻かれた包帯のあいだの目を大きくあけ、

「こんなにぎょうさん……」

と小声で言った。

「長崎の出身やそうじゃが、親兄弟にしらせてやらんでもええのか？　着換えの洗濯やら、身の周りの世話なんかは、友だちには頼みづらかろう」

熊吾の言葉に、あけみは首をかすかに横に振り、

「父親がいてるけど、私のほんとのお父ちゃんとちがうから……。お母ちゃんは私と妹をつれて、その人と再婚してん。私が十歳のときに。そやけど、再婚して三年ほどでお母ちゃん、死んでしもて……。私は、その人と一緒に暮らしとうなかったから、十五になったとき博多に働き口をみつけて……。それ以来、一回も長崎には帰ってないし、義理の父親からも何の連絡もあれへん」

と言った。喋《しゃべ》ると火傷の患部が痛むらしく、ときおり目をしかめた。

「妹さんは、どうしちょるんじゃ」

「福岡で働いてるそうやけど、住所は知らんねん。私よりも二つ下……」

だが長崎市内にあった家は、もともとは実の父の家で、母の再婚相手はその家で暮らしていたが、長崎の原爆で焼けたらしい、とあけみは言った。

「その義理の親父さんは、原爆からは助かったのか?」

と熊吾は訊いた。

ちょうどあの日、島原へ仕事で出向いていて助かったということは、母の幼馴染《おさななじ》みからの手紙で教えられたが、家がその後どうなったのかは知らない。

あけみは言って、熊吾に耳を近づけてくれと小さく手招きした。熊吾はあけみの口のところに自分の耳を寄せた。

劇場の支配人とその友人が、松坂熊吾から見舞金を取ってやると言うので、あの人は何の関係もないと説明して断わった。自分は酔っていて、松坂さんが止めるのも聞かず火のついているローソクを振り廻したのだ。松坂さんには何の責任もない……。

自分ははっきりとそう言ったが、支配人とその友人の魂胆はわかっている。松坂熊吾に責任をなすりつけて金を取り、それで劇場がすでに払った出演料の穴埋めをしようと目論《もくろ》んでいるのだ。

もし、彼等がしつこく因縁をふっかけてきても無視しつづけてほしい。興行の世界と暴力団とは持ちつ持たれつのつながりがあって、あるいはならず者を使って脅したりするかもしれないが、そのときはどうかうまく立ち廻ってくれ……。

あけみは、ときおり目だけ動かして病室の入口のほうを見ながら、そんな意味のことを早口で喋った。

熊吾は頷き返し、あけみが不安そうに病室の入口に目をやっているのは、この俺と劇場の支配人とをここで鉢合わせさせたくないのであろうと思った。

「わしは、あさってから十日ほど女房と息子のおるところへ行くが、大阪に帰って来て、もしお前が退院しちょったら、どこに訪ねて行ったらええかのお」

と熊吾は訊いた。

「十日で退院できるやろか……」

そう言いながらも、あけみは自分のアパートへの道順を教えた。

「とにかく、いまは先のことは心配せんと、傷の回復にだけ努めるんじゃ。今後の身の振り方は、火傷がどういう治り方をするかで考えりゃあええ。どうせ一生踊り子をつづけられるはずはないんじゃ。火傷のお陰で、四十に近うなって場末の温泉のストリッパーにならんで済んだっちゅうことになるのが人生というもんやけんのお」

熊吾の言葉で、あけみの目に柔かい笑みが生まれた。

「こんなにぎょうさんのお見舞い、ありがとう」

熊吾が行きかけると、あけみはそう言って、そっと手を振った。

日が長くなって、まだ暮れ切っていない富山に夜の七時に着くと、熊吾はプラットホームを歩きながら改札口のほうを見つめ、そこに立っている房江と伸仁に、みやげの入っている箱を掲げた。伸仁が何度も飛びあがりながら手を振った。

房江には夏用のブラウスとサンダル、伸仁は少年少女用の世界名作集七冊、高瀬家の三兄弟には玩具《がんぐ》とチョコレート、高瀬桃子には色の異なる三本の口紅を百貨店で買って来たのだった。

伸仁は相変わらず細かったが、顔も手足も日に灼《や》けて、こころなし背も伸びたように思えたが、房江の肌には艶《つや》がなく、笑顔にも生気が感じられなかったので、熊吾は改札口を出るなり、

「あの家の親子ゲンカに怯《おび》えちょるのか？」

と訊いた。房江は伸仁に聞こえないようにして、月のものがあり、それは何事かと驚くほどの量で、寝巻も蒲団《ふとん》も汚してしまい、さっき病院で診てもらってきたのだと言った。

「更年期特有の出血やって……。何とかっていうホルモンの注射を打ってくれはったけど、その注射代が高かったからびっくりして」

こうやって不規則な、もはや月のものとは言えない出血を繰り返すうちに、突然それは訪れなくなるそうだ、と房江は苦笑した。

市電に乗るなり、父からのみやげの本を読み始めた伸仁を叱《しか》り、

「落ち着きのないやつじゃ。久しぶりに父上様と再会したっちゅうのに、みやげにばっかり目が行っちょる。お前の精神は定まっちょらん。精神修養をさせにゃあいけん」

と熊吾は言った。

「お帰りなさいませって、ちゃんと挨拶したで」

そう言ってから、伸仁は柔道を習うために道場に通ってもいいかと訊いた。

「三日坊主《ぼうず》なら、最初から習わんほうがええ」

「ノブは、誰かと決闘するために柔道を習いたいねん」

と房江は言った。

りでかいのか?」

「武道をケンカの道具にしようっちゅう魂胆が、すでに軟弱じゃ。決闘の相手はお前よ

背も高いし、力も強そうだと仲仁は答えた。

「よし。柔道を習え。それでも負けそうになったら嚙《か》みついちゃれ」

熊吾たちは雪見橋の停留所では降りず、西町のどこかで夕食をとることにして、市電に乗りつづけた。大阪よりも蒸し暑く、空気が重く感じられて、熊吾は「北陸の夏は暑いですよ」と中古車業者の誰かが言った言葉を思い出した。

西町で降りて、富山市内で最もうまいと高瀬に教えられた寿司《すし》屋の小さな座敷に落ち着くと、熊吾はビールを飲みながら、新しい仕事はなんとか順調に立ち上がりかけていると房江に言った。

「そやけん、富山にはゆっくりしとられん。十日程おるつもりやったが、一週間ほどで、また大阪へ戻るかもしれん」

房江は少し不満そうな表情を見せたが、自分と仲仁との生活よりも、夫の大阪での一人暮らしのほうが気になるらしく、電気も水道もないあのビルで、いったいどうやって寝起きしているのかを知りたがった。

ただ寝るためだけに帰っているビルのありさまを笑いながら説明し、

「水の流れん水洗便所ほど厄介なもんはないぞ」

と言った。

洗濯はどうしているのか、部屋の掃除は、と房江が案じて訊くので、熊吾は適当に答えてから、嶋田家の父と子のことへと話題を変えた。部屋の掃除どころか、蒲団もあげたことはなく、下着はその日その日新しいものを買って、汚れ物は捨てていると知ったら房江になじられることはわかっていたのだった。

「もういまにも殺し合いになりそうな、そんなケンカやねん。これが実の父親と息子やろかって思うくらいの……」

だが聞くともなく階下の親子の口論を耳にしていると、非はただただ高校生の息子にあるとしか思えないと房江は言った。

「あの子、夜遅うまでラジオを大きな音で聴いてたり、週に三日は昼近くまで寝てたり、おかずがまずいって怒って母親を蹴《け》ったり……。それをお父さんが叱ると、教育のない親に育てられたことがどんなに俺にとって不満かって、それはもう聞くに耐えんような言葉で……。言葉だけならまだしも、すぐに自分のお父さんに殴りかかったり、物を投げつけたり……。あの子、おんなじ年頃の子ォよりも体が大きいから、もう力ではお父さんも勝たれへんみたいで……。私とノブと二人で二階で息をひそめてるときの怖いこと……。きのうは珍しく静かやったけど」

房江の言葉に、わさび抜きの寿司の握りを無器用に食べながら、

「あのお兄ちゃん、ほんまに怖いねん。急がなあかんときにゆっくり歩いて、なんでもないときに走りはんねん」

と仲仁が言った。

「なんでもないときっちゅうのは、どんなときじゃ」

熊吾の問いに、仲仁は、朝、配達されて来た新聞を取りに行くとき、自分の部屋から仕事場を抜けて玄関の郵便受けのところまで全力疾走したり、英語のリーダーを声を出して暗唱するとき、がなりたてるような早口で繰り返したりするのだと言った。その仲仁の言葉を受けて、嶋田家の長男は、しょっちゅう学校を休むくせに成績は良く、つねに学年で五番以内に入るため、教師も無断欠席をさして咎《とが》めないらしいとつづけた。

「それはもう精神病の域に達しちょる」

熊吾は言って、いまの言葉を決して他言しないことを仲仁に約束させた。そして、自分の妻と子を、そのような少年と同じ家のなかで生活させるわけにはいかないと思った。

きのうの夜は、いたち川の畔《ほとり》で十四近くの蛍が飛んでいて、仲仁が二匹を捕まえて、虫籠《むしかご》に入れたが、それはきょうの夕刻に再び光を点滅させていたと房江が言った。

「ほう、あの川の畔には、やっぱり蛍が出よるか。そろそろ出る時期じゃ。南宇和ではいまが盛りくらいじゃが、富山はあそこよりも北じゃけん、ちょっと遅うなりよるのかもしれん」

これまで気にもとめず、間近で顔を見るということもなかった嶋田家の長男の目を観察しようと思うと同時に、久しく遭遇していない蛍火も見たくなり、熊吾は寿司を食べ終わると、西町の交差点から市電に乗り、堀川小泉の停留所で降りて、伸仁と手をつないで田圃《たんぼ》に囲まれた土の道を歩いた。

「土の道は気持がええ。雨が降るとぬかるむし、雨が降らんと土埃《つちぼこり》で難儀をするが、わしは都会のアスファルトの道を歩いちょると、気持が悪うなる。アスファルトが何を原料にしちょるのか詳しゅうは知らんが、生き物の体に良うないものが滲《にじ》み出て来ちょるような気がしてしょうがないんじゃ」

そう言いながら、熊吾は、いずれ日本中の道という道がアスファルトだらけになるだろうと思った。

エビハラ通商が、アスファルトやコールタールを製造する別会社をおととし設立したということも噂《うわさ》で知っていたので、その人間性は別として、太一の事業への才覚は認めざるを得なかった。

熊吾は、関の孫六兼元を売って得た金額を正直に房江に教えられないことに罪悪感を抱き、あれを買ったのはじつは京都の美術商ではなく海老原太一なのだと房江に明かした。

「へえ、太一さんが……。私、太一さんに逢《お》うたのは疎開《そかい》する二ヵ月ほど前やったから、もう何年逢うてないのやろ……」

　走って行っては立ち止まって父と母が歩いて来るのを待つという動作を繰り返している伸仁に、暗いから足元に気をつけるようにと注意してから、房江はそう言った。低い地鳴りに似た蛙《かえる》の声は、神社を通り過ぎたあたりから、トタン屋根に雹《ひょう》が降り注ぐかの音に変わった。

　大事なことを報告しなければならなかったと言って、房江は破傷風にかかった女の子の祖母が訪ねて来たのだと、そのときのあらましを熊吾に語った。

「ほう……。やっぱり破傷風やったか。ようもまあ助かったことよ。大学病院に血清がなかったら確実に死んじょったことじゃろう」

　熊吾は歩を止めて、農家の玄関に灯《とも》る豆電球の明かりで房江を見つめ、危うく城崎で偽《に》医《せ》者をしていたころの、どうにもぬぐいようのない失敗を語りかけたが、

「わしは昔……」

　と言ったところで、

「戦地で部下が何人も破傷風で死ぬのを見たけん、あの女の子を見たときピンと来たんじゃ。えらいのは、あのじいさんじゃ。たまたま水を求めて立ち寄った素性もわからんわしの言葉を信じて、すぐに孫をリヤカーで病院に運んだからこそ、あの子は命拾いした」

そう言葉を変えた。

「そうか、やっぱり破傷風で、なんと助かってくれたか……」

なぜそんな大事な話を先に聞かせなかったのかと房江をなじりかけたが、偽医者としての償いようのない大きな罪の万分の一くらいは消せた気がして、熊吾は、あけみの事件以来の重い心に幾分かの活力が甦《よみがえ》るのを感じた。

あれ以来、十日に一度の割合で、女の子の父や母が、卵とか野菜とかを届けてくれるのだと房江は言った。

「それはありがたいことじゃが、そろそろご遠慮申し上げにゃあいけん。何の裏もない心のこもったお礼でも、あんまり長うつづくと、逆に向こうがしんどうなる」

熊吾の言葉に、房江は充分承知していると答え、見えてきた嶋田家の明かりに視線を注いだ。

親子ゲンカが始まると、家の西側の、長男の部屋の明かりが消えるのだという房江の言葉が終わらないうちに、伸仁が走り戻って来て、

「また、ケンカしてはる」

と言った。

熊吾は、嶋田家の前をいったん通り過ぎ、口論する親子の言葉に耳をそばだててみた。

ほとんど一方的に長男が罵声《ばせい》をあびせていて、父親が言い返す言葉は少なく、それも

途切れ途切れで、ときおり言葉の代わりに使おうとするかのような腕力が繰り出されているらしい音が聞こえたが、長男は逆上してそれに倍する腕力を返している様子で、どちらかの体が壁にぶつかって、その震動は夜道に立つ熊吾にも届いてきた。

「教育がないがや！　教育がないがや！」

長男は声を裏返らせて、何かの呪文《じゅもん》のようにそう繰り返し、それにつづいて襖《ふすま》か障子の桟が折れる音がした。

熊吾は、こんなありさまの嶋田家の二階にあがる気にはなれず、蛍が舞っているというたち川の畔に行こうと思い、伸仁に自分の鞄《かばん》とみやげ物の入った包みを持たせ、

「そおっと二階に運んで、すぐに降りてこい。ケンカがおさまるまで、わしらは蛍狩りじゃ」

と言った。

だが、伸仁ひとりで嶋田の家に入らせるのを不安に感じ、行きかけた伸仁を制すると、熊吾は妻と子を道に待たせて、嶋田家の仕事場から二階の自分たちの部屋への階段を足音を忍ばせてのぼりかけた。

「父ちゃんは仕事で疲れとるっちゃ」

母親がそう言って長男をなだめていた。

「そやから父ちゃんも怒らんで……。父ちゃんに教育がないのはしょうがないっちゃ」

熊吾はその母親の言葉を階段のところで聞きながら、なんとも的外れな諫《いさ》め方だなと思った。なるほど親も子も少々おかしい。このおかしさは、教育のあるなしや頭の良し悪《あ》しとは別次元の問題のようだ……。熊吾はそう思い、新しい借家がみつかるまで、もう今夜からでも、房江と伸仁を高瀬の家か、もしくは百合の家に移させるしかあるまいと決めた。

そうと決まれば、なにも自分の鞄もみやげ物もこの家の二階に置いておくこともない。それどころか、房江や伸仁の当座の着換えなどをここから運び出さねばなるまい……。

熊吾はそう考えて、階段の途中から仕事場へと降りたが、腫《は》れぼったい目元を怒りで紅潮させた嶋田家の長男が下着姿で歩いて来て、豆電球の下で鉢合わせをしてしまった。

まさかそこに熊吾がいようとは予想もしていなかったのであろう嶋田家の長男は、驚きの声を小さくあげて熊吾を見つめた。

「こんばんは」

と挨拶《あいさつ》して熊吾は行きかけたが、言っても詮《せん》ないことだと思いながらも、

「間借人が余計なことを言うようじゃが、どんな事情があるにしても、自分の親に手を振り上げたりしちゃあいけませんぞ。誰に育てられて、ここまで大きいになったと思うちょるんですか」

と穏かな口調で言った。すると、高校二年生の、額や口の周りにニキビを噴き出させ

た背の高い少年は、

「なんでそんな説教をあんたにされんなんがよ」

と気味が悪いほどに表情のない顔で言い返した。

「俺は女とケンカしとるんやないがや」

熊吾は、嶋田家の長男が何を言いたいのか理解できず、相手の目を見ながら首をかしげてみせた。

「俺がケンカしとる相手は男やっちゃ。あんたやって奥さんを殴ったりしとるやろ。あんたは女を殴る。わしは男を殴る。どっちが責められんなんがか考えてみィ」

そう言うと、嶋田家の長男は、手の甲で額に滲んだ汗をぬぐい、自分の部屋へと引き返し、大きな音をたてて襖を閉めた。父親も母親も、熊吾がそこにいることに気づいたはずなのに姿をあらわそうとはしなかった。

夜道に出て、自分の考えを伝えてから、熊吾は遠くの街灯の明かりを頼りにいたち川へと歩を運びながら、富山に移って以来、自分は一度も房江を殴ったりはしていないと思った。富山に来て以来どころか、南宇和から大阪に戻ってからは、腹を立てて大声で怒鳴ることはあっても、房江を殴ったりしたことはない……。

「どうもあの子には、人には見えんものが見えたり、聞こえんものが聞こえたりしよるようやのお」

熊吾は房江にそう言った。

「あの子の親は、そのことに気がついとらんのじゃろう」

「中学生になったころは、勉強のようできる、おとなしい子ォやったんやって、ご近所の人らが言うてはったけど……」

雑貨屋の前を左に曲がり、いたち川に沿って「どんどこ」と呼ばれる急に流れの早くなるところまで歩いて行くうちにも、川辺の草叢《くさむら》には蛍の黄緑色の光が明滅していたが、それは目を凝らさなければ見逃してしまうほどの小さくて単独の心細気な飛遊でしかなかった。

「どんどこ」を過ぎると蛍の数が増えるのだと伸仁が言った。

熊吾は、世の中の常識というものについて伸仁に話して聞かせた。

「少々変わった人間ちゅうのは、ぎょうさんおるもんじゃ。お前にも父さんにも、人よりもいささか風変わりな部分があることじゃろう。それがまた人間それぞれの持ち味でもある。しかしのお、少々変わっちょるというのと、どうにも世間の常識から外れ過ぎちょるっちゅうのとは根本的な違いがある。どんなに自分には気にいらん親でも、親は親じゃ。子が親を殴ったりするのは、人の道以前の、人間としての常識からの逸脱で、こういう常識から逸脱したことをやる人間ちゅうのは、必ずいつか別のことでも常識外れの行動に出よるもんじゃ。一事は万事っちゅうわけじゃが、人に危害を加えたりはせんのなら、まァかかわり合いにならんようにしとりゃあそれでええ。しかし、感情が乱れると暴れたりわめいたり、人に暴力を振るうたりする人間は、そういうわけにはいかん。友だちを選ぶときも、好きな女ができたときも、冷静にその点を観察せにゃあいけんぞ」

反応がないので、熊吾は父と母とに挟まれるようにして両方の手を握って歩いている伸仁の顔をのぞき込み、

「こら、話を聞いちょるのか」

と伸仁を叱《しか》った。伸仁は、ちゃんと聞いていると答え、同級生の山川くんという男の子は、放課後、遊びに行く約束をしても、いつも時間に遅れて来たり、ときには約束をすっぽかしてしまって、あとでそのことを謝ろうともしないが、そういうのも常識のない人ということになるのかと訊《き》いた。

「約束っちゅうのは守るためにある。時間に平気で遅れてきたり、しょっちゅうすっぽかす人間ちゅうのは、世の中とか自分以外の人間をなめちょるんじゃ。そういうやつが大成した例《ため》しはないけん、つきあわんことじゃ」

すると伸仁はまた少し考え込み、竹下くんの家は、夜になっても豆電球一個しかつけず、家族がご飯を食べる部屋には、何日も前にあけた缶詰の空缶とか汚れた下着が散らかっていて、ぼくが「こんばんは」と挨拶しても知らん振りなのだが、これも常識のな

い人なのかと訊いた。

「家は何をしちょるんじゃ。電気代もままならんほどに貧乏なのかもしれんぞ」

熊吾がそう言うと、その家は父親が中学校の教師なのだと房江が説明した。

「あんなにいっつも汚のうしてる家は滅多にあれへん……。話をしてたら普通の奥さんなんやけど、髪なんて何日も洗てないのか、いっつも脂《あぶら》臭うて」

「そりゃあいけるかや。それもおかしい。伸仁、もうそんな家には行くな。それこそ常識の欠落じゃ」

熊吾は、上海で暮らしたころ、事務員として自分の会社で働いていた若い日本人の娘のことを話して聞かせた。

「仕事も真面目《まじめ》で、客の応対も愛想が良うて、ええ子が来てくれたもんじゃと喜んじょったが、まァとにかくこの子は異常なほどの潔癖症でのお、一日に何十回も手を石鹸《せっけん》で洗いよる。自分の鉛筆を人がさわろうものなら、その鉛筆を洗うんじゃ。帳簿、定規、事務机の引き出し、果ては事務所のドアのノブまで、自分以外の人間がさわったあとは必ず丁寧に拭《ふ》きよる。これはもう単に清潔好きというよりも一種の病気じゃとみんなで困り果てたところに、とんでもないおかしなことをやりよった」

「どんなことを？」

と房江が訊いた。

「下宿の大家が親切な婆《ばあ》さんで、その子の世話をよう焼いてくれて、その子も婆さんを実の祖母みたいに思うて慕うちょった。その婆さんの八十歳のお祝いに、なんと棺桶《かんおけ》を贈りよったんじゃ。八十歳の婆さんに何か役に立つものをと考えたら、棺桶じゃという結論が出たそうじゃ。遠からず必要になって、喜んでもらえると思うたそうじゃ」

それから日を置かず娘は日本に帰って結婚したが、三十にならないうちに死んだという噂を熊吾は耳にしていた。

「死因はわからんが、だいたいの察しはつく」

と熊吾は言った。

「風変わりなっちゅうことと、常識からの奇妙な逸脱とは違うもんじゃっちゅうことを頭に入れて、自分とかかわり合う人間を見極めにゃあいけんぞ。こら、伸仁、わしが言うちょる意味がどうわかったか、説明してみィ」

「あんまりけったいなことをする人とはつきおうたらあかんねん」

「うん、……まあそういうことじゃ」

「高瀬のおっちゃんは、夜はイカの刺身しか食べへんけど、あれもけったいやろ？　そしたら、高瀬のおじちゃんとこにも行ったらあかんのん？」

「朝昼晩とイカの刺身しか食わんようになったら、考えにゃあいけんのお」

その熊吾の言葉に、房江は声をあげて笑い、心配しなくても高瀬のおじさんは最近イカの刺身には飽きたのか、生の白ネギに味噌《みそ》を塗ったのばかり食べていると言った。

「生の白ネギ」

「ばりばりと音をたてて。私には臭うて辛《かろ》うて、到底食べられへんけど」

川の音が大きくなり、民家の明かりも多くなると、蛍の数は増したが、それでもかぞえると十二、三匹にすぎなかった。「どんどこ」と呼ばれる場所は、上流から下流へとかけて川床が一気に深くなっているために、そこに川の水が集中して小さな渦を幾つも作っているのだった。近在の子供たちは流れに乗って岩の上を滑り台を滑るように下って来て深みへと落下する遊びに興じて、毎年夏になると一人か二人の溺死《できし》者が出るので、「遊泳禁止」の立て札が立っている。

「このあたりの蛍の最盛期にはまだ一週間ほど早いのかもしれん……」

熊吾はそう言って、あえて草叢を分け入って川辺へと降りても意味はなさそうだと思い、どこかに腰を降ろすところはないかと探した。

大阪から富山までの七時間余の列車の旅が、熊吾の背や腰に重い凝りをもたらしていたが、日頃滅多に疲れというものを感じたことのない熊吾には、その凝りが長時間にわたる固い座席によるものではなく、西条あけみの事故以来の心労であろうかと思われて、いまは妻と息子以外の人間と言葉を交わすのも億劫《おっくう》になってきた。

百合の家のほうへ五十メートルほど歩いたところに小さな祠《ほこら》があり、そこに腰を降ろすのに格好な石段があった。

熊吾は石段に腰かけて煙草《たばこ》に火をつけ、百合の近況を房江に訊いた。

「そろそろ退屈になってきたみたい……」

と房江は苦笑を浮かべて言った。

「きのうは西町で映画を観《み》て、そのあとで別の映画館で三本立ての古い洋画を観たんやて言うてた……。家に帰って来たのは夜の九時くらいやろか」

マヨネーズの作り方を教えるという約束をしてあったので、昼過ぎに百合の家に行ったが留守で、縁側のところで一時間も待ちつづけたのだと房江は言った。

「知り合いといえばお前と伸仁だけで、このいなかの借家でひとりっきりで暮らしちょったら、そりゃあ退屈もするじゃろう」

熊吾の言葉に、房江はためらいがちに、

「編み物とか針仕事とか料理とかを習おうっていう気はあるねんけど、思いのほか飽きっぽいところがあって……」

と言った。

「それに、約束を平気ですっぽかすねん。女ひとりで子供を産んで育てていけるやろかって、私のほうが心配になってきて……。若い郵便配達の人とか、電気や水道代の集金人とかが、長いこと縁側に坐《すわ》り込んで話をしていくし……」

「都会でもぱっと目を魅《ひ》く器量じゃけんのお」

観音寺のケンからは何の音信もないが、本当に別れたのであろうかと房江が訊いた。熊吾も、富山で別れて以来、観音寺のケンとは逢《あ》っていなかった。丸尾千代麿のところにも電話一本かかってこないという。

「七十五万ちゅう金を作るのは、ケンには難儀なことやったはずじゃ。あいつの、百合と生まれてくる子への思いが深い証拠じゃ。あいつは少なくとも五年は百合の前にはあらわれんじゃろう」

「百合さんは、ケンはもう一生姿をあらわせへんて私に言うてたわ。えらい確信のある言い方やった」

蛍を追って川辺に降りて行った伸仁の首から上だけが川面《かわも》のきらめきを仄《ほの》かに受けて動いていた。

この富山での生活ぶりが、今後の人生をどう構築していくかを決定するであろうことを百合に噛《か》んで含めるように言い聞かせなければならないと熊吾は思った。言うべきことは言っておいて、それを百合がどう受け止め、どう実行していくかは、もはや自分たちの関知せざるところだ、と。

熊吾は嶋田家の二階に戻ろうと房江に言った。夜通し親子ゲンカをつづけられるわけはあるまい。高瀬家で一泊するのも、百合のところで泊まるのも気疲れが伴なうのなら、まだ嶋田家の二階で妻と息子と一緒に蛙《かえる》の声を聞いているほうがいい。

その熊吾の言葉に頷《うなず》き、房江は伸仁を呼び、三人で銭湯へ行くから、先に帰って用意をしておくようにと言った。

「タオルと石鹼と洗面器と、それからみんなの着換えも出しとくんやで」

重大な使命を担《にな》った戦士のような表情で伸仁が夜道を走り出すと、熊吾は立ちあがり、来年の春までには、「関西中古車業会」を軌道に乗せておくので、それまでは不満もあろうが富山での伸仁とのふたりきりの生活をつづけてくれと房江に言った。

夜中に雨が降ったらしく、家の前の道には水溜《みずた》まりがあり、畑の茄子《なすび》の葉や茎も水滴で光っていたが、空は青く、真夏のような太陽が照りつけ、しかも風は涼しくて立山連峰の稜線《りようせん》が鮮かだった。

「サイクリングじゃ」

熊吾は伸仁を起こし、早く顔を洗って歯を磨くようにと促した。

サイクリングなどをしていたら学校に遅刻するではないかと房江は言ったが、顔には笑みがあった。久しぶりに父親が帰って来たのに十日もすればまた離ればなれになるのだから、伸仁と父親との時間のほうが学校よりも大切だと思ったらしく、

「お腹《なか》を空《す》かして帰って来る時分に、おいしい朝ご飯を作っといてあげる」

と房江は言い、水筒に水を入れた。

部屋のちょうど真下にあたる仕事場では、すでに嶋田が鉋《かんな》と鑿《のみ》を研ぎ終わって、新築の家屋用の角材を削る作業を始めていた。熊吾が朝の挨拶《あいさつ》をして、一時間ほど自転車を一台貸してくれないかと頼むと、昼までに返してくれればいいと言って、自分の自転車を表にまで運んでくれた。

熊吾はただの間借人にすぎない自分が余計なことを口出しするようだがと前置きし、

「ご長男は難しい年頃とはいえ少々難しすぎるようじゃ。一度、医者に診てもろうたらいかがかのお」

と嶋田に小声で言った。嶋田は濃い眉《まゆ》を寄せて怪訝《けげん》そうに、なぜ医者に診せなければならないのかと訊き返した。長男は兄弟のなかでも一番体が頑健で、病気といえば三、四歳のころにおたふく風邪にかかった程度なのだ、と。

「そうですか。いやいやつまらん老婆心《ろうばしん》でして……」

熊吾はそれ以上自分の考えを伝えるのを控えて、伸仁と並んで自転車にまたがり、富山地方鉄道の無人踏切りのほうへと向かった。

すべての田には水が張られ、稲の苗は碁盤の目状に整然と植えられ、それらは植えられて間がないのにすべてが二、三寸も伸びたかのように勢いがあった。

熊吾は、線路に沿った道を行きかけた伸仁に、きょうはまっすぐ南へ行ってみようと言った。線路に沿って行けば、どの道をどう曲がっても、あの椎《しい》の木の老木のあるところに出そうな気がした。そうすれば、あの一命を拾った少女の家の前に出てしまう。礼を言ってもらいたくて訪ねて来たように取られるのは本意ではなかったので、あえてその方向へと向かいそうな道を避けたのだった。

「お前は壊れかけのラジオみたいなやつじゃ。スイッチを入れてから音が出るのに十分も二十分もかかりよる。もっとしゃきっとせんか」

まだ寝惚《ねぼ》け眼の伸仁を叱り、延々とつづく水田の彼方《かなた》に見える火の見櫓《やぐら》らしきものを指差すと、

「あそこまで競走じゃ」

と号令をかけた。火の見櫓のあるところには必ず集落があるはずで、あるいは煙草を売る店もあるかもしれないと思った。

自転車の車輪の大きさのせいだけではなく、伸仁の漕《こ》ぐ力はまだ父親に到底及ばなくて、熊吾は先に行き過ぎたと感じるたびに自転車の速度を落とし、伸仁が追いつくのを待った。

集落は意外に戸数が多くて、大八車に農具を積んだ初老の夫婦が出て来た家は雑貨屋も営んでいるようだった。熊吾が煙草は売っているかと訊くと、煙草屋は隣の村にあると答えた。だが夫婦が指差す道の向こうには、ただ水田ばかりで、そのはるか彼方の立

山連峰へと至る広大な空間には何も見えなかった。

仲仁を先に行かせたり、急にそれを追い抜いたりしながら目的もなく突き進むうちに、農道は左に折れたり右に曲がったりして、また別の集落に入ったが、どこを捜しても煙草を売っているような店はなかった。

咲き切っていない紫陽花《あじさい》が群生するところで熊吾は自転車を止め、水筒の水を飲み、ハンカチで伸仁の額の汗を拭いてやりながら、

「どうじゃ、クラスにええ女はおるか」

と訊くと、伸仁は、三人いると答えた。

「そやけど、ぼくが話しかけて、ちゃんと返事をしてくれるのはひとりだけやねん。あとの子ォは、逃げていきよんねん」

「松坂伸仁に惚《ほ》れん女はおらんはずじゃがのお」

熊吾は笑って言い、母さんは酒は飲んではいないだろうなと訊いた。どう答えようかと思案している伸仁の表情で、

「毎晩飲むのか」

と問い詰めると、毎晩ではなく夕方だという。

「晩やろうが夕方やろうが問題はおんなじじゃ。母さんに酒を飲ましちゃあいけんと言うたじゃろう」

すると伸仁は、自分がいないときに飲むのでとなさけなさそうに言った。

「ぎょうさん飲むのか」

「お茶碗《ちゃわん》に一杯だけやって」

「それ以上飲ませちゃあいけんぞ。母さんは酒を飲むと元気がのうなるけん、お前がそのところはちゃんと管理せにゃいけん」

熊吾はこれまでに二度ほど伸仁に房江の生い立ちを語って聞かせたことがあった。父の味も母の味も知らず育ち、幼くして奉公に出て、苦労の連続であったこと。一度結婚したが、相手の男が酒乱で、短い結婚生活ののちに別れたこと。そんな恵まれないなかにあって、辛棒強さと清潔さを失わなかった女性であること……。

だが熊吾は、伸仁に、父親の異なる兄がいることは黙っていた。それはいつか房江が話すかもしれないし、あるいは生涯明かさないかもしれないが、どちらにしても房江の判断にまかせるべきだと思うからだった。

房江が先夫とのあいだに一子をもうけたのは二十一歳のときだから、その子はもう二十四歳の一人前の男に育っていることになる。

熊吾は、その青年もまた房江と顔立ちがとてもよく似ていそうな気がした。見たことはなかったが、なぜかそんな気がしてならないのだった。

だとすれば、きっとその青年と伸仁もよく似ていることであろう。そう思うと熊吾は、ふいにその青年を見てみたくなった。そんな気持は初めてだったので、熊吾は、人の気配を感じられない集落から出たくなった。よそ者の親子を家のなかから窺《うかが》っている視線が幾つもあるような気がしたのだった。

集落を出てさらに南へと自転車を走らせるうちに農道はいつしか東へ東へと方向を転じて、立山連峰は熊吾の左側で連なるようになり、西瓜《すいか》畑と茄子畑が並ぶところに出た。

嶋田家の前の茄子畑とは違って、すでに茄子の実が親指大についていた。

熊吾は自転車の速度を落とし、自分は仕事のために近々大阪に戻らなければならず、お前と母さんとはまたすぐに二人きりの生活になるが、来年の春には大阪での生活が再開するので、それまでは寂しがったり、母さんを心配させるようなことはせずに富山で暮らすのだと伸仁に言った。

父の言葉を聞いているのかいないのかわからない顔つきで伸仁は西瓜畑で舞う二匹の大きな蝶《ちょう》ばかり見ていた。

「お前はいっつも心ここにあらずっちゅう目をしちょる。人が話しかけたら、その人の目を見るんじゃ」

と熊吾は言い、これまでに教えた「これが大事だ」という言葉を暗唱してみろと睨《にら》みつけた。

「約束は守らにゃあいけん」

と仲仁は眩《まぶ》しそうに空を見ながら言った。

「うん。そうじゃ」

「丁寧な言葉を正しく喋《しゃべ》れにゃあいけん」

「うん。それも大切なことじゃ」

「弱いものをいじめちゃあいけん」

「よし」

「自尊心よりも大切なものを持って生きにゃあいけん」

「えらい！　忘れんと覚えちょったか」

「女とケンカをしちゃあいけん」

「それはいつ教えたかのお……」

「京橋のおでん屋さんでや。淀の競馬場でぎょうさん負けた日ィ……」

「ああ、そうじゃった。イカサマ臭いレースがつづいたときやったのお」

さらに東側に集落が見えた。熊吾は煙草が吸いたくなり、仲仁を促して再び自転車を走らせた。

「なにがどうなろうと、たいしたことはあらせん」

仲仁がそう大声で言った。その言葉は、近江丸の事件の数日後、銭湯に行った帰り道に、熊吾が仲仁に教えたのだった。

「そうじゃ、そのとおりじゃ。えらい！　ようちゃんと覚えちょる。記憶力がええっちゅうのは頭がええ証拠じゃ。だいたいそのくらいのことをわきまえちょったら、使い物になるおとなになるはずやけんのお」

灌漑《かんがい》用の水路が低い土手から延びていて、その向こうに小さな川があった。熊吾はその川がどの方向から流れているのかをたしかめようと土手にのぼった。清流ははるか南から流れて来て、集落の横を通り、富山地方鉄道の線路のほうへと蛇行しているようだった。

農道も集落を過ぎたあたりで三本に分かれていて、そのうちの西へ延びる道を行けば、大泉本町の嶋田家からはあまりにも遠ざかってしまいそうだったので、熊吾は腕時計を見て、そろそろ帰路につこうと思った。すでに八時を廻っていて、野良《のら》仕事に出かける人々が集落からそれぞれの田畑へと向かい始めていた。

土手の草叢《くさむら》でバッタに似た緑色の虫を追っている伸仁に煙草を買って来てくれと頼んで金を渡し、熊吾は土手にそこだけわずかな陰を作っている自生の柿《かき》の木の下に腰をおろした。

都会では、稲穂に囲まれた道で気がねなく自転車を走らせて、遠くの峰々の景観を楽しむなどということは望むべくもないのだから、伸仁が富山にいるあいだは、できるだけ親子でサイクリングをする機会を持とうと熊吾は思った。

息子には教えなければならないことがたくさんある。自分は無学な人間なので学校の勉強を教えてやることはできないが、独学で学んだり、若いころに人から教えてもらって心に残ったものを、伸仁に伝えておくことはできる。論語や唐詩、有名な俳句や和歌、今昔物語の逸話等々……。いますぐに頭には浮かんでこないが、きょうは南へ、あしたは西へと気の向くままに並んで自転車を漕いでいるうちに、これも教えておこう、あれも語っておこうと、さまざまに思い浮かぶであろう……。

熊吾はそう思うと、この目論見《もくろみ》の外れた不如意《ふにょい》な富山での生活も意味のあるものだという気がした。

伸仁が煙草を買って帰って来た。その伸仁を見たとき、マッチも買って来るようにとつけ加えなかったなと思ったが、伸仁は片方の手にピースの箱を、片方の手にマッチとお釣りを持っていた。

「ちゃんとマッチも買《こ》うてくるとは、おぬし、できるのお」

熊吾が賞《ほ》めて頭を撫《な》でると、伸仁は身をよじって笑い、

「煙草と言えばマッチ。マッチと言えば灰皿」

と言って熊吾の膝《ひざ》の上に坐《すわ》り、水筒の水を飲んだ。

「こないだ心斎橋《しんさいばし》の飲み屋で、誠に含蓄のある話を聞いた。店の主人と常連客が話しちょるのを横で黙って聞いちょったんじゃが、あの客も店の主人も、なかなか上等の人物

やったのお」

熊吾の言葉に、心斎橋の飲み屋さんとは「ふじ幸」かと伸仁が訊《き》いた。

「ふじ幸には長いこと行っちょらんのじゃ。あそこの親父《おやじ》は、繁盛《はんじょう》するようになって手抜きを始めた。何事につけ、手抜きをするようになるとおしまいじゃ。自分ではこれまでの十分の一くらいの手抜きのつもりでも、それによってあらわれてくるのは十分の九もの結果じゃっちゅうことに気づかにゃあいけん」

熊吾は煙草《たばこ》に火をつけて、初めて入った心斎橋の居酒屋で聞いた話を伸仁に語って聞かせた。

「人相とか、その人間が持っちょるたたずまいというものの大切さについての話じゃった」

と熊吾は言い、田園を見渡して、遠くにキュウリの畑とおぼしきところをみつけてそれを指差した。

「野菜の花っちゅうのはじつに可憐《かれん》で品があって美しいもんじゃという話題から始まってのお……」

とつづけた。

最近は目にすることが少なくなったが、自分も若いころ農村で暮らして、茄子の花、キュウリの花、山椒《さんしょう》の花等々と四季それぞれに咲く野菜の花を目にしたが、収穫のことばかりが念頭にあって、その真の美しさに気づかなかった。

心斎橋の居酒屋で交わされた客と主人との会話によって、そう言えばたしかに野菜の花というものにはある特殊な品のようなものが漂っていたなと思った。

バラやチューリップなどの観賞用の花の、派手で華やかな美しさではなく、その多くはいつのまにか咲いていつのまにかしぼんでいく、野菜を得るためだけの楚々《そそ》とした小さな花にすぎないが、これみよがしでもなく、美しすぎるゆえの邪《よこし》まなところもなく、それでいてどこか揺るぎない品といったものを持っている。

居酒屋の主人は、その野菜の花の美しさは、人々に季節の味や栄養をもたらし、人々の役に立つ働きとか使命とかを担《にな》っているが故《ゆえ》に天から与えられた徳のような気がすると言った。

そうとでも解釈しなければ、あの野菜の花の可憐な品の由来は説明できない、と。

すると客は強く同意し、人々を楽しませ、人々の役に立ち、人々を癒《いや》すために生まれたからこその品格が小さな花にも厳と存在するならば、人間もまた同じではあるまいかと言った。そしてそれは見事なまでに人相にあらわれるのではないだろうか、と。

美醜とは関係なく、なんとも言えず品のいい顔立ちをした人がいる。そういう人の、とりわけ目はきれいだ。視力が弱くて眼鏡をかけているとか、目が大きいとか小さいとか、そうした表相的なものの底に、深い目がある。

逆に、人々に災いをなす者、悪意に満ちた者、自己中心的な者、人から何かを与えられることしか考えていない者は、やはりどこかくすんだ、濁った、不鮮明な人相をしているし、目には汚れた光が沈んでいる。

だが、野菜は生まれたときから野菜なのでキュウリであろうが茄子であろうが、そこに咲く花の色も形も決まってしまっている。人間は違う。

人間の相、そして目の深さは、その人の心根や教養や経験や修練や、とりわけ思想や哲学といったものによって培《つちか》われていくもので、決して生まれつきのまま不変であったり、また毀誉《きよ》褒貶《ほうへん》によって変化するものでもない。品も徳も、それによってもたらされる人相も目の深さや力も、野菜の花と同じく、人々のためになるかならないかの、その存在の意義に依《よ》っているのかもしれない……。

さらに客は、戦争中に病死したひとりの咄家《はなしか》の最期《さいご》について語った。

その咄家は、幼いころから病弱で、貧しい下駄《げた》屋の末っ子として生まれたが、とにかく人を笑わせることが嬉《うれ》しくて仕方がないという性分だった。彼は自分が人気者になりたくて人を笑わせたかったのではない。ただただ人を笑わせて楽しませることが歓《よろこ》びだったのだ。

咄家となってからも人一倍稽古《けいこ》熱心で、「笑い」というものに自分の人生のすべてを注いだが、生来の病弱と戦時中の栄養失調によって四十になるかならないかで死んだ。

自分は縁あって、その咄家の贔屓《ひいき》筋の代表のような役割を十年ほど務め、息を引き取る瞬間を看取《みと》ることになった。

いよいよ最期が訪れたとき、苦しい息遣いがふいに消え、その咄家に笑みが浮かんだ。喉《のど》からまぎれもない笑い声が洩《も》れた。彼は真底からおかしそうに楽しそうに笑いながら息を引き取ったのだ。

人々を笑わせよう楽しませようという以外に何物も求めず、多くのファンに愛された男は、たとえ道半ばの無念の死であったにしても、死の苦しみを自らの笑いによって乗り越えるという功徳《くどく》を得たのかと、自分はその死を悼《いた》みながらもなにかしら心に豊かなものを得た思いだった。

いま思い起こすと、彼は目が十円玉のように丸くて、団子鼻で、背は低くて痩《や》せていたが、それなのにどこかふくよかな人相をしていた。お世辞にも美男子とは言えなかったが、つまり「いい顔」の持ち主だった……。

彼には妻と幼い娘がひとりいた。亡《な》くなったのは住吉にある借家で、病気になって以来ずっと彼を診察しつづけた医者と家族、そしてその客とが最期を看取った……。

居酒屋の客は、そこからあとの話を周りの者に聞かれないようにと用心して声を落とした。

「そいつの息の引き取り方もまことに不思議なもんやったんやが、同時にもうひとつ不思議というしかないことが起こってなァ」

と客は主人にささやいた。

「その借家から歩いて二、三分のところに町内の寄合所みたいなところがあって、そこには昼を過ぎると町内の年寄りが集まって来よる。嫁の悪口を言うたり、膝が痛いやの、咳《せき》が止まらんやの、まあ年寄りの愚痴が集まるようなとこやけど、前に立派な桜の木があってなァ、花が満開のときには、それはそれは花見の場所としても結構な席になりよる。そいつが死んだ日は、桜はまだ八分咲きっちゅうとこやったやろか……。折しもそのとき先生に引率された小学生が、たしかまだ一年生か二年生くらいのちびさんどもが二、三十人、ぴーちくぱーちくと賑《にぎ》やかに通りかかったんや。何が原因かは見当もつかんのやが、その咄家が息を引き取った瞬間、寄合所でいつもとおんなじように詮《せん》ないことを愚痴っとった年寄り連中も、たまたま通りあわせた小学生らも、いっせいに笑い声をあげよった。いったい何がそんなおもろいのかと少々首をひねりとうなるような笑い声がつづきよった。いまあんさんらのおるとこから目と鼻の先の家のなかでひとりの男が女房と小さい娘を残して死んだっちゅうことは知らんのやろうけども、その年寄りから子供らも一緒になってのあまりにもあけすけな笑いは、もうそのへんでやめてくれへんもんかと、口に出して言う気はないものの、わしはせめて諫《いさ》めのひと睨みでもしてやろうと窓から顔を出したんや。ところがなァ、家の前を通りすぎていく小学生らも、寄合所の年寄り連中も、誰ひとりとして笑《わろ》てない。年寄りたちはいつもとおんなじように低い声で話をしてるし、小学生らは先生に列を乱さんようにと叱《しか》られて、かしこまった顔をして歩いて行ってしまいよった。いまのいままで一斉に腹の底から笑うとったっちゅう形跡が、誰の顔にも、かけらも残ってないのや。わしの空耳ではなかった証拠に、その笑い声は、咄家の女房も娘も医者もたしかに耳にしたんや。『いま、外でぎょうさんの人が笑いましたなァ』って訊いたら、医者も頷《うなず》き返しよった。わしはなにやら気になって、その家から出て寄合所へ行って、みなさん小学生らと一緒にえらい楽しそうに笑てはったけど、何かおましたんかと訊いてみたんやが、年寄り連中はけったいなもんでも見るような顔で、『だーれも笑てへんけどなァ』って言うんや。へえそうでっか、そらえらい勘違いしましたようでと引き返しかけたときに見た八分咲きの桜の花びらひとつひとつが、わしには笑てるように見えた……」

「まあそれだけの話じゃと言うてしまえばそれだけのことで、取りようによってはいささか出来過ぎた気色の悪い話でもある」

と熊吾は言い、話に聞き入っている伸仁の顔を見つめた。

「その咄家が死んだとき、家の外では誰ひとり笑い声をあげんかったかもしれん。じゃが、誰のものともわからんぎょうさんの笑い声が、たしかに死んだ瞬間の男を包み込んで、それはたしかに居合わせた人間には聞こえたんじゃ。わしはきっとそうじゃったに違いないと思う。この世の中には、そういう不思議なことがあるに違いないと思うんじゃ」

さらに熊吾は伸仁に言った。

「その噺家が、美男子でもなんでもなかったが『いい顔』をしておったっちゅうところが大事なんじゃ。まず人相ありきじゃ。どうしたら自分の人相を良うすることができるか……。これは難しい問題じゃが、わしは、どうしたら『悪い人相』になるかは多少はわかる。それはのぉ、『嫉妬《しっと》』じゃ。人の幸福を妬《ねた》む。人の才能を妬む。人の成功を妬む。人の人気を妬む。どんな人間も、妬むという心を持っちょる。これが人間の人相を悪うさせる元じゃ。妬みを抱くと、それはいつのまにか恨みへとすり変わる。恨みはいつのまにか相手に何か災いを与えてやろうという思いに変わる。そういう心根が悪い人相を作っていくんじゃ。伸仁、嫉妬という心に勝たにゃあいけんぞ」

父の言葉の意味を理解したのかどうなのか、まったくつかみかねる表情を注いだまま、伸仁は頷き返し、あしたの朝もこうやってサイクリングにつれて行ってくれるかと訊いた。

「天気が良けりゃあのお。天気が良けりゃあ、もっと早ように起きて、もっと早ように家を出るぞ。サイクリングのお陰で毎日遅刻っちゅうわけにはいかんけんのお」

で帰路についた。

熊吾はもう一本煙草を吸うと、破傷風にかかった少女の家の前に出ないよう道を選ん

翌日から天気が崩れた。梅雨前線は日本海側から東北方面に北上して、それが富山地方に連日の雨をもたらしたからだった。その間、熊吾は、妻と子のための新しい借家を捜したり、高瀬勇次のゴム塗り軍手の出来具合に知恵を貸したりしてすごした。

すぐにみつかるであろうと思っていたが、新しい借家は決まらなかった。家賃が高かったり、家主の要求がいささか理不尽だったり、伸仁の通学に遠すぎたりで、さてどうしたものかと思っているうちに、嶋田家の長男が親戚《しんせき》の家で暮らすことになったのを知った。父親と一緒にいると勉強ができないと長男は自らの意志で叔父の家での生活を選んだらしく、自転車にくりつけたリヤカーに身の廻りのものや教科書類を積んで出て行った。

房江が嶋田の妻にそれとなく訊くと、長男は富山大学に進みたがっていて、それだけの学力もあるので、大学受験が終わるまでは叔父の家での生活がつづくという。

房江は安堵《あんど》したらしく、いささかでも住み慣れたこの嶋田家の二階は家賃も安く、かまびすしい近所づきあいとも無縁でいられるし、近くなりすぎて高瀬桃子がしょっちゅう油を売りに来ることもないので、引っ越す必要はなくなったと熊吾に言った。

あす大阪へ戻ると決めた日は日曜日で、朝からまるで梅雨があがったかと思わせるほ

どの太陽が照ったが、梅雨前線はまだ四国沖から北関東にかけて居坐っていて、近畿地方には強い雨が降っているとラジオのニュースは伝えていた。

「起きんか。もうお天道《てんと》さまが昇っちょる」

房江が何度体を揺すっても、そのたびに蒲団《ふとん》で顔を覆《おお》ってしまう伸仁を叱り、

「お前は女郎屋の息子か！」

と怒鳴って掛け蒲団を剝《は》いだ熊吾に、

「そんな品の悪い喩《たと》えを使わんでも……」

と房江は眉《まゆ》をしかめた。

「女郎屋の息子は家中夜が遅いけん、昼まで寝ちょるんじゃ。お日さんが顔を出したのに蒲団のなかでもぞもぞやっちょるのを、女郎屋の息子根性というんじゃ」

「きょうは日曜日やでェ」

と片方の目をつむったまま伸仁は蒲団の上に正座して言った。

「人生に日曜はない！　サイクリングに行くぞ。父さんはあした大阪へ戻る。サイクリングに行けるのは、もうきょうしかあらせんぞ」

「こんどはいつ帰って来るのん？」

と伸仁が訊いた。

「お前が夏休みに入ったころじゃ」

するとは、きょうは昼からボブと魚釣りに行く約束をしているのだと言った。桃子おばさんの弟が、きのうから豊川町の高瀬の家で暮らし始めたのだが、猛雄という弟は鮎《あゆ》釣りが上手で、きょう神通川で鮎釣りを教えてくれることになっているのだという。

「桃子に弟がおったのか？」

と熊吾は房江に訊いた。

「二十五歳の体の大きな人……。十八のときから魚津のイカ釣り船に乗ってたんやけど、陸での仕事がしたいって高瀬さんに相談しはって……。ゴム塗り軍手の仕事を手伝うことになりはったんや」

と房江は伸仁にズボンを穿《は》かせながら言った。

「おととい高瀬と逢《お》うたときは、そんな話はしちょらんかったぞ」

「本人は、まず自動車の運転免許を取りたいらしいて、それまでは高瀬さんの仕事を手伝うのはいややって言うてはったらしいねん。仕事を手伝いだしたら、自動車の運転の練習ができへんからって……」

しぶる猛雄に、ゴム塗り軍手を作る技術を習得すればいつか自分の工場を持って独立することも可能だと高瀬勇次は説明したらしかった。

それが高瀬の処世の術だとわかってはいたが、熊吾はいまさらながら、高瀬勇次と組んで富山で中古車部品の会社を興《おこ》そうなどと考えた自分のそのときの気持がよくわからなかった。

無駄な寄り道をしたと、いまは割り切って、思考は次の仕事にすべて注がれているにしても、高瀬の「守り」の性格を見抜けなかった自分への腹立ちは残っていた。

高瀬は、幾つかの小銭の入る道筋を決して閉ざそうとはしない。ゴム塗り軍手の試作品がなんとか商品として出荷できる段階に入り、何軒かの工場からの註文《ちゅうもん》が入っても、ラジエーターの修理の仕事も受けるし、どうにも使える代物《しろもの》ではなくなったトラックの解体作業も引き受けてくる。

いまのところ、ゴム塗り軍手を作る手作業に従事できるのは、高瀬本人と妻の桃子だけなので、註文数をこなすには夫婦で早朝から夜中まで作業場で立ちずくめで働かねばならないのに、その合間にラジエーターの修理とか、タイヤのパンク修理をして若干の日銭を得ようとする。

いまは王を詰めるために全力を注ぐ局面だというのに、貴重な手駒《てごま》で自陣の防御もついでにやろうとするようなものだと熊吾がそれとなく意見を述べると、

「女房子供に食わせるマンマの金は日々稼がんといかんがや」

と、常にどこか体に耐え難い痛みでも持っているかのような顔で答えるばかりなのだった。

こんなケチな男のいったいどこを見込んで、俺は妻子をつれて富山くんだりまでやっ

て来たのかという、自分自身の馬鹿《ばか》さ加減にあきれるとともに、熊吾は高瀬勇次という決して己の過去を語ろうとしない、冗談のひとことも言わない男に、なにかしら情に似た感情も抱いていた。

ひょっとしたら日本人ではないのかもしれないと思ったりもするが、幼少時からよほど貧乏というものにまみれてきて、心を許す友人も持たず、頼れる親兄弟もなく、二十五も歳《とし》の離れた桃子と終戦直後に所帯を持ち、富山にとにもかくにも安住の地を得て、三人の男の子をもうけた。

桃子も、金沢の海に近いところで生まれ、十八のときに香林坊の料理屋で働くようになり、すぐにその愛くるしい器量を買われて芸者の置き屋に誘われ芸事の稽古に励んだが、戦局の逼迫《ひっぱく》とともに料亭での遊興が禁止されて置き屋も暖簾《のれん》を降ろしたので、再び居酒屋で働いているときに高瀬と知り合ったという。

だが、熊吾はそれも真実ではあるまいと思っていた。

真実ではないということは、人に知られたくないものを隠しているわけだが、それも貧しさゆえであって、気難しく吝嗇《りんしょく》な亭主に財布を握られながらも、いまは三人の子の母として、人の道に外れることなく日々を生きている。そしてその三人の男の子は、どの子も穢《けが》れたところがなく、伸仁の子分となって泣いたり泣かしたりしながら元気良く育っている……。

熊吾は、伸仁が家の裏の井戸で顔を洗い、学校の父兄会で教えられたという歯の磨き方のための号令を房江にかけられながら、歯を磨いているさまを窓から見つめ、

「何かの縁じゃのお……」

とつぶやいた。この思いもよらなかった、母と二人きりの、富山の田園での借家生活が、また思いもよらない形で伸仁を豊かにさせるときがあるかもしれない、と。

「魚釣りには行かへん。父さんとサイクリングのほうがええ」

階段をのぼってくると、伸仁は言った。あとから笑顔でついてきた房江を見て、熊吾は、父さんにそう言えと母親に因果を含められたのだなと察したが、

「富山におるときやないと鮎釣りなんか教えてもらう機会はなかろう。桃子おばさんの弟に鮎釣りにつれて行ってもらえ」

と言った。

「鮎釣りは昼からやねん。それまでにサイクリングに行ける」

と伸仁は言い、磨いたばかりの前歯を指でこすった。

「きゅっ、きゅって音がするやろ？　上に上に下に下に歯ブラシを動かしたら、こんなにきれいに磨かれるねんで」

そう言いながら伸仁は自分で水筒に麦茶を入れた。

「なんや急にサイクリングに行きとうなくなった。お前は神通川で鮎釣りを楽しんでこ

い。わしは魚釣りは苦手でのお。糸がもつれると、どんな上等の竿《さお》でもへし折りとうなる」

熊吾は畳の上に大の字になって煙草を吸った。エビハラ通商のビルの受付で見た仁清《にんせい》の壺《つぼ》が脳裏に浮かんだ。

「あっ、お父ちゃん、すねてる」

仲仁は熊吾の腹の上に馬乗りになり、顔をのぞき込んで笑いながら言った。

「すねとりゃせん。親父《おやじ》とサイクリングをするよりも、そりゃあ鮎釣りのほうが楽しかろう」

「あっ、ほんまにすねてる。ぼく、お父ちゃんとサイクリングに行くほうが楽しいで」

「いやいや、そんなに無理してくれんでもええんじゃ。お前のおじいちゃんかとしょっちゅう間違えられるような、こんな年寄りの親父とサイクリングに行って、何が楽しかろう」

「あっ、ほんまにすねてしもた」

仲仁は熊吾の体に身をあずけて、首に手を巻きつけ、耳元で、機嫌を直して早くサイクリングに行こうと誘った。

熊吾は起きあがり、それならばきょうはもっともっと南へと自転車を走らせて、立山連峰へと少しでも近づいてみるかと言い、タオルをズボンの尻《しり》ポケットに入れ、あらためて皮蛋《ピータン》の入っている甕《かめ》を見やった。

おそらく平華楼を閉める前に呉明華が台湾に発注したのであろう最上級の皮蛋は、船で日本に運ばれ、そのあと貨物便で大阪駅に着いてから、運送屋の車で船津橋のビルへ届けられたはずだった。

だがそこはすでに空き家で、荷を受け取る者がいないとなれば、陶製の大きな甕は再び大阪駅へと戻されてしかるべきなのに、この富山市大泉本町の住所が新たに書き加えられて、富山駅まで辿《たど》り着いたのだ。

電話で房江から皮蛋の話を聞いた熊吾は、新しい仕事に神経が集中していてさして気にもとめなかったのだが、実際に現物を目にして、日に三個も四個も皮蛋を食べつづけると、多少薄気味悪くなってきたのだった。

船津橋のビルを管理する周旋屋には、自分たちの引っ越し先を教えてあったが、周旋屋に訊《き》いてみても、自分がやったことではないという。

この富山の住所を知っているのは、御影の鶴松、丸尾千代麿、杉野の妻、タネ、呉明華、観音寺のケン、久保敏松、そして杉松産業の新しい経営者となった桝井兄弟の他にはいない。

これらのうちの誰かが、大阪駅の荷物係から届いたであろう引き取り通知書を見て転送先を教えなければ、この富山へと送られてくるはずはないのだ。

しかもそれらのうちの誰かは、無人とわかっている船津橋のビルの郵便受けをのぞかないかぎり、大阪駅留めとなっている台湾からの荷の存在を知ることはできない……。

「手品みたいな話じゃのお」

熊吾は、皮蛋の入っている甕を指差し、苦笑しながら房江にそう言って、伸仁と一緒に狭い階段をおりた。

いつもの道順で富山地方鉄道の線路を渡り、南へ南へと自転車を漕《こ》いで行き、そのまま道なりに進めば小さな集落へ入るというところで、畦道《あぜみち》よりも幅広いが、リヤカー一台がやっと通れる程度の曲がりくねった農道へと進路を変えた。行き止まりならば引き返せばいいと思ったのだった。

だがその農道はやがて太くなり、魚の行商をする女が周辺の主婦の集まって来るのを待って道に腰を降ろしている小さな祠《ほこら》の前に出た。

魚の行商人は伸仁を見ると、

「松坂の坊やないがけ」

と声をかけた。

このおばさんが、破傷風にかかった女の子の家族に、自分たちの住まいを教えたのだという意味の言葉を伸仁はささやき、自転車を止めた。

「この人がお父さんがかいね」

と訊かれ、伸仁はそうだと答えた。行商の女は、あの一家がどれほど松坂熊吾という人に感謝しているかを、まるで自分の手柄でもあるかのように早口で熊吾に言った。

「助かってなによりじゃ。ただの通りすがりやのに、ひょっとしたらとりこし苦労かもわからんようなことを口にした男の言葉を信じたあのおじいさんの決断力のお陰じゃ」

熊吾は言いながら、行商の女が怯《おび》えの表情をあらわにするほどにその顔を見つめた。タオルをあねさんかぶりにして、鱗《うろこ》だらけの前掛けの紐《ひも》に小型の算盤《そろばん》を差している行商の女が、海老原太一の母親にあまりにも似ていたからであった。

熊吾の記憶に残っている太一の母は、いまのこの行商の女の年格好と同じだった。

太一の母は冬になると、草鞋《わらじ》を編んで、御荘《みしょう》の海産物屋が暇になって賃仕事の女たちに仕事を与えてはくれないので、それを売りに来るのだった。当時の南宇和では、どの家でも自分たち一家の草鞋は自分たちの手で編んだ。金を出して草鞋を買う者などいないのだった。

熊吾の父・亀造は、買う必要もない草鞋を買ってやり、幼い太一やその妹や弟たちに干し柿《がき》や干し大根や、ときには餅《もち》などを持たせてやった。

太一の母は、そのせめてものお礼にと、牛小屋の藁《わら》を代えたり、鶏《とり》小屋の傷《いた》みを直したりする。その間、太一たち兄妹《きょうだい》は、青洟《あおばな》をすすりあげながら母親の近くで待ちつづけているのが常であったので、熊吾は自分が小刀を使って作った竹とんぼを持ち、何も植えていない冬枯れた畑で太一たち兄妹と遊んでやったものだった。

自分は何か失態を犯したのだろうかと狼狽《ろうばい》の表情で上目使いに熊吾を見ている行商の女に、

「この道を行くと、どのあたりに出ますかのお」

と訊くと、いたち川に突き当たるという。

「ほう、いたち川にですか。大泉よりも相当上流になるわけですか」

熊吾の問いに、女はそうだと答え、イカの一夜干しが二枚残っているのだが買ってくれないかと言った。天然の塩を使った自慢の品で、軽く火で炙《あぶ》ると甘味が出てご飯が何《なん》膳《ぜん》でも食べられる、と。

熊吾はそれを買い、自転車の荷台にくくりつけて、いたち川の畔《ほとり》へと出た。

川幅は思ったよりも広く、川岸には自生の紫陽花《あじさい》が盛りのときを迎えていた。田圃《たんぼ》だらけで民家などないであろうと予想される農道の突き当たりなのに、上流にも下流にも、視界の及ぶところには農家が点在していて、そのどれもがいたち川の岸辺に壁を向けていた。

「もうあと十日ほどしたら、夜、母さんとここに来たらええ。ここは蛍が出るぞ。蛍はこういうとこにぎょうさん出よる」

熊吾は岸辺に腰をおろし、タオルで汗を拭《ふ》きながら言った。

熊吾は汗かきであったが、房江も見た目の繊細さからは想像もつかないほどに汗かきで、その二人の体質をまぎれもなく受け継いだらしく、伸仁の額にも首筋にも汗が玉になって噴き出て、シャツの背のあたりは濡《ぬ》れそぼっていた。

熊吾は、タオルを伸仁に手渡し、

「家は一年、木は十年、人は百年という言葉が中国にある」

と言った。

「よほどの宮殿でもないかぎり、普通の家なら一年もあれば建つ。小さな苗木も、十年もたてば立派な木に育つ。しかし優れた人間が世に出るには百年かかるっちゅう意味じゃ」

伸仁にそう語っているうちに熊吾の心には満州の戦場で死んだ若い部下たちの顔が浮かんできた。

「家を建てるのに一年かかることはわかる。木がいちおう木らしい風格が出るのに十年かかることもわかる。しかし、人生五十年ちゅう言葉がある。百歳まで生きる人間は稀《ま》れじゃっちゅうのに、なぜ『人は百年』と言うのか……。立派な人間が育つのに百年もかかっちょったら、みんな死んでしまう。それなのに『人は百年』という諺《ことわざ》を昔の中国人は残した。伸仁、いまは難しいてさっぱりわからんじゃろうが、この言葉の意味も、いつかじっくりと考えてみにゃあいけん。ひとりの人間には必ず父と母がおる。その父と母にも、それぞれ父と母がおるんじゃ」

もっと自分の思うところを語りたかったが、おそらく残酷なまでの火傷《やけど》の跡を顔の片方に持ってこれから生きていかねばならないであろう若い西条あけみの存在そのものに、かつて抱いたことのない苦痛を感じて、熊吾はそれきり口をつぐんだ。

第四章

十一回目の終戦記念日の前日、小谷光太郎医師の住居兼医院が、大阪市福島区の福島天満宮の近くに完成した。

熊吾《くまご》はその日のために昔からよしみの印章屋に註文《ちゆうもん》して、カイヅカの古木に「小谷医院」と筆文字を彫らせた長さ三尺、幅一尺の看板を作り、開業祝いとして持参した。

そこは仕舞屋《しもたや》やメリヤス問屋が並ぶ界隈《かいわい》で、小谷医師の息子が大学病院勤めを辞めて開業する予定地として目星をつけた空家だった。その空家を買ったときは、小谷医師は建物すべてを建て替えるつもりだったのだが、息子の考えが変わり、大学病院に勤めながら、母校の研究室でもう五年ほど専門分野の研究をつづけたいと言いだしたため、木造の瓦屋根《かわらやね》の仕舞屋すべてには手をつけず、階下だけを医院用に改築したのだった。

小谷医師の息子が開業を先に延ばした理由のなかには、健康保険制度に対する父親との考え方の違いがあったことを熊吾は知っていた。

健康保険を適用しない病院に診察を求めてやって来る患者は、保険証を何等かの事情でも持っていない者か、あるいはその医者の腕をよほど信頼して、高い診察費を払っても病気を治してもらいたい者かのどちらかしかない。だが健康保険制度が、今後日本中の国民に普及していくのは火を見るよりも明らかで、父のやり方は遅かれ早かれ時代遅れとなり、地域の住人たちから「保険を適用しないあこぎな医者」と白眼視されるようになるのは必定だ。

保険という重要な制度について意見を異にする医師が、同じ医院で患者を診察することは難しい。父が医師として「小谷医院」で診察をつづけているあいだは、自分は大学病院で経験を積んだほうがいいと思う……。

熊吾が船津橋のビルを管理する周旋屋を紹介し、とりあえず福島天満宮から半径二キロ以内の地域に三軒の候補地があがった際、小谷医師の息子は、父親に聞こえないようにして、熊吾に自分の考えを述べたのだった。

小谷医師の息子は、自分の開業する医院にはレントゲン撮影の設備が不可欠だと主張したが、小谷医師は、レントゲン写真を見なければ病気の有無や経過が診断できない医者は「やぶ」だという。設備に金をかけるから、それに要した費用を回収しようとして、使う必要のない薬を患者に出してしまう。それこそが、厚生省の役人と製薬会社の思うつぼなのだ、と。

土地代や広さ、それに立地条件などを考慮して、新しい医院を建てるにはここが最適であろうと熊吾も周旋屋も推薦する空地を見に行った際、六十四歳の老医師と、その息子である三十五歳の医師は、穏かな口調ではあっても辛辣《しんらつ》な言葉を応酬して自説を主張しつづけたのだった。

熊吾は仲裁に入って、とりあえず緩衝地帯を設けようではないかと提案した。

代替わりというものは必ず訪れるものだ。世の中は変化しつづけているので、父上の考え方も変わるときが来るであろう。聡明《そうめい》な人なので、その見極めもまた早いはずだ。この土地は建物が建っていない。代替わりのときまでの緩衝地帯としては、「福島の天神さん」の近くのあの二階屋がいいのではないのか……。

熊吾は小谷光太郎の息子にそう耳打ちした。色白で、唇が少年のように柔かそうな小谷聖司は、

「そうですね。お父さんの好きにさせてあげましょう」

と了承し、熊吾の提案を笑顔で受け入れたのだった。

「いやァ、これは……。江戸時代の剣道の道場にかかっていた看板のようですな」

小谷医師は、診察はあしたからだというのに、足首近くまである丈長い白衣を着て熊吾を迎え、出来あがったばかりの看板を見るなり、甲高い声で笑いながら言った。

（健康保険お断わりします）

ボール紙に墨文字でそう書いて、医院の玄関先に吊《つ》るしてあるのを指差し、

「これでもかと、息子さんに言うちょるようですな」

と言った。

「最近の若い連中は頑固でいけません。息子も、自分の病院で患者をたくさん治療するようになれば、私の考えの正しさがわかるでしょう」

熊吾は小谷医師の言葉に笑い、看板と一緒に持参した十尾の鮎《あゆ》を入れた木桶《きおけ》を受付のところに置いた。

「山ほど氷を入れてありますけん、このままでも夜までもつと思いますが……。わしの知人の運送屋が、今朝、和歌山の紀ノ川で釣って、生きたまま大阪に持って来た鮎です」

三日間朝昼晩と食べても飽きないというくらい、小谷医師が鮎好きであるのを知って、熊吾は丸尾千代麿にイキのいい鮎を手に入れてくるよう頼んだのだった。

「これは……、よく太った鮎ですなァ」

小谷医師は夫人を呼び、木桶を手渡し、熊吾に礼を述べると、診察室に入るよう勧めた。

壁には人体解剖図が貼《は》られ、血沈検査用のガラスの管が並び、医療器具を煮沸《しやふつ》消毒するための金属の容器のなかには、注射器と針が入れられてあった。

「きのう長崎大学の知人から返事が届きました」

　と言い、小谷医師は一通の封書を出した。

「原爆被爆者の火傷《やけど》、これをケロイドと言いますが、このケロイド手術の方法はかなり進んできており、ことしの十月には、そのための整形手術が行われる予定だそうです。アメリカの医師団が、そのために来日する計画があるようで……。私の知人の医者は、おそらく皮膚を移植する手術ではないかと推測しておると書いてきました」

　もし移植手術が可能であるならば、松坂さんのお知り合いの女性の火傷にも応用できるであろう……。小谷医師はそう言って、すでに用意してくれていた紹介状を熊吾に渡した。

「移植……。皮膚を移植するんですか？　そんなことが可能ですか？」

「他人の皮膚や、人間以外の、たとえば豚とか猿とか、そんな皮膚の移植はいまのところ不可能ではないかと、私は医学的には考えておりますが、自分の皮膚を、たとえば人の目に触れることの少ない場所の皮膚なら可能ではないか、と。しかし、失敗の可能性は高いでしょうな。手術には非常に高度な技術が要求されます」

「自分の皮膚っちゅうと、どこの皮膚をこめかみのところに移すんですか？」

　と熊吾は訊《き》いた。

「臀部《でんぶ》、あるいは腹部の皮膚ですね。しかし、松坂さんのお知り合いの女性の場合は、皮膚の移植手術と同時に、癒着してるセルロイドを除去しなければなりません。それが先決です」

西条あけみこと森井博美は、救急車で運ばれた病院から大阪大学附属病院へと移ったあと、八月一日に退院した。

熊吾から相談を受けた小谷医師が、京都大学時代の後輩に当たる皮膚科の権威を紹介してくれたので、週に一度、京大附属病院へと通院することになったからだった。

博美の側頭部の皮膚は、火傷が治るにつれて新しい肉が盛りあがり、異物であるセルロイドを包み込み始めた。セルロイドを早急に除去しなければ、博美の皮膚はそれを周りから囲い込んで覆《おお》い尽くしかねなかった。

あけみの担当医がセルロイド除去の手術をまず優先させようと考えたのと同時期に、長崎の原爆投下で被爆し、顔や頭に重篤《じゅうとく》なケロイドができた患者たちの臨床例を入手した。あけみの担当医は長崎でその治療に従事する別の医師の診断を勧めた。

長崎は森井博美の生まれ故郷であったが、そこには母の再婚相手である表具師がいるだけで、頼るべき友人も親類もいなかった。

だが火傷跡治療の一縷《いちる》の望みを、多くの被爆者治療の経験を重ねている長崎大学の病院に託してはどうかと熊吾は勧め、小谷医師の医学界での人脈に頼ることにしたのだった。

「私も、私の友人も皮膚科や外科は専門ではありません。ですが、彼が紹介してくれた医者は、戦後ずっと被爆者の皮膚の治療にあたってきたので、知識も経験も豊富です。私への手紙にも、とにかくセルロイドの除去を急ぐべきであろうと書いてありました」

小谷医師は、扇風機の風を強くして白衣を脱ぐと、熊本県と鹿児島県の境あたりに水《みな》俣《また》という町があるのだが、そこで奇妙な病気が発生しているのをご存知かと言った。

「私の友人は、京都大学の教授を退官したあと、郷里の丹波で地域医療に従事しておったんですが、奥さんの実家が熊本ということもあって、その水俣で発生した奇病に興味を持ち、先月、現地へ行って来たそうです」

水俣地方だけの奇病が発生したのは昭和二十八年だと小谷医師は言った。彼は指先で机の上に九州の地図を描き、ここが長崎、ここが熊本、ここが鹿児島と説明した。

「西は八代《やつしろ》海で、このあたりに水俣湾があります。魚介類の豊富なところで、奇病が発生したのは、このあたりで」

熊吾は小谷医師の指先を見つめ、九州の地図を心に思い描いた。

「てんかん発作に似た症状を起こして、言語、運動能力を失《な》くし、障害は視力にも及び、やがて死に至ります。原因については、いろんな医者がいろんな説を唱えました。原爆の死の灰によるもの、寄生虫説、細菌説、遺伝病説……。ですが、私の友人はどれも否定しました。彼はこのあたりの住人の食べ物のなかに原因があると睨《にら》んだんです」

「食べ物……。水俣の人たちは、何か特別なもんでも食べちょるんですか？」

小谷医師は首を横に振り、水俣は昔から漁業の町で、日本の他の地域と特別に異なったものを食べているわけではないと言った。

「その奇病にかかるのは人間だけではないんです。動物、とりわけ猫が著しい症状を呈することが最近わかったそうです」

「猫……」

「そう、猫です。この奇病にかかった猫は、真っすぐ歩けないどころか、同じところをくるくると廻りつづけて、悶絶《もんぜつ》して死ぬそうです」

「ほう……。猫と人間がかかる奇病。魚介類の豊富な港町……。猫も魚には目がありませんけんのお」

「そうです。仰言《おっしゃ》るとおりです。私の友人は、水俣の海で獲《と》れる魚介類に何が含まれているのかの分析を急ぐよう進言したんですが、それ以来、彼の身辺に偶然とは思えない事故がつづいたんです」

小谷医師の目の光は強くなり、声は高くなった。

「研究室に石が投げ込まれたり、見も知らない酔っ払いに突き飛ばされたり、有力者に、町から出て行くよう脅されたり」

「有力者は、何を理由に出て行けと言うんですか」

「漁業で食べている水俣の人間にとっては、水俣湾を中心とする海域は生活の糧《かて》どころか、生存の基盤でもある。その海で獲れる魚介類が奇病の原因だなどと何の証拠もなく臆測《おくそく》だけで喧伝《けんでん》されたら、水俣の人間は職を失なうどころか、水俣という町自体が廃墟《はいきょ》と化す。そんな世迷《よま》い言《ごと》をのたまう爺《じじ》ィは出て行け、というわけです」

「そういう因縁をふっかけてくるのが地域の有力者であるっちゅうところがポイントですな」

と熊吾は言った。

「松坂さんもそう思いますか？　そうです。そこに重要な鍵《かぎ》があると私も友人も考えました。ところが医師や保健所のなかには、猫が何か病気の原因を媒介しているのかもしれないから、とりあえず水俣周辺の猫をすべて殺すべきだと主張するものが出て来たそうです」

そして小谷医師は、

「猫が原因ではありません」

と大声で言って机の上を掌《てのひら》で強く叩《たた》いた。小太りの夫人が心配顔で診察室のドアをあけ、

「どうしたんです？」

と訊いた。

「いやいや、心配せんでもよろしい。建設的論議白熱しての大声でしてな」

小谷医師は笑顔で振り返り、そう夫人に言った。

「わしのような医学には無知な人間とは、論議にもなりますまい」

熊吾も笑みを浮かべ、紹介状の入った封筒を開衿《かいきん》シャツの胸ポケットにしまった。さっき麦茶を沸かしていま冷ましているので、もう少しすれば氷を入れてお出しすることができるであろう。お急ぎでないならば、もう少しゆっくりなさっていってくれ。

小谷夫人にそう引き止められて、熊吾は時間を気にしつつも小谷医師の話し相手をせざるを得なくなった。船津橋のビルに住むことのあまりの不便さに音をあげて、熊吾は「福島の天神さん」の裏、小谷医院からは北へ七、八分歩いたところにある借家を見に行くことになっていた。そこは、入り組んだ路地のなかの駄菓子屋で、夫には戦前に先立たれ、二人の息子を戦地で亡《な》くしたという六十三歳の寡婦《かふ》の家だった。銭湯までは歩いてたったの一分。家には電話も引いてあり、幼い子供がいなくて、二階の一間を貸すのは来年の五月までという条件付きのために家賃は安かった。「関西中古車業会」の事務所をとりあえず丸尾運送店の近くの看板屋の二階に借りた熊吾は、その構想が目論見《もくろみ》どおりに進めば、この秋には正式に法人登録をして、最初の中古車展示即売会を催す算段で動いていた。

そうなれば、「関西中古車業会」の事務所も看板屋の二階というわけにはいかないし、房江と伸仁《のぶひと》を来春には大阪に呼び戻してやらなくてはならない。

事務所はいまのところは「仮事務所」ということにしてあるのだから、自分ひとりの寝起きの場所も、駄菓子屋の二階の六畳で充分だ。なによりも交通の便の良さは、これ以上望むべくもない。

たとえ六十三歳とはいえ、自分と四つしか歳《とし》の差のない寡婦のひとり住まいの家はなにかと気を使うことも多いだろうが、これも来年の春までの仮の寝ぐらと割り切るならば、家賃の安さと、銭湯まで歩いて一分、仮事務所までは十二、三分というのはありがたい。

熊吾はそう決めて、きょうの夕刻までに家主に会いに行く約束をしていたのだった。

相手も、五十九歳のひとり暮らしの男に自分の家の二階を貸すとなれば、どんな人間か確かめたがるのは当然だが、こっちも相手が神経にさわる意地の悪い女のようならば別の借家を捜さなければならない……。

熊吾は、小谷医師にそう事情を説明し、

「もしそこの二階を借りることになれば、小谷先生とはご近所同士っちゅうわけです」

と笑った。

「駄菓子屋ですか。それは近所の子供たちが出入りして賑《にぎ》やかなことでしょう」

と小谷医師は言い、伸仁くんはお元気かと訊いた。

「朝、蕁麻疹《じんましん》が出るのも治ったようですし、夏休みに入ってからは、毎日毎日、魚釣りをして遊んじょるようです」

「蕁麻疹はご心配いりません。たぶん精神的なものでしょう。学校へ行きたくないという……。あの子は非常に過敏な体質ですから、思春期をうまく乗り越えれば、あとは大丈夫です」

「伸仁は、思春期の迎え方が難しいという意味でしょうか」

　と熊吾は訊いた。

「なーに、その時期が来れば、私のところへ通院させればよろしい。身心ともに歪《ゆが》まず育つよう、私がうまくやりますよ」

「ありがたいお言葉です。その節はよろしくお願い申し上げます」

熊吾は感謝の思いを込めて、深く頭を下げた。夫人が、冷たい麦茶を運んで来てくれた。

　思春期か……。あのチビ助が色気づくときが来るのか……。何年くらい先のことであろう。伸仁はいま九歳。普通ならあと三、四年でそのような時期を迎えるのであろうが、あいつは晩生《おくて》だからな。まあそれでも十五にもなれば声変わりが始まるであろう。

熊吾はそう思いながら冷たい麦茶を飲み、小谷医院を辞すと、その足で福島天満宮の裏の駄菓子屋へ行った。

峰山フキという名の寡婦は、その界隈《かいわい》の子供たちの名前をすべて知っているようで、

「ときちゃん、十円あるんやったら、この飴《あめ》買うのんは五円だけにして、あとの五円はこっちのアイスキャンディーにしとき。あんた、いっつもおんなじもんを二つ買《こ》うて、ひとつ落とすやろ？」

とか、

「ゆきこちゃん、お腹《なか》の痛いのん、治ったんか？　えらいお腹こわしてるってお姉ちゃんから聞いて、うちのスルメが傷《いた》んでたんとちゃうやろかって、心配してたんやで」

とか話しかけるのだった。

男の子たちは、峰山駄菓子店の前で、土に釘《くぎ》を刺して陣地争いをする遊びに興じ、女の子たちはゴム飛びをしていて、誰かが泣きだしたかと思うと、誰かが十円玉を握りしめて店のなかに走り込んで来て、賑やかを超えて、耳が痛くなるほどうるさくて、熊吾はこの家の二階に住むのをためらったほどであった。

熊吾のことは周旋屋からある程度聞いていたらしく、峰山フキは、白い割烹着《かっぽうぎ》を着て二階に案内し、こんなにうるさくて殺風景な部屋でもいいというなら、あしたにでも畳表を替えておくので、引っ越しは三日後にしてくれないかと言った。

熊吾は、峰山フキが気にするほど畳は古いとも汚れているとも思えなかったので、

「畳はこのままで結構ですけん、今夜にでも移っちゃあいけませんかのお。もうローソ

クの明かりで夜をすごすのは飽きてしまいまして。荷物というても、大きな風呂敷包《ふろしき》みに二つくらいのもんですけん」

と言った。

話は決まり、熊吾は先払いの家賃を現金で峰山フキに手渡した。

千代麿自慢のシボレーを借り、熊吾はそれを自分で運転して船津橋のビルへ行き、蒲団《ふとん》と着換えを峰山駄菓子店の二階に運ぶと、再びシボレーで西条あけみと森井博美のアパートへと向かった。

派手な外車は大きすぎて、博美のアパートの近くにある空地にはおさまりきらず、ボンネットの部分が狭い路地にはみ出たが、熊吾は文句を言いたそうな近所の住人に、

「十分もしたらすぐに出ますけん」

と断わり、来るたびに赤ん坊の泣き声が響くアパートの階段をのぼった。

博美の、西陽の射《さ》し込む部屋には、化粧品の香料の匂《にお》いが満ちていた。

どうやったらこめかみの火傷《やけど》跡を上手に隠せるか工夫していたのだと博美は言い、熊吾のために西瓜《すいか》を切った。

「長崎の被爆者のケロイド治療のことじゃが……」

熊吾は部屋のドアをあけたまま、狭いあがりかまちに腰を降ろし、開衿シャツの胸ポ

ケットから紹介状を出し、小谷医師の言葉をかいつまんで説明した。

ミュージック・ホールの支配人たちは、熊吾と西条あけみとが深い関係にあると信じ込んでいて、彼女の借金の返済を熊吾に迫ったが、八月に入ると、どうやら自分たちの臆測が見当外れであったことに気づいたらしく、熊吾に接触してこなくなった。

そのような疑いを抱かれないようにと、熊吾はアパートを訪ねても決して部屋にあがらず、話が長くなりそうなときは近くの喫茶店を使ってきたのだが、誰かが常に博美のアパートに出入りする人間を見張っている状態はまだつづいているであろうと考えておかねばならなかった。

「とにかく小谷先生が紹介してくれた長崎大学の医者に診てもろうたらどうじゃ。長崎までは遠いが、ついでにお前のお父さんが遺《のこ》した家がどうなっちょるのかも見て来たらええ。旅費のことは心配せんでもええ」

その熊吾の言葉に、退院以来ずっと切らずに伸ばしてきた髪で側頭部を覆《おお》って、それが乱れないよう常に三つのヘアピンで止めつづけているために癖となってしまった不自然な顔の傾け方をしたまま西瓜を載せた盆を置き、

「お尻《しり》の肉を剝《は》いで顔に移すのん？」

と博美は驚き顔で訊《き》いた。

「私にとったら顔とお尻とどっちが大事やろ」

「冗談を言うちょる場合やない。セルロイドを早《は》よう取ってしまわにゃあいけんのじゃ。そのセルロイドを取る手術と、皮膚を移植する手術を同時に出来るかどうかを専門医に相談せにゃあいけん。一度に出来るものなら、手術は一回で済んで、その傷の修復の度合にも大きく影響してくるそうじゃ。あしたにでも長崎へ行け」

すると、博美は、支配人と振り付け師が訪ねて来たのだと言った。

「ピンクとか紫とか金とかのカツラを持って……」

カツラを工夫すれば側頭部の傷は誰にも気づかれない。こめかみの火傷跡も、以前の舞台化粧よりも濃くすれば、観客に多少の異和感は抱かせても、不快感にまでは至らないであろう……。支配人も振り付け師もそう言ったという。

「私のファンのために引退興行をせえって。他のダンサーも協力するからって。お盆休みが終わる十八日から一週間……。そのあがりで借金を三分の二ほど返せるはずや。そしたら、残りの三分の一は、なかったもんにするって……」

「十八日から一週間ちゅうと、それが終わって長崎へ行っとったら、そのセルロイドは、盛りあがりつづけちょる肉にますます包み込まれてしまうんじゃないのか」

「そやけど、たったの十日ほどやから……」

火傷跡を治して再び舞台に立ちたいと、自分でも悲愴《ひそう》なくらいに願っていたのだが、いまは憑《つ》き物が落ちたかのようで、逆にいっときも早くこの世界から身を引きたいと思っていると博美は言った。

「私はもう永遠に格下やねん。この火傷の跡がちょっとでもあるかぎりは、どんなにダンスが上手でも、どんなにファンがぎょうさんいてても、一枚看板にはなられへんねん。永遠にキワモノのヌード・ダンサー」

だから、カツラをかぶり、こめかみの傷を隠す厚塗り化粧をして引退興行で踊りたいと博美は言った。

「そしたら借金は返せるし、あの世界とも縁が切れるやろ？　流れ流れて、気がついたら場末のストリッパーなんてことにならんで済むし……」

ならば、これからどうやって生きていくのか……。熊吾はそう言いかけてやめた。

その気になればいつでも火傷の原因を松坂熊吾のせいだと言い張って、たちの悪い連中を使って金をせびることもできたであろうに、博美はそうしようとはせず、それどころか、熊吾を脅そうとする者たちに憤然と立ち向かって、すべては自分の不注意であると公言しつづけてきた純な心根に、熊吾は人間としての好意を超えたものを感じつつあった。

「それに、長崎にはあんまりええ思い出がないから……」

と博美は言った。

「て言うより、いやな思い出が多いから、もう一生、長崎には帰らんとこて誓うてたんやもん……。私、男の子にようもてるお馬鹿《ばか》な女の子やったから」

「失敗をせん若者なんて、おらん」

熊吾は、いやな思い出だらけであろうとも、ふるさとというものには、どこか人間を癒《いや》してくれるものがあると博美に言い、西瓜に塩を振りかけてかぶりついた。西瓜の汁が開衿シャツに飛び散り、それを博美が慌《あわ》ててタオルで拭《ふ》いた。

「お父ちゃんがついていってくれるんやったら行ってもええけど」

「お父ちゃん？　それは誰じゃ」

「松坂熊吾さんや」

「わしはお前のお父ちゃんか……」

熊吾は苦笑し、もう少し髪が伸びたら、腕のいい美容師に相談して、側頭部を不自然でなく隠せる髪型を考えてもらえばよかろうと言った。そして、引っ越し先の住所と電話番号を教え、用意してきた金を渡した。

博美はその金を受け取ろうとはしなかったので、熊吾は立ちあがり、小さな下駄《げた》箱の上にそれを置いた。

シボレーを丸尾運送店の車置き場に入れ、千代麿の仕事が終わっていれば久しぶりに一緒に酒でも飲もうと事務所をのぞくと、中学を卒業してすぐに丸尾運送店に就職した少年が留守番をしていた。

「社長はまだ仕事か？」

「さっき亀岡《かめおか》から電話がありました。仕事の段取りが狂うて、帰りは遅うなるそうです」

顔中ニキビだらけの少年は言った。

「夕立でも欲しいのお。そしたら涼しいなるやろに」

汗かきの熊吾は、事務所の扇風機を胸元に向けながら、机の上の新聞に目をやった。

タクシー強盗が運転手を包丁で刺し殺して売り上げ金九百円を奪ったという記事が載っていた。

「九百円のために人を殺すか……。タクシーのなかにそんなにぎょうさん現金があるはずがないじゃろうが」

そう言いながら経済面に目を移し、紙面の下のほうに載っている記事を見て、熊吾は眉根《まゆね》を寄せた。

「エビハラ通商、プロパンガス業界に進出」と見出しに書かれていた。

業界進出の足がかりとして、エビハラ通商はすでに近畿二府四県に販売網の拡大を進めていた六社を傘下《さんか》に入れた……。記事はそんな内容で、エビハラ通商の傘下に入ることに合意した六社のなかに「杉松産業」の名があったのだった。

熊吾の脳裏に、神戸のエビハラ通商の社屋ビルで見た仁清《にんせい》の壺《つぼ》が再び甦《よみがえ》った。

仁清には作品が多かったから、あのエビハラ通商で目にした壺と、岩井亜矢子が拳銃《けんじゅう》を隠していた壺とが同じものであるという確証を持てないまま今日に至っていて、わだかまりを抱きつつも、熊吾のなかではさして重要な問題へと膨らんではいなかった。

けれども、海老原太一がプロパンガス業界に食指を動かし、資金力にものをいわせてすでに先行していた近畿二府四県の販売代理店を傘下におさめたことを報じる記事は、熊吾によもやという疑念を生じさせてきた。

海老原太一、仁清の壺、岩井亜矢子、三協銀行、テントパッチ工業への不可解な融資打ち切り、そしてエビハラ通商のプロパンガス業界への本格参入……。

それらはふいに一本の糸のようにつながって熊吾の前に置かれた。その糸で途切れているのは太一と亜矢子とのあいだだけだった。

だが己の得になる相手となら、どんな卑屈な手を使ってもつながりを持とうとする海老原太一が、何等かの動機によって三協銀行副頭取夫人と昵懇《じっこん》の間柄になっていたと考えることは可能なのだった。

あの仁清の壺は、似ているのではなく、まぎれもなく岩井家にあった壺で、海老原太一は熊吾から関の孫六兼元を買ったあと、社員に命じて急遽《きゅうきょ》、ビルの受付のところに飾らせたのではないのか……。

自分と亜矢子との、つまりは三協銀行との深いつながりを、それとなく、しかしこれでもかという意思をあらわにさせて、あえて松坂熊吾に見せびらかしたかったのではないのか……。

そのように考えると、三協銀行の突然の融資打ち切りの背後にあるものが、おぼろげに見えてきそうな気がしたし、プロパンガス業界に進出を決めたエビハラ通商が、まだまだ個人商店の域を出ないものの順調に販売網を拡《ひろ》げている杉松産業も含めて、六社を傘下におさめた意図の裏にあるものも、あの太一ならやりかねないことだと思えてきたのだった。

そうした熊吾の推理にも、彼自身腑《ふ》に落ちないところは多かった。

海老原太一がこの松坂熊吾に恨みを抱き、徹底的に仕返しをしようとする気持を持ちつづけていようとも、なぜかつての岩井亜矢子、現在の塩見亜矢子までが、夫の力を使って松坂熊吾をつぶそうと謀《はか》るのか……。

たしかに俺は亜矢子の自尊心を傷つける言葉も使い、耳に痛いことも言った。だが、それが塩見家に嫁いで、やがては三協銀行の頭取夫人となるであろう現在の亜矢子にとってなにほどの遺恨として心中で燃えつづける種になり得ようか……。

熊吾は一本につながったはずの糸を胸のなかで丸めて捨てた。海老原太一と塩見亜矢子とを切り離して考えなければ、糸はもつれてほどけなくなってしまうからだったし、たとえ太一と亜矢子とが自分の知らないところで何等かのつながりがあったとしても、いまの自分とはまったく無関係な事柄だと思った。

自分は再起を賭《か》けて、いっときも早く「関西中古車業会」をひとつの秩序ある組織にまとめあげ、おそらく全国的な需要へと拡大していくであろう中古車業界から「エアー・ブローカー」たちを合法的に排除していかなければならない。そのためには既存の中古車業者の意識を変え、かつての信用を取り戻させ、中古車売買の方式を、庭先での手打ちのような旧来型から明朗で公正な方式へと変革しなければならないのだ。

俗にいう「タクシーあがり」の、二十数万キロも走ったボロ車のメーターを変造し、うわっつらの塗装を塗り換えた粗悪車を騙《だま》して売るようなエアー・ブローカーたちは、「関西中古車業会」のお墨付きのある中古車によって消えていかざるを得なくなる。それが熊吾の目論《もくろ》む「合法的退治」なのだった。

熊吾は、新聞に掲載される中古車関連の記事はすべて切り抜いてあった。九月の末、組織の旗あげの前に、「関西中古車業会ニュース」という十六ページの小冊子を発行するための資料であったが、その創刊号には、どんな中古車を買えばいいのかというユーザー側への啓蒙《けいもう》を主眼とした特集を組むつもりで、必要な資料と原稿はすでに熊吾が自分で書きあげていた。

熊吾は、丸尾運送店の電話で、久保敏松が仕事を終えて家に帰る前に必ず寄る通天閣の近くの将棋道場に電話をかけて、久保を呼び出してもらった。

久保敏松はアマチュア四段の腕前で、将棋道場「角福」では初心者に将棋を教えるかたわら、アマチュアの世界で名を知られる棋士と対戦するのを楽しみとしていた。

「高村商会は、その気になりよったか？」

熊吾は電話に出てきた久保敏松に訊いた。

「息子は乗り気ですけど、親父《おやじ》のほうが優柔不断で……。なかなか決断がつかんようです」

と久保はいつものゆっくりとした口調で言った。

「佐野中古車センターは？」

「佐野さんは大乗り気です。十八社といわず十三社が集まったら、とにかく旗上げしょうやないかと……。あそこはエアー・ブローカーのあこぎないやがらせで、えらい目に遭いつづけてきましたから……」

「佐野さんの参入が決まると、合計で十三社になるのお。肚《はら》が決まらんところも、関西中古車業会が動きだして、結果を出すようになったら、自分から参加させてくれと頼んでくるじゃろう。しかし、十三社ではまだ大きな展示会はできんぞ。それぞれが三台の中古車を出しても三十九台。その程度の中古車を並べても、華がない。せめて五十台は景気よう並べんと、かえって見た目が寂しいて、客の買う気に水をさす。新車が豪華絢《けん》爛《らん》に並ぶわけじゃあらせんけんのお」

その点は心得ていると久保は言った。そして、展示会の会場として予定している大黒町の土地の持ち主が、申し込み金をおさめてもらいたがっていると言った。

「なんぼじゃ」

「五万円と言うとります」

考えておこう。熊吾はそう言って手帳に金額を書いた。

久保敏松は性格が穏かで思慮深く博学だったが、彼のこれまでの来《こ》し方から推察すると、そのあまりの慎重さによる決断力の鈍さが何かにつけて災いしているように感じられた。

そして熊吾が、久保に対して最も危惧《きぐ》するのは、持って生まれた運の悪さという一点だった。何かにつけて運が悪い……。

勉強のよくできた久保は旧制高校に入学できる充分な学力を持ちながら、まったく自分とは無関係な学生同士のケンカに巻き込まれ、咄嗟《とっさ》に自衛のために握った丸太の棒で相手に重傷を負わせて放校処分になり、旧制高校に入学できなかったという。

久保は戦中召集され中国の天津《てんしん》に配属となったが、小さな市街戦の際に退却の命令を受け、あらかじめ決められていた退却路を間違えて、死ななくても済んだ部下八人を喪《うしな》っている。

若いころから川柳が好きで、その愛好の士が集う小さな結社の雑務を引き受け、雑誌を出すために各人が持ち寄った金を将棋道場で盗まれてしまった。

盗まれたのではなく使い込んだのであろうと疑われ結社を去ったが、その年度の最優秀の川柳は久保の作品だった。抜きん出て評価された川柳ではあったが、事情が事情として顕彰されないままに終わった。

久保のような温厚な人間が、いつのまにかエアー・ブローカーと呼ばれる連中の仲間入りをして糊口《ここう》をしのがねばならなくなった理由には、ただ彼の運の悪さのせいとしか説明できないさまざまな曲折があった。

久保はそのことに関しては熊吾に多くを語りたがらないが、熊吾はすべては久保の機敏のなさに由来すると思っている。てきぱきと物事を処理する能力は久保敏松にはなかった。長考し長考して大事な局面で悪手を打つ彼の将棋がそれをすべて物語っていると熊吾は思い、つまるところ頭脳や勘の優劣ではなく、運の悪さが元凶として彼のなかにあると読んでしまっていた。だが、いまのところ熊吾の片腕として信頼できるのは久保敏松以外にはいなかった。

そろそろ生活費が底をつくころであろうと思い、

「千代麿に今月の給料を預けとくけん、あしたにでも取りに来りゃあええ」

と熊吾は言い、ひょっとしたら八月の末に長崎へ行くことになるかもしれないとつけくわえた。

「長崎……。あの踊り子さんの件でですか」

と久保は訊《き》いた。

原爆のケロイド治療法についていつまんで説明し、

「長崎はあの子の郷里じゃが、帰りとうない事情がいろいろあるらしい。しかしそんなことで最新の治療を受けけんというのは愚かじゃ。わしが無理矢理つれて行くとなったら、腰をあげるじゃろう」

それまでに少なくともあと二つの中古車業者を会員にさせるのだ、と熊吾は言った。

「悠長なことはやっちょれん。エアー・ブローカーの横槍《よこやり》がこれ以上増えんうちに態勢を整えるんじゃ。この十日ほどが勝負じゃ。お前は日参して阿倍野《あべの》の大崎モータースを口説け。俺は高村商会の親父をその気にさせる」

電話を切ると、千代麿の妻が銭湯から帰って来た。熊吾は久保の給料を封筒に入れ、それを預ってもらった。

「商売はどうじゃ。丸尾運送店も大きいなった。千代麿は働き者じゃし、人に好かれる性格で、仕事ぶりも良心的じゃけん、得意先もどんどん増えようじゃのお」

熊吾は、珍しく社員がひとりもいない事務所で千代麿の妻と二人きりになる機会を得たので、以前から考えていることを遠廻しに話してみる気になったのだった。

店をおこした当初は、夫婦が力を合わせて商売に精を出す以外になかったが、得意先も増え、月々の売り上げも安定し、従業員の数も多くなると、経営者の女房が金庫と帳簿を握っているという状態は、さまざまな障害を生み出すものだと熊吾は思っているのだった。

「船に船頭は二人もいらんぞ」

と熊吾は言った。

「社長の女房っちゅうのは社員にとっては煙たいもんなんじゃ。あんたは若い従業員のお母さんのような存在じゃが、社長が『右』っちゅうとるときに社長の女房が『左』っちゅうと、社員はどうしたらええのかわからんようになる。あんたにはまったくそんな気がのうても、社員が十人以上になると、『社長派』と『社長の奥方派』っちゅう派閥が自然に出来てしまう。そこで小さな精神的こぜり合いが始まる。あんたはもうそろそろ事務を誰かにまかせて、北《きた》の政所《まんどころ》として大奥で鎮座ましましたほうがええとわしは思うんじゃが……」

千代麿の妻は、冷たい麦茶を運んで来て、

「うちの人は、お金の出入りに関しては丼《どんぶり》勘定しかでけしませんさかい……」

と言った。

「安心してまかせられる番頭を養成するんじゃ。いまおる社員にそれだけの器のやつがおらんのなら、よそから探してくりゃあええ。丸尾運送店は、もうそのくらいの力はあると思うが……」

するとと千代麿の妻・ミヨは、じつは夫のことで心配事がひとつあるのだと言った。美恵と熊吾は、ミヨが、城崎の米村喜代《よねむらきよ》と娘の美恵のことに気づいたのかと思った。美恵という幼い女の子は、熊吾が米村喜代に産ませたということになってはいたが、そんな嘘《うそ》がいつまでも千代麿の妻に通用するとは思っていなかった。

「このごろ、うちの人、よう貧血を起こしますねん」

とミヨは言った。

「貧血？」

「へえ、食欲もないから、夏ばてかと思て、四、五日ゆっくり休むようにと言うて、元気のつくものを食べさせたりしたんやけど、食べたものをときどき吐いたりして……」

きのうも仕事から帰って来て、事務所に入るなり壁に両手を突き出して全身を支えたので、どうしたのかと訊くと、眩暈《めまい》がしたという。額には冷や汗とも脂汗《あぶらあせ》ともつかないものを噴き出させ、顔は真っ青で、真夏だというのに手の先が冷たくなっていた……。

「病院へ行けと言うても、大丈夫や、ちょっと働きすぎただけやっちゅうて、行けしませんねん」

「小谷先生のところへあしたつれて行け。どうしてもいやがったら、わしが縄をつけて引っ張って行っちゃる」

あの頑健な男が夏ばて程度でそんなに何度も貧血を起こしたり、食べたものを吐きつづけたりするものか。

熊吾はいやな予感がして、その場で小谷医師に電話をかけた。小谷医師は熊吾の話を聞くと、あす午前中に来院するようにと言い、その際、便も持参してもらいたいとつけくわえた。それを入れる容器は、子供が検便に使うマッチ箱のようなものではなく、できるだけ大きなものがいいという。

「といってバケツに一杯も必要ありません。奥さんが顔に塗るクリームの空壜《あきびん》がいい」

熊吾は電話を切ると、小谷医師の言葉をミヨに伝え、たとえ明朝どんなに大切な仕事が入っていようと、それは従業員にまかせて、どんなにいやがろうが小谷医院に行くようにと言った。

熊吾は千代麿の帰りを待っていたかったが、亀岡での仕事が遅くなれば、帰宅は夜半になるかもしれないと考えた。今夜から二階に世話になるというのに峰山駄菓子店にあまり遅く帰るのは、家主の峰山フキの心証を悪くするであろうとも思った。

丸尾千代麿も、商売上では、熊吾の構想である「関西中古車業会」の旗上げと、その成功を支援する立場にあった。

運送用の大型トラックは乗用車よりもはるかに価格が高く、新車を何台も購入できるのは大手の運送業者に限られている。丸尾運送店の規模では、まだ新車を買えるまでに至っていなくて、貨物輸送用の車種を専門とした中古車業者をあてにするしかないのだが、そこにもエアー・ブローカーの席捲《せっけん》は甚しくて、夏前に買った二台の十トン車のうちの一台は、乗り始めてから故障が多く、修理屋に言わせると「事故車」だという。それも大きな事故であったらしく、普通なら廃車にならざるを得ないのを、部品をつぎはぎ状に組み合わせ、ボンネット内部の塗装も巧妙に誤魔化して売りに出したものらしかった。

千代麿は、それまで取り引きのあった正規の業者がどうしても言い値を譲ろうとしないので、多少感情的にもなって、善良そうなエアー・ブローカーの口車に乗ってしまったことを後悔し、大型輸送車専門の中古車業者も「関西中古車業会」に加入させようと骨を折ってくれている。

その二社は、丸尾さんがそこまで勧めるならと、やっと重い腰をあげかけたばかりだった。

「戦争が終わってからずっと馬車馬のように働きつづけてきたけんのお……。あの殺しても死なんような千代麿にもさすが疲れが出たんじゃろう。ことしの夏の暑さのせいだけやあらせん。戦後十一年間の途轍《とてつ》もない疲れじゃ」

熊吾はそう言ったが、一兵卒として何度も九死に一生を得たという千代麿の肉体は、戦争中においても苛酷《かこく》な状況にさらされつづけてきたのだと思った。

丸尾運送店から福島天神さんの裏へと夜道を歩いて帰りながら、熊吾は「戦争犯罪」という言葉を何度も胸のなかで言った。

東京裁判の際、日本側の弁護団副団長であった清瀬一郎は、国際法上において「戦争は犯罪である」とは一行も記述がないと主張し、故《ゆえ》に「戦争犯罪」という罪状は存在せず「戦争犯罪人」も存在しないので、この東京裁判そのものが無効であると論陣を張る作戦に出た。

それは裁く側の連合軍に一蹴《いっしゅう》されたが、熊吾は清瀬の論法は法律的には筋が通っていて、じつに明解なものだと思ったものだった。

けれどもそれは裁判というもののかけひきにおける作戦としての論法であって、国際法上で「戦争は犯罪である」という条項が書き入れられたとき、初めて世界は全人類的な成熟への第一歩を踏みだすことになるとも考えたりした。

戦争に勝とうが負けようが、戦争を遂行し、何の罪咎《つみとが》もない前途ある無告の民を戦場で死なせた者たちは、誰もがみずから責任を取らなければならない。

勝とうが負けようが、何十万人という兵を死なせ、その何倍もの遺族をこの世に出現させた者たちは、戦争の終結とともにみずからを罰しなければならない。それが軍人というものではないのか……。

「もともとはドン百姓じゃったやつらが下克上で軍人になり、将校や幕僚になりよった瞬間に、日本の未来は決まったようなもんじゃったんじゃ」

橋のたもとに立っていたならず者風の男が近づいて来たが、熊吾は意に介さず、そう口に出して言った。

「明治っちゅう国家の成立も下克上じゃけんのぉ」

男は、遊んでいかないかと声をかけてきた。

「若いべっぴんが揃《そろ》てまっせ」

熊吾は蠅《はえ》を追い払うかのように男の顔の前で手を振って歩調をゆるめず歩きつづけた。

「こらっ、おっさん、なめとんのか」

男は追って来て、熊吾の肩をつかんだが、熊吾とほんの一呼吸睨《にら》み合うと手を離し、路上に唾《つば》を吐いて、橋のたもとへと戻って行った。

翌日の早朝、熊吾は国鉄の福島駅の近くの印刷屋に行き、すべての原稿を渡すと、十六ページの会報のための題字やカット図案を決め、その足で小谷医院へ向かった。

印刷屋での打ち合わせに思いのほか時間がかかり、小谷医院に着いたときには、すでに丸尾千代麿とミヨは帰ったあとだった。

診察室には別の患者がいて、待合室にも二人の患者が診察を待っていたので、熊吾は小谷医師の妻に挨拶《あいさつ》だけして帰りかけた。すると小谷医師の妻は、診察はすぐに終わるだろうから待っていてくれという。

熊吾は靴を脱いで待合室の椅子《いす》に坐《すわ》り、置かれてある新聞を読みながら、患者がすべて帰ってしまうまで待った。

小谷医師が診察室から顔を出し、なかに入るようにと言い、妻に、

「よく冷えた麦茶でもお出ししなさい」

と声をかけた。

「丸尾千代麿さんは、朝一番に奥さんと一緒に来られました」

と小谷医師は言い、自分のところでは手に負えないので阪大病院への紹介状を書いたと告げた。そして熊吾のみぞおちの下あたりを指差し、

「十二指腸に腫《は》れ物があります」

「十二指腸……」

「ここです。これが十二指腸」

小谷医師は壁に貼《は》ってある人体解剖図のところに行き、これが胃、これが膵臓《すいぞう》、これが胆嚢《たんのう》と説明した。

「丸尾さんの便には多量の潜血が認められます。十二指腸からの出血ですな。貧血はそのためです。よくあれで仕事ができるもんですな」

「腫れ物っちゅうと」

と熊吾は訊いた。

「私の診断では、癌《がん》ですね。十二指腸癌。それも相当進行しとります」

阪大病院でも同じ診断が下されると思うので、自分は丸尾さんにも夫人にも病名は告げなかったと小谷医師は言った。

「助かりますか」

と熊吾は訊いた。

「医学的には手遅れです」

阪大病院で詳しい検査をしても所見は同じであろうと小谷医師は言った。

「手遅れっちゅうことは、死ぬっちゅうことですか」

我ながら愚問だとは思いながらも、熊吾は小谷医師を見つめてそう訊いた。

「あそこまで腫瘍《しゅよう》が大きくなると、はたして手術をして腫瘍を摘出すべきかどうか、専門の外科医も躊躇《ちゅうちょ》するでしょう。癌というのは一ヵ所に滞《とど》まっているかぎりは、手術をして取ってしまえば問題はないのですが」

小谷医師はそこで言葉を区切り、とにかく設備の整った病院で早急に診察してもらうようにと本人にも夫人にも強く念を押したが、病名は告げなかったので、松坂さんもそのところはお含み置きいただきたいと言った。

肉親ではない人間に病名を教えるということは、この松坂熊吾を信用してのうえであ

ろうと熊吾は思い、

「私の口からは、小谷先生の言葉はいっさい誰にも喋《しゃべ》りません」

と言った。

「小谷先生の診断どおりじゃとしたら、丸尾千代麿の残り時間は、だいたいどのくらいとお考えですか」

「丸尾さんはまだ四十七歳。若ければ若いほど癌の進行も速いのです。来年の桜の花を見られるかどうか……」

熊吾は小谷医院を辞し、八百屋の店先のバケツに氷片と一緒に入れられてある西瓜《すいか》を見て立ち止まり、ぎらつく太陽をあおいだ。アイスキャンディー売りが鐘を鳴らして通りすぎた。

「きょうが食べごろの西瓜で、わざわざ氷水で朝から冷やしてまんねん。大きいし、よう熟してまっせ」

と八百屋の主人が声をかけた。

「よし、買おう」

熊吾は代金を払い、水の雫《しずく》が垂れる大きな西瓜をナイロンの網に入れて、丸尾運送店へと向かった。

トラックはみな出払っていたが、千代麿は事務所の二階で休んでいた。熊吾は小谷医院に行ったことは隠して、診断の結果を千代麿に訊《き》いた。日に灼《や》けた顔の頬は落ち、白目の部分がわずかに黄色かった。

「十二指腸っちゅうとこに潰瘍《かいよう》ができてるらしいんです。胃潰瘍っちゅうのは聞いたことがおますけど十二指腸潰瘍っちゅうのがあるてなこと初めて聞きました。そこから絶えず血が出てて、そんで貧血が起きてるらしいんです」

薬で治らないくらいに大きな潰瘍だという可能性が高いので、あしたにでも阪大病院へ行くようにと紹介状を書いてくれた、と千代麿は言った。

「つまり、手術をするっちゅうことか」

「まあそれも詳しい検査をしたうえでのことらしいんです」

「ええ夏休みやと思うて、この際、ゆっくり養生することじゃ。働きづめに働きつづけてきたんじゃけん」

「手術って、麻酔をかけたら、ほんまにぜんぜん痛いことはおまへんねんやろか」

と千代麿は言った。

「わしの知り合いで胃を取った男が言うちょった。麻酔をかけ始めて一、二、三とかぞえたころ、ふうっと何にもわからんようになって、次に周りの物音で目を醒《さ》ましたら、手術はもう無事に終わって、病室のベッドのなかじゃったっちゅうて。その間、なーんにも覚えちょらせんそうな」

「そうでっか、そらまたらくなこっちゃがな」

事務所で電話が鳴ったが誰も出ないので、千代麿が立ちあがりかけた。熊吾はそれを制して、階段を降り電話に出た。ちょうど昼休みの時間だったので事務員は昼食を取りに出ているらしい。

自分は留守番の者なので、あとから電話をかけ直すと得意先の者に告げて電話を切ると、千代麿が階段を降りて来て事務所の椅子に坐った。

朝、久保が給料を取りに来て、その際、大将は近々長崎へ行くらしいと話したと伝え、

「長崎までは遠おまっせェ」

と言いながら机の上の時刻表を手に取った。

大阪から長崎へは、急行雲仙《うんぜん》という列車が走っている。その列車は昼の一時に東京駅を出て、その日の夜の十一時に大阪駅に着き、長崎には翌日の午後四時前に到着するのだった。

「大阪からやと十七時間。東京からやったらなんと二十七時間でっせ」

と千代麿は言った。

「大阪発が夜の十一時なら、寝台車もついちょるじゃろう。寝ちょるうちに九州に着きよる」

と熊吾は言って、千代麿に二階で横になっているようにと勧めた。いかに経験豊かな

小谷医師といえども、まだ千代麿の腹のなかを実際に見たわけではない。たとえ間違いなく癌であったとしても確実に死ぬとは決まったわけではない。手術をして患部を見たら、癌ではなく単なる大きな腫れ物であったということも有り得る……。

来年の桜の花を見られるかどうかだと？　千代麿はまだ四十七歳だぞ。貧しい家に育ち、酒乱の父に悩まされ、ろくに学校にも行けず、六年も兵隊に徴《と》られて何度も生死の淵《ふち》をくぐり、命からがら復員してきて、いまやっとこれまでの苦労が報われ始めた善良な男が、為《な》す術《すべ》もなく癌ごときに殺されていくというのか……。

熊吾は時刻表の細かい数字に視線を向けながら、大声で叫びだしたいような衝動に駆られた。

和田茂十も直腸癌で死んだ。生きていれば大きな仕事をしたであろう。世のため人のためにならないやつにかぎって長生きをして、災いを撒《ま》き散らす……。

「天道、是か非か……」

熊吾は「史記」における司馬遷《しばせん》の言葉を、悲痛な絶叫のように感じながら、思わず口にした。

「天丼《てんどん》でっか？　天丼やったら、佐々屋食堂が出前してくれまっせ。あそこの天丼はうまい。うまいけど、ちょっと高い」

と千代麿は言った。

「そうなんじゃ。わしはいま昼飯を天丼にするかどうか迷うちょったんじゃ。天丼を食うべきか否《いな》か。天丼、是か非か……」

抑えても抑え切れないおかしさが腹の底からこみあげてきて、熊吾は笑いつづけた。

西条あけみこと森井博美の引退興行は、支配人たちの目論見《もくろみ》どおりには運ばず、九月の半ばから五日間という日程に変更されたので、熊吾は半ば強制的に博美に旅支度を急がせ、八月二十日に長崎へと向かった。

大阪駅から夜の十一時に発車する急行雲仙は、すでに東京から十時間かかって大阪駅に着いていて、おおかたの客は降りたが、西へ向かうあらたな乗客と、すでに長旅で疲れきった表情の乗客たちとで混雑していた。

熊吾も博美も、寝台車の切符を取れたので、駅近くの洋食屋で食事をとり、発車十分前にプラットホームに着いて、車輛《しゃりょう》の窓という窓をあけている列車に乗った。

長い髪でこめかみの火傷《やけど》跡を隠し、麦藁《むぎわら》で編んだつばの広い帽子を斜めにかぶった森井博美は、それで側頭部を覆《おお》って、どう見ても素人《しろうと》とは思えない厚化粧を施していたが、彫りの深い美貌《びぼう》はかえって映えて、蒸し暑い車内で天井の扇風機からの風だけで涼をとるしかない汗まみれの乗客たちの視線をあびつづけた。

寝台車の三段ベッドの一番下に並んで腰かけると、熊吾は、扇子で自分の首から胸元へと風を送りながら、小型時刻表をひらいた。

神戸、姫路、岡山、広島、下関、門司《もじ》、小倉、折尾、博多、鳥栖《とす》、肥前山口、長崎と、距離のわりには停車する駅は少なかったが、長崎に着くのはあしたの十五時五十五分で、十七時間もの長旅となる。

熊吾は自分の着換えや洗面具を入れた鞄《かばん》を真ん中の段の自分の寝台に置き、かぶっていたパナマ帽を取った。

「帽子かぶっとき。よう似合うのに……。クラーク・ゲーブルみたいや」

と博美は言い、窓から半身を突き出すと、駅弁売りに茶を二つ売ってくれと声をかけた。

「クラーク・ゲーブルか……。前にもどこかでそう言われたことがある。アメリカの映画俳優じゃそうじゃが、喜劇役者やあるまいのお」

「西部劇によう出る二枚目やんか。知らんのん？　口髭《くちひげ》がよう似合う苦みばしったええ男や」

と博美は言い、大阪駅の売店で買ったドロップの箱とチョコレート、それに梨《なし》を三個出した。

発車間際《まぎわ》に、自分の背中よりも大きな四角い箱を茶色の風呂敷《ふろしき》で包んで、それを背負った小柄な男と、度の強い眼鏡をかけた勤め人風の男が、一メートルほどしか離れていない向かい側の寝台に入り、荷物を置くと、通路で煙草《たばこ》を吸った。

「あいつは、いびきをかくぞ。そんな顔をしちょる」

行商人風の小柄な男に目をやり、熊吾は博美の耳元でささやいた。

寝台車に乗るのはこれが三度目だが、これまで一度も眠れたことはないのだと博美は言った。

「カーテン閉めたら、扇風機の風がけえへんし、カーテンをあけたままでは女は寝られへんし……。私、一睡もでけへん覚悟をしてきたから、誰がどんないびきをかいても平気やわ」

列車が動きだすと、熊吾はパナマ帽を取って、それを自分の横に置いた。それは昭和十七年の誕生日に、房江が贈ってくれたもので、神戸の老舗《しにせ》の帽子専門店では最も高価なイギリス製だった。

房江からは、おとといの夜、お金を送ってほしいという電話がかかってきた。六月に渡した金で母と子二人は九月一杯は生活できると見込んでいたので、熊吾が理由を訊くと、高瀬勇次に泣きつかれて五万円用立てたのだという。

ゴム塗り軍手製造に必要なゴムの値段が高騰《こうとう》し、それに加えて、豊川町の作業場では手狭すぎることがわかり、高瀬一家は稲荷元町というところに引っ越したのだった。

木型にはめてゴムを塗った軍手は、鈑金《ばんきん》塗装用に使う大型ランプの熱で乾かさねばならない。人為的に乾燥させなければ、完全にゴムが乾くまで十日近くかかる。それでは余りに効率が悪くて約束の納期を守れないらしい。強い電灯の熱で乾燥させるための場所が必須《ひっす》なのだが、豊川町の作業場にはそのための空間がどうしても確保できないのだ……。

房江はそう説明した。

他に親しい知人がいない富山にあっては、房江としても高瀬勇次の頼みを断わりきれなかったのであろうと熊吾は理解したが、熊吾の仕事においてもここ三、四日で予期しなかった出費がつづいて、房江を安心させるだけの金額を送ってやることはできなかった。博美の治療費にいったい幾らかかるのか見当もつかなかったので、長崎行きを直前にして、熊吾は妻に彼らしくない嘘《うそ》をつかねばならなかった。

中古車の展示会用の土地を借りるために予想外の前金を支払わねばならなかった、と。

熊吾が自分の妻に対して金のことで嘘をついたのは、なにもこれが初めてではない。だが、嘘をついて生活費を送らなかったのは初めてであった。

博美の治療費のことがなければ、房江と伸仁が半年ほど安心して暮らせるだけの金は送ってやれるのに、熊吾は妻子の生活よりも、森井博美という女の治療費を優先させてしまったのだった。

熊吾は、速度をあげた夜行列車の寝台に腰かけてドロップを舐《な》めている博美の、火傷をしなかったほうの顔を見つめた。金ラメのバタフライから伸びていた長い脚と、そこにも薄い化粧をしているのだという形のいい弾《はじ》けるような乳房が、赤や紫の照明を浴びて揺れているさまが浮かんだ。

千代麿も久保もとうに見抜いてはいるが口にしないだけなのだと熊吾は思った。大さも男気と責任感と同情心で、博美の火傷跡の治療に手を貸すふりをしているが、大将、あの女に惚《ほ》れてしまって、深い関係になるのは時間の問題だな、と。

車輛の窓はすべてあいていて、列車はさらに速度をあげたのに、車内はいっこうに涼しくならなかった。

熊吾は通路に行き、窓から夜景に見入りながら煙草を吸った。阪神間の山手の住宅街の明かりが見え始めた。

もうすぐ、芦屋を過ぎ、御影の急な坂道に建つ家々の灯が見えるであろう。伸仁が生まれた地だ。

熊吾は、ふと房江の幼少時からの不幸を思い、それでもなお房江が己を卑下する心も持たず、他人への根深い憎悪《ぞうお》の感情も抱かず成人し、思いやりとか勤労の精神に貫かれた女であることをありがたく感じた。

自分もまた横着で我儘《わがまま》な人間ではあるが、他者を憎んだり、その幸運や幸福を妬《ねた》む心は持っていない。

海老原太一も「わうどう」の伊佐男も、すでに彼らの父や母、あるいはそのまた父や母も、ふるさとでは周りから蔑《さげす》まれることの多かった人間だった。

蔑まれた理由のすべてを知っているわけではないが、自分が覚えているかぎりでは、単に貧しいとか学問がないとか周囲の掟《おきて》に反する行為をするとかといった具体的な何かがあったわけではないような気がする。

それなのになぜか太一の父も母も、そのまた父と母も、わうどうの伊佐男の両親も祖父母も、周囲から疎《うと》んじられる存在で、村八分とまではいかないまでも、それに近い状況に置かれたことが幾度かあった。

何が嫌われたのか、自分にはよくわからない。だが、周囲の人々の口から、どうせ海老原のなんとかは、とか、どうせ増田のなんとかは、とかの言葉がしばしば発せられたことを覚えている。

「こずるいけん」

「嘘つきじゃけん」

「なまけもんじゃけん」

「ひがみ根性やけん」

そのような言葉が、折にふれて、海老原家の者へも増田家の者へも浴びせられていた。

それらの言葉は、陰口として本人たちの耳にも伝わっていて、何かにつけて自分たちは不当な扱いを受け、理由もなく嫌われているという被害者意識を助長し、いっそう彼等の言動を姑息《こそく》にし狷介《けんかい》にする結果となっていった。

彼等の祖父母や父母の心のなかには、長い歳月にわたって、次第に他者への憎悪が培《つちか》われていき、御荘《みしょう》の村の海老原の家も、一本松村の増田の家も、それぞれの村にあって孤立した存在とならざるを得なかった。

海老原家と増田家とは交友はなかったが、近在の者たちから疎まれつづけたという共通点ではどこか通じるものがあった。その何のつながりもない両家の子が、子供のころから異常なまでの他人への憎悪という性癖を持っていたのは偶然ではあるまい。祖父母の内部に培われた憎悪はその子供たちに伝わり、さらに増幅されてまたその子たちに伝わったのだ。心根が見よう見真似《みまね》で自然に伝わったのではない。それは親の言葉遣いや行儀作法が知らぬまに子の言葉遣いや行儀作法として伝染したといった単純な類似ではない。もっと奥深い「血そのもの」として受け継がれたのだ。鼻の形が似るように、顔の輪郭が似るように、背格好が似るように、声や、ちょっとした仕草が似るように、心そのものも似たのだ。

熊吾はそう思った。

車窓から御影の弓木町《ゆみのき》あたりの明かりが見え、それはたちまち消えた。

この俺にも房江にも、人を憎む心はない。だから、伸仁にもそのような心の種子は仕込まれていないにちがいない。

憎悪や怒りの心が、人間のさまざまな病気の原因だと言ったのは、上海《シャンハイ》で知り合った漢方医だった。あの医者の名は覚えている。廖《りょう》慶元だ。当時七十八歳だった。廖大老と呼ばれていて、多くの人々から尊敬されていた。

彼は、病人に漢方薬を調合する際、必ずその人間の生い立ちを訊《き》いた。それも時間をかけて少しずつ幼いころからの思い出話を語らせた。

五十前後の分別のある男が、泣きながら自分の母に愛されなかった少年時の話を突然始めたとき、俺は待合室に坐《すわ》っていることができなくて、入り組んだ集合住宅の細い通路から表通りへと出たものだ。

上海で知り合った日本人の貿易業者は肝臓が悪く、仕事が終わっても日本には帰らず、廖大老の調合する漢方薬を使って療養するために滞在していた。その男を通じて廖慶元と知遇を得て、ときおり上等の茶を買って廖大老と一緒に飲むために彼の店に遊びに行ったもんだったな……。

俺は片言の中国語、廖大老は片言の日本語。それでもなんとかお互いの意は通じ合うことができた……。

熊吾は、八十歳に近かった廖大老の肉づきのいい頰を思い浮かべ、彼がなぜあれだけ気長に、重病人の口から幼少時の眠っている思い出を語らせることを重視したのかがわかったような気がした。

自分でも意識しない埋没した過去の出来事のなかに、その人の病気の根元の因《もと》がひそんでいる。それは主に「憎しみ」や「怒り」としてその人のなかで知らず知らずのうちに病を形成していくのだ。

もし房江が何か大きな病気にかかってあの廖大老を訪ねたら、廖大老はどうやって房江に過去を語らせるであろう。

房江は気位が高いから、親の縁に恵まれず幼いころから働かねばならなかったといった程度のうわっつらのことしか口にはしないであろう。だが次第に自分でも気づいていない心の深部を解くときが来たら、房江は何を語ることであろう……。

俺はどうだろうか……。

「わしは能天気じゃけんのお」

と熊吾は二本目の煙草に火をつけてつぶやいた。

「わしは親父《おやじ》には似ちょらんのお……。お袋にも似ちょらせん。誰に似たのかのお」

熊吾は、父・亀造のことを思い浮かべた。

おとなになってから、それも妻を得て、最初の子を三歳で亡《な》くしたころから、亀造は温厚になり、大事なこと以外は口にしない人間になったと村の長老が語ったことがある。

亀造は子供のころは剽軽《ひょうきん》な子だった、と。人を笑わせることが上手で、ゆっくりと歩いている亀造を見たやつはいない。いつも走っている子だった、と。

熊吾は、ひょっとしたら、伸仁は父ではなく祖父に似たのではないかという気がした。その思いのなかには、こんなに横着で我儘な自分によりも、あの温厚な松坂亀造に似てくれたほうがいいのにという願いもあった。「春風のような」という言い方があるが、自分が記憶している父は、まさしく春風のような男であった。伸仁も、そのような人間になってもらいたいものだ……。

列車は神戸を過ぎ、次の停車駅の姫路へと速度をあげた。神戸でも多くの客の乗降があり、寝台車の三段の狭いベッドの空席はすべて埋まってしまった。

最初にいびきをかき始めたのは、行商人風の男ではなく、若くて律儀《りちぎ》そうな男だったので、博美はむいた梨を熊吾に手渡しながら、目だけで笑った。

「姫路には何時に着くのん？」

と博美は訊いた。

熊吾は時刻表をひらき、

「零時五十一分じゃ」

と言った。

「岡山には二時三十分。広島には六時ちょうどに着く」

「岡山から広島までが長いんやなァ」

そう言って、博美は、長崎には帰りたくなかったのだと視線を窓外に注ぎながらつぶやいた。

「義理の親父さんに逢《あ》わにゃあいけんわけでもない。親戚《しんせき》や友だちと逢うこともない。病院で診察してもろうて、その結果次第では、すぐに大阪へトンボ返りするかもしれん。なんぼ帰りとうないと思うちょっても、生れ育ったふるさとっちゅうのは格別のもんがある」

と熊吾は言った。

「私のお母ちゃん、なんであんな陰気な男と再婚したんやろ……」

「娘二人を育てるためじゃろう」

「女は結婚する以外に生きる道がないんやろか……。私は一生結婚なんかしとうないわ」

「生きていくだけの収入を得る仕事さえあれば、女も自分の力で生きていけるじゃろうが……。なんで一生結婚しとうないんじゃ」

「つまらん男ばっかり見てきたから」

踊り子のなかには、好きな男ができて、この世界から足を洗って結婚した者もたくさんいるが、うまくいった例はないのだと博美は言った。

「自分はストリッパーとは違う。きれいな体を見せて踊るダンサーやって、みんな思てるねんけど、劇場の格の差だけで、舞台でやってることは所詮《しょせん》裸を見せることやねん。そんな女と結婚しようなんて男に、ろくなもんはいてへん」

「ストリップっちゅうのは、わしはいっぺんどこかの温泉地で観《み》たことがあるだけじゃが、お前のおったミュージック・ホールとは比べ物にはならん。フランスには、なんとかっちゅう有名な劇場があって、そこもお前のおったミュージック・ホールと似た趣向らしいが、それぞれ立派なダンサーとして社会的に認められちょるっちゅう記事を新聞で読んだ」

熊吾はそう言いながら、自分の言葉がいまの博美にはかえって酷なものであったと気づき、眠れなくてもベッドに横になったらどうかと勧めた。

「私の知り合いの踊り子の亭主はなァ……」

と博美は最下段のベッドに横になりながら言った。

「結婚して一年もたつと、ねちねちと女房をいじめ始めるねん」

「何をどういじめるんじゃ」

「自分の女房が結婚前に、ぎょうさんの男に裸を見せてきたことを。あんな商売してたんやから、どうせぎょうさんの男と寝たのに決まってる。何人くらいの男と寝たんやって、しつこう詮索しだすねん。十人のうち九人が……」

熊吾は梨《なし》を食べ終わると茶を飲み、大阪駅で買ったウィスキーの小壜《こびん》を出した。

長崎には帰りたくなかったが、一ヵ所だけ行きたい場所があるのだと博美は言った。

「長崎でか？」

「うん。家の近くやねん。ロシア人墓地」

家の近くに教会があって、その周辺には外国人墓地がある。長崎に居住して長崎で死に、どういう理由からか祖国ではなく長崎に埋葬された外国人の墓が並んでいる一角にロシア人墓地があるのだと博美は言った。

「原爆で、あの墓地はどうなってしもたやろ……。墓地が失《な》くなってしまうなんてこと、あるやろか……」

「さあ、どうなんじゃろう……」

熊吾とて原子爆弾の威力を目《ま》のあたりにしたわけではなかったが、戦後、さまざまな人々の口から伝わってくるのは、たしかにここにあったはずの御影石《みかげいし》の灯籠《とうろう》が一瞬にして熔けて消えたとか、馬車引きの男が馬と荷車とともに霧散したといったすさまじいありさまばかりであった。

そしてそれらの伝聞はいつしか原爆の爆発力そのものではなく、多年にわたって人々や国土にもたらす後遺症の恐しさへと変わっていた。

「なんでロシア人墓地へ行きたいんじゃ」

と熊吾はキャップを盃《さかずき》代わりにしてウィスキーを生《き》のまま飲みながら訊いた。博美はなんだか照れ臭そうな笑みを浮かべただけで、理由は話そうとはしなかった。

長崎は昔から外国交易が行われてきた地だから、長崎で死んだ外国人も多いはずで、本人の意志か、あるいは他の何等かの事情で、遺体や遺骨は祖国に返されず、そのまま長崎で埋葬された人々がいたのであろう。

しかしロシア人墓地に埋葬された者たちは、おそらく交易に従事したのではなく、日露戦争におけるバルチック艦隊に乗っていた兵ではあるまいかと熊吾は思った。

日露戦争は、熊吾が七歳のときの明治三十七年に始まり、翌年の九月に日露講和条約の調印によって終わったが、五月の対馬《つしま》海峡沖での海戦が勝敗のすべてを決したといってもよかった。

降伏したバルチック艦隊のなかで航行可能な軍艦はほとんど長崎県の佐世保港に入港し、そこで負傷兵たちの手当てが行われた。

手当ての効なく死亡した兵も多かったであろうが、生き長らえた兵のほとんどは本国へ帰還したはずだった。

あるいは祖国へ帰ることを望まず、長崎でその後の人生を送った者もいるかもしれない。ロシア人墓地は、そのような人々のために設けられたのかもしれない……。

熊吾はそのような話を博美にしてから、

「わしの生まれ育った愛媛県南宇和郡一本松村は、四国の南西の端っこで、陸の孤島のようなところじゃが、日露戦争の勝利を祝う提灯《ちょうちん》行列は三日も四日もつづいたもんじゃ。なんやらいろんなものが役場からふるまわれて、八つのわしは両手に持ち切れんほどの紅白の餅《もち》を持って、わけがわからんままに提灯行列に加わったもんよ」

と言った。言いながら、熊吾は自分もそのロシア人墓地へ行ってみたくなった。

神戸にも外国人墓地がある。だが長崎のロシア人墓地は、他の外国人墓地とは異なる何かがあるような気がした。

大東亜戦争では、夥《おびただ》しい数の日本兵が南方戦線や北支などで死んだ。捕虜としてシベリアにつれていかれ、凍土と化した者たちも多い。それらの人々は、おそらく埋葬されることなく異国の土中に累々《るいるい》と骸骨《がいこつ》の重なりを作っていることであろう。

だが明治の日本は、敵国の兵の遺骸を手厚く埋葬するという礼節をわきまえていたのだ。

それにしても、日露戦争と大東亜戦争とでは、なんとその意味合いが違っていたことであろう。戦争に必要な費用という単純な算術においてすら、戦争遂行者たちの頭脳の緻密《ちみつ》さにはあまりにも差がありすぎた。

世界の主要国の大半が、政治的にも心情的にも日本に味方した日露戦争と、逆に世界を敵にした大東亜戦争は、同じ国の人間の所業とはにわかには信じ難い。

昭和に入ってからのあの日本帝国陸軍の狂暴さ、粗暴さ、傲慢《ごうまん》さは、思い出すだにへドが出る……。

熊吾は一点の明かりも見えない窓外に視線を向け、粘りつく首筋の汗をハンカチで拭《ふ》きながら、日本が大東亜戦争に突入していった当時の軍人たちの蒙昧《もうまい》さを博美に語ったが、そうしているうちに、中村音吉が自分に言った言葉を思い出した。

――いなか者《もん》の百姓を兵隊にしちゃあいけん。――

音吉はそうつぶやいたあと、こう言ったのだった。

――戦地じゃあ学歴も氏素姓も品性も関係ないんじゃ。兵隊の位と体力だけの世界なんじゃ。なんぼ戦争やっちゅうても、これが人間のすることとやろかと思うようなことをやりよるのは、たいてい、いなか者の百姓出身の兵隊じゃ。若い女を犯して殺すのも、年寄りや子供の首をはねるのも、たいてい、いなか者の百姓出身の兵隊じゃ。なんですかのお。なんで、いなか者の百姓が兵隊に徴《と》られると、あんなえげつない残酷なことを平気でやるようになるんじゃろ……。――

熊吾は、日本帝国陸軍全体が、無教養な百姓と化していたのだと思った。

そのような下克上状態はいつ発生したのか……。

そしてその下克上は、敗戦によってこの日本で再び開始されたのだ……。

「わしもロシア人墓地を見てみたいのぉ」

熊吾が語りかけると、博美は眠ってしまっていた。

列車が岡山駅に停車したとき、熊吾は駅弁売りから茶を三つ買った。夜中の二時半であった。

大きないびきをかいていた若い勤め人風の律儀そうな男が起きて来て、慌《あわ》てて茶を買い求め、通路でそれを飲みながら煙草《たばこ》を吸おうとポケットをさぐった。ズボンのポケットから出てきた煙草の箱は空だった。

熊吾は自分のピースの箱を差し出し、一本いかがと勧めた。そろそろ眠りにつきたかったので、この大いびきの主を完全に覚醒《かくせい》させて再びいびきをたてさせないためには、煙草を吸わせるのが効果的であろうと計算したのだった。

「いや、これは、ありがたいです。ピースなんて上等は吸ったことがありません」

男は恐縮しながらも、ピースを一本抜き取って火をつけた。

「お仕事ですか」

と熊吾は訊《き》いた。

「はい、出張で大阪へ行っておりました」

「どちらまでお帰りですか？」

「長崎です」

男は月に一度大阪出張があって、そのときにはいつもこの急行雲仙を使うのだと言った。

「原爆が落とされたとき、あなたは長崎にいらしたのですか？」

「ええ。でも私はまだ十五歳でして、諫早《いさはや》におりました」

と男はうまそうに煙草の煙を胸に吸い込んでから言った。

「諫早も被害を受けましたか？」

「いえ、長崎の中心部にそんなとんでもない爆弾が落ちたなんてことは気づきませんでした。あくる日の朝、黒い雲が流れてきまして、あとになって、あれが死の灰だったのかなと、ぞっとしましたが」

それから男は、原爆投下のあと百年間は草木も生えないと教えられたが、ことし自分の勤める会社の近くでは、紫陽花《あじさい》がきれいに咲いていたと言った。

「近くの小川にはメダカがたくさん泳いでます。被爆した上司に言わせると、原爆の翌年にもメダカが泳いでるのを見たそうです」

その上司は、自分もメダカになりたいと思いながら泣いたという。

熊吾は、長崎市内にいい宿はないかと訊いた。

「女をつれこむようなところではない宿ということです」

男は、取引先の人間が長崎に出張してくると必ず泊まる宿があると言った。

「駅から近いですし……。部屋は狭いですが、良心的です」

熊吾は、宿の名を手帳に書き写すために鞄《かばん》のなかをさぐった。手帳と一緒に伸仁からの手紙が出てきた。峰山駄菓子店に今朝配達されたのだが、峰山フキはそれを店のガラスケースの横に置いてしまって、夜、熊吾が出かける間際《まぎわ》まで忘れていたのだった。

熊吾は、男にもう二本ピースを渡し、三段ベッドの真ん中に入ると、ズボンと靴下を脱ぎ、あお向けになったまま、手紙の封をあけた。

――前略。お父さんお元気ですか。ぼくも元気です。ツベルクリンがいんせいだったので、学校のプールにはいってはいけないと先生にいわれました。BCGをうったからです。だからプールの日はまい日見学しています。立山にはいつつれて行ってくれますか。早くしないと立山はさむくなってしまいます。おしごとがうまくいきますようにとお母さんが言っています。ぼくもお父さんに早くあいたいです。――

「なんちゅう下手な字じゃ」

熊吾は鉛筆で書かれた、字の大きさの不揃《ふぞろ》いな、消しゴムで紙が破れるほどに何度も消したであろうと推測される伸仁からの手紙の文字を見て、そうつぶやいた。

「これが小学校四年生にもなったやつの字か……」

つい一年ほど前まで左手で字を書いていたのを右手で書くようにとうるさく言われて、やっと意識せずとも自然に右手で鉛筆を握れるまでになったのだから、このひどい字も致し方のないところであろう……。

熊吾は自分にそう言い聞かせて、何度も伸仁が書いた文章を読んだ。そうしているうちに、伸仁から手紙を貰《もら》ったのは、これが初めてであることに気づき、熊吾は手紙が折れたり皺《しわ》になったりしないように丁寧に鞄のなかにしまった。

——うまくいけば、偉大な芸術家になる。

通りがかりの八卦見《はっけみ》が伸仁について下した占いを思い出し、熊吾は窮屈な寝台車のベッドにあお向けになり笑みを浮かべた。

あの易者は、房江についても、

「晩年は幸福な生活が訪れます」

と言った。

見料を取っての占いだから、悪い卦《け》が出ていてもあからさまに「あんたの未来は悲惨だ」とは言えないであろう。金を払って占ってもらう者を喜ばせるために使うものといえば、家内安全であり、探し物はみつかり、病気は治り、長命で、商売は発展し、悩みは解決するというお定まりの言葉であって、易者はそれをうまく取り混ぜて、「しばらく不如意《ふにょい》な時代はあっても」とかなんとかの前置きを並べるものだ。

だがあの易者は、ただ結果だけを言った。その言い方のどこにも躊躇《ちゅうちょ》というものがなかった。それもまた易者の手だといってしまえばそれまでだが、決して嘘《うそ》は述べないとはいえないものの、どこかしら真摯《しんし》な立居振る舞いが、自分のたてる易というものへの自信をあらわしていたような気がする。

あの夜は、船津橋の畔《ほとり》の家であり、いまは長崎へ向かう夜の寝台車のなかだが、息をするのも億劫《おっくう》なほどの蒸し暑さと気温のせいだけではない重いけだるさとは似ている。人間を意気消沈させる倦怠《けんたい》の元凶が蔓延《まんえん》している夜といえばいいのか……。

熊吾は、車輪がレールとレールのつなぎめを通るたびに生じる音と揺れが、とりわけ烈《はげ》しいように感じて、再び通路に出ると、茶を飲み、煙草を吸った。さっきの若い男が閉めたのか、熊吾が立っているところの窓だけが、下の五センチほどだけをあけて、熊吾を映す鏡となっていた。車窓のガラスは汚れていて、誰かが窓から捨てた茶のようなものが幾条かの縦縞《たてじま》となって乾いていた。

熊吾は、満州での幾日もつづいた野戦で、自分のすぐ近くにいた将校が、乗っていた馬もろとも瞬時にして消失した光景をふいに思い浮かべた。

大砲の弾が少し左へと曲がりながら飛んで来たのが見えて、熊吾は咄嗟《とっさ》に体を地面に伏せながら、その将校に何か叫んだ。だが、その瞬間には、将校も馬も大砲の弾の直撃を受けて、異様な色彩の粉末、もしくは霧と化して消えたのだった。

あとには何も残らなかった。肉片も骨も、軍服のわずかな切れ端も、馬の背の鞍《くら》もアブミも……。

ひとりの人間と一頭の馬は、零下二〇度の満州の原野で忽然《こつぜん》と消えていた。

敵が撃った大砲は、狙《ねら》いを定めていたのではなく、いわば惰性で放った気まぐれな一発にすぎない。その大砲の弾が飛来するまでと、飛来して以後は、ただの一発も撃ってこなかったし、馬上の将校を狙う必要もない状況だった。無秩序でやみくもな砲撃は、どれも距離が遠すぎて、自陣の三百メートル先に着弾を繰り返して、後退していた。熊吾は、将校の残骸を捜して、周辺を走り廻った。想像を絶して後方に飛ばされたのかと、一キロ近くもうしろに走って行きながら、凍土の上に目を凝らしつづけた。けれども、指一本、皮膚の断片すらみつけることはできなかった。こっぱみじんという表現を超えて、その将校と馬の肉体は、零下二〇度の満州の空中に粉状に、もしくは霧状に散り、その微細な悉《ことごと》くは、風に流されていずこともなく消えた……。

その後、しばしば、熊吾はわずかに左に曲がりながら飛んで来た大砲の弾がすさまじい勢いで回転していたさまを思い出したものだった。もしあれが前方七、八百メートルあたりから左に曲がらなかったら、自分の体を直撃していたことであろう。自分と馬上の将校とは十メートルも離れてはいなかったのだ。いや、五メートルの間隔があったかどうかもわからない。

そしてもしあの大砲の弾が自分を直撃していたら、同じように、粉状になり、霧状になって、まるで手品のごとく、跡形もなく消えたのであろう……。

熊吾は、将校と馬の肉体の、なんだか狐《きつね》につままれたような、見事といってもいい完《かん》璧《ぺき》な消失の仕方を長く忘れることができなかった。

しかし、足に重傷を負って日本に帰還し、やがて敗戦を迎えたころには、それ自体が夢のように不思議で、なおかつ遠い記憶として熊吾のなかからも消えて行ってしまって、きょうまで思い出すこともなかったのだった。

「伸仁は偉大な芸術家になり、房江は晩年は幸福な生活をおくるのか……」

熊吾は車窓のガラスに映っている自分を見つめながらつぶやいた。

「わしは働き甲斐《がい》があるというもんじゃ」

だが、自分は確かに時代に乗り遅れた。というよりも、自分でその流れからおりたといったほうが正しいかもしれない。

松坂商会を閉めたとき、自分は一旦《いったん》その流れからみずからおりたのだ。ちょうどあの頃が、戦後の混乱期を吉とするか凶とするかの境目だった。商才と体力と度胸があれば、なんでも出来た時代だ。そして自分にはその三つの条件が充分に備わってもいた……。

熊吾は、不運は不運として、きれいさっぱり忘れ、とにもかくにも関西中古車業会を成功させなければならないと思った。これだけは石にかじりついてもやり遂げなければならない。

いつまでも房江と伸仁を富山に放りっぱなしにしてはおけない。伸仁が小学校を卒業し、中学校にあがるのは、もうそんなに先のことではない。あの子は、断じて日本の公立中学や公立高校に行かせてはならない。私学の、中学高校とつながっている学校に通わさねばならない。そのためには、公立校よりもはるかに金がかかるであろう。日本の公立中学や高校は、子供を駄目にする。豪傑を決して育てないシステムがすでに出来あがりつつある。滋味のない、画一的な、日教組の教師に気にいられる子供ばかりが学ぶところに、伸仁を入れてはならない……。

熊吾のその考えは、他のいかなる者に否定され揶揄《やゆ》されようとも不動なのだった。

思春期というものがいかに大切な時代であるかに思いを致すとき、熊吾は、中学での受験勉強に強い異を唱えたくなる。思春期には美しくて品があって楽しいものに触れなくてはならない。優れた小説や音楽や絵画などの、心に滋養を養うものに触れ、少年らしい冒険に時を忘れ、花のような少女に片思いをし……。

そのような一生に一度あるだけの神秘的な年代を、自分たちが扱いやすい生徒だけを良しとするクソ教師の作った試験を解くための勉強で浪費させてはならない。とりわけ伸仁には、それは百害あって一利なしだ……。

熊吾はそう思っていた。

煙草を吸い、それを持つ手の小指で熊吾は自分の目の下を掻《か》いた。車窓のガラスに煙草の火が映った。その小さな火の点は、目の下に滲《にじ》み出た血の玉に見えた。

熊吾は、長いこと目の下に血が噴き出ているかのような自分の顔を見つめた。これと同じ顔を見たことがあるなと熊吾は思った。

あれはいつだったろう……。伸仁が生まれた翌々年、昭和二十四年の正月に、高麗橋の仕舞屋《しもたや》に囲っていた元新橋芸者・春菊と昼間の交わりのあと、何かに腹を立てて猪口《ちょこ》を膳《ぜん》に叩《たた》きつけた。その破片が目の下に当たって小さく切れ、血が少し流れた。血は頬を伝って唇の横まで赤い線を引いた。

それを見た春菊こと園田美根子はこう言ったのだった。

――私なんか、どうだっていいのよ。でも、あなたは、しあわせな人生をおくらなきゃいけないわ。いまみたいにお人好《よ》しだったら、いつかきっと血の涙を流すわよ。松坂熊吾は、頭が良すぎて気風《きっぷ》も良すぎるわ。心根も優しすぎる。いつかきっと詐欺師《さぎし》に利用されて乞食《こじき》になるわ。――

「血の涙を流すわよ」

熊吾は、美根子の口調を真似《まね》てそうつぶやき、もう一度煙草を吸って、その火を目の下に近づけ、車窓のガラスに映っている自分の顔を見つめた。

広島駅で降りようか。熊吾はそう思った。西条あけみの火傷《やけど》の跡が、皮膚の移植手術によって完全に消えてしまうとは思えない。医学は自分などが思いも寄らぬほどに進歩をつづけているであろうが、火傷のケロイドを剝《は》がして、そこに別の場所の皮膚を移す手術は、まだ実験段階にある程度で、だからこそ欧米の医者は、広島や長崎の原爆被爆者を移植手術の対象としたのに違いない。

マッチ・ポンプという言葉があるそうだが、彼等がやっていることはまさしくそれではないのか。

自分たちが落とした原爆で火傷を負い、ひどいケロイド状になった皮膚を、最新の欧米医学の粋を結集して治療する。敵国人だった黄色い猿どもを使って人体実験をしているといっても過言ではあるまい……。

西条あけみの火傷でいま早急に治療しなければならないのは、肉に食い込んでしまったセルロイドを除去することなのだ。それだけなら、なにもわざわざ長崎大学の附属病院に行くまでもない。大阪の設備の整った病院でも可能なのだ。

長崎に行って何日か旅館に滞在すれば、西条あけみこと森井博美と自分とは、あと戻りできない関係になってしまう。

若いころから女遊びは数限りがない。房江と結婚してからでも、愛人を囲ったことは何度もある。房江に対しての良心の呵責《かしやく》はあったが、どの女にも所詮《しよせん》はその若い体を求めただけで、精神的な深入りというものはいっさいなかった。だが、博美と男女のつながりになれば、これまでの女とはまったく異質な関係が生じて、それが自分にとって大きな重荷となってのしかかってきそうな気がする。

それは俺にいま潤沢な経済力がないからだ。

男の、女への度量というものは、経済力があってこそ発揮される。甲斐性もないのに女房に内緒で女なんか作ると、男は思いも寄らない嫉妬《しっと》や猜疑心《さいぎしん》の蟻《あり》地獄へと入りこんでしまって、目も当てられないほどの姑息《こそく》で卑屈な行動をとってしまうのだ。俺は、そんな例をいったいどれほど見てきたことであろう……。

いま自分の鞄のなかにある現金は、新しい事業のためには極めて重要なものだ。だが、長崎へ行けば、博美の治療でそのほとんどは使ってしまうはめになるだろう。広島で降りたほうがいい。広島駅には朝の六時に着く。そこから大阪に引き返して、博美の顔に食い込んだセルロイドの塊を除去する手術を急ぐのだ……。舞台に立てなくなったヌード・ダンサーの今後のことと、妻と子の生活とを天秤《てんびん》にかけたつもりはないが、一時的にせよ、とにもかくにも俺は助平心を剛毅《ごうき》な男気にすり替えて、長崎行きの寝台車に乗った……。

「そんなことやけん、台風で全財産を失うようなへまをしでかすんじゃ」

熊吾は煙草《たばこ》を消し、自分の寝台に戻った。午前三時半だった。通路に落ちていた新聞のチラシが風にあおられて天井で廻っている扇風機にひっかかり、うるさく音をたてた。

少しまどろみ、喉《のど》の渇きで目を醒《さ》ますと夜が明け始めていて、遠くに瀬戸の海が見え、小さな漁村ではもう多くの人間が働きだしていた。

広島駅にはまだ四十分ほどかかりそうだったが、熊吾は便所へ行くと、もう半分以上の乗客が起きている車輛《しゃりょう》へと戻り、博美の寝台のカーテンをそっとめくった。

博美は目をあけて熊吾を見つめ、

「長崎へ行くのん、いやになってきたんやろ？」

と言って微笑《ほほえ》んだ。

「なんでそう思うんじゃ。たしかにまだあと十時間以上もかかるのかと思うと、ぞっとするがのお」

と熊吾は言い、ただ苦いだけの、渋味の強い茶を飲んだ。

「長崎に行ったら、つらいことばっかりが始まりそうやって、心配になってきたやろ？」

熊吾は、あるいは博美も、ほとんど寝られないまま、自分とよく似たことに思いをはせていたのかと思った。

博美はあお向けになったまま、

「私、松坂熊吾さんを不幸な目には遭わせへん」

と言った。

「そやから、私が何か手に職をつけて、自分で生きていけるようになるまで、私から離れていかんとってほしいねん」

さらに博美は何か言おうとして目を天井のあちこちに向け、口を開きかけては閉じ、

そのたびに溜息《ためいき》をついたり、意味のない笑みを浮かべたりしてから、

「自分の思てることを上手に言えそうにないわ」

とつぶやいた。

「ノブちゃん、毎日、魚釣りしてるんやろか」

博美は起きあがると髪を梳《す》き、帽子を深くかぶって、朝焼けの瀬戸の海に目をやった。

「ノブちゃんはお母さんに似てるんやろ？　千代麿さんが、生き写しやって言うてはった。そやから、私のなかでは、松坂熊吾って人の奥さんの顔が出来あがってしもてるねん」

あの子はおもしろい子だ、と博美は言った。

「デパートで買物をしてたら、偶然、ノブちゃんに逢《お》うてん。ちょうど一年くらい前かなァ。ランドセルしょってたから、学校が退《ひ》けたあと、ひとりでデパートをうろうろしてやったんや」

女性の下着売り場で何をしているのだろうと思っていると、ランドセルを降ろして、ふいに床に腹這《はらば》いになった。売り場の女が、何かを買うのでなければ、こんなところでうろうろせずにさっさと家に帰れという意味の言葉を伸仁に言った。

だが伸仁は、女を無視して、腹這いになったままガラスケースの下にもぐり込んだ。何かの大売り出しの最中で、しかも土曜日だったので、売り場は女客で混雑していた。

近くで、若い母親が、伸仁よりも年少と思える娘を叱《しか》っていた。どうやらその幼い娘は母親に小さなミドリガメを買ってもらったのだが、ビニール袋に入れられていたおとなの親指の先ほどの大きさのミドリガメを床に落としてしまったらしい。

ミドリガメは、混雑している下着売り場を斜めに這って行き、幸運にも誰の足に踏みつけられることなくガラスケースの下に入り込んでしまった。

それを伸仁がみつけてやろうとしていたのだった。

博美は、だいたいの事情がわかって、伸仁の名を呼びながら、ガラスケースの下をのぞき込んだが、伸仁はどこにもいない。客たちや店員たちの脚ばかりで、ミドリガメも伸仁もみつからない。

すると、その場所から遠く離れた寝具売り場から、

「みつけたァ！」

という大きな声が聞こえ、つかんだミドリガメを片手で高々と掲げて、泣いている幼い娘に向かって飛びはねる伸仁の姿が見えた。

伸仁は人混みをかきわけて走って来て、女の子にミドリガメを手渡し、

「ちりめんじゃこを食べさしたら、すぐにおっきなるでェ」

と言ってエレベーターのほうへと走って行った……。

「ランドセル、売り場の床に置きっぱなしで……」

と言って博美は笑った。

自分はあの子の知り合いなのでと売り場の店員に言い、ランドセルを持って追いかけようとした博美に、女店員は言った。

「ノブちゃん、すぐに戻って来ます。おもちゃ売り場に行ったんですやろ」

熊吾はあきれながらも笑った。

「ノブちゃんて、あの大きなデパートでも、顔やねん」

そして博美は、長崎の病院に行ってても自分のこめかみの火傷跡は治るとは思えない、ただ、長崎に帰るのはこれが最後だという気がするので、ロシア人墓地にだけは行きたいのだと言った。

「そのお墓の人、私のひいおじいちゃんやねん」

「ひいおじいちゃん？　お前のお父さんのお父さんのそのまたお父さんは、ロシア人か……」

博美は首を横に振り、

「私のお母ちゃんのお母ちゃんのお父ちゃんらしいねん」

と言った。

「らしい……？」

車窓から見えていた瀬戸内海は小さな山と農家の集落に遮られたが、朝日は昇りつづけて、耐え難い熱気を車輛にもたらし始めた。

大阪出張から長崎へ帰るという若い男が起きてきて、熊吾に煙草の礼を言った。熊吾の上の寝台にいた男も細い梯子《はしご》を伝って降り、通路で体操を始めた。

――松坂熊吾を不幸にはさせない。

その言葉のあとに、博美が伸仁について語ったのは、彼女なりの強い誓いをほのめかせようとしたのであろう。

熊吾はそう解釈したが、広島駅で降りようという考えがそれで翻《ひるがえ》ったわけではなかった。

「お前は、わしを不幸にせんと言うたが、わしはお前を不幸にするぞ。幸福にしてやりたいが、わしにはお前よりも大切な妻子がある。それに、わしはいま金に困っちょる。新しい商売につぎ込まにゃあいけん金は次から次へと出て来て、ここから先は借金まみれになるしかない。しかし汽車は走り出してしもうて、もう止められん。広島で降りて大阪へ引っ返したほうがお互いのためじゃ。冷静に考えたら、どんな馬鹿《ばか》にでもそういう結論が出る」

「ほな、なんで、長崎へ行こうなんて私を誘うたん？　私が一度でも自分から行きたがった？」

「わしにも邪心があったからよ。売れっ子ダンサーの西条あけみに」

熊吾は冗談めかした言い方をして笑った。

「私の顔の左側は西条あけみや。右側は本名の森井博美でもあらへん。醜いお化けや。お岩さんみたいなもんや。あんな大きなキューピーなんて人形をかわいこぶって抱いた自分をカナヅチで叩きつぶしてやりたいわ」

そして博美は熊吾のほうに向き直り、自分の顔の正面を見せて、左右の人差し指で顔の左右を指さして言った。

「これが森井博美や。私のお母ちゃんのお母ちゃんのそのまたお母ちゃんは、長崎で外人相手の娼婦《しょうふ》やったんや。そんな私が、しょうもない不幸に負けたりせえへんわ。しょうもない不幸でふらつくのは松坂熊吾のほうや」

列車は速度を落とし、広島で降りる乗客が荷物を持って乗降口へと歩きだした。

「長崎までは遠いのお」

熊吾は自分の鞄《かばん》を持ち、パナマ帽をかぶると、広島で降りる客の列に並んだ。富山市の大泉本町の嶋田家の二階で酒に酔って坐《すわ》っている房江の目が浮かんだ。それは次第に腐った魚のそれに似ていった。

熊吾は広島駅のプラットホームに降り、博美のために駅弁と茶を買い、博美が立っている車窓へと行き、

「お前の親戚《しんせき》に、かっとなると何をしでかすかわからんようなやつはおるか？」

と訊《き》いた。

博美は駅の時計を見ながら考え込み、

「いてへん」

と言った。

「木の芽どきになると、自分が蝶々《ちょうちょう》になってしまいよるやつはおるか？」

「いてへん」

熊吾は、うしろを通りすぎて行った駅弁売りを呼び止め、自分用の弁当と茶を買い、再び列車に乗った。

列車が九州に入ったのは十一時少し前だった。

熊吾の背も腰もこわばって痛み、通路で少々体の屈伸運動をしてもそれは治らなかった。博美は、まどろんだり、目を醒ますと車窓から景色に見入って何かを考え込んだりして、ほとんど何も喋《しゃべ》らなかった。

熊吾は、自分の理不尽な癇癪《かんしゃく》以外で房江と夫婦ゲンカをしたときのことを思い出しているうちに、あることに気づき、どうして自分はこれまでそれに考えが及ばなかったのかと多少歯嚙《はが》みをする思いにひたりつづけた。

房江は外見ではうかがい知れないほどに芯《しん》の強い女で、忍耐強く、常識も礼儀作法もよくわきまえている。

それは房江が幼くして他人の飯を食わせてもらうしかない生活のなかで培《つちか》われたものでもある。そして房江は自尊心が強く誇り高い。

そんな房江の最大の劣等感は、教育を受けていないということなのだ。

小学校も一年と少しでやめなければならなかったためにひらがなしか読めず、最初の夫と別れたあと親戚の者に習い、やっとなんとか日常の暮らしに支障がない程度の字を覚えることができた。

だが、いまでも手紙を書きたがらないし、電話の応対に出て、熊吾の仕事上での伝言を書き記すことも避けようとする。

込み入った伝言内容の場合、房江は書き写してはいないので、それを熊吾に伝える際、自分の記憶にだけ頼ってしまう。そのために数字が曖昧《あいまい》になったり、肝要なところで間違ったりすることがよくあるのだった。

どうして書いておかなかったのか。電話の傍にはいつも鉛筆と紙が置いてあるではないか……。

熊吾が怒ると、あのいつも柔和な房江が、まるでどこかのふてくされたあばずれ女になったかのように、

「そんなら、教育のある賢い人を奥さんにしはったらええ」

と言い返すのだった。

その房江の言い方に腹を立てて、売り言葉に買い言葉が重なり、やがておさまりのつかない夫婦ゲンカへと発展したことは数限りがない。

字の問題だけではなかった。

熊吾が、新聞や雑誌やラジオで、こういう女性がこんなことを言っていた、なかなか含蓄に富んだことを言うものだと世間話としてある女性を話題にして賞《ほ》めると、

「そんなら、その賢い女の人と結婚しはったら？」

と房江は切り返してくる。

熊吾はとりわけそのような言葉が嫌いなので、またそこで夫婦ゲンカが始まる。

思い起こせば、それに似たことを発端として、自分と房江はじつにつまらない夫婦ゲンカを繰り返してきた……。

房江がろくに小学校にも通っていないのは当然のことなのだ。父もなく母もなく、幼くして働かねば生きていくことができなかったのだ。だからこそ、俺はこれまで一度も房江に教育がないことを責めたり小馬鹿にしたりはしなかったし、字が下手なことを揶《や》揄《ゆ》したり、苦言を呈することもしなかった。

そうなのか……。俺の想像を超えて、房江の学歴への劣等感は、ほとんど自己を否定するほどの卑屈さをともなって根強く巣食っているのだ……。

「見かけは、はんなりしちょるが、房江はとんでもない負けず嫌いじゃけんのお。学校に行きたかったんじゃのお。勉強したかったんじゃ」

熊吾は胸の内でつぶやき、博多へと進んでいる列車の窓から景色を見た。

「この海のもっと北西が対馬海峡じゃ。日露戦争で、東郷平八郎の日本海軍と、ロシアのバルチック艦隊とが海戦したとこじゃ。奇跡なんて言葉じゃ表現でけんほどの奇跡が起こった海峡じゃが、ある人に言わせると奇跡でも何でもないという」

と熊吾は博美に話しかけたが、博美は返事をしなかった。

何年振りかの九州の海を見て、思い出すことも多いのであろう……。熊吾はそう察して茶を飲んだ。駅弁を食べたあとから喉《のど》が渇いて仕方がなかった。きっと血糖とやらが多くなっているのであろう。

こんなとき、俺の体には歩くのがいちばんいいのだ。

小谷医師に糖尿病と宣告されて以来、熊吾は喉が異常に渇くときは速足で歩くとそれが緩和されることを体験で覚えたのだった。

熊吾は、歩くことが好きだった。熊吾が子供のころは、歩く以外に目的地に行くことはできなかったのだ。二時間も三時間も歩いて親戚の田植えを手伝いに行き、同じ時間をかけてまた歩いて帰る。

山へ猪《いのしし》を撃ちに行くときなどは、三日も四日も山中を歩く。

そんなことは、ごく当たり前のことだったのだ。

だから、熊吾はいまでも歩くのが好きだった。市電に乗れば十五分で着くのに、胸を張って速足で歩く。夏でも冬でも、歩いて行けるところは歩いて行く。

「長崎のひとつ手前の駅で降りて、長崎まで歩いて行かんか」

と熊吾は博美に言った。

「肥前山口から歩くのん？」

博美はあきれ顔で言って笑った。

「これに乗ってても肥前山口から長崎まで二時間もかかるねんで」

門司から乗って来たアメリカ人らしい男の三人づれが、博美に英語で話しかけてきた。博美を日本人ではないと思ったらしかった。

長崎駅に午後四時前に着くと、熊吾は列車から降りても、しばらくいつもと同じような歩行をすることができなかった。

脚だけでなく腰も背も、大阪からの十七時間の列車旅でこわばったようになり、プラットホームを歩くたびに膝《ひざ》が痛んで、何度か立ち止まり、注意深く膝の屈伸運動をしなければならなかった。

真夏の太陽は駅舎全体を焼け焦《こ》がすかのようで、たまに吹いてくるかすかな風は、熊吾の汗をさらに煽《あお》った。

「帰りも十七時間か。これはたまったもんやあらせんのお」

列車が長崎県内に入ってからはほとんど口をひらかない森井博美は、熊吾の目には人目を忍んでうつむいているかに見えて、そんな博美の帽子で隠した顔に次第に苛立《いらだ》ち、人一倍汗かきの熊吾の腕や掌《てのひら》の汗は拭《ふ》いても拭いても噴き出てきて、それは長崎駅に降り立ってもおさまることはなかった。

「帰りは広島で降りて一泊して、つまり途中休憩でもとって大阪へ戻りたいのお」

熊吾は駅の便所で小用を足し、顔を洗った。いっときも早く旅館に落ち着き、風呂《ふろ》に入りたかったが、大学病院の外来受付には午後の五時ごろに紹介状を持参することになっている。

ハンカチで顔や手をぬぐいながら、パナマ帽の縁に滲《にじ》んだ汗も拭きながら便所から出ると、ラムネの壜《びん》を二本持った博美が、

「私、もう病院には行けへん」

と言った。

改札口の前で立ったままラムネを飲み、

「ロシア人の墓地へ行くだけでええのか？」

と熊吾は訊いた。

皮膚の移植手術が可能だと診断されたとしても、博美の火傷《やけど》の跡が完全に消えるわけではないということは、小谷医師からも聞いていたし、手術の費用はおそらく想像以上に高額であろうと推定できた。博美が原爆の被害者であるならば、治療費の多くは国が負担するが、原爆とは関係のない火傷なのだった。

「とにかく旅館に入って荷物だけでも置かんか」

熊吾はそう言って、空になったラムネ壜を売店に返し、改札口からも出たくなさそうな博美を促した。

「なんちゅう暑さじゃ」

駅前の、市電の走る道に出ると、長崎の町から涼風を奪う元凶のように見える低い山を見つめて熊吾は言った。

アイスキャンディー売りの自転車が小さな幟《のぼり》を立てて市電のレールを横切って行き、干物売りの初老の女がリヤカーを引いてやって来た。

熊吾は金屋町の「大杉旅館」への道を干物売りに訊いた。干物売りは駅前の道を横切って、あの食堂の横を真っすぐ行けばいいと教えてくれた。

「歩いてどのくらいですかのお」

熊吾は干物売りの婦人に訊いたが、

「十五分くらいやと思う」

と博美が答えた。

「なんじゃ、知っちょったのか」

熊吾は、それならばなぜ俺が人に訊く前に教えないのかと腹が立ち、それを口にしかけた。

「私の友だちの家の隣やねん」

と博美は言った。大杉旅館の経営者と、その友だちとは縁戚筋にあたるのだという。

「そこには泊まりとうないのか」

熊吾の問いに、博美は小さく頷《うなず》き、もしいまも宿屋を営んでいるとすれば、さして宿賃の高くない商人宿《あきんどやど》があると、東の方角を指差した。

「逆さクラゲなんかとは違う旅館で、魚料理がおいしいそうやけど……」

だがその旅館は爆心地から近い上野町というところにあるという。

「そこやったら泊まってもええのか？」

熊吾は、苛立ちながらも、博美のしたいようにさせてやろうと思った。

「私のことを知ってる人は、たぶんいてへんはずやけど……」

「よし、そこに泊まろう」

熊吾は駅の構内に戻り、公衆電話のところで電話帳を捜したが、改札口の上のところに長崎市内の何軒かの旅館の宣伝板があって、「辰巳屋《たつみや》」という名もあった。

「この『辰巳屋』じゃろう。上野町と書いてある」

そこは浦上天主堂の近くだった。熊吾は、公衆電話で今夜の予約を頼み、電話を切ると、

「病院には行くのか、行かんのか。わしに遠慮せんと自分の考えを言うてみい」

と博美に問いかけた。

「せっかく紹介してくれはった小谷先生にも京大病院の先生にも申し訳ないから、診察を受けるだけは受けてみる」

博美はそう言い、再び北のほうを指差し、

「原爆、あのへんに落ちたんや」

と言った。そして次に駅の裏側を指差し、

「私の家は、あっち。旭町ってとこやねん」

と熊吾に教え、やっと笑顔をみせた。

原爆は昭和二十年八月九日午前十一時二分に浦上の中心である松山町百七十一番地の上空五百メートルで爆裂した……。博美は何かの文章を読みあげるかのように言った。

「よし、先に病院へ行こう。お前が診察を受けちょるあいだに、わしは旅館に行って荷物を置いてくる。病院はどこも混んじょるけん、診察を受けるまでだいぶ待たされるじゃろう。わしは旅館に荷物を置いたら、すぐに病院に行く」

熊吾は駅前で客待ちをしているタクシーに博美を乗せ、自分は上野町の辰巳屋へと歩きだした。

「旅館まで歩くのん？」

「ああ、歩きとうてたまらんのじゃ」

「歩いたら遠すぎるわ」

「歩き疲れたら、タクシーを拾うけん」

だが、歩き始めると、烈《はげ》しい西陽が熊吾の後頭部や背に照りつけてきた。

「ラムネは、飲んだあと、喉が渇きよる」

だが、どんなに暑くても、歩くことが気持良くて、熊吾はどこかに公園か、公衆の水飲み場でもないものかと捜しながら、市電の通りを足早に歩きつづけた。

昭和二十年八月九日午前十一時二分か……。

熊吾は胸のなかでつぶやき、辻堂忠が松坂商会で働いていたころのことを思い浮かべた。

その日は十一月の半ばだったが、事務所で熊吾が辻堂に時間を訊《き》いたとき、ちょうど十一時二分だった。

辻堂は時間を教えてくれたあと、鳴っている電話に出ようともせず、視線を御堂筋の人波に投じつづけた。不審に思いながらも熊吾は電話に出て応対し、電話を切ったあと、

なにをぼんやりしているのかと辻堂に訊いた。すると辻堂は、

「午前十一時二分に、私の女房と子供が死んだんです。ほんとはそのときは生きていたかもしれませんが、女房の実家の周辺の人たちは、ほとんど原爆が落ちたと同時に死んだそうですから」

と言った。

だから、それ以来、午前十一時二分という時刻は、ひとつの独立した単語として熊吾のなかに残っていた。熊吾は、額や首筋から伝い流れる汗をハンカチで拭きながら、それにしてもこの長崎の街ののどかさは何だろうと思った。街のあちこちには歯が抜けたような空地が点々と存在している。その空地では子供たちが遊んでいる。空地は、おそらく原爆で焼けた住居や商店の跡で、持ち主全員が死亡したか、あるいは元の建物を再建する方途がなく、そのままになってしまっているのであろう……。

けれども、原爆というものを念頭に入れなければ、昔から外国交易の地として栄えた地方都市の、阪神間とは風情《ふぜい》の異なる、こぢんまりした街並でしかない。家々の前には、花を閉じた朝顔が植えられ、雑草は力強く真夏の太陽にもしおれることなく伸びている……。

熊吾は、煙草《たばこ》屋でピースを十箱買った。十箱も買ったのは、水を飲ませてもらいたかったからだった。

「あつかましいお願いじゃが、水を一杯飲ませてはくれませんか」

狭い店先に坐《すわ》っていた老婆《ろうば》は、コップに水を入れて持って来てくれたうえに、マッチ箱を二つくれた。

「まことにあつかましいが、もう一杯」

いやそうな顔を見せず、また水をくんで来た老婆は、きょうはことしの夏一番の暑さだと言った。きのうの夜の暑さで、ほとんど眠れなかった、と。

「長崎は初めてですが、十一年前に原爆が落ちた街とは思えませんな。のどかじゃが活気もある」

熊吾の言葉に老婆は穏かな笑みを浮かべて首を横に振り、毎日毎日、人が死んでいくといった意味の言葉を口にした。

「原爆の後遺症でですか」

老婆は頷き、扇風機を動かして熊吾に風を送ってくれた。

「長崎駅から歩いて上野町へと向かっちょるのですが、まだかなり距離はありますかのお」

熊吾は訊いた。老婆は、駅からここまで歩いた分のまだ三倍くらいの距離があると答えた。

「そりゃあ、たまるかや」

熊吾は真昼のものよりも暑いと感じる西陽を振り返り、五時前だというのに、さらに威力を増したかに思える鎔《と》けた鉄に似た太陽を見た。

熊吾はコップに二杯の冷たい水の礼を述べ、再び上野町へと歩きだした。いつもよりもいっそう背筋を伸ばし、胸を張り、規則正しい歩幅を保って、

「いっち、にィ。いっち、にィ」

と声を出して歩いた。

街を流すタクシーが一台もみつからなかったからでもあるが、十七時間の列車の旅でこわばってしまった全身の筋肉や内臓が、汗まみれになって歩くことで生き返っていく気がした。

暑さによる苦しみと、歩くことによって得られる体の活性化は、熊吾に、博美との夜に対する彼らしくない慎重さを再びもたらした。

これまでの、数も明瞭《めいりよう》にかぞえきれない女たちとの別れのようにはいかないであろうという予感は、歩くたびに強くなり、いまのところそれがいかなるものかはわからないが、博美と深い関係になることで自分が喪《うしな》うものは大きいと思った。

そう予感させる何物かを、西条あけみこと森井博美という女は持っている……。

あの美貌《びぼう》、あの女体。あの無知で無垢《むく》で、そのくせ十代のころから染まってきた数多くの特殊な世事によって学んだにちがいない彼女流の誠実……。

これらは渾然《こんぜん》となって、博美という女を一見悪意のない正直者に見せている。だが、女とはそんな甘いものではない。文字通り、ヌード・ダンサーとして裸一貫で生きてきた性根の底には、あの世界の女に特有の純な部分と、いざとなればいかようにもひらきなおって豹変《ひょうへん》する計算高さが同居しているはずなのだ……。

「わしはまったく苦行中の修験者《しゅげんじゃ》じゃのお」

とうとう暑さに音《ね》をあげて八百屋の軒下で西陽の直射から逃げると、熊吾はわざと自《じ》嘲《ちょう》めいた言い方をして、空のタクシーが通るのを待った。

八百屋の裏手に小さな神社があり、そこから蟬《せみ》の声が聞こえていた。

自分は溺《おぼ》れるであろう。熊吾はそう思った。博美という女に溺れてしまうであろう……。

夥《おびただ》しい蟬の声のなかに、ときおり三味線の音のようなものが混じった。

神社で三味線を弾いたりはすまいと思い、熊吾は耳を澄ました。空耳だったらしく、同じ音は二度と聞こえなかった。

やっとタクシーをつかまえて、旅館に着き、タクシーを待たせておいて部屋に荷物を置くと、熊吾は旅館の若い主人に頼んで水を運んできてもらい、それを玄関口で立ったまま飲み干して病院へ向かった。

外来の待合室は意外なほどに人が少なくて静かで、どこを捜しても博美はいなかった。受付で訊くと、いま診察中だという。

「皮膚科は二階です」

と教えられ、熊吾は階段をのぼって廊下の長椅子《ながいす》に腰を降ろした。そこからも、長崎の街に風を届かせない低い山が見えた。

二十分ほど待つと、帽子を手に持った博美が診察室から出て来て、熊吾に微笑《ほほえ》みを向けた。

「どうじゃった？」

「セルロイドの塊は、京大病院で取ってもらうことになった」

と博美は言った。

「それを取り除いてから、また長崎へ来るのか？」

「皮膚の移植がうまいことといくかどうかは七・三の割合やて」

「どっちが七で、どっちが三なんじゃ」

「成功するかもわからんほうが三。うまいこと移植できても、元の皮膚には戻らへんねんて。たぶん、私のどっちかのお尻《しり》の皮膚を取って、それをこめかみに移すんやけど、うまいことひっつけへんかったら、移した皮膚が腐って、また剝《は》ぎ取らなあかんことになるそうやねん」

それから博美は、

「私、移植手術はあきらめますって、お医者さんに言うてきた」

と言った。

「そうか……」

熊吾は廊下の端の窓のところで、さっき買ったピースを吸った。

被爆者のなかには、熔けたガラスや、焦《こ》げて炭状になった木材や、コンクリートや、その他思いもよらないものが焼けた皮膚に食い込んでしまった人たちがたくさんいるそうだと博美は言った。

「顔だけやあらへん。お乳とか、お腹《なか》とか、ふとももとかに……」

自分より二人前に診察を受けていたのは、まだ十五歳の少女だったが、鼻から唇、さらに喉《のど》の一部にも熔けたガラスが食い込んで、それは原爆投下の日から一年後に手術で取り除いたのだが、見るも無惨《むざん》なという言い方しかない傷跡が残ったままになっていた……。

博美はそう言い、

「あした、大阪に帰ろう」

と熊吾の手を引っ張り、階段を降りて、受付横の会計所で診察費を払った。

「あの十五歳の子にとって恐《こわ》いのは、きれいな顔に戻られへんことやあらへんねん。放射能のせいで、赤血球とか白血球とかが無茶苦茶になってて、いつまで生きられるかってことやねん」

その子はひとりではちゃんと歩けなくて、祖母と母に体を支えられて診察室までやって来たのだと博美は言った。

「こんなに疲れたんは生まれて初めてや。ロシア人墓地はあしたの朝に行くわ。お風呂《ふろ》に入りたい」

病院の玄関を出ると、タクシーがやって来て客を降ろしたので、熊吾と博美はそれに乗って旅館へ向った。

風呂場はひとつしかなく、女性が入浴するときは、入口に「女性使用中」という掛札を出すのだと宿の主人は説明し、いまは客はお二人だけで、今夜泊まるはずの客のほとんどは八時ごろに訪れることになっているから、一緒に入っても結構だと主人は無表情に言った。

「やっぱり、わしらは親子には見えんらしい」

と熊吾は笑い、博美に先に風呂に入るよう促した。

「わしは、千代麿と久保に電話をかけにゃあいけん」

熊吾は手の甲にとまった蚊を叩《たた》きつぶし、帳場に行くと大阪への長距離電話を頼んだ。

電話がつながるのに三十分近くかかった。

「あさって入院しまんねん」

熊吾の声を耳にするなり、千代麿は言った。

「いろいろ検査して、手術の日を決めるそうでんねんけど、遅れても十日以内には切腹です」

「病気のときは、なーんも考えず、神経を使わず、必ず元気になると決めて、医者にまかせときゃあええ。あさって入院じゃっちゅうて、あれもこれも片づけとこうなんて思うなよ」

「へえ、店の若い連中も、そう言うてくれてますねん」

熊吾は、博美が皮膚の移植手術を断念したことを伝え、あさって大阪へ帰るから、その足で病院に見舞いに行くと言った。

「ひょっとしたら、しあさってになるかもしれん。大阪から長崎までの十七時間は、思いだしてもぞっとする。もう二度とご免じゃけん、広島で降りて一泊するかもしれん」

すると千代麿は、きょう阪大病院で手術を担当してくれる医師の診察を受けた際、小谷医師とは少し異なった考えを述べたと言った。

「どんなことをじゃ？」

「えらい首をかしげはって、これまでの内科の先生とドイツ語混じりの言葉を交わして、

『これはひょっとしたら違うかもしれませんよ』って。大将、わし、きっと癌《がん》でっせ。小谷先生は十二指腸潰瘍《かいよう》やって言わはったんでっせ。そやのに、きょうのお医者さんは、ひょっとしたら違うかもしれん、て……」

「手術をしてくれる医者がそう言うたのか？」

「へえ、わしに聞こえんように小声で」

「そうか。腹をあけてみたらわかるじゃろう。千代麿、お前はもう俎板《まないた》の上の鯉《こい》じゃ。死ぬときは死ぬし、生きるときは生きる」

「そんな、人のことやと思て……」

熊吾は、手術を担当する医師の言葉をそのまま言葉どおりに解釈すれば、丸尾千代麿の腹にできたものは癌ではないかもしれないと言ったことになると思ったが、それを千代麿に口にするわけにはいかなかった。

「大将、わしがもし癌で死んだら、城崎の二人、よろしゅうお願いします。女房に内緒で貯《た》めた金がおますねん」

と千代麿は声を忍ばせて言った。

「お前は死にゃあせん。そやけん、その内緒のへそくりは、わしが使うちゃる」

熊吾は冗談を言って電話を切り、すぐに久保がいるはずの事務所への長距離電話をかけた。だが、それは、博美が風呂からあがってきて、部屋の鏡台の前で火傷《やけど》跡に丹念に白粉《おしろい》を塗り終わってもつながらなかった。

経験豊かな名医・小谷医師の誤診であったならば、なんとありがたいことであろう……。熊吾はそう思い、大阪に帰って、とりあえず仕事を済ませたら妻と子のいる富山で四、五日すごし、そのまま大阪には帰らずに山陰の城崎に寄ろうと決めた。

「まだ誰も入ってないきれいなお湯やったわ」

その博美の言葉で、熊吾は帳場に行き、大阪への長距離電話をいったん取りやめてもらい、風呂に入った。

コの字形の旅館の建物は新しく、小さな中庭には井戸があり、大きな鉢には蕾《つぼみ》を閉じた睡蓮《すいれん》が浮かんでいた。井戸の周りの日当たりの悪い場所には苔《こけ》が生え、黒ずんだ石灯籠《いしどうろう》は年代を感じさせるが、庭木はどれも若く、風呂場の窓から見える旅館の屋根瓦《やねがわら》も新しい。

おそらくこの「辰巳屋」という旅館も、爆心地からは一キロほどのところにあるので、昭和二十年八月九日十一時二分には形をとどめないほどに吹き飛ばされたか消失したにちがいなかった。残ったのは、あるいはあの石灯籠だけで、この新しい辰巳屋の建物は戦後に再建されたのであろう……。

熊吾はそう思いながら、湯舟のなかで腰を伸ばしたり、肩を廻したり、背を思い切り反《そ》らせたりした。

湯に一本の長い毛が浮いていた。新しく沸かしたこの湯につかったのは博美なので、それは博美の頭髪としか思えなかった。

自然に抜け落ちた一本の女の長い頭髪は、湯の動きにたゆたうて熊吾の肩のほうへと近づき、熊吾を絡《から》め取るように首から鎖骨のほうへと巻きついてきた。それは情欲というものの、どこか切ない配線の先端のように思えて、熊吾は性器が充血するのを感じた。

四品のおかずすべてが魚料理の夕食を済ませると、熊吾は座蒲団《ざぶとん》を枕《まくら》に二時間近く熟睡した。

隣室に客が入って来た音で目を醒《さ》ますと博美はいなくて、「家を見てきます」と書いた紙切れが水差しを載せた盆の横に置いてあった。

博美が帰って来たのは夜の十時前で、旅館の細君が蒲団を敷いていったあとだった。

「家は元どおりになっちょったか」

と熊吾が訊《き》くと、夜になっても街は蒸し風呂のようだったと博美は微笑み、汗だけ流してくると言って浴衣《ゆかた》を持って風呂に行った。

もうこんな時間に事務所に電話をかけても久保敏松はいないだろう。どうせ今夜も通天閣の近くの将棋道場で賭《か》け将棋にうつつを抜かしているはずだ。

久保が折衝を進めている大崎モータースが関西中古車業会に参入すれば、最初の展示会で少なくとも五十台の質のいい中古車を並べることができる。

「大崎の親父《おやじ》がうんと言うたら、出発進行じゃっちゅうのに、賭け将棋をやっちょる場合か」

熊吾はそうつぶやいて水を飲んだ。

博美が浴衣姿で戻って来て、またすぐに鏡台の前に坐《すわ》り、こめかみの傷を化粧で隠し始めた。

「家は元のよりも小さいけど、ちゃんと建ってた」

と博美は鏡越しに熊吾を見て言った。熊吾に火傷跡を隠そうとして反身になって鏡台に向いているために、鏡にはそのこめかみの部分が映っていた。

「近所の人に訊いたら、私の家のあったあたりもほとんど焼けたそうやねん。焼けるというよりも、爆風で吹っ飛んだっていうほうが正しいみたい……。私の知ってる人も、ぎょうさん死にはった……」

「義理のお父さんとは逢《お》うてきたのか」

博美はかぶりを振り、初めから逢う気などないと言った。

「再婚してた……」

「義理のお父さんがか？」

「それも私が家を出て二年目に。そんなん、ぜんぜん知らんかったわ」

だが、義父の再婚相手は原爆で死んだのだという。

「貼《は》り換えた襖《ふすま》をリヤカーに積んでるのが見えたから、私、慌《あわ》てて暗がりに隠れてん。あの人、えらい歳《とし》とってしもてた……」

熊吾は、こめかみの火傷跡が鏡に映り、それは天井に吊《つ》るしてある電球に照らされて、実際よりも醜悪に見えると危うく言いかけ、煙草《たばこ》を吸った。火傷の跡をこの俺に隠す必要はないということを言おうとする思いが、逆に心ない言葉に化しかけたのだった。

「その浴衣、脱ぐために着たような着方じゃ」

口から出かけたさっきの心ない言葉を自分で補うためにそう言ったのだが、熊吾はそれもまた失言であったと即座に気づいた。

「ヌード・ダンサーの着方やろ？」

博美は気に留めた様子もなく微笑み、立ちあがって電球を消し、豆電球だけ灯《とも》して熊吾の横に腹這《はらば》いになった。そして、火傷のあるほうの顔を見ないようにしてくれとささやき、自分で浴衣の紐《ひも》をほどいた。

「わしの刀は錆《さ》びかけちょる」

それは本音であったが、熊吾は博美の背から尻への線を見た瞬間、自分でも驚くほどの漲《みなぎ》りを感じた。その異常なまでの漲りは、熊吾に、新しい仕事への烈《はげ》しい意欲をかきたててきた。

「エアー・ブローカーどもを叩きつぶすぞ」

熊吾はそう思いながら、博美をあお向けにさせ、乳房を掌《てのひら》で下から上へと包み込んだ。絡み合ううちに、博美は熊吾の性器を口で啣《くわ》えたり、そこに頰ずりをした。

「ああ、気持がええ」

舌で舐《な》め、唇で吸いながら、博美はそうささやきつづけた。

「自分がそうされるよりもか?」

と熊吾は博美の形のいい尻をさわりながら訊いた。

「ああ、これ、好きや」

「誰のでもか?」

博美は熊吾のものを口に含んだまま、首を横に振り、それから顔をもたげて、松坂熊吾のこれが好きなのだとかすれ声で言った。

自分の片方の顔を見られたくないためにこのようなことをつづけるのかと熊吾は思い、博美の両肩をつかんで自分の体の上にあお向けにさせ、

「顔を見せとうないんなら、わしはずっと目をつむっちょる」

と言った。

夜中の一時まで二度交わり、熊吾は、火を落としてほとんどぬるま湯となっている風呂で汗を流した。熊吾が部屋に戻ると、博美も風呂へ行った。熊吾は二度とも博美のなかでは終わらず、その白い、ゆるみのない腹部に自分のものを注いだのだった。

熊吾は煙草を吸いながら、これほどの愉楽をもたらす女とは二度とめぐり逢《あ》わないであろうと思った。

きょうで寿命が尽きそうな一匹のミンミン蟬《ぜみ》の、途切れ途切れの鳴き声は朝の六時に旅館の中庭で始まり、その弱々しさが熊吾の熟睡の邪魔をした。

熊吾は北側に面したガラス窓をあけ、よく眠っている博美を気遣って、窓辺にあぐらをかくと、寝起きの煙草を吸った。きょうも長崎は暑くなりそうで、熊吾はまださほど気温のあがらない午前中にロシア人墓地に行こうと思った。

戦後の十一年間を考えると、自分はつまるところ「人」に恵まれなかった。信頼できて、自分にとって有益となる人間は、短い期間のうちに自分から去っていった。

辻堂忠しかり和田茂十しかり……。丸尾千代麿は自分の仕事における同志というよりも、気心のおけない友人で、漫才の相棒のようなものだ……。

戦後、自分と仕事上で昵懇《じっこん》となった人間は、どれも能力や運に欠陥がある。だがそれはすべてこの自分という人間が招き寄せたのだ。この自分の能力や運といったものが土壁が剝《は》がれるように落ちたのだ……。

熊吾は、もう息絶えたかと思うと再び鳴きだす蟬の声を耳にしながら、そう考えつづけた。

久保敏松も、最初に出会ったころの印象からは大きく異なってきている。甲斐性《かいしよう》のない趣味人であって、事業にせよ、得意の川柳にせよ、無から有を生みだす生命力は持ち合わせてはいない。彼の豊富な雑学は、所詮《しよせん》雑学でしかなく、それらによって練り合された何物かが大事な商売に益をもたらすといった類《たぐい》のものではない。久保に仕事をまかせてはならない。久保には勇気というものがないからだ……。

熊吾は、戦後に知り合った多くの人間をひとりひとり思い浮かべ、時代というものの為《な》せる仕業にせよ、幸薄い者のなんと多かったことかと、ぼんやり考え込んだ。

辻堂忠、岩井亜矢子……。この二人は、戦後、不遇のときもあったが、恵まれた人生の軌道に乗ったといえばいえる。にもかかわらず、幸福というものとはいささか異なる匂《にお》いが、これから先もついてまわりそうな気がする。

和田茂十は死に、千代麿は重い病気にかかってしまった。高瀬勇次も、ゴム塗り軍手の仕事で妻子を養えることができれば万々歳といった程度の器だ。

観音寺のケンと百合も、このまきれいさっぱりと赤の他人になれるはずもなく、いずれはどちらかが思いもよらない厄介事を起こして、平凡で平穏な人生とは縁遠い道筋へと舞い戻る確率は高そうだ。

城崎の浦辺ヨネが、まだ一番骨があるといえるかもしれない。だが一緒に暮らしている麻衣子の身には、これから先、さまざまなことが生じてくるはずだ。

自分は周栄文との約束は果たさなければならない。

「わしは麻衣子の親代わりじゃけんのお」

熊吾は二本目の煙草を吸い、そうつぶやいた。

「運か……」

熊吾はまだ深い眠りのなかにある様子なのに、浴衣の袖《そで》で火傷の跡を隠すかのように覆《おお》っている森井博美を見つめた。

この女も、いまのところ、運の良さとか、世間一般の幸福といったものとは相容《い》れない星のもとにあるようだ……。

逆の考え方をするならば、そこに深くかかわった自分こそが、悪《あ》しき星廻りのなかにいつのまにかひきずり込まれてしまったからだということではないのか……。

熊吾は「運」について、これまでさほど深く考えたことはなかったので、あるいは房江への罪悪感が、自分の意気を萎《な》えさせているのかと考えた。

運が悪ければ、それをブルドーザーでなぎ倒すようにして突き進んできたのが、ほかならぬこの松坂熊吾ではなかったのか。それが今朝はどうしたことか、短かすぎる寿命がいまにも尽きかけている一匹のミンミン蟬の、断末魔のあえぎに似た鳴き声に恬淡《てんたん》と聞き入りながら、みずからの運の翳《かげ》りを見つめている……。

熊吾はそう思い、わざと博美の目を醒まさせるようにして立ち上がり、大きな音をたて襖をあけ、廊下の奥の洗面所へ顔を洗いに行った。

市電の通る道から坂道をのぼって行き、博美の案内で空地の多い町の路地から路地を辿《たど》って、樹木の多い涼しい一角へと入ると、教会の屋根が見えてきた。

丈の低い、あちこちが崩れた煉瓦《れんが》塀に挟まれた狭い道をさらにのぼると、左右に外国人の墓が無数に並んでいた。

「なんという元気な蟬の声じゃ」

熊吾はパナマ帽を取り、額の汗をハンカチで拭《ふ》きながら言った。

「鳴いちょるのは、みんな雄じゃ。雌を呼ぶためじゃ。蟬っちゅうのは種類によって違いはあるが、たとえばアブラゼミなんかは、卵の期間が三百日ほどで、卵から孵《かえ》って幼虫になってからが五年じゃ。つまり六年間、土のなかにおって、やっとこの蟬の形になって地上へ出て来よる。そやのに、地上で生きられるのはせいぜい二週間か三週間。蟬取りの子供に捕られたり、鳥に食われたりして、たった一日しか地上で生きられん蟬もおる。いま鳴いちょるアブラゼミは、みんな六年前に親の体から卵になって土のなかに生みつけられたやつらじゃ」

六年前といえば昭和二十五年。原爆が投下されて五年目ということになる。原爆投下直後の長崎市内の様子は、新聞や映画館でのニュース・フィルムで目にしていたが、熊吾はそれから五年後の長崎がどのようなありさまだったのか、まるで見当もつかなかった。

「この話は、伸仁にも教えたことがある。そやけん、ほかの子と一緒になって蟬取りなんかするなっちゅうてのお。せっかく短い地上での生活を、寿命が尽きるまで楽しませてやれっちゅうて……」

煉瓦塀に沿った細い道が急坂になったころ、中国人たちの墓があらわれた。もっと坂の向こうにある西洋人の墓と違って、墓石は縦に長く、幅は日本のそれよりも太く、彫ってある字には金や赤の彩色がほどこされていたらしい名残りがあった。

そしてその数は、熊吾の想像を越えて多く、没年が明治二年となっているものもあった。

「あそこが出島」

と博美が坂道で歩を停め、振り返って斜め右のほうを指差した。長崎の町に狭い入り江のように入り込んでいる海と、その向こうの町並が見えた。

自分が子供のころ、ここから出島は見えなかった。ちょうど指差す方向に、大きな材木店の倉庫があって、それが視界をさえぎっていたからだが、あの材木店は原爆で吹き飛び、一家も、住み込みの従業員八人も、全員死んだそうだと博美は言った。

「ロシア人の墓地のところからは、私が子供のときにも、出島は見えたんや」

中国人墓地と、イギリス人、アメリカ人、オランダ人の墓地とは高い石垣で区切られていた。石垣は苔《こけ》に覆われ、発条《ばね》状に伸びた蔦《つた》が風に揺れている。畳をひとまわり小さくしたような墓石が整然と並び、アルファベットで故人の名が刻まれているが、それらの多くは伸び放題の雑草に埋まる格好で、ほとんどの字は判読できない。

けれども、生年と没年はかろうじて熊吾に読みとることができた。

――1922・4・26～1939・10・3――。

その墓に埋葬された外国人は、わずか十七歳で、この日本の長崎で死んだことになる。なぜ、遺体は祖国に帰らなかったのか。熊吾は、同じ形の墓石群を見つめ、

「いろんな人生があるもんじゃ」

とつぶやいた。

真夏の空を隠す巨大な楠《くすのき》は、原爆の影響などまるで受けなかったかのように太い枝を拡《ひろ》げて、ロシア人たちの墓地だけを濃い影のなかに沈めていた。

錆びた鉄柵《てつさく》には錠がかけられてあったが、試しに引っ張ってみると、なんなくあいた。膝《ひざ》までもある草からバッタが数匹跳び出て、熊吾と博美の足元であちこちに散った。

「あれや」

と博美は五つ並んでいる墓石のひとつを指差した。

「マカール・サモイロフ」

博美の言葉で、熊吾はその墓の前に立ち、彫られたロシア文字に見入ったが、落葉や泥のせいだけではなく、風雨のせいだけでもない汚れと傷が墓石全体をくすませていて、MとCという二文字しか判別できなかった。ただ没年が一九一〇年の八月であることだけはわかった。

「一九一〇年か……。日露戦争が終わったのは、明治三十八年じゃけん……」

熊吾が暗算をしようとすると、

「一九一〇年は明治四十三年や」

と博美が言った。

熊吾は、パナマ帽を取ってそれを博美に持たせ、墓石の上に落ちている多くの小枝や葉っぱを手で払い、墓碑銘のところに溜《た》まった泥を除いてから、周りの雑草を抜いた。墓の周辺の草取りをまんべんなくやっているあいだ、博美はただ墓石に見入ったまま立っていた。

「マカール……、それは名じゃのお。姓は何じゃった？」

「サモイロフ」

「舌を嚙《か》みそうじゃのお」

モスクワから汽車で十時間ほど西へ行ったところにある町の大工の息子だったそうだ

と博美は言った。

その一画は、ひときわ蟬の声が多かった。

「芭蕉《ばしょう》の句に、『やがて死ぬけしきは見えず蟬の声』っちゅうのがある」

と熊吾は言い、ハンカチで手の泥を拭き、それから手の甲で顎《あご》からしたたる汗をぬぐった。

「うちのお母ちゃんは、一週間に一回、ここに来て、他のお墓の周りも掃除してはった」

この墓の前に立つのは何年振りやろう……。博美はそうつぶやき、

「いつかまた、ここに来れる日があったらええのに」

と言った。

「この人の写真が一枚だけあってん。たった一枚だけ。出島の写真館で撮ったそうやねん」

「その写真は、どこにあるんじゃ」

「私のお父ちゃんが破ってしもてん」

「お袋さんの再婚相手がか？」

博美はかぶりを振り、自分の実の父が破って捨てたのだと言った。理由はわからない、と。

「私がお母ちゃんのお腹《なか》におったときやから、私、この人の顔を知らんねん。どんな人やったのかって、おばあちゃんに訊《き》いたら、お前が一番よう似てるって……。鼻と目がそっくりやて……」

しかしそれにしても、なんと寂寥《せきりよう》とした墓地であろうと熊吾は思いながら、ロシア人だけが埋葬されている一画の、楠の大木による濃い影を見やった。

北支やシベリアや南方の島々で戦死した日本人をこのように埋葬し、墓石を設けてくれた国はあるのだろうか……。

明治の末期にこの長崎で死んだということは、十中八九、バルチック艦隊の乗員だったのであろう。このマカール・サモイロフという男が、海軍においていかなる階級であったのかはわからないが、なぜ祖国へ帰らず、長崎で日本人の女とのあいだに子をもうけ、日本で死に、日本で埋葬されたのか……。

熊吾はそう思いながら、どうして自分の実の父の墓ではなく、このロシア人の墓に詣《もう》でたかったのかと博美に訊いた。

わからないと答え、博美は、何の理由もなく、このマカール・サモイロフという人に不思議な愛情を感じるのだと言った。

「死んだのは、三十二、三歳のときやったそうやねん。お兄さんと弟がひとりずついてはったらしいって、お母ちゃんが言うてた」

「お前は、学校の成績はどうじゃった？　勉強は好きか？」

その熊吾の唐突な問いに、博美は怪訝《けげん》そうに、

「なんで？」

と訊き返した。

「これからのお前がどう生きていくかを考えると、たいしてぎょうさんの道があるとは思えん。いっそ、腹をくくって、五年ほどみっちりと英語を勉強したらどうかと思うんじゃ。英会話を身につけるんじゃ。神戸には、貿易関係の仕事で日本に永住しちょるイギリス人やアメリカ人がぎょうさんおる。そのなかには、自分の家で日本人に英会話を教えちょる人もおると聞いた。外国語っちゅうのは、その言葉を話す国の人間に耳から学ばにゃあいけん。このわしでも、上海《シャンハイ》におるときは、自然に中国語がわかるようになった。日本に帰ってきたら、たちまち忘れっしもたがのお」

熊吾は博美の手から自分のパナマ帽を取り、それをかぶって、煙草《たばこ》に火をつけた。

「お前にはロシア人の血が流れちょる。ロシア語と英語とを一緒にするわけにはいかんが、おんなじ白人の使う言葉じゃ。おんなじ白人の血を受け継いだお前が、その血を役立てるには、外国語を話せるようになるっちゅうのがええんじゃないかと、ふっと思いついたんじゃ。商売の難しい折衝の通訳は無理でも、イギリス人かアメリカ人に個人的に英語を教えてもろうたら、五年で多少は使い物になる通訳になれるぞ。長い目で見た

ら、その五年の苦労が一生の宝になる。これからは英語の時代じゃ。片言の英語しか喋《しゃべ》れんやつが、通訳の仕事でええ稼ぎを得ちょる」

「そんな突拍子もないこと……」

と博美は苦笑しながら言った。

「私の頭は、そんなにええことないねん」

「外国語っちゅうのは、頭で覚えるもんじゃないっちゅう人が何人もおる。わしも、そう思う。耳と口で覚えるもんじゃ」

「私、ＡＢＣぐらいしか知らんのに……」

「腹を決めて努力して、勉強すりゃあ、五年でなんとかなる。洋裁や和服の仕立てを習うても、ものになるには五、六年はかかるんじゃ。おんなじ時間をかけて習うても、洋裁や和裁の賃仕事で得る収入なんて、たかがしれちょる」

熊吾の言う意味はよくわかるが、自分には自信がないと博美は言った。

坂道を、白い半透明の薄い布を顔にかぶせた女がのぼってきて、熊吾たちがさっき入ったロシア人以外の西洋人墓地の草取りを始めた。

「美智子ちゃんや……」

博美はそうつぶやき、女から顔を隠すように、教会の屋根のほうに体の向きを変えた。

「美智子ちゃん、キリスト教に入ったんやなァ」

この教会では、朝の礼拝時には女性は白いベールをかぶるのだという。

「あの人と、子供のころ、よう一緒に遊んだわ。美智子ちゃん、生きてたんやなァ。元気そうや」

熊吾の体を盾にするようにして隠れ、博美は外国人墓地の草むしりをしている幼馴染《おさななじ》みをなつかしそうに盗み見た。

「声でもかけたらどうじゃ。てっきり死んだと思うちょった幼馴染みが、そこにおるんじゃぞ。わしは、もうちょっとこのロシア人墓地の草むしりをしちょる。マカール・サモイロフさんの墓の周りだけきれいにして帰ったら、近くに埋葬されちょる他のロシア人に、えこひいきじゃと文句を言われそうじゃ」

列車の出発時刻にはまだ充分間に合うと思い、熊吾は、パナマ帽を取り、それをマカール・サモイロフの墓の横に置くと、とりあえず丈の長い雑草を抜いていった。

「美智子ちゃんとだけは話をしたいけど、こんな顔を見られとうないわ」

博美は、草むしりをしているふりをして、熊吾の横にしゃがんだ。

「空襲で火傷《やけど》をした人は、日本中にぎょうさんおる。長崎の原爆でひどい火傷をした人も、途轍《とてつ》もない数じゃ。自分のその火傷の跡を隠すことに神経を使うちょったら、これから先、のびのびと道も歩けん。きっぱりと思い定めることよ」

熊吾は、博美の肩を強く突いて促した。博美はそれでもしばらくしゃがんだままだったが、ハンドバッグからコンパクトを出し、それで化粧を直すと立ちあがって、ロシア人墓地から出て行った。

しゃがんでいると煉瓦塀《れんが》にさえぎられて、博美と幼馴染みの姿は見えなかった。

「草しげるそこは死人を焼くところ……」

熊吾は、山頭火にそんな句があったなと思いながら雑草をむしりつづけているうちに、満州の原野で戦死した部下たちの名を口に出した。部隊長だった松坂熊吾は、十八名の部下を喪《うしな》っている。

「梅岡、津田、島津、横井、田久保、松田……」

いずれもみな遺体を収容できず、戦場に埋葬せざるを得なかった者たちだった。

熊吾は、ロシア人墓地の草むしりをしているうちに、あたかも異国に捨てられるように埋葬されるしかなかった自分の部下たちの墓の周りを掃除している錯覚にかられた。

最後まで自分と行動をともにした曽野慎太は、同じ南宇和の出身で、いったん日本に帰還したあと、親戚《しんせき》筋を頼って神戸に出て来て、しばらく商売を学んだあと独立した。

熊吾は、伸仁が生まれて松坂商会を再建する前に曽野慎太の家にしばしば遊びに行ったし、彼が商売を始めるに際しては、熊吾なりの助言を与えて、自分にできる範囲の便宜をはかってやったりもした。

御荘《みしょう》出身の曽野慎太は、海老原太一をひどく毛嫌いしていて、「太一の面倒なんか、みんほうがええでなァし。熊にいさんは人がよすぎるけん」

と折に触れて言ったものだ。

「曽野、満州で、一緒に、梅岡や津田や島津らの墓を掘ったのお。土が凍って、氷を掘っちょるようじゃった……」

スコップの先などまるで役に立たない凍土を懸命に掘りつづけながら、

「ちくしょう、ちくしょう」

と言って泣いていた曽野慎太に、熊吾は自分の凍った握り飯を半分に割って渡し、何に対しての「ちくしょう」なのかと訊いた。

「わしゃあ、わからんけん」

軍隊の階級を度外視して、同郷の松坂部隊長に曽野はそう答えた。

「島津も伊予の出身じゃ。こいつの女房の腹には、来月産まれる子がおる。島津はまだ二十一でなァし」

「知っちょる。宿毛《すくも》から嫁に来た姉さん女房じゃ。二つ歳上《としうえ》じゃったのお」

「わしらは犬や豚やあらせんのじゃ。こんな無茶苦茶の戦争に駆りだされて、こんなとこで犬ころみたいに死んで。それに対しての『ちくしょう!』でなァし」

草をむしりつづける熊吾の顎は、こわれた水道の蛇口のようになって、間断なく汗がしたたり落ちた。

大阪に帰ったら、曽野を訪ねてみようと熊吾は思った。王子動物園から西へ少し行ったところに、曽野慎太の住居兼店舗がある。商売を始めたころは仕入れの資金もなく、自転車にくりつけたリヤカーの荷台に、幼い娘と売り物の塗料の缶を積んで、早朝から深夜まで働きつづけていた。

凍傷で右の指二本を切断した曽野は、リヤカーの荷が重いと、自転車のブレーキを握る際の力が弱くて、よく人や電柱や家の壁にぶつかるのだと笑ったものだった。

昭和二十一年の暮れに、廃車に近い自動三輪車を、ほとんどただみたいな値で購入させてやって以来、曽野とは逢《あ》っていない。

だが、これから大阪へ帰れば、関西中古車業会の旗上げのための最後の詰めが待っている。それを済ませてからでなければ、房江と伸仁の待つ富山へは行けない。曽野を訪ねるのは、富山から帰ってからになるだろう……。

熊吾は腰のだるさに耐えかねて立ちあがり、背と腰を反らせた。美智子という女の、煉瓦塀に挟まれた坂道を下って行く姿が見えた。

博美は、マカール・サモイロフの墓の前に戻り、

「もう一生、来られへんかもしれへんから、ちゃんとお別れしとかんと……」

と言って、長いあいだ黙禱《もくとう》した。

「いや、お前はまたここへ来る」

と熊吾は言った。

「なんで？」

「勘じゃ。わしのこういう勘は当たるんじゃ」

「しあわせになって、ここへ来れるんやったらええけど……」

「つまらん男に惚《ほ》れんかぎり、お前もいつかしあわせになるじゃろう」

しあわせとは、身を律して、正直に、分相応に生きるうちに自然に育《はぐく》まれてくるものだ……。熊吾はそう言いかけてやめた。自分の娘ほどの博美の体に我を忘れたことを思うと、そんな道徳書の一節のような言葉を使うわけにはいかなかった。

「松坂熊吾は、つまらん男なん？」

と博美は訊いた。

「ああ、つまらん男じゃ。無学で、どこかで運を使い果たした、人に恵まれん、自尊心だけが強い、五十九歳の癇癪《かんしやく》持ちのお人好《よ》しじゃ」

その熊吾の言葉を、博美は自分との関係につなげて受け取ったらしく、

「私は、しつこうに、いつまでも松坂熊吾にしがみついたりはせえへんよ」

と言った。

熊吾が何か言おうとしたのを手を左右に振ってさえぎり、いっときも早く、このこめかみに食い込んでいるセルロイドを取ってしまいたいと博美は言った。

「そのために、この傷がもっとひどうなってもええ。ここにセルロイドの塊がこびりついてるって思うだけで、気が変になってくる」

熊吾は喉《のど》が渇いてたまらなくなり、食堂でも喫茶店でもいいから、とにかく水を飲めるところに行こうと博美を促したが、博美はそれからまだ十五分近く、マカール・サモイロフの墓を見つめつづけた。

第五章

もうそろそろ夏休みも終わろうかというのに、夫は富山に戻ってこないどころか、富山にいる妻子の経済的に切羽詰まった状態を承知していながらも、生活費を送ってはこないので、房江は予期せぬ事態が夫の身に起こっているのではないかと案じた。

もう親子二人の生活費は尽きかけているので、房江は夫が間借りしている福島天神の近くの駄菓子屋にも、丸尾運送店から目と鼻の先にある事務所にも長距離電話をかけられないまま、いつも午前十時に大泉本町地区に自転車でやって来る配達人が、きょうこそは松坂房江宛《あて》の郵便為替を届けてくれるのではないかと、その時刻になるとエプロンのポケットに認め印を入れて、嶋田家の前の茄子畑《なすび》のところで待ちつづけた。

関西中古車業会の名称を「関西中古車業連合会」に変えたという電話を夫から貰《もら》ったのは一週間前で、松坂熊吾《くまご》の事業計画に二の足を踏んでいた二軒の中古車業者がやっとその気になり、秋に開催するはずだった中古車展示会を急遽《きゅうきょ》、九月の十日から五日間大黒町で大々的にやるという意気軒昂《けんこう》な口調に、房江は安堵《あんど》したのだが、その際、金はあした郵便為替で送るという約束もしてくれたのだった。

自分の夫は、そのような約束を果たさなかったり、忙しさにかまけてうっかり忘れてしまうような人間ではない。妻と子が、あしたの米にも困っていることを知っていて、それを気にかけない男では決してない……。

房江はそう信じているので、夫からの電話があった翌々日、郵便局に出向いて、大阪から松坂房江宛の為替が届いていないかと問い合わせたが、届いていないというので、その翌日も郵便局へ行き、何かの手違いで本局にとどまったままではないのかと詰め寄り、不親切な郵便局員と口論に近い言葉のやりとりまでしてしまった。

「あしたから学校やのに、夏休みの宿題、こんなにぎょうさん溜《た》めて……」

房江は、八月一日からの日記を書くために、その日のお天気はどうだったろうと考えるだけで、いっこうに鉛筆を握ろうとはしない伸仁《のぶひと》を叱《しか》り、郵便配達人の自転車の音を耳ざとく察知すると、階段を駈《か》けおりて道に出た。

「いやア、きょうも届いとらんがや」

もう顔馴染《かおなじ》みになった中年の郵便配達人は気の毒そうに言って、いたち川のほうへと去って行った。

財布には百円札が一枚と、十円玉が三つあるだけだった。そして米びつに米は一合弱しかなく、醬油《しょうゆ》も味噌《みそ》も切れかけていた。

房江は、二階に戻り、エプロンを外すと、簞笥《たんす》から羽織と着物、それに結婚したとき夫に買ってもらった翡翠《ひすい》の指輪を出し、それを風呂敷《ふろしき》に包んだ。豊川町から商店街の裏手へとつながる道の、柔道の道場の近くに質屋があると思ったのだった。

きょうは一歩も外に出ず、宿題をしているようにと伸仁に言い、房江は日傘をさして質屋めざして歩きだした。

質屋というところには行ったことがなかったので、この二枚の羽織と着物、それに翡翠の指輪でどのくらい金を貸してくれるのか、房江には見当もつかなかった。ひょっとしたら一銭も貸してくれないかもしれない……。

そう用心して、市電を使わずに、いたち川沿いに歩いて行くことにしたのだった。

あしたから九月だといっても、太陽は真夏の勢いを保っていて、夜中から朝にかけて降った雨で濡《ぬ》れた雑草の草いきれが、眩暈《めまい》を起こさせるほどに蒸れて、百合の借家の屋根が見えるところにまで来ると、房江は祠《ほこら》の横の太い銀杏《いちょう》の木の下でしばらく涼をとった。

事情を説明すれば、夫からの仕送りが届くまでの当座の生活費くらいは百合が貸してくれないはずはなかったが、房江は人に金を借りるということが嫌いだった。

質屋は客の持ち物を担保に、それに見合った金を利子付きで貸すのだから、借りるほうも恥じることはない。それは借金ではなくひとつの商取引きなのだ。こちらに返す金がなければ、質草は流れて、質屋はまたそれで商いをする……。松坂熊吾という人が、妻子を顧みないはずがない。私には言えない事情があって、わずかな生活費すらあとまわしにせざるを得ないほどにいま新しい事業に資金が必要なのであろう……。

房江はそう思った。いくらなんでも、もう二、三日もすれば、夫は送金してくれるにちがいない。まさか富山にいる妻子が、あしたどころか、きょうの食事にも事欠くありさまに陥っているとは思ってもいないのであろう。

切り詰めた生活を守ってきたので、九月の半ばくらいまでは大丈夫だと房江は計算をたてていたのだが、八月二十二日の夕刻に、突然、息が苦しくなり、そのあとひどい咳《せき》がつづいた。その咳は、風邪引きによるものとはまるで異なっていて、咳が烈《はげ》しくなると、息は吐けても、吸うことができなくて、何度か気が遠くなりかけた。

階下の台所で夕飯の仕度をしていた嶋田の妻が、そのあまりに長く烈しい房江の咳を不審に思い、二階にあがってきてくれて、慌《あわ》てて医者を呼んでくれた。

自転車で往診してくれた医者は、喘息《ぜんそく》だと診断し、注射を打ち、あとで誰かに薬を取りにこさせるようにと言った。房江は喘息という診断に驚き、自分は気管が生まれつき弱いのだが、喘息にはかかったことがないと医者に言った。小児喘息と、そうでない喘息があって、ある年齢に達するまで何の兆候もなくても、突然喘息にかかることはよくあるのだと医者は答えた。

その翌日も、翌々日も、夕刻になると同じ症状が起こり、そのたびに医者に来てもらった。

健康保険に入っていなかったので、医者への支払いは驚くほど高く、生活費のほとんどがそれで失《な》くなったのだった。

思いもよらぬ喘息の発作は、夕立ちがある日に限られているようだった。咳が出始めると、遠くで雷が鳴り、それから三、四十分、夕立ちがつづく。夕立ちのない日は、発作は起こらない。

おとといもきのうも、喘息の発作は起きなかったので、房江は、夕立ちの前の湿度の高まりが自分の気管支に何等かの刺激を与えるのではないかと考え、それは、夕立ちだけではなく、この富山という風土そのもののせいかもしれないと考えてしまった。冬は深い雪。春は雪解けのぬかるみ。初夏は日本海と立山連峰に挟まれているせいらしい異常な蒸し暑さ。夏の粘りつく湿気……。それがこの私に喘息という病気をもたらしたのだ。

房江がその自分の考えを医者に言うと、医者はそういうことも有り得るかもしれないと、なんだか曖昧《あいまい》な答え方をしただけだった。

きょうも夕立ちがあるだろうか。またもし喘息の発作が起こったら、それを鎮《しず》める効き目の強い新薬を注射してもらわなくてはならない。あの注射が高いのだ。なんとかして、医者の往診や注射なしで発作がおさまるまでの数時間を耐えることはできないだろうか……。

房江はそう考えながら、銀杏の木の下の涼しい陰のなかから出て、また歩きだした。何気なく振り返ると、電柱に身を隠している伸仁の日に灼《や》けた細い脚とズック靴が見えた。

房江は溜息《ためいき》をつき、八月中の毎日の日記をきょう中に書いてしまわなければならないのに、あの子はいったい何を考えているのかと腹が立って、気づいていないふりをして歩きつづけたが、いたち川の「どんどこ」と呼ばれる深みで子供たちが泳がないよう見張っている町内の老人に、

「ノブちゃんは、母ちゃんに叱られちょるがけ？」

と話しかけられて、仕方なく立ち止まり、振り返って伸仁を手招きした。伸仁は房江の顔色をうかがいながら近づいて来て、

「八月の四日の天気がわからへんねん」

と言い、手に持っていた一枚の葉っぱを注意深く掌《てのひら》に載せ、これを見てくれと言った。

伸仁の掌とほぼ同じ大きさの葉っぱの裏に小粒な真珠の輝きに似た光沢を放つ虫の卵が百個近く整然と産みつけられてあった。

房江には気味悪い代物《しろもの》ではあったが、その光沢の美しさに魅《ひ》かれて、そう訊《き》いた。

「何？　これ」

「虫の卵や」

「そんなこと、訊かんでもわかってるわ。何ていう虫の卵や？」

「わからへん……。そやけど、これを箱に入れて先生に見せたら、理科の宿題をちゃんとやったことになるやろ？」

夏休みにおける理科の宿題として、昆虫か植物の標本作りがあったが、伸仁はそのどちらにもとりかかろうとはせず、高瀬家の長男と魚釣りばかりして夏休みをすごしたのだった。

「あとは算数のドリルと、国語の漢字の書き取りや」

そう言いながら、伸仁は老人に手を振り、イチョウの葉を二枚ちぎって、それで卵の付いている草を包んだ。

日記には、「きょうも魚釣りに行きました。夜の十時に寝ました」と書きつづければいいが、その日の天気だけは嘘《うそ》をつけないので、加瀬くんに教えてもらおうと思い、母さんのあとを追って来たのだと伸仁は言った。

「うまいこと言うて……。そんならなんで日記帳とか鉛筆とかを持ってないんや？」

房江の問いに、伸仁は答えず、父さんはいつになったら帰って来るのかと訊いた。

「お仕事がものすごう忙しいんや」と言い、房江はこのままうまくはぐらかされてなるものかと思い、

「算数のドリルと国語の書き取りは、どうするのん？」

と訊いた。

二つとも半分はやってしまったのだが、残りの半分といってもまだ二十ページ近くあって、もうどんなに頑張っても無理なのだと伸仁は笑いながら言った。

「笑うてる場合やあらへんわ。家に帰ったら、きょうは朝まで寝んと宿題を片づけるんやで。一日くらい寝んでも死ねへんわ」

そう言ってから、伸仁がこれから行こうとしている加瀬という同じクラスの少年の家は、質屋の近くではないのかと思った。質屋に入るところを伸仁に見られたくなかった。

それで房江は、自分は高瀬のおじさんに用事があるが、お前は加瀬くんの家に行って、そのあと寄り道せずに帰るようにと言った。

「お母ちゃんよりも遅う帰って来たら、きょうはほんまに怒るでェ」

「うん。さっさと帰る。お母ちゃんがまた喘息になったら、お医者さんを呼びに行かなあかんもん……」

「きょう、もし喘息の発作が起こっても、お医者さんには来てもらわへん」

「なんで？」

「あんな高い注射ばっかり打たれへん」

「注射打てへんかったら、死んでまうやろ？」

「死ねへん。人間はそんな簡単に死んだりせえへん」

「高瀬のおじちゃんにお金を返してもろたら、注射打てるやろ？」

房江は歩を止め、伸仁の頬を叩《たた》いた。

「子供がそんなことを言うたらあかん。高瀬のおじちゃんも、新しい仕事のために引っ越しやら何やらお金が要ることばっかりで、朝早《は》ようから夜遅うまで一所懸命働いてはるんや」

房江は頬をおさえて自分を見あげている伸仁を見つめ、この子を叩いたのは何年ぶりであろうと思った。

たしか、平華楼の時代に、遊びに来た従姉《いとこ》の千佐子とケンカをして、伸仁がノコギリの刃のついているほうで頭を叩いた。千佐子の頭のてっぺんの皮膚に三つ小さくて浅い穴があいて血が流れた。あのとき、自分は伸仁をきつく叱り、頬を三度強く叩いたが、あれ以来のことだ……。

伸仁は、しばらく房江を無言で見つめたあと、頬をおさえたまま踵《きびす》を返し、もと来た道を戻り始めた。

「どこへ行くの？」

伸仁は振り返らず、房江の問いにも答えなかった。

「加瀬くんに八月の毎日のお天気を教えてもらえへんかったら日記が書かれへんのとちがうの？」

なにも頬を叩くほどのことでもなかったと思ったが、房江も伸仁に背を向けて歩きだした。質屋が、着物と指輪で幾ら金を貸してくれるのか……。房江の頭にはそのことしかなかったのだった。

次の橋のところで振り返ると、伸仁のうしろ姿は小さくなって、川に沿って曲がっている砂塵《さじん》だらけの道の彼方《かなた》で消えたりあらわれたりした。

「お母ちゃんは追いかけて来てくれると思てるんやから……」

自分の鬱屈《うっくつ》した感情を伸仁にぶつけてしまったが、たまには母親に本気で叱られるのもいいではないか……。伸仁も、いったい自分が父や母にどれだけ大事にされ、我儘放題《わがまま》に育てられているか、考えてみるがいい……。房江はそう思い、豊川町めざして歩調を速めた。

嶋田家を出てから雪見橋のたもとまで徒歩で一時間かかった。途中でうしろからついてくる伸仁を待ち、話しながらゆっくり歩いたりしたからだと思い、つい数日前まで高瀬一家が住んでいた家への路地の前を通り過ぎたとき、もうひとつの路地から自転車に乗った伸仁が笑いながら突進して来て、房江の前で急ブレーキをかけて止まった。

「ああ、びっくりした！　どこから来たん」

房江は、なんとなく嬉《うれ》しくなって、汗まみれの伸仁に日傘をさしかけて訊いた。

「いろんな裏道があんねん。お母ちゃんが見えへんようになってから、走って帰って、虫の卵を置いて、それから自転車に乗って、消防署の横の道と広瀬さんの畑のあいだの道を使うたら、商店街の裏っかわに出るねん」

伸仁は、それは自分がみつけた秘密の近道だが、途中で一ヵ所、怖いおじさんのいる家の庭を抜けなければならないのだと息を弾ませて言い、加瀬という友だちの家めざして自転車を漕《こ》いで行った。

房江は中央通り商店街の手前の道を右に折れ、柔道の道場の前を通って、質屋の看板を捜した。砂埃《すなぼこり》で白くなった質屋の暖簾《のれん》に真昼の太陽が当たり、その前で女の子たちがゴム飛びをして遊んでいた。

羽織と着物は、質屋にとっては房江の目算よりもはるかに価値のないものであったが、翡翠の指輪は、ほぼ希望する額に応じてくれた。全額返せないときは、一ヵ月後に利子だけ納めれば流れないということも、房江は初めて知った。

翡翠の指輪でもっと用立てることも可能だと質屋の主人は言ったが、まさか夫からの送金があと十日も遅れるなどとは思えなかったので、質請けするときに返済がらくなようにと考え、最初に質屋が提示した金額を借り、房江はあたりを窺《うかが》うようにして商店街への道を歩いた。そして、精肉店に入り、ミンチ肉を買い、パン屋でパンとバターを買った。

西町から市電に乗って帰るつもりで商店街を歩いて行くと、酒屋があった。夫からの送金を待つあいだは一銭の無駄使いもできなかったので、房江はもう十日間一滴も酒を飲んでいなかった。

酒屋に並ぶ酒壜《さかびん》を見ながら、ひょっとしたらと房江は思った。

これまでまったくそんな兆候もなかった喘息という病気が突如自分の身に起こったのは、夫が大阪に帰って以来、夕刻になると茶碗《ちゃわん》に一杯か二杯楽しんできた酒が自分の心を慰めなくなったからではないのか、と。

その証拠に、発作はいつも夕刻に起こる、と。

酒を飲まなくなったことと、喘息などという病気にかかったこととは、何か関係があるのかもしれない……。

試してみようと房江は思い、一升壜を買い、隣りの果物屋で四分の一に切った西瓜《すいか》も買って帰路についた。

市電のなかに一匹の蠅《はえ》がいて、それがしつこく房江の買ったミンチ肉の包みや西瓜に取りつこうとした。窓はすべてあけられているのに、そこから入ってくる風は湿って熱く、昼時のせいなのか堀川小泉のほうへとつづく広い通りに人数は少なかった。

真昼の街の活気のなさと、追い払っても追い払っても生命力豊かに羽音をたててまとわりつく蠅のしつこさが、房江のなかの不安を次第に大きくさせた。

きっと夫の仕事はうまく行っていないのだ。夫からの仕送りだけが頼りの妻と子に、たとえわずかであっても当座の生活費を送れないのは、夫自身がよほど金に困っているからに違いない。大阪で、夫の身に何が起こっているのであろう……。

堀川小泉の停留所はまだ三つほど先だったが、房江は衝動的に次の停留所で降りて、富山駅に行こうと考えた。今夜の夜行で大阪へ帰ろうと思ったのだった。

夫は自分に何の相談もなく伸仁とともに帰って来た私を叱《しか》るであろう。来年の春まで、親子三人が住める場所もなく、伸仁の転校の手続きもしないまま、秋の新学期早々に、ただ寂しさに耐えかねて富山をあとにして、それでもお前はおとなか……。どうして辛棒できないのか、と。

夫はそう言って私を殴るかもしれない。

それでも私は大阪に帰りたい。住めるところがなければ、しばらく御影の鶴松の家に身をよせてもいい。姪《めい》の直子も、一ヵ月や二ヵ月なら、私と伸仁を自分の住まいに気持良く迎えてくれるだろう。

私は働くことをいとわない。夫の仕事がはかばかしくないのなら、私も働きに出る。手に職のない私が得られる仕事といえば、掃除婦か皿洗いか……。そんなことくらい私は平気だ。伸仁の転校が半月やそこいら遅れようと、たいしたことではない。八人町小学校には高瀬桃子に頼んで転校の手続きを取ってもらい、大阪でも神戸でも、とにかく住む場所の校区にある小学校に転入させればいいのだ。

伸仁は、見た目よりも物おじしないところがあるどころか、親が思うほどに芯《しん》は弱くない。ある局面ではからきし弱虫だが、ある局面では度胸がよすぎたりする。たびかさなる転校くらいでいじけてしまうような子ではない。

この富山というところは、私の身心に適していない。私にはどうしても馴染《なじ》めない風土なのだ。それを体が教えてくれて、何の前ぶれもなく突然烈《はげ》しい喘息《ぜんそく》という症状としてあらわれたのに違いない。大阪に帰ろう。夜行がなければ、あしたの昼の列車でもいい。夫にどんなに叱られても、この富山での親子二人きりの生活に耐えるよりもましだ。

房江は座席から立ちあがり、停留所に止まるために速度を落とした市電のなかで、それならばさっき質に入れた着物と指輪を質請けしなければならないと思った。あれは大切な着物と指輪だ。だが、借りた金ですでに買物をしてしまって、元金どころか一日分の利子も払えない……。

たいした額の買物をしたわけでもなく、一日分の利子ならたかがしれている。百合に金を借りよう……。

房江は、そうと決まれば、先に百合に金を用立ててもらうことが先だと思い、再び座席に腰をおろした。少し気持が落ちついてきて、房江は百合に金を借りたあとの段取りを考えた。

嶋田には、大阪に引っ越すということは黙っておこう。二、三日大阪に行って来ると言って、あとで高瀬から事情を説明してもらう。家具や蒲団《ふとん》や衣類や食器などは、高瀬に送ってもらえばいい。高瀬に、そのくらいのお返しを求めても罰は当たるまい。私と伸仁の富山での生活をまかせるために、夫は高瀬に金をあずけたが、それは「あずける」という口実をつけて、じつは貸したのと同じなのだ。そしてその金は、高瀬のゴム塗り軍手の仕事にすべて使われた……。

房江は、たとえ当初は怒っても、夫は私と伸仁が大阪に無断で帰って来たことを歓《よろこ》んでくれそうな気さえして、堀川小泉の停留所で降りると、土埃の道を日傘もささず急ぎ足で歩き、嶋田家の裏にある井戸の傍の涼しい場所に買って来たものを置いた。猫が狙《ねら》いそうなものはなかったし、この界隈《かいわい》には野良《のら》犬も放し飼いにされている犬もいなかった。

多少の空腹を感じたが、

「えらい汗をかいてェ」

という嶋田の妻に笑みを返すと、再び急ぎ足でいたち川沿いを行き、百合の住まいに向かった。

いつものように玄関の横から裏庭へと入り、縁側のところに行くと、雨戸が閉められていて、八月の始めに房江と伸仁と百合の三人で作った小さなトマト畑に水が撒《ま》かれた形跡はなく、トマトの葉も茎もなえかけていた。

房江は喘息にかかって以来、一度も百合の家に足を運んでいない。

電気のメーターには電力会社の封印がしてあって、それには八月二十五日という日付が書かれていた。房江はそこから歩いて五分ほどの家主の家を訪ね、倉田百合が八月二十四日の朝に引っ越して行ったことを知った。家主の妻によれば、倉田百合が、引っ越すので家を明け渡したいと言って来たのは八月二十三日の夜だったという。もうそのときには、運送会社のトラックが到着していて家具などを荷台に積みこむ作業が行われていた。

家賃は前払いなので問題はなかったが、電気代やクリーニング屋の支払いはどうするのかと訊《き》いたところ、これで足りないはずはあるまいから払っておいてくれと何枚かの紙幣を渡し、余りは子供さんにお菓子でも買ってやってくれと倉田百合は言い、その翌日の朝には姿を消してしまった……。

「何が起こったがやって、心配しましたちゃ。あんな大きなお腹《なか》で……」

と家主の妻は言った。

やはり、この富山のいたち川のほとりで、ひとりひっそりと子を産み、育てていくなどということは、百合には無理だったなと思いながら、房江は橋を渡り、高瀬一家の稲荷元町に借りた新しい住まいへと急いだ。

息が苦しくて、ひょっとしたら喘息の発作が起こるのかと案じたが、大泉本町から白銀町の質屋まで歩き、それから中央通り商店街で買物をし、市電で堀川小泉まで戻ってそこから嶋田家までの二十分ほどの道を急ぎ足で歩き、休む間もなく百合の家を訪ね、そのふいの引っ越しに驚き、もう昼の一時半だというのに何も食べていないし、汗をたくさんかいて喉《のど》が渇いているのだと思い返し、房江は雪見橋の三つ手前の橋を渡って稲荷元町のほうへ歩きつづけた。

夜行列車に乗っても、あしたの昼の列車に乗っても、とにかくあした大阪に帰れる。

そう思うだけで、疲れているはずの脚に力が入った。

通りの角を北へ進み、小さな民家の並ぶ一角を過ぎて、道の向こうに北陸本線の架線が見えるところで右に曲がると、魚の干物を作るかのような格好で、塗ったゴムを乾かすために木型に入れられたまま作業場の外に並べられている数十組の軍手が揮発性の匂《にお》いを放っていた。

その借家は、元は仏壇屋だったので、間口が広く、大きなガラス戸の向こうには仏壇を陳列していたコンクリート敷きの広い空間があり、十畳の間と八畳の間が襖《ふすま》で隔てられていたが、ゴムを乾かすために風通しを良くするため、襖は取り外されて、表を通る人には高瀬家のほとんどすべてが見通せてしまう。

桃子は、房江が女として最も嫌うシュミーズ姿で出て来て、さっきノブちゃんが来て、お腹が空いたというのでソーメンを食べさせてやったと言った。そして、

「父さん、もうちょっとで死ぬとこやったちゃ」

と声を忍ばせて苦笑した。

高瀬勇次は、新しく開拓した顧客にゴム塗り軍手三十ダースを八月末までに必ず納品するよう依頼されて、この三日間、ほとんど寝る間もなく作業をつづけ、昨夜遅くやっとゴムを塗り終え、あとはそれを乾燥させるだけという段階で一息つき、家の裏庭で行水をした。近くの銭湯はとうに閉店してしまった時刻だったからだ。

行水を終えて体を拭《ふ》いている途中から舌がもつれたような話し方になり、息遣いも荒くなって、そのまま縁台に尻餅《しりもち》をつき、眩暈《めまい》がすると言って横たわってしまった。

疲れが出たのであろうと、桃子が肩を貸して蒲団のところにつれて行こうとしたが、勇次は動けなかった。慌《あわ》てて内科の医院に走り、眠っていた医者を起こして、平身低頭して頼み込み、往診してもらった。

血圧が異常に高くなっていて、運が悪ければ脳の血管が破裂しても不思議ではない状態だと医者は言い、応急の処置をしてくれた。
二、三日は働いてはいけない。酒も飲むな。塩辛いものは厳禁。とにかく眠ることだ。

医者はそう言った。もともと血圧が高いのに、仕事に追われて睡眠を取らず、酒を飲んで冷たい井戸水で行水するなどとは自殺行為だ。

医者は叱って、不機嫌に帰って行った……。

そんな桃子の説明を聞いてから、房江が裏庭への縁台のところへ行くと、風の通りのよい場所に茣蓙《ござ》を敷き、そこで高瀬勇次はランニングシャツとステテコ姿で横になって目を閉じていた。

「睡眠薬を服《の》んだからァ、よう寝とるっちゃ」

桃子が声をひそめてささやいたとき、作業服姿の男が三和土《たたき》のところに立って、大声で、

「磯屋商事ですが」

と言った。

桃子はシュミーズ姿のまま、男のところへと行き、夫の体の具合が悪くて、支払いの金の算段ができていないので、もう二、三日待ってもらえないかと言った。

ゴムを卸す会社の男が、集金に訪れたらしかった。

薄いシュミーズから透けて見える桃子の肉づきのいい胸や股間《こかん》に薄い笑みを向けたまま、男は、当分のあいだは現金取り引きでないと、次の納品に応じられないと言った。

「奥さん、子供を三人も産んだ体やないがよ。目のやり場がないっちゃ。わしゃ、たま

らんがや」

男の言葉に、

「昼間から、だらなこというてェ」

と笑いながら言い返した桃子のうしろ姿には媚《こ》びがあって、房江は縁台から座敷へと行くに行けなくなり、庭に降りると井戸水を飲んだ。

百合もいなくなり、高瀬にも金を用立ててもらえないとなると、大阪に帰ってしまうわけにはいかない。質屋から着物と指輪を受け出してからでなければ大阪へ帰ることはできない……。

房江はハンカチを井戸水で濡《ぬ》らし、それで首や額の汗を拭きながら、きょうかあす、大阪へ帰ってしまうという決心は翻《ひるがえ》すしかあるまいと思った。

男の視線が、シュミーズから透いて見える自分の体のそこかしこに、無遠慮に注がれつづけているのをわざと楽しんでいるかのように、

「九月三日には、ちゃんとお支払いしますっちゃ。たったの三日やからァ」

と言っている桃子を房江は呼んだ。かなり声は大きかったが、高瀬勇次の寝息に変化はなかった。

「服を着たらどないやのん？　ご亭主や子供らに恥をかかしてるのとおんなじや。桃子さんは恥しいのうても、ご亭主も子供らも、どんなに恥しいか……」

と房江は小走りでやって来た桃子に言い、いまから大阪まで長距離電話をかけさせてもらうが、代金は九月三日に払うと断わって電話のところに行き、卑《いや》しい笑みを浮かべたままの男を睨《にら》んだ。

「ほんなら九月三日やからねェ。今回だけは、待ってあげるっちゃ」

そう言って男は自転車に乗って帰って行った。

電話局に申し込んで十分ほど待つと、関西中古車業連合会の事務所に電話がつながり、夫の声が聞こえた。房江は安堵《あんど》の心で、我知らず笑顔を浮かべ、決して非難めいた口調にならないよう注意しながら、

「何かあったん？　お金が届かへんから、病気か怪我《けが》か、何か悪いことでも起こったんやないかと思て、心配してたんやけど、電話代もなかったから……」

と言った。

「きのう、郵便為替で二万円送った。あしたには着くじゃろう。待たせて悪かったのお」

熊吾はそう言い、いよいよ困ったら高瀬のところに行って、預けてある金を少し返してもらえばいいではないかとつづけた。

「電話代ものうなるまで待つことはあらせん。高瀬に預けた金は、お前と伸仁の富山での生活を頼むっちゅう意味の金なんじゃ」

「高瀬さん、倒れはってん」

と房江は声をひそめて言い、いま高瀬の家から電話をかけているのだと説明した。

「倒れた？　なんでじゃ」

「血圧がものすごう高うなって……。いまお薬を服んで、よう寝てはる」

「わしは、元気じゃ。予定を早めて、きのうから展示会を始めた。もう十二台売れたぞ。伸仁は元気か？　お前はどうじゃ？」

そうか、中古車の展示会の予定を急遽《きゅうきょ》早めたために、夫も忙しく動き廻っていて、資金繰りも苦しかったのであろう。

房江はそう思い、伸仁も自分も元気だと答え、喘息のことは黙っていた。

「展示会は九月の三日に終わるけん、それが終わったら富山へ帰る。ひょっとしたら、一日か二日は遅れるかもしれんがのお」

と熊吾は言って、

「名医の小谷先生にも診たて違いっちゅうのがあった」

と声を大きくさせた。

「診たて違いって？」

「おととい、千代麿の手術があったんじゃ。十中八九、癌《がん》じゃと小谷先生は思うちょったが、あけてみたら、どうも癌やないぞっちゅうことになってのお」

大きな腫《は》れ物が十二指腸の下部にあるにはあって、そこから出血がつづいていたのだが、悪性と良性の中間のような腫瘍《しゅよう》で、切除したらそれで済んでしまう可能性が高まったのだと熊吾は言った。

「いま、その切り取った腫れ物を検査しちょるそうじゃが、検査の途中経過では、ますます結果はええほうに傾いちょる」

ところが、医者や妻や熊吾から、癌ではなかったといくら説明されても、丸尾千代麿は信じないのだという。

「お前に送った二万円は、丸尾の女房に借りたんじゃ。わしの財布もすっからかんよ。展示会には思いもよらん金がぎょうさんかかったが、展示した五十台の中古車が全部売れんでも、これで『関西中古者業連合会』の旗上げは大成功じゃ。売れた車の収益の、わしの取り分は、全部の売買契約が終わってからじゃが、連合会への月々の会費のなかから、わしの給料が出る。年に四回展示会をやれば、その分もわしの報酬に加算される。もう六軒の別の中古車業者が入会を申し込んできたぞ」

ああ、私の夫の先を読む目はこんどもうまくいった。またいつどこで他の事業に気を移してしまうかわかったものではないが、とりあえず大仕事は順調に動きだしたのだ……。

房江はそう思うと嬉《うれ》しくて、富山に帰って来たら、贅沢《ぜいたく》なお弁当をたくさん作って立山へ行こうと熊吾にはしゃいだ声で言った。

「おお、そうじゃ、立山へ行こう。宇奈月《うなづき》温泉にでも泊まろうか」

夫もそう応じて、電話を切った。

「お昼、まだやったら、ソーメンを食べられェ」

とワンピースを着た桃子が勧めてくれた。

「暑かったし、父さんのことでうっかりしとってェ」

桃子はシュミーズ姿で客の前に出た言い訳をしながら、卓袱台《ちゃぶだい》にソーメンを運んで来た。

そして、最初に納品したゴム塗り軍手の代金は三ヵ月の約束手形で支払われたのだと言った。

「三ヵ月? 三ヵ月後でないとお金に替われへんの?」

「手形の割り屋で割ったら、手数料をようけ取られて、儲《もう》けはないがや。そやけど、軍手やらゴムやらを仕入れんと次の仕事はでけんでねェ。約束手形を割るしかないですっちゃ。そうやってお金を廻していっとるうちに、なんとかなっていってくれたらええがに」

三ヵ月間、一銭の収入もなくても資金繰りには苦労しないという土台がなければ、商いというのは日々火の車なのだと桃子は言い、自分もソーメンをすすった。

「日銭商売がいちばん気楽がやちゃ」

よほど信頼できる会社の約束手形でなければ銀行は割ってくれないから、町の金貸しで割るしかないが、利息は法外で、もしその手形が不渡りにでもなれば、取り立て屋と呼ばれるならず者の出番となって、生血を吸われると桃子はつづけた。

「生きていくって、しんどいがや」

中古車の展示会で売れた代金の夫の取り分も約束手形で支払われるというような可能性はあるのだろうか……。

房江は不安を感じたが、それを桃子には話さなかった。

帰りは市電に乗って堀川小泉の停留所で降りると、房江はやはり夫に大阪へ帰りたいと真剣に訴えてみようと思った。自分と伸仁は、御影の鶴松か直子の家にしばらく身を寄せればいい。

伸仁と二人きりの富山での生活の寂しさは、もはや自分には限界だ。夫がいないから寂しいというのではない。嶋田家の二階を間借りしていることに不満なのでもない。たしかに窓から見える立山の峰々は美しいし、延々とひろがる田園の豊かさにも見惚《みと》れる。けれども、どうかしたひょうしに、それらは恐しい孤独感を自分につのらせてくる。この恐しいほどの寂しさは、夫の郷里でも感じたことはないし、それ以前の、幼い頃からの転々とした生活で味わったものとも異なっている……。

北陸の風土というものが、あまりにも自分にそぐわないとしか思えない。そしてこの気候。富山の秋はまだ体験していないが、きっと冬の予兆を孕《はら》んで、すでにそこに豪雪のしるしが鉛色に混じっていることであろう。

秋はたちまち終わり、またあのすさまじい雪の季節に変わる……。

房江は日傘をさして歩きながら、初めて富山にやって来た雪の夜を思い浮かべ、空の入道雲が膨れあがっていくさまを見やった。

雪見橋の近くのあの商人宿《あきんどやど》の夜だけが、自分の富山の生活における唯一《ゆいいつ》の幸福な思い出として残るだろうと房江は思い、笛とも三味線の音ともつかない、あるいはピアノとヴァイオリンの音色にも似ていなくもない、ひょっとしたらその和洋の楽器の無邪気で無秩序な短い協奏と表現してもいいような不思議な音をまた聴きたいと思った。

あの音はいったいどこから生じていたのだろう。

ある程度覚悟はしていたというものの、予想を越えた吹雪のなかを長時間列車に揺られ、やっと着いた富山の街に積もった豪雪に驚き、待ち望んでいた遠来の客をもてなす工夫もなく自分たちを迎えた高瀬家の心遣いのなさに落胆し、仕方なく親子三人で狭くて寒い商人宿に泊まったあの夜のあのなごやかさこそ、自分がこれまで最も求めつづけてきたものだったのかもしれない……。

夫と息子と三人で湯舟につかり、冷え切った体から湯気をたてて笑っていた幸福……。

伸仁の「鴻池《こうのいけ》の犬」という落語のうまさ……。

――えー、お寒いなかのお運び誠にありがとうございます。鴻池の犬という、まあ言うたら、しょうもないような、しょうもないこともないようなお話でご機嫌をうかがいます。ちょっとの間《ま》、なにとぞ、おつき合いのほどをお願い申し上げます。世のなかには運不運というもんが確かにありますようで、朝、寝過ごして、いっつも乗ってる電車にあと一歩のところで乗り遅れて、くっそォ、けったいくその悪いと思いながら、次の電車に乗りますと、借金取りとばったり出くわしまして……。――

房江は商人宿の風呂《ふろ》のなかで頭に畳んだタオルを乗せて「鴻池の犬」を演じてみせた伸仁の嬉しそうな顔と、それに聴き入る夫の笑い顔を思い出し、道の向こうからやって来る人に見られないよう日傘で顔を隠して笑った。

神社の近くにまで来ると、房江は何か険悪な空気を感じて歩を緩めた。神社の境内にある相撲の土俵の周りに、近在の高校生たちが集まって、誰かに罵声《ばせい》を浴びせている。前を通り過ぎながら房江が土俵の近くに目をやると、嶋田家の長男が鼻血を流しながら、自分よりも体格のいい高校生とつかみ合いのケンカをしていた。ケンカの相手のシャツは破れ、どういうわけかズボンのベルトは抜け落ちて土俵の上にあった。鈍い音がして、そのたびに嶋田家の長男の顔は腫れた。相手の高校生のほうがはるかにケンカ慣れしているようで、無防備に、ただ相手の体にむしゃぶりつこうとするだけの嶋田家の長男の顔に的確に拳《こぶし》が打ち込まれていく。

廻りの高校生はみな嶋田家の長男に罵声を浴びせて、味方はひとりもいないようだった。

高校生ともなると、胸や肩や腕の筋肉は逞《たくま》しく、それらは汗みどろに光って、房江は近くにいることすら恐しかったが、嶋田家の長男の顔が歪《ゆが》んで腫れあがりつづけるのを見ていられなくて、

「もう、やめなさい」

と叫び、高校生の群れをかきわけて、二人の側《そば》に行った。脚は震え、心臓の鼓動が体全体に響くのを感じながら、

「こんなに殴って……。あんたはもう勝ったでしょう。もう殴るのはやめなさい」

と房江は言った。

「何人もで寄ってたかって……」

「こいつがやめよらんちゃ」

相手の高校生は言った。嶋田家の長男は、つかんでいたシャツをやっと放し、荒い息を弾ませながら境内から出て、自分の自転車に乗って家とは反対の方向へ去って行った。

土俵の上には、嶋田家の長男のものと思える下駄《げた》が落ちていた。

自分たちがここで相撲を取って遊んでいたら、うるさいからもっと向こうでやれと石

を投げたのだと別の高校生が房江に言った。

「ここでの声がなんぼ大きいても、嶋田の家にまで聞こえっか？」

房江は土俵の上に落ちている下駄を拾い、

「あの子はちょっと変わってるから……」

と言って境内から出た。

「あんなやつ、帰ってこんでもええがやに」

と誰かが言った。

房江は、嶋田家の前に帰り着くと、下駄を階段の昇り口の近くに置き、裏の井戸のところに廻って、昼間買ったミンチ肉や日本酒の一升壜《びん》を持って二階へあがった。

「ああ、疲れた……。きょうはどれほど歩いたことやろ」

漢字の書き取りの宿題をしている伸仁に言い、ハンバーグの用意を始めた。

「お父ちゃんに電話がつながってんで」

その房江の言葉で伸仁は顔をあげ、

「帰って来るのん？」

と訊《き》いた。

「もう二、三日したら。もしかしたら、一日か二日遅れるかもしれんけど……。立山に行こうって言うてはったで。宇奈月温泉に泊まろうって」

日は落ちかけているのに、蒸し暑さは増して、風はまったくなかった。

房江は窓から入道雲を見あげ、きっと夕立ちがあると思った。喘息《ぜんそく》の発作がおきる前に酒を飲もう……。発作がおこってからでは遅いのではないか……。だが、自分が酒を飲むのを伸仁はひどく嫌い、いつまでも怒って睨《にら》みつけたりもする……。

房江は、伸仁に何か用事を頼んで外に出させようと考えた。その隙《すき》に一合ほど飲めばいい……。

茄子《なすび》畑の持ち主夫婦が、茄子を収穫していた。籠《かご》のなかには、いま穫《と》ったばかりの茄子が山盛りになっている。房江は二階の窓から夫婦に声をかけ、その茄子を五、六個売ってはいただけないかと頼んでみた。

「ああ、ええよ。取りにこられェ」

妻のほうがそう応じ返したので、房江は十円玉を何個か鍋《なべ》に入れて、それを伸仁に渡し、このお金の分だけ茄子を買って来てくれと頼んだ。

「きょうはハンバーグと、うーん、そうやなァ、焼き茄子や」

ハンバーグと聞くと伸仁は鍋を持って嬉しそうに階段を駆け降りていった。

房江は急いで一升壜の封を切り、湯呑《ゆの》み茶碗《ぢゃわん》に酒を注いで飲むと、押し入れの上の天袋に一升壜を隠した。そして水で口をすすいだ。

「こんなにぎょうさん売ってくれはった」

戻って来た伸仁は、鍋のなかに入れられた茄子を見せた。

「こんなに？お母ちゃんとノブとでは食べきられへんわ」

「十五個も入れてくれはってん」

更年期による気鬱《きうつ》を助長させる酒……。

房江はそう胸のなかで言いながら、タマネギを刻もうとしたが、一個だけ残っていたタマネギは腐りかけていた。

刻んだタマネギを一緒に混ぜないとおいしいハンバーグは作れないのだと伸仁に言い、タマネギを買ってくるようにと金を渡した。

　体にアルコールが入っていても喘息の発作が出たら、これまでの発作よりもはるかに苦しいのではあるまいかと不安になり、房江は窓から身を乗り出すと、いたち川のほうへと走って行く伸仁を見てから入道雲の形をさぐった。西の空が少し暗くなっていた。

だが、一合弱の酒が廻ってくると、わずかに痒《かゆ》みに似たものが生じていた気管がらくになり、喘息の発作が起こればそれを理由に大阪へ帰ることを夫も勧めてくれるのではないかという考えが生まれた。夫もまた妻の突然の喘息が、富山の気候のせいだと判断するであろう、と……。

すると房江は、いっそ喘息の発作が起こればいいのにと願う気持になり、天袋から一升壜を出して、湯呑み茶碗にもう一杯注ぎ、伸仁がタマネギを買って帰ってくるのを窓辺で見張りながら飲んだ。

遠くで雷が鳴り、それは少しずつ近づいてきた。

五月に久しぶりの生理があり、正常な場合と同じ周期で六月の中旬にもあったが、経血の量はいささかうろたえるほど多くて、房江は婦人科で診察を受け、ホルモンの注射を打ってもらった。そしてそれきりきょうまで、生理はない。こうやって少しずつ生理と生理との間隔は長くなり、そのつど身心のさまざまな不調に苦しみながら、女でなくなっていくのであろう……。

「メンスがのうなってしもてからが、ほんまの女になるんやで」

と言ったのは、新町の料亭「まち川」の女将《おかみ》だったなと思いながら、房江は一升壜を天袋に隠し、湯呑み茶碗を洗い、口をすすいで、干してあったパンをおろし器で粗くおろし、それとミンチ肉とを混ぜてこねた。

伸仁が走って帰って来て、タマネギとお釣りとを渡しながら房江を見つめ、

「あっ、お酒飲んだやろ」

と怒ったように言った。

「飲んでへん。お酒は飲めへんて約束したやろ？　お母ちゃんは飲めへんと言うたら絶対に飲めへん」

「飲んでる。お母ちゃんの目ェ、お酒を飲んだときの目ェになってる。お酒、どこに隠

したん？」

伸仁が押し入れをあけて酒を捜そうとしたとき、頭上で雷が鳴り、烈《はげ》しい大粒の雨が降ってきた。それなのに房江の息遣いに変化はなく、気管にも何の異和感もなかった。それどころか、夫の事業が順調に動き始めたという歓《よろこ》びが膨れあがってきて、

「ばれたか」

と笑いながら、房江は一升壜の隠し場所を伸仁に教えた。そして、酒を飲んだ理由を説明した。喘息の発作を抑えられるかもと試してみたこと。お父さんの仕事がうまくいって、数日後には三人で立山へ遊びに行けるというお祝いであること……。

けれども、伸仁は嫌悪《けんお》の表情を房江に注ぎ、自分はお酒が入っているときのお母ちゃんを嫌いなのだと言うばかりだった。

「そやけど、喘息の発作、おこらへんやろ？　あの苦しさと辛《つら》さは、なったもんでないとわかれへん……」

互いの声も聞こえないほどの烈しい夕立ちは、たちまち窓の近くの畳を濡《ぬ》らしたので、房江は慌《あわ》てて窓を閉め、ハンバーグ作りに戻った。

夜の八時からラジオで寄席《よせ》中継があると言って、まだ夕方の五時なのに、伸仁はラジオのチューナーを合わせ始めた。伸仁は最近、志ん生という噺家《はなしか》の「二階ぞめき」という演目に磨きをかけようとしているので、志ん生の落語が放送される日は、雑音の多い

ラジオに耳をあてがいつづけるのだが六月に一度聴いただけで「二階ぞめき」をそれ以後志ん生は咄してくれないらしかった。

「江戸の吉原《よしわら》って、どんなとこ？」

少し機嫌を直したのか、伸仁が房江の横に来て訊いた。

どう答えようかと思案していると、伸仁は「二階ぞめき」という落語のだいたいの筋立を説明してくれて、

「おとっつぁんは文句言うけどさァ、あたしゃあ、吉原が好きなのさ」

と志ん生の語り口を真似《まね》てみせた。

「あの言い方がおもしろいねん」

それなのに志ん生は最近、「二階ぞめき」を聴かせてくれないのだと言って、イチョウの葉で包んだ虫の卵を机の上に置き、いつまでも飽きずに眺めつづけ、ときおり溜息《ためいき》混じりに、

「きれいやなァ」

とつぶやいた。

ハンバーグは、あとはフライパンで焼くだけとなって、房江は茄子を焼くために階下に降りかけたが、まだ夕立ちは弱まっていなかった。

台所を使ってもいいと嶋田の妻は言ってくれるのだが、房江は裏の軒下に七輪を置い

て、そこで煮物や焼き物や炒《いた》め物を作ることにしていた。

夕立ちがおさまらなくては、豆炭に火をつけにくい……。房江はそう思い、昼間、伸仁がどこかの草叢《くさむら》でみつけた虫の卵をのぞき込んだ。日の照りつける道で見たときよりもそれは光沢を増して、上等の真珠の玉が名人の職人の手になる細工物のように隙間なく百個近く葉の裏に並んでいた。

「このまま放っといたら勝手に孵《かえ》るんやろか」

と伸仁は言って、ふいに顔をあげ、耳をそばだてるような表情をした。

「帰って来よった」

「誰が？」

「ここの一番上のお兄ちゃんが」

と伸仁は怯《おび》えた顔で言った。

「いま、声が聞こえた」

さっき、神社のところで逢《あ》ったと房江は言ったが、ケンカのことは黙っていた。

真珠というよりもオパールに似ていると思いながら、こころなしか青味が増したような虫の卵を見つめているうちに、その百個近い、直径三ミリくらいの、整然と並んでいる奇妙で美しいものが、房江にはなにかしら死の気配のする寂しい化石のような何物かへと変わっていった。

夫の母が、どこかの山奥の木の株に腰かけてこの私を見つめている……。何の脈絡もなく、房江はそう思った。そういえばこの虫の卵の光沢は、老人の澱《よど》んだ目にも似ている……。姑《しゅうとめ》の弔いをしなければならない。遺体はみつからなくても、姑が生きていることなど考えられない。それならば、やはりきちんと弔わねばならない……。

「……お義母《かあ》さん、ごめんね」

とつぶやき、房江は溢《あふ》れてきた涙を前掛けで拭《ふ》いた。そのとき、百個近い小粒な光沢はいっせいに動き出したのだった。

房江も伸仁も同時に悲鳴をあげて、坐《すわ》ったまま机のところから逃げた。蜘蛛《くも》の子ともダニともつかない薄茶色の小さな虫たちが、四方へと這《は》って散り散りになり、そのうちの数匹は伸仁の手の甲に移った。伸仁は大きく口をあけ、わあ、でもなく、ぎゃあ、でもない、形容しがたい悲鳴をあげつづけながら、手の甲から腕へと移ってくる虫を手で払った。

房江も窓ぎわへと這って逃げながら、そんな伸仁の顔を見て笑った。笑いはいつまでも止まらなかった。

「孵ったんや。卵がいっせいに孵ったんや」

その房江の言葉は、笑いで言葉になっていなかった。

「理科の宿題がぜんぶ逃げてしもた」

そう言って、恐怖の目で手の甲を見つめていた伸仁も涙を滲《にじ》ませて笑い始めた。

三日後の九月三日に二万円の郵便為替が届き、房江はそれを郵便局で金に替えると、市電に乗って西町まで行き、商店街を歩いて質屋の暖簾《のれん》をくぐり、八月三十一日に質入れした翡翠《ひすい》の指輪と羽織と着物を受け出した。

一日延ばせば一日分の利子がつくと考えたからだが、夫が富山に戻って来た際に、何かの拍子に指輪と羽織と着物がないことに気づいて、その理由を問い質《ただ》されるような事態が生じてはならないと用心したのだった。

夫の性格を考えると、自分の妻に生まれて初めて質屋の暖簾をくぐらせたことを恥辱とするであろうし、妻子のそのような窮状に何の手も差しのべなかった高瀬勇次に激昂《げっこう》し、どんな罵詈《ばり》雑言《ぞうごん》を浴びせるかしれたものではなかった。

房江は自分のもとに帰ってきた指輪と羽織と着物を持って、商店街で梨《なし》とトマトを買い、それを高瀬勇次への見舞いの品として稲荷元町へと向かった。

「わしも歳《とし》を取ったがや」

作業服を着て、汗まみれになりながら軍手にゴムを塗りつづけていた高瀬勇次は、房江が見舞いの品を持って訪ねて来たことを桃子から教えられると、仕事の手を止めて作業場から座敷へとやって来て、苦笑混じりにそう言った。

「働き過ぎて疲れはっただけや。歳のせいとは違うわ」

房江は、商店街の魚屋に鮮度のいいイカがあったのだが、そんなものをお見舞いとして持参すれば、血圧が高くて倒れてしまった病人に晩酌を勧めるようなものなので、体にいいトマトを多めに買ったのだと説明した。

「梨は、子供さんに」

「トマトなんちゅうもんは、食べたことがないっちゃ」

と高瀬は言い、桃子にトマトを井戸水で洗って、少し冷やしてくれと頼み、愛用の紙巻き煙草《たばこ》用のパイプに半分に切った煙草をさした。

ヤニで茶色く変色した五センチほどの長さのパイプは象牙《ぞうげ》で作られたもので、おそらく高瀬の身の周り品のなかでは最も高価な品であろうと思われた。

「酒も煙草も控えにゃあならんがやに、これぱっかりはやめられんちゃ。塩辛いものもいかんちゅうて医者は言うが、わしはまた辛いもんが好きときとってェ……」

午前中に病院に行って血圧を計ってもらったら、上は百六十五で下は百十八だったと高瀬は言った。

「血圧っちゅうのは、下のほうが高いのが怖いそうですっちゃ」

ゴム塗り軍手の代金は三ヵ月の約束手形で支払われたので、その手形が落ちる日までは、ゴム塗りと乾燥の作業以外に、すぐに金になる仕事もしなければならないという。

「すぐにお金になる仕事って？」

と房江は訊《き》いた。気管にむず痒さを感じ、息を吸うとその部分が詰まるような感覚があった。喘息《ぜんそく》の発作が起きる前兆だった。

「トラックの解体ですっちゃ」

と高瀬は言った。

「二台の廃車になったトラックをばらして、使える部品を取り出して、それをきれいに油で洗浄したり、錆《さび》を取ったりして業者に納めると、品物と交換で金を払うてくれますっちゃ」

廃車になったトラックは呉羽《くれは》という町のはずれに置かれてある。軍手にゴムを塗る作業が一段落したら、すぐに自転車の荷台に道具を積んで呉羽に行き、そのトラックの解体作業を始めなければならないと高瀬は言った。

「とにかく大型トラックやから、二台解体するには二昼夜はかかるがや」

「二昼夜って、また二晩も徹夜で力仕事をしはるのん？」

「そうせにゃ、まんまが食えんがや。それどころか電気代も水道代も払えんから、ゴム塗り軍手を作れんようになりますっちゃ」

高瀬の言葉に、房江はそんなにも逼迫《ひっぱく》していたのかと思い、小さな裏庭のほうに行くと、トマトを洗っている桃子に、いま財布のなかには幾らあるのかと訊いた。

「きょうから二晩も徹夜してトラックを解体するなんて……。そんなことさせたら、高瀬さん、ほんまに死んでしまうわ」

桃子は恥しそうに笑みを浮かべ、台所から財布を持ってくると中を見せた。七十三円しか入っていなかった。

「電気代をさっき払うたですちゃ。電気を止められたら、仕事ができんもんね」

と桃子は言った。

房江は夫から送られてきた二万円から質草を受け出した分と見舞いの品を買った分とを引いた残りの金をざっと計算し、千円札を三枚、桃子に渡した。

「せめてもう三、四日は高瀬さんを休ませなあかん。舌がもつれて自分では動かれへんようになるくらい血圧が高かったんやろ」

桃子は、自分たち夫婦はいつもこうやって生きて、三人の子供たちを育ててきたのだから、そんなに案じてくれるなと言いながら、濡れた手をエプロンで拭くと、三枚の千円札を受け取った。

「お米も、もう一合あるかないかになっとったがや。お酒だけは一升壜《びん》に半分以上残っとるがに」

房江は、こみあげてくる咳《せき》を抑えて、その酒をコップに一杯入れてきてくれないかと桃子に頼んだ。

「お酒？　どうするね？　房江さんが飲むがけ？」

桃子に、そう驚き顔で訊かれて、房江は自分が突然喘息という病気にかかったことを打ち明けた。

「お医者さんの薬よりも、お酒のほうが効くような気がするねん。三日前も、発作が起こりかけて、ひょっとしたらと思うてお酒を飲んだら、ひどい症状にはなれへんかってん」

「なしてお酒が喘息に効くがやろ……」

「わかれへん……。喉《のど》とか気管支とか肺とか、そのへんの血の巡りが良うなるからかもしれへんわ」

桃子は小走りで台所へ行き、コップに日本酒を注いで戻ってきた。

気管のあたりの、絞り込まれるような感覚は、三日前の発作の予兆よりも烈《はげ》しかったので、房江は、はたして酒を飲むことが吉と出るか凶と出るか不安だった。三日前は、うまくおさまったが、きょうも同じとはいかないかもしれない。それどころかアルコールが悪く作用して、これまでの発作よりもひどい状態になり、息ができなくなって死んでしまうかもしれない……。

コップを口のところに持って行き、しばらくためらったあと、房江はなんだか毒をあおる心持で酒を飲んだ。こみあげてくる咳でむせそうになるので、ためらわずに一息に飲まないと吐いてしまいかねなかった。

「どうね？」

と桃子が房江の顔を覗《のぞ》き込んで訊いた。

「そんな……。いま飲んだばっかりやのに……」

房江は幅の狭い縁台に腰を降ろし、このことは高瀬には黙っていてくれと言い、残りの酒を飲み干した。

軽い咳は十分ほどつづいたが、酔いの廻りを感じると、急速に気管の詰まりがほどけて行き、むず痒《がゆ》さも消えた。

いったいどうしてなのだろう……。医学的なことは何ひとつわからないものの、現実として確かにこのように発作が起こらないのだから、酒が喘息を抑える何等かの作用を為《な》したのは間違いのない事実なのだ……。

房江はそう思い、

「発作がほんまに起こってしもてからでは遅いのかもしれへんなァ」

とつぶやいた。

「治ったがか？」

と桃子が房江の表情に見入りながら訊いた。

「うん、おさまったみたい……」

「喘息て苦しいらしいねェ」

「うん、苦しいなんてもんやあらへんわ。かかった人でないとわかれへんわ」

房江は井戸水を桃子にくんでもらい、それで口のなかに残っている酒の味と匂《にお》いをゆすぎながら、きっときょうかあすには夫から電話があり、富山に着く列車の時刻をしらせてくるだろうと思った。あしたになるか、あさってになるか……。いずれにしても昼に大阪駅を出発して夜の七時過ぎに富山駅に着く「立山一号」であろう。

もしその時間に富山地方鉄道がまだ列車を走らせているならば、そのままあの二輌《りよう》連結の可愛《かわい》らしい列車に乗って、どこかの温泉へ行ってしまってはどうだろう。

立山へ遊びに行くという伸仁との約束も果たせるし、宇奈月温泉に行きたがっていた夫も、その夜は山間《やまあい》の温泉で体を癒《いや》すことができる。

いや、長旅で疲れている夫を、さらに地方鉄道に乗せるのは酷かもしれない。雪見橋の近くの、あの商人宿《あきんどやど》でもいい。初めて富山に足を踏み入れた豪雪の夜に泊まったあの陰気で古い宿の風呂《ふろ》に、また親子三人で入りたい……。

親戚《しんせき》の家で暮らしていた嶋田家の長男が帰って来ていることを知れば、夫も宿に泊まることに賛成するであろう……。

房江は発作の予兆が完全に消え失《う》せたのを確認しているうちに、不安は歓《よろこ》びに転じて、吹雪のなかの商人宿の土壁の匂いが漂う一室へと自分の心を遊ばせていった。

あの不思議な音……。いや、音ではなく、まがうかたない音曲……。あれをまた耳にしてみたい。

自分と夫と伸仁が仲良く身を寄せ合っていれば、あの音曲はいつでも三人の周りで生じるのではないだろうか。あれは吹雪によって偶発的に生まれた音ではない。自分と夫と小さな一人息子の身の寄せ合いが醸《かも》し出した音曲なのだ。

房江は、高瀬家の裏に建つ家の中庭で咲いているカンナの眩《まば》ゆい赤が、九月に入ったとはいえ、いっこうに衰えない真昼の日差しで萎《しな》びていることさえも楽しいものとして感じた。

「トマトは、もう冷えたでないがか」

ステテコ姿で縁台にやって来た高瀬勇次は、「苦虫を嚙《か》みつぶしたような」という使い古された言葉がこれほど似つかわしい顔はあるまいと房江が感心して見つめてしまういつもの表情で、さっきの金の礼を小声で口にした。

「お言葉に甘えて、二日ほどゆっくりさせてもらいますっちゃ」

房江が、吹雪の夜の商人宿での一刻《ひととき》にひたっているあいだに、桃子は夫に金のことを話したらしかった。

「三ヵ月辛棒したら、ゴム塗り軍手の商売が現金になって動きだすがや。あさって納める二十ダースの代金も三ヵ月の手形。その次の二十ダースも……。最初の手形が落ちるまでの三ヵ月をしのいだら、あとは自動的に回ります。そしたら、松坂の兄さんから預かった金も返せますっちゃ」

その三ヵ月は、なんとも長い三ヵ月間だが、一家五人、草の根を食ってでもしのいで、町の「手形割り屋」の玄関に立たないようにしなければならない。

高瀬はそう言って、井戸水を飲んだ。

「パンク修理を頼まれとるタイヤが十二本あるがや。雀《すずめ》の涙ほどの儲《もう》けにしかならんがやけど、まんまの足しにはなるっちゃ」

桃子が台所から、ソーメンを茹《ゆ》でるから食べて行けと房江に言った。七月の初めにソーメンの安売りがあったので、多めに買ったのだが、それがこんなに役にたつとは思わなかったという桃子の声ははしゃいでいた。

ソーメンで昼食を済ませ、房江さんが買って来てくれたトマトを食べたら、少し昼寝をすることにしよう。医者から貰《もら》った睡眠薬がまだ二回分残っている……。

高瀬はそう言って、座敷へと戻って行った。

房江は食欲がなくて一鉢のソーメンを食べ切れなかった。桃子の作るソーメンのつゆは、ただ醬油《しょうゆ》を水で薄めて、擦った生姜《しょうが》を混ぜただけなので、食欲のない房江の口にはあまりにもまずすぎたのだった。

房江がそろそろ腰をあげようと思っていると、高瀬家の三人の子供たちが帰って来た。

上の二人は八人町小学校に通っているが、末っ子はまだ幼稚園に行く歳にもなっていない。

上の二人は、房江を見ると、手に持っていた紙の箱を慌《あわ》てて隠した。

「何を隠したがや。父さんや母さんにみつかったら困るもんがけ」

桃子に問い詰められて、長男のボブこと孝夫と次男のミッキーこと弘志がそれぞれの箱を見せた。なかには錆びた釘《くぎ》とか針金とかネジとかが入っていた。

「何を集めとるがや」

と桃子は顔をしかめて、二人の息子の汚れた手を叩《たた》いた。

ノブちゃんに命令されて、道に落ちている鉄屑《てつくず》を拾って集めているのだとボブが言った。

「ノブに？」

房江は伸仁の名が出たので、ボブとミッキーの立っているところに行き、その理由を訊いた。

「鉄屋に売るっちゃ」

とミッキーが言った。

学校からの帰り道、落ちている釘とか針金とかを集めろと伸仁に命じられたのだった。

そうやって集めた小さな鉄屑を、伸仁はある程度溜《た》まったら屑鉄屋に持って行って、買ってもらうのだという。その金が十円にまで溜まったら、ボブとミッキーに二円ずつ分け前をくれるという約束になっているらしかった。

「そんな乞食《こじき》みたいなことを自分よりも小さな子にさせて……。自分はなんにもせんと六円、上前をはねるの？　なんて子ォやろ」

房江はあきれて言い、桃子と二人の息子に謝まった。

「早よ手ェ洗《あろ》てくるっちゃ」

桃子に叱《しか》られて、ボブとミッキーは井戸端へと走って行った。房江も井戸端へと行き、十円分の釘とか針金を集めるのに、どのくらいの時間がかかるのかと二人に訊いた。学校が退《ひ》けて、それから地面のあちこちに目を凝らして鉄で出来ていると思われるものを集めに集め、日が落ちるまでかかって、だいたい二円分だとミッキーが得意そうに言った。

「あんたらにそんなことをさせといて、そのあいだ、ノブは何をしてんのん？」

「高岡道場で柔道を習うとっちゃ」

そうボブは言い、

「夏休み中に儲けたお金、全部で五十二円」

と嬉《うれ》しそうにつづけた。三十円を伸仁が取り、残りの二十円はボブとミッキーで分けた。二円はでっかいカタツムリを友だちから買うために使った……。

「誰が？」

「ノブちゃんが。夏休みの理科の宿題に、カタツムリを提出したがや。こんなでっかいカタツムリ」

ボブは手でそのカタツムリの大きさを示した。房江が買ってきたトマトほどもあった。

「高岡道場で柔道を習うてる……、いつから？」

いくら九歳の子供であろうとも、無料で柔道を教えたりはしまい。稽古代《けいこ》はどうなっているのか。それに、柔道着は？

ボブの説明によれば、毎日、道場の隅っこで稽古を見ている伸仁に、高岡道場の主《あるじ》が、息子のお古の柔道着をくれたのだという。一ヵ月間、音《ね》をあげずに道場に通ったら、その一ヵ月分の稽古代はなしにしてやる、と。だがそれ以後の月謝は小学生は三百円なので、ちゃんと払うように、と。

だからノブちゃんは、来月から払わなければならなくなる稽古代を鉄屑拾いで稼ぐつもりなのだ……。

「ノブは、もう何日間、高岡道場で柔道を習てんのん？」

房江の問いに、ボブは、たぶんもう十日くらいになると答えた。

「なんて子ォやろ。何もかも親に内緒にしてからに。あげく、自分の手は汚さんと、ボブとミッキーに鉄屑を拾わせて、その上前をはねて……。あきれかえった子ォや。どこからそんな悪知恵が出てくるんやろ」

今夜は、きちんと正座をさせて、きつく叱らなければならない、と房江は思った。と同時に、自分の労力は使わず、人を使って儲けるというやりくちは、松坂熊吾の得意技ではなかったかと思った。

「血ィや……。これを血ィと言わずして何と言うんやろ」

房江は胸のなかでそうつぶやき、あの奇妙な昆虫の卵が突如一斉に孵《かえ》って、理科の宿題が四方に這《は》って逃げて行ってしまい、伸仁は窮地に追い込まれたが、始業式の日には二円で大きなカタツムリをせしめて、夏休みの宿題を無事に提出してしまったのだと思うと、笑いがこみあげてきた。

二十歳まで生きられるかどうかと幾人かの医者に言われた虚弱な体であり、実際しょっちゅう風邪をひいたり扁桃腺《へんとうせん》を腫《は》らしたり、少し油っこいものを食べると下痢をしたり蕁麻疹《じんましん》を出したり、好き嫌いが多くて偏食ばかりしているが、意外に芯《しん》は強く、したたかな子なのだ……。

房江はそう思い、ボブとミッキーに、伸仁がどんなにえらそうに命令しようとも、今後は決して道に落ちている釘や針金などを拾って歩いてはいけないと諭し、高瀬家を辞した。

稲荷元町から西町の停留所まで歩く距離を考えれば、このまいたち川の畔《ほとり》へ出て、徒歩で帰るほうがいいと考え、日傘をさすと歩きだした。

まだ学校は九月の半ばまで午前中で授業が終わるので、途中で伸仁と出会うかもしれないが、学校と大泉本町の嶋田家とをつなぐ田園を縫う裏道を知り抜いている伸仁は、その日の気分でどの道を通るか知れたものではない。

だがもしこの道ででくわしたら、母親が酒を飲んだことを瞬時に悟って不機嫌になるどころか、怒って烈《はげ》しく罵倒《ばとう》するだろう。

伸仁は、どうして母親がわずかな量の酒を飲むのをあれほど嫌うのであろう。父親から「母さんに酒を飲ませちゃあいけんぞ」と言われたせいばかりではあるまい。

——お母ちゃんがお酒を飲んだときの目ェが嫌いやねん。魚が腐ったみたいな目ェになるねん。

いつぞやは伸仁はそんなふうに言った……。だが、これほど鮮かに喘息《ぜんそく》の予兆がおさまると知れば、伸仁も少しばかりの酒は大目に見てくれるだろう……。

房江はそんなことを考えながら、久右衛門橋を渡り、いたち川に沿って歩いて行った。

大泉本町に入り、雑貨屋の前を右に曲がると、嶋田家の前が賑《にぎ》やかだった。また嶋田家の長男が騒ぎを起こしているのかと案じたがそうではなく、茄子《なすび》の本格的な収穫を畑の持主一家が総出で行なっているのだった。

きょう一日ですべての茄子を摘んでしまうのかと農家の主婦に訊《き》くと、苗を植える時期が遅かったので、収穫も遅れたのだという返事が返ってきた。

「旬《しゅん》を外すと値が下がるっちゃ」

農家の主婦は、もうすでにリヤカーに五台分を摘んだという。

焼き茄子は夫の大好物なのだと思い、十円玉を十個出して、これだけの分を売ってくれないかと頼むと、

「バケツを持ってこられ」

と言われ、房江は嶋田家の裏手に廻り、バケツを洗って、茄子畑の前へと戻った。

農家の主婦は、茄子をバケツに山盛りになるほど入れてくれて、売るためでなく自分たち一家が食べるために作ったというねじ曲がった太いキュウリも五本入れた。

「こんなぎょうさんの茄子、どないしょう……」

房江はそうつぶやきながら、茄子で重くなったバケツを持って再び嶋田家の裏手に廻り、手を洗った。

「電話や」

とうしろから太い声で言われ、驚いて振り返ると、嶋田家の長男が立っていた。

「大阪からやっちゃ」

礼を言って慌てて嶋田家の台所へと走り、受話器を耳にあてがうと、怒ったような夫の声が聞こえた。

「きょうの『立山』に乗るつもりで大阪駅まで行ったんじゃが、緊急の用事ができよった。そっちへ行くのは十日ほど遅れる」

と熊吾は言った。大阪駅の横の中央郵便局から電話をかけているという。

「もう三回かけたぞ。どこに行っとったんじゃ」

「高瀬さんのとこに。高瀬さん、血圧が高うて、倒れはって……。それでお見舞いを届けに」

そして房江は、緊急の用事とは何なのかと訊いた。富山に帰って来るのが十日も遅れるほどの緊急の用事というからには、なにか仕事上で不測の事態が生じたのかもしれないという不安に駆られたのだった。

「電話では詳しいには説明できん。心配せんでもええ」

熊吾はそう言って、房江が何か言おうとする前に電話を切ってしまった。

座敷の勉強机の前に立って、横目で房江を見ている嶋田家の長男の顔は、三日前のケンカによる大きな痣《あざ》で紫色になっていた。

房江は礼を言って二階にあがり、ネジを廻し忘れて止まってしまっている柱時計の下に坐《すわ》ると、茄子畑から響いてくる農家の一家の話し声や茄子を切る鋏《はさみ》の音をぼんやりと聞いていた。

なにが起こったのであろう。いずれにしても良くないことに違いあるまい。

十日ほどと言ったが、もしかしたら夫が富山に帰って来るのはもっと先になるのではあるまいか。

一緒に暮らしているときなら、仕事上に生じたことをいちいち話してくれなくてもいいが、こんな離れたところで幼い息子と二人きりで待っているのだから、夫ももう少し詳しく事情を説明してくれてもいいだろうに……。

夫は、心配させてしまうだけの電話のかけ方をする人ではなかったはずだ。かりに良くない事態が生じても、そんな気配を妻に感じさせる人ではなかった……。

洗濯物を取り入れるために嶋田家の裏手に行き、井戸水を飲み、気落ちと心配とを振り払って茄子とキュウリを洗っていると、

「松坂さん、松坂房江さん」

と呼ぶ声が聞こえた。

表に廻ると郵便配達人が、

「速達です」

と言って一通の封書を手渡した。差出し人は倉田百合で、「大阪にて」とだけ書かれている。

房江は洗濯物と手紙とを持って二階にあがり、速達便の封を切った。

何の相談もせず引っ越してしまって申し訳ないと思っている。富山でお世話になった

こと、たくさんの料理を教えてもらったこと、それらについてはただただ感謝している。

自分には富山での一人暮らしは、やはり無理であった。退屈で、毎日が息苦しく、頭が変になりそうで、このままでは何か大きな過《あやま》ちを犯してしまいそうな気がして、結局、住み慣れた大阪へと戻ってしまった。

このことはケンも知らない。万一、ケンが訪ねてくるようなことがあったら、この手紙を見せてやってくれ。お腹《なか》の子供は順調に育っている。松坂のおじさんとノブちゃんによろしく伝えてもらいたい。——

手紙には、そんな意味のことが意外なほどに端正なペン字で書かれてあった。

「上手な字……」

房江はそうつぶやき、いつまでも百合の字に見入った。

百合も不幸な生い立ちで、さして教育を受けたわけではない。けれども、小学校くらいは卒業している。自分はその小学校すら、かぞえるほどしか通えなかった。二年生のときに学校をやめなくてはならなくなり、奉公に出たが、それがどれほど哀《かな》しくて辛《つら》かったことか……。

自分は勉強が好きだった。小さな子供なのに奉公先で朝から晩まで働くことが辛かったのではない。学校に行けないことが哀しくて辛かったのだ。

まだ赤ん坊の私を遺《のこ》して死ななければならなかった母……。母の写真は一枚もなかったから、私は母の顔を知らない。赤ん坊の私を捨てて、愛人とともに姿をくらました父の写真は一葉だけ残っている。父が二十六歳のときの写真だ。その父の目鼻立ちが、成人した私と気味が悪いほどに似ていたので、私は写真を焼き捨ててしまった。そしていかなる理由があったにせよ、私もまた先夫とのあいだにもうけた赤ん坊を捨てた……。

私のなかにある冷たさの根もまた「血」なのであろう。

房江は、そんなことを思いながら、高瀬の家で飲んだ酒が醒《さ》めてしまったことに気づいた。少し酔ってさえいれば、喘息の発作は起こらないのだ。酒はいまの私には喘息の特効薬なのだ。

房江は自分にそう言い聞かせ、天袋にしまってある一升壜《びん》を出すと、壁に凭《もた》れて、両脚を畳の上に投げ出し、茶碗《ちゃわん》に注いで酒を飲み始めた。

第六章

十日前に富山県魚津市で起こった大火は、焼失家屋が一七五五戸にのぼるという新聞記事を読み終え、松坂熊吾《くまご》は天王寺の、いつも久保敏松との打ち合わせ場所に使っている喫茶店から出て、新世界と呼ばれる一帯の、食堂や飲み屋が並ぶ路地を歩き、ほぼその全形をあらわした通天閣の再建工事に見入った。

まだこのあたりには、警察の取締りなど眼中にないといった態度で、夜になると娼婦《しょうふ》が並び、ポン引きが声をかけてくる。浮浪者がゴミ箱を漁《あさ》り、白衣の傷痍《しょうい》軍人が黒眼鏡をかけて、義手や義足をこれみよがしにさらして立っている。

熊吾は、十月末の完成を目指して再建工事を急いでいる通天閣から歩いて五分ほどのところにある将棋道場をのぞこうとしてやめた。

もし、熊吾との待ち合わせ時間を無視して、久保敏松が賭《か》け将棋に没頭していたら、おそらく公衆の面前で久保を強く叱責《しっせき》するどころか、胸ぐらをつかんで殴りつけるかもしれないと思ったのだった。

久保は午前中は、新世界からさほど離れてはいない石橋中古車販売という、最近会社を興《おこ》した中古車業者の事務所を訪ねているはずで、そこでの交渉に時間がかかって、昼の十二時の待ち合わせ時刻に一時間たってもやって来ることができないのであろう。

熊吾はそう思うことにして、とりあえず「関西中古車業連合会」の法人口座を開設した銀行の桜橋支店に行こうと決めた。

九月の中旬に富山に帰ると房江に約束したが、その約束の日からもう一週間も過ぎたのに、仕事は遅々として進んでいなかった。

その理由の大半は、久保敏松という温厚な男の、決断力のなさであり、石橋を叩《たた》いてもなお渡らない優柔不断さであり、将棋というと目の色を変えて他の事を忘れる「病気」であり、あるいはかつて同業であったエアー・ブローカーたちの脅しに怯《おび》える脆弱《ぜいじゃく》さにあると、熊吾は思っていた。

ただ久保敏松の人柄は、松坂熊吾という男の発案によって発足した「関西中古車業連合会」に警戒心を抱く業者を、決して短兵急な、強引な説得ではなく、時間をかけて信頼させていくという役割を充分に果たしていた。だからこそ、熊吾は久保を切ることができないでいる。

最初の中古車展示会での成功は、あらたに六軒の業者の加入へとつながった。そこで熊吾は、この仕事を思いついたころから念頭にあった「月賦《げっぷ》販売」の方式を実現化することを急いだ。

中古車といえども、買うためにはそれなりのまとまった金が必要で、自動車を求めたい個人や中小企業には、その資金に苦慮する場合が多い。それを半年、十ヵ月、あるいは一年という期間で分割して支払える方式にすれば、さらに需要が増えるだけでなく、一括支払いでなければ経営の成り立たないエアー・ブローカーたちの打撃は致命的となる……。

熊吾はそう読んでいた。だが、連合会に加盟した正規の業者も個人商店で、あしたどころか、きょうの資金繰りにも四苦八苦している。彼等もまたエアー・ブローカーと同じく、売れた中古車の代金が一括して入金されなければ、商売をつづけていくことはできないのだった。

だから熊吾は、「関西中古車業連合会」に資金を集結させ、各業者が売った中古車の代金を一括して支払ってやり、買い手は契約時に定めた月々の金額を連合会に支払うという方式にすることが最も効率的だと考えた。

だがそのためには、幾つかの事務的な、そして法的な手続きが必要であり、連合会本体に、少なくとも今の五倍の資金が必要だった。

事業計画だけでは、銀行は融資してくれそうにはない。連合会はまだ発足したばかりと言ってもよかったし、実績も一過性のものと銀行が判断するのは当然で、熊吾自身には抵当となるものが何ひとつなかった。

しかし何よりも先決は、連合会に加盟してくれた中古車業者たちに熊吾の計画を理解させ、同調してもらわなくてはならない。そしてそれは火急を要する。

熊吾は、最初の展示会に、遠い和歌山の南部や岡山や山陰から訪ねて来て、月々の分割払いなら買えるのだがと無念そうに帰って行った客たちが半分以上もいたことを思うと、二回目の展示会を予定している来月の中旬までになんとかしたいと焦《あせ》っていた。

母と子の二人での、富山の大工一家の二階を間借りしての生活が、どれほど頼りなく寂しいものであるかは充分にわかってはいたが、計画の実現化に目鼻がつくまでは大阪を離れることはできないと熊吾は思っていた。

博美は悩んだ末、ミュージック・ホールでの前借り金を返済するために、引退興行に出演することに決め、火傷跡《やけど》に食い込んだセルロイドの塊を除去しないまま、五日前から稽古《けいこ》に励んでいた。

裸体をさらして踊ることを再開した博美の体もまた熊吾を大阪から離れがたくさせていた。博美の体に対する自分の精力に、熊吾は我ながらあきれるのだが、これまで遊んだどの女からも得られなかった快楽への執着は、日ごとに増しつづけていた。

熊吾は、市電で難波まで行くと、そこから地下鉄に乗り、淀屋橋《よどやばし》で降りた。いったん桜橋のほうへと歩きだしたが、たしかきのうあたりから丸尾千代麿は点滴注射だけでなく、おもゆを食べ始めたはずだと思い、土佐堀川の畔《ほとり》を阪大病院へと向かった。

悪性の癌《がん》であったのか、あるいは類似していても死に至る腫瘍《しゅよう》ではなかったのか、もうそろそろ医師の判断が下されるころではないのかと、彼岸らしい秋の川風に吹かれながら熊吾は思った。

もう五日間、福島天神裏の駄菓子屋の二階には帰っていない。毎夜、博美のアパートに行き、一緒に朝を迎える日がつづいている。

きっと、房江は駄菓子屋にも、丸尾運送店にも富山からの長距離電話をかけてきていることであろう、と熊吾は思った。

阪大病院の五階の四人部屋の窓ぎわに千代麿のベッドがある。熊吾が千代麿を見舞うのはこれで三回目だった。

「おもゆを食うたか」

熊吾は、元気なころの半分ほどに縮んだかと思える千代麿に訊《き》いた。千代麿の隣のベッドにいた四十歳になったばかりの男はいなくて、六十過ぎの新しい患者が目を閉じて臥《ふ》していた。

「今朝、やっと、おもゆを食べましてん。スプーンに五杯ほどですけど。昼も、おもゆやったんですけど、スプーンに二杯でもう入らんようになって……。おもゆを食べたあと、ずうーっと腹がごろごろ鳴りつづけてまんねん」

千代麿は力のない声で言った。手術の前々日から刺さったままだった点滴注射は外されていて、両腕の血管の周辺には大きな青い痣《あざ》があった。

「点滴は、もうせんでもええのか」

「三時からまた夕食の時間まで点滴をするそうで。血管まで元気がなくなるんですなァ。針が刺さりまへんのや。そのうえ、若い看護婦が下手くそときてるから、もう痛《いと》うて痛うて……」

「命拾いをさせてもろといて、注射の痛さくらいで泣き言を言うな」

熊吾は笑いながら言い、医者とは手術後に病状についての話をしたかと訊いた。千代麿の妻らは医者の言葉を聞いてはいたが、それらは千代麿本人には伝えられないものばかりだった。悪性の癌ではないと判明すれば、医者はそのことを本人に告げるはずだと思ったのだった。

千代麿は笑みを浮かべ、松坂の大将が来る三十分ほど前に説明があったと答えた。

「癌に似た細胞やけど、癌とは断定できん変わった病巣《びょうそう》やったそうですねん。そういうことを調べるのを専門にしてる医者も、こういう奇妙な変異をした病巣を見たのは、わてので五人目やそうで」

「そのお前以外の四人は、その後どうなったんじゃ。生きちょるのか？」

「さあ……。それはお医者さんは何にも言いはりませんでした」

「なんでそのことを訊かんのじゃ。それこそが要点じゃろうが。癌じゃったのか癌でなかったのか。癌に似た細胞じゃが癌じゃありゃせんちゅうのと、癌に似ちょるから癌とおんなじじゃっちゅうのとは天地の差があるぞ」

熊吾が多少苛立《いらだ》ちながら言うと、千代麿は声を小さくしてくれというふうに立てた人差し指を自分の口のところに持っていき、隣のベッドに視線を走らせた。

「きょうの明け方、死にはりましたんや。三日前から個室へ移ったんですけど……」

それは、熊吾が見舞いに訪れたとき、千代麿の隣のベッドにいた四十歳の男のことらしかった。そしてどうやらいま同じベッドに臥している男も癌に冒されているらしい……。

「で、医者はお前に何を言いたかったんじゃ」

熊吾は声を忍ばせて訊いた。

「たぶん癌ではないと思うそうです。その根拠となる理由をいろいろと説明してくれはりましたけど、リンパの何ちゃらかんたらとか、白血球の何とかとか、病巣の周辺の何とかとか……。ただそれは何百人もの癌患者の手術をしてきた経験によるもので、病巣の細胞の検査で明確になったわけやないそうです。退院しても三ヵ月に一度は詳しい検査をつづけて様子を見るしかないそうで」

だが、それを千代麿本人に話して聞かせたということは、悪性の癌である可能性が極

めて低いと医者が判断したからであろうと熊吾は思い、

「わしは何百人もの患者の手術をしてきた医者の目を信じるのお」

そう熊吾は言い、

「おもゆ以外は、まだ口にしちゃあいけんのか？」

と訊きながら、誰かからの見舞いの品らしいくだものの入った籠《かご》のなかのバナナを一本ちぎり、千代麿のために皮をむこうとした。「お見舞い」と書かれた細い紙の下に「柳田元雄」と筆文字でしたためられてあった。

「おもゆ以外は、あかんそうですねん」

そう答えて、くだもの籠に目をやり、千代麿は、きのう柳田商会の社員がそれを持って来てくれたのだと言った。

柳田商会とはしばらく疎遠《そえん》になっていたが、柳田元雄に代わって江口という若い社員が中古車部品の部門を担当するようになったことしの三月から再び仕事の依頼が来て、これまでに五回、大量の中古のラジエーターを尾道や広島市内に運搬したという。

「戦前からあった大栄タクシーちゅうのをご存知でっか？」

と千代麿は訊いた。

「知っちょる。天王寺に本社があるタクシー会社で、先代の社長とは何回か逢《お》うたことがある」

と熊吾は言った。

「その大栄タクシーが、息子の代に代わったのが昭和二十五年でして、そのころ、運転手とか事務の連中の何人かが共産党系の労働組合員になって以来、経営がおかしゅうなったそうでんねん。もう何かっちゅうと組合員のストライキばっかりで、車はあるのに運転手は赤い鉢巻をして会社の前でビラ配り。あげくは営業中に客にまでビラを渡す始末で、二代目の若社長は組合にいじめられてノイローゼみたいになって、こんなことがずっとつづくんなら会社を自分の手でつぶしてしまうって言いだして……」

どんな巡り合わせかはわからないが、それなら大栄タクシーの経営権を買ってもいいと名乗り出たのが柳田元雄だったという。

「柳田はんは、大栄タクシーっちゅう社名だけ残して、経営権を譲ってもらうと、さっさと会社を整理して、ことしの四月に新大栄タクシー、略して『シンエー・タクシー』っちゅう別会社を設立しはったんです。経営権の譲渡が昭和二十七年。シンエー・タクシーの設立が昭和三十一年。四年間もの持久作戦で、居坐《いすわ》りつづける組合員を掃除してから、シンエー・タクシーっちゅう新会社へ移行したそうで……。いまは中古車部品のほうはその江口っちゅう社員にまかせて、タクシー会社の経営に没頭してるそうですねん」

「ほう……」

あの柳田元雄がタクシー会社を買い取るだけの財を成していたとは……。油まみれの作業服を冬でも夏でも身にまとい、自転車の荷台に中古車部品を積んで売り歩いていた柳田元雄の、尖《とが》ってぎらつく目を思い浮かべ、熊吾は、決して好きな男ではないが、金を儲《もう》けるということへの自分のやり方を必死で貫いてきた執念と言うべきものが、それなりの花を彼に咲かせたのだなと思った。

「立派なもんじゃのお。ようそこまで大きいなったもんじゃ。ああいう男に一度花が咲くと、強いぞ」

その熊吾の言葉に、

「へえ、わても、その話を聞いてびっくりしました」

と千代麿は腹をさすりながら言った。

「共産党のうしろ盾があろうと、たかがイデオロギーかぶれの末端の組合員では、あの柳田元雄の執念には勝てんぞ」

そう言って、熊吾は、

「たいしたもんじゃ。たいしたもんじゃ」

と繰り返し、千代麿のために届けられたくだもの籠のなかのバナナを食べた。

大栄タクシーといえば、戦前から質のいい運転手をかかえた良心的なタクシー会社として大阪で三本の指に入っていた。所有するタクシー台数は三十台近くで、戦後は日本の復興とともにさらに台数を増やしていたはずだ。柳田が経営権を買ったとき、どの程度の規模になっていたのかわからないにしても、生半可な金額では手に入らなかったであろう。

熊吾はそう思い、柳田元雄を祝福したいという心情に襲われた。

「わしが売ったタイヤの何本かを値切ったときの柳田の目を覚えちょるか？」

と熊吾はバナナを頬張りながら千代麿に言った。

「へえ、忘れもしまへん。あのときは辻堂はんもいてはりましたなァ……。わては、玉川町の柳田商会の店先から大将と柳田はんとのやりとりを見てましたんや。二百本の古タイヤのなかから十七本のタイヤを選び出して、それを値引きせえっちゅうて、柳田はんは震えながら大将を見はった……。あの血走った目ェは、よう忘れまへん」

千代麿は、溜息《ためいき》混じりに言い、五本のバナナのうち三本は残しておいてくれと熊吾に頼んだ。

「わて、バナナ、大好物でんねん」

「まだ、おもゆしか食うちゃあいけんやつが、けちなことを言うな」

熊吾はもう一本のバナナの皮をむき、それを食べながら、昭和二十二年の秋に、柳田元雄が言った言葉を、そのときの表情とともに思い浮かべた。

——私は、乞食《こじき》同然の男やったんです。それは松坂さんが一番よう知ってはるこっちや。あの当時、松坂さんは、私にははるか彼方《かなた》のお大尽に見えました。要りもせん品物を、わざわざ買《こ》うてくれはったことを私は忘れてしまへん。そやけど、私はそのことに恩なんか感じまへん。それどころか、私は松坂さんに恩を売ったと思てるくらいです。こんな乞食が頭を下げて、とぼとぼ自転車を押して帰って行く姿を見て、自分がどれほど結構なご身分かをじっくり楽しんではったはずや。あのとき私はそう思たし、いまでもそう思てます。私はそんな人間ですねや。——

そのあと柳田元雄は肩を震わせ、目を吊《つ》り上げ、叫ぶようにこう言ったのだ。

——十七本の欠陥タイヤの値引きは、絶対にしてもらいとおます。——

あのとき俺は、好き嫌いは別にして、柳田元雄を偉いやつだと感心し、なにかしら奇妙な魅力を感じたのだったなと熊吾は思った。

そしてそれから数年後、国鉄の福島駅の近くの喫茶店で、富山から上阪してアメリカ車の中古部品を捜している高瀬勇次が、どこかに電話をかけようとしている姿を目にした。俺は柳田元雄に少し意地悪をしてやりたくなり、高瀬勇次に河内モーターを紹介した。それが縁で、自分たち一家が富山へと移ったことを思えば、柳田元雄もその縁と遠からぬところにいたというわけだ……。

熊吾はそう思い、柳田元雄に逢《あ》ってみたくなった。

「そのシンエー・タクシーは、元の大栄タクシーの本社があったところにあるのか？」

と熊吾は千代麿に訊いた。

「そうです。おんなじとこです。天王寺駅の裏っかわの……」

いまから銀行の支店長に逢っても、融資を引き出すための手持ちの札はないのだから、逢うだけ無駄というものであろう。熊吾はそう考え、柳田元雄を訪ねてみようという気になった。

「なんべんも言うようじゃが、いまは療養することだけを考えて、仕事のことは女房や社員にまかせて、余計な神経を使うたりしちゃあいけんぞ」

熊吾がそう言って椅子《いす》から立ちあがりかけると、千代麿は、それを制し、

「大将、余計なことやと叱《しか》られそうでっけど」

と前置きし、きのう二回も富山にいる奥さんから事務所のほうに電話があったのだと言った。

「福島天神の駄菓子屋にも、この五日間、毎晩電話をかけてはるそうです。連合会の事務所にも……。奥さん、喘息《ぜんそく》にかかったそうですねん」

「喘息？　房江がか？」

「へえ、発作が起きると、息も絶え絶えになって、ノブちゃんが病院に走って行って、医者に往診してもろて、高い薬を注射してもらわんとあかんそうで」

房江が喘息にかかった？　喘息という病気は子供のころからその兆候があるもので、四十五歳になって突然かかったりするのだろうか……。

そう考えている熊吾に千代麿は遠慮がちに言った。

「お前にそんなことを言われるなんて片腹痛いと怒られそうでっけど、あの踊り子はんとは、ほどほどにしときはったほうがええと思いまんねん。あの子は男の気を惹《ひ》きすぎまっせ。なまじかけるなうすなさけっちゅう言葉を教えてくれはったのは、大将やおまへんか」

熊吾は微笑を浮かべ、

「それが、もう深なさけになっしもたんじゃ」

と言った。

「どんな深なさけ同士でも、その気になったら一瞬で別れられまっせ。奥さんとノブちゃんを大阪に呼び戻してあげたらどないでっしゃろ」

「住むところもないのにか。伸仁《のぶひと》も新しい学校に転校してまだ半年じゃ。新学年が始まるまでは、いまの学校にかようとるほうがええ」

「親子三人が住むとこなんか、なんぼでもおまんがな。大将、喘息ってのは難儀な病気でっせ。わての従妹《いとこ》が小さいときから喘息持ちで、発作が起きたときの苦しみようときたら、はたから見てても辛《つろ》うて可哀相《かわいそう》で……」

熊吾は千代麿の病室にいることを忘れて、背広のポケットからピースの箱とマッチを出した。すぐにここは病室だと気づき、熊吾は、

「また来る。こんど来るときは、おもゆがお粥《かゆ》になって、バナナを食うてもかまわんちゅうふうになっとりゃええがのお」

と言って病室から出た。

房江が喘息にかかっただと？　あいつは作り話をするような女ではないから、きっと本当なのであろう。厄介な病気にかかったものだ。戦前の松坂商会にも、喘息が持病だという若い社員がいた。満州事変の前年に三十四歳で死んだが、死因は喘息による呼吸停止ということだった。

事務所で夜遅く残業中に発作を起こしたとき、たまたま俺も居合わせたが、その苦しみ方は尋常ではなかった……。

熊吾は、さてどうしたものかと思い、今夜、房江に電話をかけることにして、いったん大阪駅の前まで行くと、百貨店で箱詰めの和菓子を買い、国電に乗って天王寺駅へ向かった。

シンエー・タクシーの社屋は、所有するタクシーの駐車場の奥にあって、勤めを終えて帰社した何人かの運転手たちが、車を洗ったり、仕事あとのタクシーのシート・カバーを外して、車内の掃除をしている姿があった。

駐車場の大きさから推測して、熊吾は、シンエー・タクシーの所有台数を四十台前後と読んだ。大阪市内に五つの営業所があるとしたら、それに足すことの十四、五台……。熊吾は、運転手たちの人相や、車の掃除のやり方を見て、シンエー・タクシーという会社の経営が順調であると判断できた。タクシー会社は経営が傾くと、まず最初に車内の清掃に手抜きが生じるからだった。

二階建ての社屋の玄関をあけ、熊吾は中年の女事務員に自分の名刺を渡し、事前に連絡もせずに突然訪ねて来た非礼を詫《わ》びながら、社長への面会を申し込んだ。

「とりたてて用向きがあるわけではありません。私は……」

そう言いかけたとき、磨《す》りガラス製の衝立《ついたて》の奥から顔を出した男が、

「松坂さんやないですか？」

と声をかけた。頭髪の半分は白くなっていたが、それをオールバックに整え、衿足《えりあし》をきれいに刈って、柳田元雄は背広にネクタイ姿で熊吾のいるところへ歩いて来ると、

「もう一声耳にしただけで、松坂さんやとわかりましたで」

と言い、社長の机の横にあるソファへと案内した。

「きょう、丸尾運送の主人を病院に見舞いまして、柳田さんのことを耳にしました。こんな立派な、新しいお仕事の経営をお始めになったお祝いを、せめてひとことでも申し述べたいと思いまして、お邪魔であろうとは重々承知しながらも、お訪ねした次第です。

存知あげなかったとはいえ、なんやいまごろになって、気の抜けたビールみたいですが……」

「いやァ、ひょんなことから、こんな商売に手を出してしまいまして。松坂さんもお忙しいのに、わざわざお越し下さって、ありがとうございます」

かつての「他人はみな敵だ」とでも言いたげな目のきつさも、全身の尖りのようなものも消えて、柳田元雄は温厚で自信に溢《あふ》れた実業家の風情《ふぜい》を身に帯していた。

「奥さんも坊っちゃんも、お元気ですか？」

と柳田は訊《き》き、女事務員にコーヒーの出前を頼むようにと言った。

事情があって妻と息子は富山で暮らしていると言い、熊吾は和菓子の箱を差し出した。

「何かいいお祝いの品をと考えたのですが、あれこれ迷ってそのためにお祝いを申し述べるのが遅れてもと思いまして、とりあえずきょうはこんなささやかな気持だけで」

熊吾の言葉に深く頭を下げ、和菓子の箱を両手で持つと、柳田元雄は、

「松坂さんの新しいお仕事のこと、洩《も》れ承っております。さすがに松坂熊吾さんや、目のつけどころが違うなと思いました」

と言い、煙草《たばこ》に火をつけた。そして、あっと小さく声をあげて苦笑し、自分はいま煙草もコーヒーも禁じられているのだとささやいた。

「胃が痛うて診てもろたら、胃に小さな潰瘍《かいよう》があるそうで」

「大栄タクシーの買収から新会社への移行、その後のいろんな難題で神経をお使いになったんでしょう。神経を酷使すると胃にくるそうです」

と熊吾は言い、自分の煙草に火をつけた。

「稼動《かどう》しちょるタクシーは、いま何台ですか」

「六十四台です。そのうちの二十台は、いろんな会社との契約で動いとるんです」

「会社との契約……と言いますと？」

これは自分の発案ではなく、ある大手の建設会社からもちかけられた話なのだが、社長や重役や大事な客のために使う車を企業が買って所有するよりも、タクシー会社と月々の契約をして、運転手付きでその企業が必要とするときだけ使うという方式なのだと柳田は説明した。

「なるほど。企業側にすれば、そのほうが安あがりやっちゅうわけですな」

「そうです。うちもメーターを立てずに車を走らせて、月々に決まった料金を貰《もら》うわけですから、歳《とし》を取って、『走って、なんぼ』の歩合給がしんどなった、人柄のええ運転手に働いてもらうことができるわけです」

「ほう、それはええアイデアですな」

「神武景気とうかれとりますが、経営基盤がしっかりしてる会社というのは、いかにして経費を抑えるかに知恵を絞ってます。うちもそこを見習うて、どう無駄な出費を削っていくか……。あんまりそんなことばっかり考えたから、胃潰瘍なんかに」

近くの喫茶店から出前のコーヒーが届き、それが熊吾の前に置かれた。

「これから日本では飛躍的に車の数が多くなるでしょう。そうなると、この狭い日本で困るのは車の置き場所ですな。ある新聞に、アメリカでは『モータープール』というのがあるという記事が載っちょりました。プールっちゅうても、水泳をするプールじゃありゃせんそうで。つまり、大きな土地に作った有料駐車場です。日本もいずれそういうものが必要になるでしょう。警察も違反区域での路上駐車の取締りに本腰を入れるそうですけん」

その熊吾の言葉に、柳田元雄は笑みを消し、モータープールなるものについて、もっと詳しく教えてくれないかと少し身を乗り出すようにして言った。

熊吾は、新聞で読んだアメリカの「モータープール」に関する記事について話して聞かせ、その記事によってあれこれ思いついた自分の案を柳田元雄に語った。

「アメリカのようなでかい国は、大駐車場というようなものは実際には大都会の中心部以外では必要じゃあらせんのですが、この日本には必要でしょう。それも商業の中心地にです。一時間幾らで自動車を預かるだけでなく、借家やアパートのように月幾らで預かる商売は、土地さえあれば、あとは番人だけおりゃあええわけですから、人件費もたいしたことはありませんし、回転資金ちゅうもんもないに等しい。そしてその広い土地は極めて大きな財産になります。銀行が最も信頼する担保は都会の土地ですから」

「なるほど。しかし、大都会の中心部に、そんな大きな土地を手に入れようと思うたら、とんでもない資金が必要ですな。駐車場経営だけでペイするとは思えませんが」

と柳田は言った。

「私が調べたかぎりでは、福島区に一ヵ所、天王寺区に一ヵ所、広い土地があります。中古車業者がこれから直面していく問題は、悪質なエアー・ブローカーじゃあらせんのです。質のええ中古車をどうやって手に入れるかということと、それをどこに置いておくのかっちゅう二つの問題。これがじつは厄介な難題でして、私の構想がうまくいけば、遅かれ早かれ広い駐車場を確保することが急務になると思いまして、二ヵ所に白羽の矢をたてたのですが、関西中古車業連合会はひとつにまとまって銀行から融資を受けられるまでに到《いた》っておりません」

とにかく土地だ。日本は土地イコール金だと熊吾は言った。

「都会の中心部に土地を持つことです。有り金をはたいてでも土地を持つ。そうすれば、その土地をいかようにも動かすことができます。私の失敗は、あの御堂筋の松坂商会の土地を闇市《やみいち》の時代に叩《たた》き売ってしもうたことに尽きます」

「なるほど。モータープールなる大駐車場で儲《もう》けようというのではないわけですな」

と柳田は言い、事務所の壁に貼《は》ってある大阪市内の詳細な地図のところへと行き、その福島区と天王寺区にある二ヵ所の土地とはどこかと訊いた。

熊吾は笑いながら、それは自分が勝手に候補地として目をつけただけのことで、土地の持ち主に意向を訊いたわけではないと答えた。

「さすがは柳田さんですな。そうです、大駐車場では、銀行から長期で借りた金を返せるだけのあがりさえあればいいというわけです。将来、何に役立てるかは別にして、とにかく大駐車場経営を名目に銀行から融資を引き出して、地の利のええ場所にでかい土地を持つ……」

熊吾の言葉に、柳田は人差し指を地図に近づけ、

「大阪市の南っちゅうと、ここからこのあたり。北っちゅうと、このあたりですか」

と言った。南は難波を中心として天王寺区の南東まで。北は梅田を中心として東は南森町、西は玉川町あたりまでの地域を柳田元雄は自分の指でなぞった。

「いや、玉川町まで西に行かんほうがええでしょう」

その熊吾の言葉に、柳田は何気ないふりを装《よそお》って指を東のほうへと動かし、桜橋界隈《かいわい》の上をなぞった。

「すると、このあたりですか？　ここに広い土地がありますか？　モータープールっちゅう大駐車場になりそうな候補地なんかおまへんがな。ここに小学校があるけど、これは公《おおやけ》の土地や……」

そうだ。学校なのだ。熊吾はそう思ったが口にはしなかった。公立の学校は個人の所有物ではない。地図の上の指をもっと西のほうへ動かしてみろ。福島区の福島西通りの交差点のところに私立の女学校がある。校舎や講堂や運動場を含めて千二百坪だ。その私学は女子高校だが、新しく附属の女子中学を設立したがっている。戦後のベビーブームの時代に誕生した子供たちが、もうじき中学生になるのだ。

公立の小学校はすでに数年前から満杯状態で、一学年に十以上のクラスが必要で、しかも一クラスには五十人以上の生徒が詰め込まれている。その子たちが公立の中学に進むときが目前に迫っているのに、公立中学校の容《い》れ物は以前のままで、教師たちの不満はつのり、その不満に乗じて日教組の発言権は増大している。

この福島区の女学校が中学を作りたいと思うのは私学経営のうえからも当然のことなのだが、いまの校舎のままでは文部省の認可がおりない。

そこで、ことしに入ってにわかに学校移転の計画がもちあがった。福島区の学校用地を売却し、どこか別の場所に中学と高校の校舎を建てようという案が具体化したが、教師の一部とPTAの役員の、どうやら赤く染まっているらしい連中の反対で、移転話は暗礁《あんしょう》に乗りあげてしまった。

だが私学が経営というものに眼目を置くのは当然で、これから先も増えつづける昭和二十年代生まれの子供たちは、私学経営者側にとっては、いわば「金の成る木」なのだ……。

熊吾は、F女学院の中学部設立と、それに伴う移転の話を、小谷医師から聞いたのだった。

F女学院の教頭が、八月頃、福島天神裏の居酒屋で酒を飲んでいるとき烈《はげ》しい腹痛に襲われて動けなくなり、居合わせた熊吾は、その急な苦しみ方でおそらく尿路結石か、それに類するものであろうと思い、すぐに近くにある小谷医院へと背負って運んでやった。

それが縁で、ときおり居酒屋で顔を合わせると酒を酌《く》み交わすようになっていた。林田雄策という教頭は、自分の口からは熊吾に移転話を話さなかったが、小谷医師には喋《しゃべ》ったのだった。

「関西中古車業連合会」には、近い将来、必ず広い駐車場が必要になる。そこに売り物の中古車を一括して収容するだけでなく、常時、展示もしていられるという場所を、熊吾はなんとしても手に入れたかったので、「学校の跡地」とはまたなんとおあつらえむきの土地であろうと考え、林田教頭という大酒飲みを酔わせて、移転計画の詳細を訊きだしたのは八月の末だった。

なぜその移転計画を内密にしておきたいのかと熊吾が訊くと、林田教頭は、学校の理事長と、福島区を主な地盤とする市会議員とはどんな因縁からか仲が悪くて、移転話に市会議員が必ずや介入してくるであろうことをいまいましく思っているのが理由のひとつだと教えてくれた。

他にも事情はあるようだったが、林田教頭はそれ以上のことは話さなかった。

大阪駅から徒歩で三十分。バスなら十五、六分という至便な場所に売りに出るであろう千二百坪の土地……。

熊吾は、どうにかして「関西中古車業連合会」で買う方法はないものかと考えたが、月賦《げっぷ》販売のための資金すらままならない現状では、到底手が出ない代物《しろもの》だとあきらめるしかなかった。

熊吾は、ちょっとした話題として口にした「モータープール」に関する自分の考え方に、柳田元雄がかなり強く興味を示したとき、咄嗟《とっさ》に柳田の現在の力を推し量っていた。柳田にその資金力があるなら、F女学院の土地を買い取るという交渉を自分がまとめることは不可能ではない。しかし、ただ土地の斡旋《あっせん》をするだけでなく、そこにある条件をつけくわえてみたらどうかという考えも同時に閃《ひらめ》いたのだった。

千二百坪のうちの三分の一。四百坪を「関西中古車業連合会」に優先的に格安で貸すという確約を柳田元雄と自分とのあいだで交わせるならば、F女学院と交渉する役廻りを引き受ける価値はある……。

熊吾はそう思ったが、きょうのところはそれを口にしないでおこうと決め、コーヒー

を飲み干すとソファから立ちあがり、

「長居をしてしまいました。お祝いの御挨拶《ごあいさつ》だけと思うてお邪魔しましたのに、つい余計な話をしてしまいまして」

と柳田に言った。

「いやいや、なかなか勉強になる話が聞けて……。こちらこそ、お引き留めをしてしもて」

柳田は事務所の出入口まで送ってくれて、熊吾に丁寧にお辞儀をした。

天王寺駅の近くの食堂で蕎麦《そば》を食べ、地下鉄で梅田駅に戻ると、熊吾は「関西中古車業連合会」の事務所へと速足で歩きながら、戦前の自分ならば、手持ち資金がなくとも、千坪や二千坪の土地を買う算段はさして時間をかけずともたてられたであろうと思った。

「金がないのは、命がないのもおんなじじゃのお」

熊吾は胸のうちで自分にそう言い、

「食後、速足で歩くのが糖尿病の特効薬」

という小谷医師の言葉を何度もつぶやきながら桜橋へと歩き、丸尾運送店の前を通り過ぎて、出入橋の手前の路地を右に曲がり、事務所の戸をあけた。

鍵《かぎ》はかかっていなかったので、熊吾は久保敏松がいるものと思ったが、事務所の窓は閉まっていて、人の気配はなかった。

朝、博美のアパートから事務所に来て、熊吾は鍵をあけてなかに入り、雑用を片づけたあと、久保敏松との待ち合わせ場所へ出向くために事務所を出たのだが、そのとき間違いなく鍵をかけたという記憶があった。

自分が千代麿を病院に見舞ったり、柳田元雄を訪ねたりしているあいだに久保は事務所にやって来て、鍵を閉め忘れたまま出かけたのであろうと熊吾は思い、窓をあけると煙草を吸い、それから電話局に電話をかけ、富山への長距離電話を頼んだ。

電話がつながるまでのあいだ、熊吾は久保敏松の机の上を何気なく見て、いつもそこに置かれている数冊の将棋の本のなかの、久保が最も大切にしている二冊がないのを不審に思った。

その二冊は、久保が古書店に頼んで捜し求めた貴重な本で、戦前のプロ棋士による幾つかの名勝負の棋譜が図入りで載っているものだった。

電話が鳴り、交換手の「おつなぎします」という声のあと、嶋田の妻の声が聞こえた。

熊吾が、妻にとりついでくれるよう頼むと、電話口の近くで嶋田家の長男の「電話、鳴らんようにしとけって言うたがやろが」と怒鳴る声が聞こえた。

あの長男が戻っているのか……。熊吾はそう思いながら房江を待った。

どこかとりすましたような、感情を殺していると思える房江の声が聞こえた。

「急な仕事で和歌山へ行っちょって、いま大阪に戻ったんじゃ」

そう熊吾は嘘《うそ》をつき、

「お前、喘息《ぜんそく》にかかったちゅうのは、ほんまか？」

と訊《き》いた。

「うん、ほんまに喘息なんやろかと思て、おととい大きな病院に行って診てもろてんけど、やっぱり喘息やって、そこのお医者さんも言いはんねん」

と房江は力のない声で言った。

「診察代も薬代も払うお金がないから、お父さんに早う帰って来てほしい……」

「金がないなら、高瀬に持ってこさせりゃええ。あいつに渡した金のなかには、わしの女房と息子をよろしゅう頼むっちゅう意味が含まれちょるんじゃ」

その熊吾の言葉に房江は黙り込んだ。

「黙っちょるんなら、電話を切るぞ。電話は要点をてきぱきと話すための道具じゃ」

そう声を大きくさせながら、熊吾は自分が怒るのは理不尽すぎると思い、

「金はすぐ送る。まだ郵便局はあいちょるから、いますぐ郵便為替にして送るけん」

と口調を和らげて言った。

「当分、富山には帰ってこられへんのん？」

と房江は訊いた。

その房江の声で、熊吾は、自分の妻と一人息子の寂しさを思い、たったの一日か二日

でもいい、富山に行ってやらねばなるまいと決めた。

「よし。あしたそっちへ行く。いつもの時間に着くやつに乗るけん」

「ほんまに？」

「ああ、ほんまじゃ」

すると房江は声をひそめ、嶋田家の長男が再びここで暮らすようになったので、あしたの夜は、雪見橋の旅館で親子三人が泊まるというのはどうだろうかと訊いた。

「あんな小汚ない旅館でええのか？」

そう訊き直しながらも、熊吾は、初めて富山の地を踏んだ豪雪の夜を思い浮かべ、

「お前がそうしたいなら、わしはどこでもかまわんぞ」

と言った。

房江は仕事のことを訊き、熊吾は伸仁のことを訊いた。

「段取りの悪い久保っちゅう男のお陰で、一日で済む仕事が五日も六日もかかりよる」

と熊吾は言い、

「ノブは先週呉羽山《くれはやま》に遠足に行って、漆にかぶれて全身にひどい湿疹《しっしん》が出て、三日も学校を休んでん」

と房江は言った。

「伸仁が漆にかぶれた？」

「顔が歪《ゆが》んでしまうほどの湿疹で、熱まで出て、三日間毎日病院でカルシュウム注射を打たれて……」

「お前は喘息、伸仁は漆かぶれか」

「あの子、山で、きれいな葉っぱをちぎって持って帰って来て……。それが漆の葉やってん」

熊吾は笑い、漆の葉は秋になると美しく色づくのだと言い、

「百合は、そろそろ臨月じゃろう。あいつも元気か？」

と訊いた。

「百合さん、八月の末に、私に内緒で引っ越してしもてん」

「どこへじゃ？」

「わかれへん。引っ越してから、手紙が届いて、富山でひとりで暮らしていくのは自分には到底無理やったって。大阪にてってだけ書いてあったけど、あとで切手の消印を見たら新宿って字が……」

「新宿……。東京で手紙をポストに入れよったっちゅうことじゃのお」

あしたの昼過ぎの立山号に乗ると、熊吾はもう一度言って電話を切り、少しまとまった金を房江に生活費として渡してやらねばなるまいと思い、丸尾運送店が使っていた中型の金庫の鍵をズボンのポケットから出した。

事務所を借りたとき、千代磨が、中古で申し訳ないが頑丈な金庫なので当面はこれを使ってくれと進呈してくれたものだった。

熊吾はその金庫に、少額の現金と松坂熊吾名義の預金通帳と「関西中古車業連合会」名義の預金通帳、それにまだ換金していない三通の銀行渡りの小切手を入れてあった。

だが熊吾が金庫をあけると、それらはすべて消えてしまっていた。

金庫の鍵は、ひとつは熊吾がつねに携帯している。細い鎖につないで、それをズボンのベルトに取りつけ、ポケットにしまってある。

もうひとつの予備の鍵は、熊吾が借りた駄菓子屋の二階の押し入れのなかの手提げ金庫にしまってあって、その手提げ金庫の鍵も、熊吾は事務所の金庫の鍵と一緒に鎖につないである。

熊吾は自分の顔から血の気がひいていくのを感じながら、駄菓子屋の二階の押し入れにある手提げ金庫のなかに、事務所の頑丈な金庫の予備鍵と通帳用の印鑑が入っているのを久保敏松は知っていると思った。銀行に金を預けるときや引き出すとき、熊吾は自分に他の所用が生じれば、久保にそれを指示することが何回かあった。

熊吾は、立ったまま電話の受話器を持ち、銀行の支店のダイヤルを廻した。

応対した若い女の銀行員に、きょう、「関西中古車業連合会」の口座から金が引き出されたかどうかを訊き、熊吾は煙草《たばこ》を口にくわえたが、自分の指が小さく震えていて、マッチをうまく擦れなかった。

あの押し入れのなかの手提げ金庫ごときは、カナヅチひとつで簡単にあけることができるのだと熊吾は思い、久保敏松という孫までいる男を信用しすぎた自分に腹を立てた。

これまで何度人を信用して裏切られてきたか数知れないのに、また自分は同じ愚を犯したという慚愧《ざんき》の念は、事のあまりの重大さでたちどころに消え、熊吾は考えつくすべての久保の立ち廻り先について頭をめぐらせ、「しばらくお待ち下さい」と言って調べに行った銀行員の返答を苛立《いらだ》ちながら待った。

五分ほど待つと、さっきの若い女ではなく、聞き覚えのある支店長の声が受話器から聞こえた。

「お昼前に久保さんがお越しになりまして」

と言った。

久保敏松は、松坂熊吾個人の金も、関西中古車業連合会の金も引き出し、三枚の小切手も換金していた。

「どっちも残高は千円とちょっとです」

と支店長は言った。

「昼前ですか……」

熊吾は腕時計を見た。三時四十分だった。

久保は阿倍野区に住んでいるが、熊吾は久保の住まいに行ったことはなかった。

熊吾から事情を訊くと、支店長は、すぐに警察に届けるようにと勧めた。

「こちらから所轄《しょかつ》の署に連絡してもよろしいですが……」

「いや、私が届けましょう」

熊吾は電話を切り、事務所を出ると、福島天神裏の峰山フキが営む駄菓子店の二階へと急いだ。銀行の支店長の口から、久保が金を引き出したことを聞いたのだから、もはや疑う余地はなかったが、押し入れのなかの手提げ金庫をたしかめてから警察に届け出ようとしている自分を熊吾は不思議に思った。

かつて、これほどうろたえたことが俺の人生にあっただろうか……。

熊吾は浄正橋の交差点の信号が青に変わってもその場に立ちつくしたまま、そう思った。そして踵《きびす》を返し、交番所に向かった。

どうにかして金を取り戻さなければならない。あの金は自分のものではない。数軒の中古車業者からの預かり金も含まれているし、やっと動きだした関西中古車業連合会の今後に必要な資金のすべてなのだ……。

妻も子もあり、二人の孫までいる自分とおない歳《どし》の男が、金を横領してその まま姿をくらましたりするものだろうか……。

久保はまだあの金を使ってはいないはずだ……。しかし、自分ひとりでは久保を追うことは不可能だ……。

熊吾はそう思い、交番所にいた中年の巡査に事情を説明した。巡査はすぐに所轄の署に連絡を取り、熊吾に被害届を書くよう促した。

刑事と一緒に銀行に行き、そのあと別の刑事と峰山駄菓子店の二階と「関西中古車業連合会」の事務所へ同行し、熊吾がひとりになったのは夜の十時だった。

警察が指紋を採取していった跡が至るところに残る事務所の椅子《いす》に坐《すわ》り、熊吾は警察からの連絡を待ちつづけたが、十二時を過ぎても久保の消息はつかめなかった。

久保は、朝の九時に家を出たという。夫の容疑を刑事から教えられた久保の妻の証言は、ただそれだけが熊吾に伝えられた。所在がわかるようにしてくれと刑事に言われて、熊吾は事務所にいると答えた。峰山駄菓子店の二階の、熊吾が借りた部屋も指紋採取のための白い粉だらけのうえに、ふいに訪れた数人の捜査官に驚いた峰山フキが何を血迷ったのか、自分は無関係だと金切り声をあげて泣きだしてしまい、熊吾はそこに帰るに帰れなくなったのだった。

熊吾は、椅子に坐ったまま両脚を机の上に置き、ズボンのポケットから百円札を六枚と十円玉を八枚机に並べた。

久保が通帳に残した二千円以外には、それがいまの自分の全財産ということになると熊吾は思った。

六百八十円か……。ガソリンがきっちり二十リッター買えるな……。

熊吾はそう思い、金が戻ってこなかった場合のことを考えた。この自分を信用して、預り金を渡してくれた中古車業者に決して迷惑をかけることはできない……。それどころか、関西中古車業連合会のこの不祥事も知られたくはない……。

熊吾は、夜中の一時まで警察からの連絡を待ち、とにかく何か腹に入れなければと思い、事務所を出た。桜橋のほうへと歩いていると、空のタクシーが止まった。運転手は、熊吾がタクシーを待っていると勘違いしたようだった。熊吾はどうしようかと迷ったが、そのタクシーに乗ると、老松町へ行ってくれと言った。

きょうの昼の立山号に乗ることはできなくなったが、房江に金を送ってやらなければならない。博美の火傷《やけど》跡に残るセルロイドの除去手術のために博美に渡した金がある。あれは手つかずのままだ。博美に訳を話して、あの金を用立ててもらうしかあるまい……。

熊吾はそう考えたのだった。

昼間の稽古《けいこ》で疲れて、もう眠っているだろうと思ったが、入り組んだ路地の奥にあるアパートの二階の博美の部屋には明かりが灯《とも》っていた。

「きょうはもうけえへんのやと思てたわ」

ドアをあけて博美はそう言い、化粧品らしい容器を見せた。最近売り出された痣《あざ》を隠すための粘土状の化粧品なのだという。

「きょうは事務所に帰らにゃあいけん」

そう言って、熊吾は一升壜《びん》をコップにつぎ、狭い部屋の畳の上にあぐらをかくとネクタイを外し、久保敏松が起こした一件を話して聞かせた。

「いまタクシー代を払うたから、残ったのはこれだけじゃ」

熊吾は、有り金すべてを畳の上に放り出して笑った。

「金はもう戻ってこんじゃろう。久保が捕まるのは時間の問題じゃが、そのころには、金はのうなっちょる……」

「あの久保さんが……」

「考えてみりゃあ、どこの馬の骨かわからん人間じゃった。わしに人を見る目がなかったんじゃ。わしは昔から人を見る目がない。わしが使用人や友人に騙《だま》されたのは、これで何回目じゃろう……。昔、伸仁が生まれたあと、郷里に引きこもったとき、いなかのバスの運転手が誰かから聞いたっちゅうて『だまされたとは何という恥かしい言葉であろう』っちゅう名言をわしに教えてくれよった。まことに名言じゃ」

そう言ってから、熊吾はコップの酒を飲んだ。そして、妻に金を送ってやらなければならないので、手術のための金のなかから少し用立ててくれないかと博美に頼んだ。

「お父ちゃん、罰が当たってんわ」

博美は微笑を浮かべて言い、簞笥《たんす》から貯金通帳と印鑑を出し、熊吾の膝《ひざ》にそれを載せた。

「このお金は、お父ちゃんのお金や」

「いや、必ず返す。これはお前のこめかみに食い込んじょるセルロイドの塊を取るための大事な金じゃ」

「うん、このセルロイド、早う取ってしまいたいけど、私、自分で働いて、そのお金で手術するわ。私も罰が当たったんやねェ」

「罰？　どういう罰じゃ」

「このお金で手術するはずやったのに、それがでけへんようになるという罰。私、お父ちゃんの奥さんにも、ノブちゃんにも、顔向けでけへんことをしてるねん」

そして博美は言った。

「お父ちゃん、もうここにはこんとき。私、松坂熊吾さんを好きやけど、私ら、もう終わろ。そやないと、ノブちゃんが大阪に帰って来ても、私、ノブちゃんと逢《あ》われへん」

熊吾は、博美の顔と膝の上の貯金通帳を見つめた。

「罰か……。罰は、わしにだけ当たりゃあええ」

熊吾は、コップにもう一杯冷や酒をつぎ、昼の三時前に蕎麦《そば》を食べたきり何も食べていないのだと言った。

博美は台所に行き、柔かく煮た塩昆布をなかに入れた大きなお握りを二つ作り、

「お父ちゃん、もうここに来たらあかん。金の切れ目が縁の切れ目や」

と言った。

「久保には裏切られ、博美には放り出される……。踏んだり蹴《け》ったりとは、このことじゃのお。松坂熊吾も落ちぶれ果てたもんじゃ」

熊吾は、博美の頬を撫《な》でた。それから二つのお握りを食べると、コップに半分ほど酒を残したまま、何も言わず博美の部屋から出て、チャルメラを吹きながら屋台を曳《ひ》いている支那《しな》ソバ屋を速足で追い越し、曾根崎警察署へとつづく夜道を歩いて行った。

九月二十四日の夕刻、熊吾は警察から久保敏松が静岡県の熱海で逮捕されたという連絡を受けた。

久保敏松は熱海署で簡単な取り調べを受けてから今夜の夜行で大阪に護送されるという。

本人は犯行を素直に認めているが、銀行口座から引き出した金も、換金した小切手の十八万円もほとんどすべて使ってしまい、所持金は三千二百円ほどだと刑事は電話で言った。

「いま裏づけを取ってますが、九月二十二日に、賭《か》け将棋で負けつづけたっちゅうて本人は供述しとります。熱海の旅館に日本全国から裏街道の棋士が集まって、大がかりな賭け将棋が行われたらしいです。久保はその賭博《とばく》将棋に参加するために、どうしても規定の賭け金が欲しかったんですな」

刑事はそう言って、自分たちがその旅館に踏み込んだとき、すでに賭け将棋は終わって、参加した者どもはすべて帰ってしまったあとだったとつづけた。

「三十数名が集まったようです」

「久保はまだその旅館に残っちょったんですか？」

と熊吾は訊《き》いた。

「熱海駅で張っとった刑事に逮捕されました。久保敏松はあしたの朝、大阪に着いて、署に連行されます」

「私は、あした久保に会えますか？」

「すぐにっちゅうわけにはいきませんな。本署での取り調べがある程度済んでからにしてもらいたいですな」

「勿論《もちろん》、私が盗まれた金は戻ってこんでしょうね」

「あまり期待なさらんほうが……」

その刑事の言葉に、熊吾は礼を述べ、自分はあしたから三、四日の予定で富山市に行くと伝え、嶋田家の電話番号を教えて電話を切った。

久保と逢う気など毛頭なかったが、被害届を出したかぎりは、使用人である犯人と顔合わせを要求されるであろうと思いながら、熊吾は事務所を出て、小谷医院へと向かった。丸尾千代麿の手術を執刀した外科医が、大先輩にあたる小谷医師に自分の所見を話したことを熊吾は今朝小谷医師から電話で教えられたのだった。

その際、熊吾は房江がまるで不意打ちのように富山で喘息《ぜんそく》にかかったことを伝えたのだが、小谷医師は丸尾千代麿の件とともに房江の喘息について少々思い当たる節があるので夜の六時からの診察時間までにお越し願えないかとのことだった。

「きょう丸尾さんを見舞ってきました」

小谷医師は診察室に熊吾を招き入れると、血色のいい顔に笑顔を浮かべて、いつもの甲高い張りのある声で言った。

「この希代の名医・小谷も、あんな変わった病巣《びょうそう》を見たことはありません。癌《がん》に極めて似ていますが、癌とは言えない。癌ではないとも言えない。丸尾さんは命拾いをしました」

それから小谷医師は、執刀医から渡されたカルテの写しを出し、ときおり熊吾のわからない医学用語を使って説明し、

「癌というやつは、あっちこっちに増殖するという、つまり転移さえしなければ、なん

てことはないのです。転移する癌には特有の面構《つらがま》えっちゅうのがありまして、それは病巣を見るとたいていわかります。丸尾さんのは、愚連隊予備軍の不良少年ですな」

と言い、さっきよりも高い声で笑った。

「不良少年なら、根性を叩《たた》き直したら改心しよりますな」

と熊吾は安堵《あんど》の笑みを浮かべて言った。

「左様。その不良少年はいまはホルマリンに漬けられてガラス壜のなかです」

小谷医師は、そう言って千代麿のカルテを机にしまい、

「奥さんのことですが」

と笑みを消さないままつづけた。

「喘息には、あきらかに気管支などの廃疾が原因によるものがあります。ところが、そうではなくて、じつは原因が心から生じているものがあるのではないのかと私は思っとりまして……。この私の考え方とまったく同じ仮説をたてて研究している医師が東京におります。まだ三十代の若い医師ですが、その医師が学会に発表した論文を去年読みました。非常に多くの臨床例をあげて、『心因説』なるものの根拠や治療法を論じておりました。私には、大変説得力がありました」

「それは、精神病の一種じゃということですか？」

と熊吾は訊いた。

「いやいや、精神病ではありません。心です」

と小谷医師は言った。

「ひとりの人間の心の領域というのは、じつに広大なものです。氷山の一角という言い方がありますが、海面に出ている氷山は、海底に沈んでいる氷山の数百分の一にすぎないのと同じように、自分なり他人なりが見える心の部分は、その氷山の一角よりもさらに何倍も小さいのです。隠されている部分がいかに大きいかを人間は自分で知ることさえできません」

熊吾は、小谷医師が何を言いたいのかわかりかけてきた。

「松坂さんの奥さんは、極めて過敏体質で、そのくせ辛棒強くて、自分を抑える力が強いご婦人です。ですが、過敏で、繊細過ぎるほどに繊細で、しかもいま更年期に入って、体や心のバランスが大きく崩れていて、さらにご亭主と遠く離れて、幼い息子さんとの二人暮らしを余儀なくされていることへの寂しさとか不安とか不満とかを辛棒しよう抑えようと無意識のうちに自分のなかで葛藤《かっとう》して、それが体に悲鳴をあげさせたんですな。喘息発作という形での悲鳴です。私はほとんどそう確信します」

小谷医師は茶をすすり、

「奥さんを大阪に帰らせてあげることが最高の治療ですよ。なるほどあの老いぼれ医者の言ったとおりではないかと松坂さんは舌を巻くことでしょう」

と言った。

「喘息っちゅう業病《ごうびょう》は、心から生じているっちゅうわけですか」

「すべての喘息がそうだとは申しておりません。ただ松坂さんの奥さんの場合は、まず九割方、そうであろうと私は推測したわけです。そこには、奥さんの気管支がもともと弱いという要因が当然あるからです」

房江が富山で夫と離れて暮らすようになってまだわずか半年ではないか……。熊吾はそう思った。すると小谷医師は、そんな熊吾の思いを見透かしたように、

「ただ富山にいるのがいやだという理由だけではないでしょう。そこが、心の不思議たるところです。奥さんの心のなかの何かと何かと何かと何かと……。それが絡《から》み合って、富山という見知らぬ土地と適合できなくなった……。そうお考えになってみてあげて下さい。その何かと何かと何かと何かが、いったい何なのか、奥さんにも皆目わからないでしょうから」

熊吾は椅子《いす》に腰かけたまま小谷医師に深く頭を下げ、礼を述べたあと、

「心ですか……。心とは、広大な闇《やみ》ですな」

と言った。小谷医師は首を横に振り、

「底無しの海という意味では深く潜れば潜るほど闇も深くなりますが、心は同時に目もくらむ光でもあります。長年医者をやってきて、多くの患者さんを見てきますと、心と

いうもののなかにどれほど途轍《とてつ》もない力が秘められているかを実感します。ところが、この心は肉眼で見ることができません。心のなかには、闇もあれば、その闇を照らす光もある……。私は心の力というものの凄《すご》さに、やっとこの歳《とし》になって気がつくようになりました」

と言った。

熊吾は小谷医院を辞すと、国道二号線を東へと歩きながら、妻と子を大阪へ連れ帰るべきかどうかについて考えた。

富山の嶋田家の二階で暮らすのも、福島天神裏の駄菓子屋の二階で暮らすのも同じことではあったが、いまの自分にとっては、妻と子が常に傍にいることがなにかしら大きな足手まといに感じられた。

関西中古車業連合会が軌道に乗るかどうかは、この一、二ヵ月が大きな山だと熊吾は思っていた。久保に盗まれた金は返ってこない。森井博美が自分の手術をあとまわしにして返してくれた金は、久保が盗んだ金の半分ほどにすぎない。

中古車の月賦《げっぷ》販売のための自己資金どころの話ではない。来月中旬に予定している二回目の展示販売会の用地使用料と設備費、毎月発行する会報の印刷代、事務所の家賃や光熱費と電話代の支払いなどで、資金はあらかた底をつくであろう。

「あと半年くらいが、辛棒でけんのか」

熊吾は房江の顔を脳裏に描きながら、小声で言った。自分はいま関西中の中古車業者を訪ねて膝詰め談判をして、連合会への加入を説得し、上質の中古車を可能なかぎり安く売って、毎月定期的な展示即売会を催し、「関西中古車業連合会」というものを一般に広く認知させなければならないのだ。

このような仕事は、迅速に立ちあげなければ価値を失う。それも景気よく派手にぶちあげてこそ、業界からも買い手からも注目される。地味に悠長に事を運んでいたら、連合会とは名ばかりで実質が伴なわないただの業者の集まりとしか思われなくなってしまう……。

熊吾は、事務所に戻ると、連合会に加入している業者の事務所に一軒一軒電話をかけ、次の展示会の日程調整を始めた。十数軒の業者にすべて電話をかけ、こちらの意向とそれぞれの業者の意向との調整を終えると、夜の十時を廻ってしまった。

「こんなことをいちいちわしがひとりでやっちょったら、なんにも事が運ばん」

煙草《たばこ》の吸い殻で盛りあがっている灰皿を見ながら、熊吾はそうひとりごちた。

京都に三軒、神戸に二軒、大阪の堺市に二軒、赤穂《あこう》市に一軒、「関西中古車業連合会」に加入するかどうか思案中の業者が熊吾とじかに会って話をしたがっている。それらの業者を訪ねるだけで少なくとも十日は寸暇を惜しんで動き廻らねばならないのだった。

熊吾は、房江に事務所での仕事をさせたらどうだろうと考えた。房江は何かにつけて呑《の》み込みが早い。久保敏松の十倍速く仕事をする。そしていま自分には事務員を雇う費用はないのだ。

だが房江に仕事を手伝わせるとなると、伸仁の面倒を見ることができない。伸仁を富山の八人町小学校から転出させ、福島区を校区とする小学校に転入させる手続きは、いま自分には厄介事だ。

熊吾は、嶋田家に電話をかけた。電話には伸仁が出てきて、いまお医者さんが来ていると言った。

「また喘息の発作か？」

熊吾の問いに、伸仁はそうだと答え、

「お母ちゃん、死んでまうかと思た……」

と言って泣いた。

「もう発作はおさまったのか」

「息はできるようになって、蒲団《ふとん》に横になってる」

医者が来てくれるまでは、息ができず、ずっと四《よ》つん這《ば》いになって苦しんでいたのだと伸仁は言った。

「つらいのは母さんのほうじゃ。お前がなんで泣くんじゃ。男が泣くな」

熊吾は伸仁を叱《しか》り、あした昼の立山号に乗ると言った。

「体の具合が悪かったら迎えにこんでええと母さんに言うとけ」

「ぼくが駅まで迎えに行くでェ」

伸仁の嬉《うれ》しそうな言葉を最後まで聞き終えないまま熊吾は電話を切り、丸尾千代麿の妻にまた少し金を用立ててもらうために事務所を出た。千代麿の病気についての小谷医師の見解を手みやげにしようとしている自分の姑息《こそく》さをあざ笑いながら、熊吾は近くを通り過ぎて行く市電を見た。博美に似た女が乗っていた。熊吾は、その女が、自分と目が合うと慌《あわ》てて背を向けたような気がして、足を速めて市電を追った。女は連れらしい男の体にあきらかに隠れるような素振りをしたが、たしかに博美なのかどうか、顔は見えなかった。

一瞬だったし、他の乗客に混じって吊《つ》り革を持って立っていた女がたしかに博美だったのか熊吾には確信がもてなかった。にもかかわらず、猛然とこみあげてきた怒りと嫉《しっ》妬《と》で熊吾は自分の息遣いが荒くなるのを感じた。

新しい男ができたから、俺に金を返したというわけか……。悪意のない、優しい心根の女ではあるが、所詮《しょせん》は不特定多数の男どもに裸身をさらすことを生業《なりわい》としてきた女なのだ……。

熊吾はそう思うことで、市電に乗っていた女が森井博美であるかどうかをたしかめるために目と鼻の停留所へと走りだそうとしている自分を押しとどめた。

心のなかの何かと何かと何かと何か……。

房江はもしかしたら大阪で自分の夫がロシア人の血をうけた若い女の体に我を忘れていることを心の奥底で感じていたのかもしれない。

それは房江も自覚できない心の深海における感応力であって、「虫のしらせ」という昔からの言葉とはいささか異なった種類のものなのであろう……。

理由なく「いやなもの」を感じつづけて、それが幾つかの要因と重なって、喘息という病気の形をとった……。

小谷医師の自説が正しいとすれば、房江の喘息発作をそのように捉《とら》えることもできる。

熊吾はそう考え、四、五人の乗客を降ろして停留所から東へと遠ざかっていく市電を見つめ、とりあえず房江だけを大阪に連れ帰ろうと決めた。

伸仁は来年春の新学期まで富山の八人町小学校に通わせておくのだ。高瀬一家は、伸仁を来年の春まで預かってくれることを拒みはすまい。桃子は子供好きだし、三人の子供たちも伸仁とは仲がいい。高瀬勇次も、見た目よりは親切心があって、口にはしないものの、松坂熊吾の一家を富山に誘ったことへの責任を感じている。

たったの半年間なのだ。まだ九歳とはいえ、伸仁も生まれて初めて両親と離れ、他人の家の厄介になり、親が側にいるときと同じようには振る舞えない生活を味わってみるのもいい経験ではないか。

ひとりっ子で、これまで我儘《わがまま》放題に育ってきたのだ。親と離れて他人の飯を食う寂しさが、伸仁という人間に何か大切なものをもたらすであろう……。

熊吾はそう決心を固め、まだ明かりの灯《とも》っている丸尾運送店の事務所へと入って行った。

十分遅れて富山駅に着いた立山号から降りると、熊吾は大阪駅前の百貨店で買った高瀬家へのみやげを両手に持ち、プラットホームを改札口へと歩いた。

風は強くて湿っていた。高岡駅を過ぎたあたりでは夕日を浴びた立山連峰の峰々の雪は薄桃色だったが、もうそれは黒い稜線《りょうせん》だけになっていた。

手押し車に魚を入れた木箱を載せて熊吾の前を歩いている女のゴム長には鱗《うろこ》がこびりついていて、それは女が歩を運ぶたびに熊吾の行く手にこぼれ落ちた。

改札口には、伸仁だけでなく房江も待っていて、熊吾を見ると笑顔で手を振った。房江の顔はむくんでいて、目に生気がなかった。

まとわりついてくる伸仁の頭を撫《な》でながら、

「きょうは喘息《ぜんそく》の発作は出んのか？」

と熊吾は房江に訊《き》いた。

「きのうは、これまでいちばんひどい発作やったけど、きょうは嘘《うそ》みたいに、なんともないねん」

と房江は言った。

「晩飯は食うたか？」

「一緒に食べようと思て、お刺身を買うといた。トロロ汁も作っといてん。伸仁と交代で擂粉木《すりこぎ》で何遍も何遍も擂ったんや。出し汁が上手に取れたから、おいしいトロロ汁ができたわ」

房江は熊吾の鞄《かばん》を持ち、伸仁はみやげものの入っている風呂敷《ふろしき》包みを持った。

「わしは、てっきり今夜はあの雪見橋の旅館に泊まるもんと思うちょった。あの旅館に泊まりたいっちゅうて、お前が言うちょったけんのお」

市電の停留所へと歩きながら、熊吾は少し背が伸びた伸仁の血色のいい頬を撫でた。

「お父さんが旅館に泊まりたいかどうかわかれへんかったから……。きょうはとりあえず大泉のあの家の二階でと思て……」

「トロロ汁はあしたでも食えるが、刺身は傷《いた》むけんのお」

熊吾は、房江だけを先に大阪に連れ帰るという自分の考えを伸仁のいないところで房江と相談したかったし、そのためにはまず高瀬夫婦の了解を得ることが先だと思っていたので、このまま大泉本町の嶋田家の二階に行ってしまいたくなかった。

「高瀬の息子《こ》らにみやげを買うてきた。それを先に渡したいんじゃが」

そう言って、やって来た市電に乗り、熊吾は房江に、伸仁のいないところで相談事をしたいとささやいた。

雪見橋の二つ手前の停留所で降りると、房江は伸仁に、高瀬の三兄弟にこのみやげを渡すようにと言った。

「ぼくだけが高瀬のおっちゃんとこへ行くのん？」

と伸仁は訊いた。

「わしはちょっと母さんと話があるんじゃ。それが済んだら高瀬の家に行くけん、お前はそこで待っちょれ」

熊吾の言葉で、伸仁は大きな風呂敷包みをかかえて稲荷元町への道を駆けていった。

「ここから高瀬の新しい借家まで歩いてどのくらいじゃ」

「ゆっくり歩いたら、二十分くらい」

熊吾は歩調をゆるめ、久保の事件のことをまず話して、それから昨夜の自分の決断を房江に告げた。

「伸仁を富山に残していくのん？」

「わしの仕事は、来年の春までが勝負じゃ。お前が事務所でやらにゃあいけん仕事は忙しい。来年の春、五年生になるときに大阪の小学校に転校するほうが、伸仁にとってもええと思う。せっかく富山で友だちもできて、食欲旺盛《おうせい》な高瀬の子供らにつられて飯もよう食うようになった。子供っちゅうのは、大家族のなかで争って飯を食うと、嫌いなもんでも口に入れるようになる。あの食の細い、食うのが死にかけの爺《じい》さんみたいに遅い仲仁が、ぎょうさん飯を食うようになったっちゅうことだけが、富山に来た功徳《くどく》よ。もう半年、あいつは富山に置いといたほうがええ。仲仁にとっても、わしらにとってもじゃ」

「仲仁は、一緒に大阪に帰るって泣くに決まってるわ」

「そんな、なさけないことは言わさん。そんなことで泣いたりしやがったら、わしがただじゃおかんぞ」

房江は黙り込み、しばらくしてから、

「あの久保さんが、そんなことをするなんて」

と言った。

「盗まれたお金はどのくらい？」

熊吾は正直に金額を房江に教えた。房江は歩を停めて熊吾を驚き顔で見つめた。

「あっちこっちで工面して、その半分は用意できた。しかしそれは当面、どうしても要る金じゃけん、きょう富山へ来るための金は千代麿の女房に用立ててもろうたんじゃ。仲仁のことを頼まにゃあいけんから、みやげも少々奮発せにゃあのお」

熊吾はそう言って笑い、これで話は終わりだというふうに歩調を速めた。すると房江は、自分はこれから嶋田家の二階へ行き、いきのいい刺身を持って来ると言った。

「きれいな鯛《たい》を刺身におろしてもろてん。イカも透き通るようにきれいなイカやから、高瀬さんにも食べてもらう」

そして房江は高瀬の引っ越し先への道順を教え、小走りでもと来た道を戻って行った。

ゴムと接着剤の匂《にお》いが絶えず漂う高瀬家の雑然とちらかった八畳の間で、熊吾は高瀬勇次と酒を酌《く》み交わしながら、桃子も混じえて、伸仁のことを頼んだ。

「ノブちゃんのことなら心配せんでえぇがに」

と桃子は屈託なく言い、高瀬も珍しく笑みを浮かべて何度も頷《うなず》いた。

「うちの子ォとおんなじようにしか扱えんですちゃ。それでもよけりゃあ」

その高瀬の言葉に、

「それで結構じゃ。我儘を言うたら、自分の子じゃと思うて、きつう叱ってやってくれ」

と熊吾は応じ返し、隣接する作業場で三兄弟と遊んでいる伸仁の見事な富山弁に聞きいった。

「あいつは、わしや母親の前では大阪弁。それ以外のとこでは富山弁。器用なのか無器用なのか、ようわからんやつよ」

熊吾は半ばあきれてそうつぶやいた。

「クラスに空手を習うとる子がおるっちゃ。その子と決闘をすることになったっちゅうて、毎日柔道の稽古《けいこ》に励んどるがや」

と桃子は言った。

「だらなことを」

と高瀬は舌打ちをして桃子を睨《にら》んだ。

「怪我《けが》でもしたらどうするっちゃ。知っとるんなら、止めんか」

「男の子ですっちゃ。そのくらいのこと、おとなが口出しせんでも……」

その桃子の口調や表情で、熊吾は伸仁を高瀬夫婦に預けても大丈夫だと腹が決まった。

熊吾は居ずまいを正し、高瀬勇次と桃子に、伸仁をよろしく頼むと頭を深く下げた。

房江が刺身だけでなく、擂鉢に入ったトロロ汁までを持ってやって来たのは九時前で、鱈《たら》の干物だけを肴《さかな》に熱燗《あつかん》を飲んでいた高瀬は、ふらつく足で子供たちを呼びに行き、桃子にそっと目配せをした。

自分たち親子三人だけの時間を作ってやろうと思っているのだなと熊吾は察したが、今夜は伸仁に話をする気はなかった。あすの夜、あの雪見橋のたもとの古びた狭い商人《あきんど》宿《やど》で伸仁と話をしようと思った。

夜遅く、熊吾と房江と伸仁は、桃子の弟が運転する三輪自動車で嶋田家の前まで送ってもらった。

魚釣りだけが楽しみだという桃子の弟は、桃子とはまったく似ても似つかない顔立ちで、笑うと垂れ目になって、上の歯の一本が銀色に光るので、一瞬野卑な表情を見せるのだが、気性は姉に似て穏やかだった。桃子に言わせると、鮎《あゆ》の友釣りに命を賭《か》けているという。

「おとりを使うて釣らんでも、わしの女房なら鮎の五匹か六匹は簡単に手でつかみあげるぞ」

三輪自動車から降りて熊吾が言うと、桃子の弟は、

「へえ、そうですか、そうですか、へえ……」

と笑って帰って行った。

「ぜんぜん信用しちょらんな」

熊吾は笑いながら、嶋田家の二階へあがり、ネクタイを外し背広を脱いだ。ピータンの入った大きな甕《かめ》はまだ置かれたままだった。

「私が川で泳いでる鮎を手でつかまえるなんて、誰も信じへんわ。実際に見た人でないと」

と房江は言い、蒲団《ふとん》を敷いてから、熊吾のために茶をいれた。

「ピータンは、まだ何個くらい残っとるんじゃ」

と熊吾は訊きながら、甕を持ちあげてみた。

「さあ、何個くらい残ってるんやろ……。食べても食べても土のなかから出てくるねん」

房江の言葉に、

「ぼく、もうピータンと茄子《なすび》は、見るのもいやや」

と伸仁は言い、夏の終わりから九月の十日まで、毎日茄子ばかり食べつづけたと説明した。

そんな伸仁に、房江が余計なことを喋《しゃべ》るなというふうにそれとなく目配せをしたので、熊吾はよほど日々の生活費に窮していたのだなと気づいた。

持ちあげた重い甕を降ろそうとして、手が滑り、それは横倒しになって畳の上を転がった。

「気をつけんと、足の上に落としたら、骨が折れてしまう……」

房江は言って、自分のほうに転がってきた甕を手で押さえ、甕の底に目をやって首をかしげた。白墨で何か書いてあったのだった。

その白墨の字はほとんど消えかけていたが「転送」という字と「海老原」という字は読み取れた。

熊吾は甕をさかさまにして、電灯の下に持っていき、他の消えかけている字に目を凝らした。

「兵庫県西宮市××町三番地。海老原容子。料金支払済。転送依頼五月三日。富山駅留め」

かろうじて判読できた白墨の文字は、他に荷物輸送を担当する係りの者だけがわかる数字もあった。

海老原容子……。それは海老原太一の妻の名であり、住所は間違いなく太一の住まいの住所だった。

転送するよう依頼して、その料金を払ったのは太一の女房……。

熊吾は、これはいったいいかなることであろうかと考えながら、甕を元の場所に戻した。

「海老原て、あの海老原太一さん？」

と房江が訊いたので、熊吾は、転送業務を扱った国鉄の貨物便係の名のようだと嘘《うそ》をついた。

海老原の妻とは、結婚式の日以来逢《あ》っていない。それはもう二十年近い昔のことだ。おそらく太一は、転送する手続きをする際、妻の名を使ったのであろう。だがどうして太一がこのピータン入りの甕をわざわざ富山の松坂熊吾に転送したのか……。太一はなぜ松坂熊吾の富山の住所を知っているのか……。

どこへ行こうが、何年たとうが、俺は貴様を恨みつづけてやる……。

熊吾は太一がそのような暗号を送って来たのだという気がした。

あくる朝、夜明けと同時くらいに目を醒《さ》ました熊吾は、淡い青味がかった光を受けて眠っている伸仁の顔を長いこと見つめた。

まだ九歳か……。そして俺は還暦だ。お前が二十歳になるまでは、俺は生きて、父の責務をまっとうすると、お前が生まれたとき自分に誓ったが、いま俺は生まれて初めてといっていいほどの苦境に立っている。

貧すれば鈍するとはよくいったものだ。久保敏松を信じて金庫を預け、再生への命綱ともいうべき事業資金のすべてを盗まれてしまった。その金を久保は賭け将棋ですべて失なったという。まったくお笑い草だ。

人に騙《だま》されたことは数限りないが、そのころ俺には若さというものがあった。時代もこの俺に味方していた。

戦場でも、もはやこれまでと覚悟した瞬間が幾度もある。それなのに、不思議に、自分が死ぬとは思わなかった。必ずこの窮地から俺を救ってくれるものがいると信じていた。

あのころ、何を信じていたのかと問われれば、自分の運をと答えただろう。いまは少し違った考え方に変わっている。運も当然味方するだろうが、俺は自分の生命力を信じていたのだ、と。

だがそれも考え方を変えれば、自分の強い生命力を信じることが強い運というものの流れに乗るのだと言えるであろう。

いま俺は、自分の生命力が衰えていると感じる。気力でもない、体力でもない。生命力なのだ。それは年齢とは関係がない。運に翳《かげ》りが生じたから、おのずと生命力も衰えたのか、その反対なのか、あるいは要因は双方にあるのか、俺にはよくわからない。ただ確かに、少し疲れたという実感はある。

金策、金策、金策。これからの俺に待ち構えているのは、容赦のない金策への工夫だ。銀行は、いまの松坂熊吾には金を貸さない。となれば、あらゆる知己を頼るしかあるまい。それは俺の最も忌《い》み嫌うところなのだ。だがそれ以外、手はない。

お前の父と母は、この富山にお前をひとり残していくが、どうか許してくれ。再び一緒に暮らせるようになるまでの半年間は、九歳のお前にとっては耐えられない長さかもしれない。とにかくお前は、父と母にこれでもかというくらいに可愛《かわい》がられ、何ひとつつらい目にも遭わず育った甘えん坊のおぼっちゃまだからな。

しかし、その半年がお前に与えるものは多いはずだ……。

熊吾は、そっと自分の唇を伸仁のそれに近づけて触れ合わせた。

そして、寝巻を脱ぎ、服に着換えると、階段を降りて、井戸端で顔を洗い歯を磨いた。おとといの夜から、左右の奥の歯と歯茎が痛み始め、その痛みは今朝になっていっそう増していた。

太陽が昇り始めると、最初に立山連峰が輝き始めた。きょうは上天気だなと熊吾は思い、伸仁とサイクリングに行こうと決めた。

房江が起きてきて、二階の窓から小声で、

「えらい早起きをしはって……。寝られへんかったん？」

と訊《き》いた。

「いや、よう寝た。きょうはええ天気じゃ。あの電車に乗って、宇奈月温泉にでも行くか？　立山にはとうとう行けんずくじゃったけんのお」

熊吾の言葉に房江はしばらく思案していたが、自分は今夜はあの雪見橋のたもとの商人宿に泊まりたいと言った。

「三人でまた一緒にお風呂《ふろ》に入って、伸仁の落語を聴きたいわ」

「そうか、よし、そうしよう。わしは朝めしを食うたら伸仁とサイクリングに行くぞ。富山での最後のサイクリングじゃ。来年、伸仁を迎えに来るころは、まだ雪の季節じゃけん」

「学校を休んでもええって言うたら、どんなに眠とうても伸仁は飛び起きるわ」

と房江は笑いながら言った。そして、サイクリングに出かける前に、自分の口から父と母が先に大阪に帰ることを話したいと言った。

「お父さんがおったら、あの子、泣いたら叱《しか》られると思うて、言いたいことが言えんやろから」

「そうか、そんならそのあいだに、わしは、この家主に、あした引っ越すことを説明しとこう」

熊吾は、鶏の鳴き声を聞きながら、両肩を廻し、何度か膝《ひざ》の屈伸運動をした。持病の膝の神経痛は痛まなかったが、右腕は真っすぐ上に伸ばせなかった。肩に烈《はげ》しい痛みが走るようになって三ヵ月近くたっていて、小谷医師は五十肩だという。

「がたがくるときはいっぺんじゃのお」

顔をしかめながら熊吾はそうつぶやき、寝巻姿のまま顔を洗いに来た嶋田に朝の挨拶《あいさつ》をした。そして、急なことだが自分たちはあした大阪へ帰ることになったと告げた。

富山地方鉄道に沿って自転車を走らせていく伸仁は、熊吾が拍子抜けするほど朗らかで、来年の春まで両親と離れて高瀬家で暮らすことなどまったく意に介していないといった表情だった。

「あの女の子の家へは、この道が近道やねん」

と伸仁は人が二、三人やっと通れるほどに狭い無人踏切りのところで自転車を止めて、稲刈りはもうあすかあさってであろうと推測される実った稲穂が延々とつづく田園を指差した。

「あの女の子の家族は、いまでも野菜を届けてくれるのか」

「うん、こないだは黒砂糖のでっかい塊りを持って来てくれはった」

だが、夏のあいだは一度も来なかったので、その理由を母が訊くと、女の子の祖母は、家に不幸があってとだけしか答えなかったと仲仁は言った。

「どんな不幸じゃ」

「それは、お母ちゃんが訊いても喋りはれへんかってん」

「またこんど何かをわざわざ持って来てくれても、わしらがおらんかったら申し訳ない。引っ越しておらんようになると伝えといたほうがええ」

熊吾はそう言って、仲仁に先導させ、まだ一度も自転車を走らせたことのない小川に沿った細い土の道を進んだ。

「この稲穂を見てみィ。豊作じゃ。ありがたいことじゃ」

熊吾は自転車を止め、実った稲穂に顔を近づけて匂《にお》いを嗅《か》いだ。

「うん、ええ米じゃ。甘い匂いがするじゃろう。こういう匂いのする稲穂には、ええ米が詰まっちょる」

父の真似《まね》をして垂れた稲穂を嗅いでいる仲仁に、熊吾は、道に落ちている釘《くぎ》や針金を拾い集めて鉄屑《てつくず》屋に買ってもらうようなことはしてはならないと言った。

「道に落ちょるものを拾うて金に替えようなんて恥かしいことは、松坂家の血をひく人間はせんもんぞ」

「うん、もうあんなことやめた。一日中働いてもたったの二円にしかなれへんねん。釣りの餌《えさ》を買うのに、十日も歩き廻らなあかんねん。あほらしいわ」

「まあ、金儲《かねもう》けの大変さがわかっただけでも結構なことじゃが」

熊吾は笑い、落ちていた木切れを持つと土の道に「蛮夷」と書いた。

「ばんいと読む。中国の後漢書やったか史記やったかに『蛮夷は鳥獣の心を抱き、養い難く破れ易《やす》し』っちゅう言葉がある。復唱してみィ」

「ばんいはちょうじゅうのこころをいだきやしないがたく……」

「やぶれやすし、じゃ」

「蛮夷て何？」

「さあ、そこじゃ。蛮夷とは何か。辞書には『野蛮人』とか『未開人』とかっちゅうふうに説明してある。『いなかもの』と書いちょる辞書もある」

しかし、自分はもっと深い意味を蔵した言葉だと思うと熊吾は言い、伸仁に「蛮夷は鳥獣の心を抱き、養い難く破れ易し」という字を土の上で何度も書かせた。

「筆順が無茶苦茶じゃ。お前はちゃんと字を習うちょるのか」

「こんな字、まだ学校で教えてもろてないもん……」

伸仁はそう言って、実った稲穂が両側から畦道《あぜみち》を隠すかのように垂れている場所に腰を降ろし、熊吾が土の上に書いた字を真似て木切れを動かした。

野菊に似た小さな花があちこちに咲いていた。自分の郷里でも、野菊が咲くのはもう少しあとだから、この北陸の畦道に咲いている花は何であろうと思いながら熊吾は言った。

「蛮夷っちゅう輩《やから》は、物事の正邪や道理をどんなに丁寧にわかりやすうに教えてやっても、なかなか理解せんし、せっかくそれを覚えてもすぐに忘れて、生来の本能のほうへ戻っていきよる……。まあそういう意味じゃが、わしは『蛮夷』というのは、正しい教育を受けちょらん無教養な人間、もしくは、こずるいとか、自己を律する訓練を受けとらん弱い人間のことじゃと思う。欲や保身のために、すぐに人を裏切る人間もまた蛮夷じゃ。そういう人間どもを真の野蛮人、未開人、いなかものと呼ぶんじゃと思うちょる。いなかに住んじょるからいなかものじゃあらせん。文明の遅れちょる国に住んじょる人間をすべて未開人と評してはいけん」

さて、もっとわかりやすく伸仁に説明するには、どんな言葉を使えばいいだろうかと考えながら、熊吾も畦道に腰を降ろし、ピースの箱から一本抜くとそれに火をつけた。

すぐに「心根」という言葉が浮かんだ。けれども「心根」とは何かと問われると、その言葉のほうが説明しにくいような気もした。

熊吾は、土の道に「心根」と書き、

「こころね、と読む。蛮夷とは心根の悪い人間のことじゃ」

と言い、どうもこの心根というものは、その人が持って生まれたものでもあるが、育った環境によっても左右されるとつづけた。

「心の根と書く。読んで字の如《ごと》し。わかりにくかったら、ただ心と覚えとりゃあええ」

「心と心根とは違うのん？」

と伸仁は訊いた。

熊吾は野菊に似た花を見やり、

「心を植物に喩《たと》えてみりゃあええ。もし心が植物なら、当然根もあるし葉もあるし、花も咲くじゃろう。人間の心には根がある。その心からいろんな花が咲く。きれいな心からはきれいな花が咲くし、きたない心からは毒のような花が咲きよる。それが道理というもんじゃ」

そして熊吾は、伸仁の肩を抱き寄せ、

「お前はきれいな心をしちょる。九年間、ずーっとお前を見てきたこの親父《おやじ》が言うんじゃから間違いはあらせん。お前はきれいな心の人間じゃ」

伸仁は嬉《うれ》しさと恥かしさを表情すべてにあらわにさせて体全体を熊吾にすり寄せてきた。

「自分はいま蛮夷に近いことをしとるのかどうか、いっつも自分に訊いてみることじゃ」

熊吾は立ちあがり、ズボンの尻《しり》についた土を払い落とすと再び自転車にまたがった。

伸仁は、巧みに自転車を漕《こ》いで細い畦道から小さな森のなかを進み、小川のところを左に曲がった。すると見覚えのある農家の裏に出た。

農家の庭では小粒な実をつけ始めた太い柿《かき》の木の下で、若い夫婦が農機具の手入れをしていた。

二人は突然庭先に自転車を止めた口髭《くちひげ》の男が、自分たちの娘の命を救ってくれた人物だと知ると、母屋《おもや》の長い縁側に座蒲団《ざぶとん》を敷き、茶をいれてくれた。

「ご不幸があったということですが」

と熊吾は縁側の座蒲団に坐《すわ》って訊いた。長身の夫は、自分の父が亡《な》くなったのだと答えた。

「あのとき、お孫さんをリヤカーに積んで病院へ走ったあのお方ですか？」

嫁がそうだと答え、伸仁の掌《てのひら》にキャラメルを三つ載せた。

「畑仕事をやっとるときに倒れたがです」

と夫は言った。倒れて二時間後に息を引き取ったという。

熊吾はお悔やみの言葉を述べ、自分の不在中にしょっちゅう田畑の恵みを届けてくれたことへの感謝を伝えた。

「あした、引っ越すことになりまして、そのご挨拶をと参上いたしました。お父さまにもお礼をと思っておりましたのに……。お幾つでしたか」

「七十七でした」

「ほう、とてもそんなお歳《とし》には見えませんでした。矍鑠《かくしゃく》としていらっしゃいました」

「ばあちゃんがもうじき帰って来ますっちゃ」

嫁はそう言って引き留めたが、熊吾は仏壇の前に坐り、線香に火をつけて手を合わせると、もう一度礼を述べて農家を辞した。

「ええ嫁じゃ。ええ人間の周りには、ええ人間が集まってくるっちゅうことじゃのお。家族というものもおんなじじゃ」

熊吾は仲仁にそう言ったが、それは同時に、たったひとりの社員にすら裏切られた自分への嘲《あざけ》りでもあると思った。

自分はきっと罰が当たったのだ。西条あけみの引退興行はあしたからだな……。

いまにも命が尽きそうなオニヤンマが一匹、稲穂の群れの上で浮いたり沈んだりしているのを見つめているうちに、熊吾の胸に長崎のロシア人墓地の静まりかえった光景が甦《よみがえ》った。

あそこにも、埋葬されている遺体の数だけではない厖大《ぼうだい》な人生が眠っているのだという思いが、満州の凍土に埋葬するしかなかった十数人の部下のそれぞれの顔へとつながり、熊吾は自転車を漕ぐのをやめ、はるか彼方《かなた》で稲を刈っている人々の、どことなく歓《よろこ》びに溢《あふ》れているような動きを眺めつづけた。

「ばんいは、ちょうじゅうのこころをいだき、やしないがたく、やぶれやすし」

伸仁が、キリギリスに似た緑色の虫を追いながら言った。

満州の原野で血みどろになって死んでいった彼等の多くは、まだ若い妻と幼い子供がいた。俺は生きて祖国へ帰り、五十という年齢で思いもかけず子に恵まれ、還暦を迎える。それ以上にいったい俺は何を求めるというのか。俺は考え方や生き方を変えなければならぬ。岐阜から帰って来て神戸の御影の家で初めて伸仁を見た日の夜に誓ったあの心の原点に戻らなければならぬ。

土佐堀川で、燃える近江丸の炎が照らしだした伸仁をみつけたときの、全身が震えて粟立《あわだ》ったあとに襲ってきた、あの思いのなかに自分は戻らなければならぬ。

「自分の自尊心よりも大切なものを持って生きにゃあいけん」とは、この俺に向かって言うべき言葉なのだ……。

熊吾は身内に高まってくるものを感じた。

「どれほど柔道がうもうなったか試してやる。かかってこい」

熊吾は伸仁の前に立って、靴を脱ぎ、

「容赦せんぞ」

と言った。

夕刻から天気が崩れ始め、熊吾たち親子が嶋田家を出ていたち川沿いに雪見橋へと歩きだしたころには小雨が降ってきた。

房江は空模様を見て三本の傘を持って出たが、霧のような雨は降ったかと思うとやみ、やんでしまったかと思うと細かな湿りの微粒子に似たものが流れるといった案配で、傘をさすまでには至らなかった。

このような天候のとき、必ずといっていいほど喘息《ぜんそく》の発作が起こるのに、きょうはその気配すらないと房江は言い、伸仁の側頭部の大きなこぶを撫《な》でた。

「お父ちゃんが、土の上に本気で投げたりするから」

と房江は熊吾をなじるように言ったが、顔は笑っていた。

「道場でいちばん受身がうまいっちゅうから安心して投げたら、頭から地面に落ちよったんじゃ。伸仁、まだまだ修業が足りんぞ」

「ちゃんと受身ができるように、どっちかの手を離してやるっちゅうのが、技をかけた人の礼儀やねんで」

伸仁はこぶをさすりながら、どうやら本気らしい抗議のまなざしで熊吾を見あげ、かって百合が住んでいた家の前で歩を止めた。新しい住人の洗濯物が干されたままになっていた。

「どこかに出かけてはるんやねェ。せっかく乾いた洗濯物が濡《ぬ》れてしまうわ」

房江はそう言ってから、百合はきっともう子供を出産したはずだと熊吾にささやいた。

「予定日は九月の十五日のはずやから。観音寺のケンさんも、どこに行ったのかわからへんのん？」

「わからん。あいつの子分らも、梅田界隈《かいわい》から忽然《こつぜん》と消えよった。まああいつの縄張りは野田阪神や玉川町あたりから北のほうじゃけん、梅田界隈を肩で風を切って歩くっちゅうことは少ないいんじゃが」

「私、ケンさんと百合ちゃんは、ちゃんと連絡を取り合ってたような気がするねん。もしかしたらいまごろどこかで、生まれた赤ん坊と三人で暮らしてるかもしれへんわ」

「いや、あいつらの世界はそんな甘いもんじゃあらせん」

熊吾はそう言って、伸仁の肩を揺すり、いたち川の向こうの、かつての百合の借家の前から離れ、雪見橋へと急いだ。

新学期に入ってすぐに、伸仁の書いた作文を担任の教師がひどく誉《ほ》めてくれたことを契機として、伸仁はにわかに勉強に興味を持ったようだと房江は歩きながら小声で言った。

「字や数字を一字一字丁寧に書くようになったんや。担任の先生は、それこそが『やる気』の明白なあらわれですって言うてはった……」

この富山に来て、初めて伸仁はいい教師に巡り合ったという気がすると房江は言った。

「ただ、ちょっといたずらが目に余るって」

「いたずら？　どんなことをしよるんじゃ」

熊吾は三本の傘を肩に載せて前を急ぎ足で歩いて行く伸仁を見ながら訊《き》いた。

「女の子のスカートをめくったり……」

「なに！　なんちゅう下品なことを」

「授業中におもしろいことを言うてクラス中の子を笑わせて先生を困らせたり……」

「授業妨害じゃ」

「水村くんと山根くんとがガキ大将争いをしてたのに、夏前にはその二人が伸仁に従うようになって、伸仁がクラスの大将になってしもたんやけど、九月に入ってすぐに水村くんと山根くんが結託して、伸仁をボスの座からひきずりおろしたらしいねん。それで、いまは松坂派、水村派、山根派に分かれて、クラス中が険悪になってるって先生が言うてはった……」

「それはやくざの縄張り争いとおんなじじゃ」

「借りてきた猫みたいにしてたのは転校してきた最初の一週間だけでしたって先生が笑《わろ》

てはった」

熊吾は笑った。笑いながらも、伸仁のそのようなふるまいが、伸仁のなかの相矛盾する気質のせめぎ合いのような気がして、なんとなく不憫《ふびん》なものも感じた。

伸仁の金玉は、片方はゴマ粒のようであり、片方はラグビーのボールのようなのだ。それがうまく嚙《か》み合っているときは、伸仁の長所もまた他から害されることはないが、その均衡が崩れると、弱くて繊細すぎる部分と、どこか捨鉢になって方向性を失ないやすい部分とが反目し、予測不能の過《あやま》ちを犯す危険性へとつながってしまう。

その予測不能の過ちが、どんなものなのかは、まだ九歳の伸仁からは見えてこないが、熊吾が杞憂《きゆう》と知りつつも恐れるのは、将来、何かの拍子に社会のルールを犯しかねない気質を内包しているのではという不安なのだった。

その具体的徴《しる》しは、伸仁のどこにも見いだせなかったので、熊吾は己のほんのわずかな不安を「父親の勘」としか分析することができなかった。

「蛮夷は、女の子のスカートをめくったりもする」

熊吾は、房江に聞こえないように、伸仁の側《そば》に行くとそう言った。伸仁は当惑顔でちらっと房江のほうを振り返り、それからかすかに顔を赤らめてうなだれてしまった。

「お前はほんのいたずらや冗談のつもりでも、その冗談が相手を傷つけたら、もうそれは冗談やあらせんぞ。相手を傷つけたり怒らせたりしてしもうたら、お前がなんぼあれは冗談じゃったと弁明してもあとの祭りじゃ。そんな冗談を言うたり、やってのけたりしたお前が悪い。怒ったり、傷ついた相手の了簡《りょうけん》の狭さにしたりしちゃあいけん。とにかく女の子のスカートをめくるなんて下品なことは生涯やっちゃあいけんぞ。わしは一度たりともそんなことはしたことがない。女のほうが、どうかスカートを脱がせてくれと頼んできよるのじゃ」

仲仁はくすっと笑い、視線を熊吾の目に戻して、

「もう、せえへん、絶対に」

と言い、はしゃいだようにけんけんをしながら走りだした。

熊吾は、まだ九歳の吾《わ》が子の内面についてのいささか独善的な分析は、おそらく自分の感傷の為《な》せる業《わざ》であろうと思った。

そのときどきで、仲仁という人間がいかなる人間であるかを観《み》てきたことはあったが、いつも「親馬鹿《おやばか》ぶり」が先に立ってしまって、内包している元凶を探ろうとはしなかった。

どんな人間にも、これだけは叩《たた》き直さなければならないという欠点がある。元凶、もしくは一凶と呼んでもいい。いま自分は、その一凶なるものを仲仁のなかから探し出してみたが、この松坂熊吾の甲斐性《かいしょう》のなさで、仲仁をたったひとり富山に残し、高瀬家に預けなければならないことへの申し訳なさと感傷が、そうさせたのだと熊吾は考えたの

だった。

「つらいじゃろうが、お前が暗い顔をしちょっちゃあいけん。伸仁がだんだん心細うなる」

と熊吾は房江のほうを振り返って言った。

小さく頷《うなず》き、笑みを返して、房江は、

「ごめんね。私が喘息なんて病気になってしもたから……」

と言った。

何かが突然空から落ちてきて、いたち川の水面《みなも》にぶつかりかけた。鳶《とんび》であった。鳶は一匹の魚を両脚の爪《つめ》でつかむと空へと帰って行った。くねりつづける魚の尾ひれだけが暗い空でいつまでも光った。

「ああ、びっくりした」

と房江は小さくなっていく一羽の鳶を見ながら手で胸を押さえた。

電話で予約しておいたので、雪見橋のたもとの商人宿《あきんどやど》では「鳥すき」を用意してくれていた。房江は牛肉のすき焼きを頼んだのだが、いい肉がないということで「鳥すき」になったという。

腰が大きく曲がった老婆《ろうば》が二階の部屋に案内してくれて、きょうでよかったと言った。理由を訊くと、この宿はあさって店仕舞いをすることになったのだと老婆はわかりにくい言葉で言った。

息子が半月前に脳溢血《のういっけつ》で倒れ、医者にもう元の体には戻れないであろうと診断されたからだという。

客に出す料理は息子ひとりで作っていたので、こんな小商いの旅館ではそのための人を雇うことなど出来ず、仕方なく旅館をたたむしかなくなったらしかった。

老婆の息子とは、あの雪の夜に自分たちを無愛想に迎えた中年の主人であろうと熊吾は思った。

「他にはお客はおらんがやで、お好きになさいませェ」

老婆は七輪と炭と「鳥すき」の材料を運んできてそう言い、階下へ降りて行った。

先に風呂《ふろ》に入ろうと三人が風呂場へ行くと、湯はまだ沸いていなかった。

「鳥すきを食うて、それから寝る前にゆっくり湯につかろう」

どうやらこの旅館の働き手は、あの老婆ひとりらしいと気づき、熊吾はそう言って種火に炭をついだ。

酒の燗《かん》を頼んでも、八十歳前後と思われる老婆の仕事ぶりは遅く、熊吾は苛《いら》だって調理場へ行き、一升壜《びん》を持って来て冷やで飲んだ。

飲みたければ飲めと熊吾は房江にコップを渡したが、房江は飲まなかった。鶏の皮はひとかけらも食べられない伸仁のために、食べ頃の鶏肉《とりにく》についている皮を取ってやり、それを伸仁の取り皿に入れつづけ、自分はほとんど野菜ばかり口に運んでいる房江の口数の少なさに熊吾は腹が立ってきた。

「ケンカせんとってな」

と伸仁が怯《おび》えた顔で言った。

「お風呂からあがったらコップに一杯だけいただこうかなァ」

と房江は言い、鍋《なべ》も食器も七輪も炭入れもすべて自分で調理場へと戻した。

「お婆《ばあ》さん、椅子《いす》に腰かけて寝てはったわ。お風呂も沸きすぎてたから、水をさしてきた」

房江はやっと房江らしい笑みを浮かべて、そう言った。

親子三人で身を寄せ合って狭い風呂の湯につかったのは夜の十時頃だった。老婆はどこに行ってしまったのか、調理場にも旅館の家族のための部屋にもいなくて、熊吾たちの部屋以外には、廊下と風呂場の電灯がついているだけだった。

「さあ、『二階ぞめき』をお父さんに聴かせるんやろ？」

と房江に促され、首まで湯につかった伸仁は、タオルを頭に載せると、

「えー、一席うかがいます」

と言った。

「実るほど頭を垂れる稲穂かなという、みーんなが知ってるくせに、なかなかそのよう

には人間は振る舞えんもんやという教えがございますが、あれはなんでございますなァ、稲穂に頭を垂れないかんのは、それを頂戴《ちょうだい》してるこの人間どものほうやないか思うわけでございまして」

吉原《よしわら》の廓《くるわ》にいれあげる放蕩《ほうとう》息子と、それを案じる父親とのやりとりは、上方落語では聴いたことがなかったので、熊吾は、

「おい、ちょっと待て。浪花《なにわ》の街に吉原なんて廓はないぞ。そやのになんでみんな大阪弁なんじゃ？」

と訊いた。

「ぼくが大阪弁に変えたんや」

「ほう……。それはたいしたもんじゃ。よし、つづきを頼む」

再び落語をつづけようとした伸仁は口を開きかけてしばらく黙り込み、

「あれ？　忘れてしもた。途中でお父ちゃんが話しかけたりするんやもん」

と怒ったように言って、湯のなかに潜ってしまった。

「すまん。流れを遮って申し訳なかった。また最初から頼む。こんどは静聴させてもらうけん」

伸仁の「二階ぞめき」は延々とつづいた。さあいよいよここからが面白いのだというあたりで、伸仁の息遣いが荒くなり、顔色が悪くなってきた。

「あっ、あかん。伸仁、のぼせてしもた」

房江は慌《あわ》てて伸仁を湯舟から出し、水を飲ませてから脱衣場にタオルを敷いて横たわらせ、置いてあった新聞紙を団扇《うちわ》代わりにしてあおいだ。

「わしも、のぼせた。酒がえらい廻ってきよった」

老婆が気をきかせたとは思えなかったが、脱衣場にはきれいに洗ったタオルが何十枚も重ねて置いてあった。

熊吾もそれを敷いて横になった。房江が脱衣場の小窓をあけた。

「水をさしたけど、まだお湯が熱すぎたんやねェ」

房江は荒い息で横たわっている夫と息子を新聞紙であおぎつづけ、自分が全裸のままだと気づくと、その新聞紙で胸を隠して笑った。そして、あっと叫んで小窓のほうを見やった。

「また聞こえる」

「何がじゃ」

「あの音が」

熊吾は、目を閉じて「あの音」を聴こうとした。三味線の音のようでもあり、ヴァイオリンのようでもあり、どうかしたひょうしに鈴や笛の音に変わったりする、あの吹雪の夜の不思議な音楽は、いま房江にだけ聞こえているようであった。

あとがき

「流転《るてん》の海・第四部」となるこの「天の夜曲」を「新潮」に連載中、私はしきりに運命という言葉を思った。

運命とひとことで片づけるしかない事態が主人公・松坂熊吾《まつざかくまご》とその妻子を大きく包み込み始めたからである。

右の道を行くか左を選ぶか、それとも引き返すかという選択は、ふだんの生活においてはさしたる熟考もなく、そのときどきの気分や、ふとした思いつきや、曖昧《あいまい》な動機によってなされている。

しかしそのことが突如大きな人生の変転につながるとしたら、私はそうやって得たもの与えられたものを運命とは呼びたくない。自らが選んだかぎり、それは運命ではないと思うのである。

「流転の海」という長すぎる小説を書きだしてちょうど二十年がたち、私は五十五歳になった。松坂熊吾の年齢に私は近づいている。

こんなに完結に長期間を要すると知っていたら、最初から読まなかったのだ、これでは読者に対する詐欺《さぎ》と言われても致し方なかろうというお叱《しか》りの手紙がときどき送られてくる。

私は返す言葉がなく、ただ頭を下げて謝罪するしかない。だが残りの二巻も私は変わらぬ筆の息遣いを保つであろう。この小説におけるリズムというものが、私のなかでは出来あがってしまったからだ。読者の方々にはなにとぞご寛恕《かんじょ》賜りたい。

「天の夜曲」の連載にあたっては新潮編集部の宮辺尚氏と松村正樹氏に、単行本化に際しては出版部の鈴木力氏にお世話になった。感謝の意を添えさせていただく。

宮本　輝

平成十四年五月十日

対談『天の夜曲』が奏でる調べ

児玉清
宮本輝

終わらないでもらいたい

児玉　今日は、宮本さんと『天の夜曲』のお話ができるというので、『流転の海』シリーズを最初から読み返してきたんです。

宮本　ありがとうございます。

児玉　この『流転の海』は、最初は五部作というお考えだったんですね。ところが今度のあとがきを拝見しますと、六部と。

宮本　どうも六部になりそうなんですね。第一部が出たのが随分前ですからね。

児玉　でも、六部で終わるんですか。

宮本　それが、頭抱えてるところなんです。

児玉　どうしてですか、頭を抱えるというのは。

宮本　これを書き出したころ、一応五部になると書いたものですから、二部はまだかって、それも年配の読者の方々、八十何歳の方から手紙をいただきましてね。私はもう残り時間がないので、何とか早く五部を終わらせてくれと。まだ一部書き終えたばっかりなのに(笑)。何とか長生きしてくださいってお返事出したんですけど、第三部を書き終えたころから、詐欺《さぎ》だと言われるようになってね。いやもう一巻ふえて七巻になりますなんて、確かに読者に対して申しわけないという気持ちがありましてね。

児玉　僕も正直言って最初のうちは先が読みたいですから、苛立《いらだ》ちみたいなのがありましてね、確かに。ですけれども、ここまでくると、事ここに至ったら、もうこれは終わらないでもらいたいと(笑)。いや、正直な読者の感想だと思うんですけどね。

宮本　これは千万人の味方を得たような気持ちです。

児玉　ここまで読んでこられた読者にとっては、松坂熊吾《まつざかくまご》なる人物、それに妻の房江《ふさえ》さん、息子の伸仁《のぶひと》にしても、みんな自分の親戚《しんせき》みたいなものになっているんですよ。生活の一部というか(笑)。

宮本　僕のホームページがあるんですが、そこでも、もうここまできたら終わらせないでくれと言う人がいるんですよ。この親子三人、いつまでもウロウロさせておいてくれ、と(笑)。

児玉　作者御自身はどうなんですか。やめたら大変な反動が来るんじゃないですか。

宮本　どうでしょうね。終わってみないとわかりませんけど。ただ四巻書き終えて、まだ伸仁って子が九歳なんですよ。松坂熊吾は実は伸仁が二一のときに死ぬんですけど、今もう四巻でしょう。僕は『天の夜曲』で富山の一年間を書く予定だったんですが、これでも半年分しか書いてないんです。それでも、原稿用紙で言うと、八〇〇枚以上。一冊の分厚さとしてこれは限界ですね。

三五歳で書き始めた意味

宮本　それに今から思うと『流転の海』は、早く書き出し過ぎたと思っているんです。三五歳のときに、この父、五〇歳の男を書くというのは、余りにも僭越《せんえつ》だったんじゃないか、なめてかかったんじゃないかと。

児玉　そうかなあ。僕は、三五歳の年で『流転の海』の第一部を書いたという、そのことが読者に与えた至福と衝撃というものは、大変なものだったと思いますよ。

宮本　ありがとうございます。これは短編でも長編でも言えることなんですけれども、小説の種なんて、まあ、あっちゃこっちゃに転がっていましてね。それは私の両目が見なくても僕のどこかについているレンズがシャッターを切って、どこかに蓄積されているわけです。そのフラグメントを、そのまま貼《は》り合わせていったって、小説はできるんです。でも、そのたくさんのスライドになっているものを寝かさないと、別のものに変わらないんですね。
児玉　生なものがそのまま生で伝わっても何もならないわけですね。
宮本　それは小説かもしれない。
児玉　かもしれない、か。そうですね。
宮本　小説にはなるだろうけれども、それはやっぱり血ではないですね。
児玉　すごくいいお話だなあ。
宮本　それを我慢して待たなければいけない。待っているうちに、例えば松坂熊吾がこういうようなことを言い、このような行動をしたという、僕の中のメモが違うものに変わるときが来るんですね。それには、やっぱり時間が必要です。この時間というものだけは、早めることができないんです。
児玉　宮本さんは、今……。
宮本　五五です。
児玉　そうすると、今の松坂熊吾に大分近づいてきてますね。宮本さん御自身がやっぱり五〇過ぎてなければ感じられないことが次第に盛り込まれてくる。
宮本　精神的にも生理的にも、いろんな意味でもね。
児玉　そこで変ってくるものがあるでしょう。
宮本　調べがね。

児玉　そう、調べというものが変ってくる。でもそれは、熊吾の人生と奇妙に合体していると思えてならないんです。最初の『流転の海』で、熱い、燃えるような衝撃を感じた人はたくさんいるんですけど、それがしみじみとした色濃いものに移り変っていくさまというのは、素晴らしいことだと思うんです。

宮本　三五歳のときから二〇年たって、私自身の文体が変化することは当然ありますしね。

児玉　向こうの作家で二五年ぶりに続編を出した人がいるんですよ。ジャック・フィニイという人。たしか「タイム・アンド・アゲイン」というのと「フロム・タイム・トゥ・タイム」という題ですけどね。

宮本　題もまたすごいですね(笑)。

児玉　それから、リオン・ユーリスという作家も、一八年たってから続編を書いてます。向こうが別にいいとは言わないですけど、作家が一つのものをつくられて、それがある程度機が熟して十何年たってから、新たにそれに対する思いというのが出てくるということは、あると思うんですよ。

宮本　『流転の海』で、熊吾は五〇歳でしたが、今はもう還暦を迎える年になっています。その一〇年の間には、やっぱり大きなものが人間に変化を与えますね。

児玉　そういう意味では、実にうまいところでスタートなさったんじゃないかという気がしますね。

人は運を打ち破れるか

児玉　宮本さん御自身おっしゃっているでしょう、熊吾を裏切ってきた人たちに対して、小説の中で思い知らせてやると。これはどういう形で出てくるのか。今はまだやられっぱなしでしょう。ボクサーで言えば、めった打ちになって。

宮本　あの熊吾が、黙っているはずがないと（笑）。今ちょっと静かにさせているんです。次の巻ぐらいから、ちょっと噴火させようという気持ちがあるんですね。

児玉　実はだんだんミステリアスな要素を帯びてきているわけですよ。

宮本　僕は『天の夜曲』を書き終えて、松坂熊吾という人がわからなくなってきたんです。わけのわからん人ですね。熊吾も房江も、今はもう僕の中では別のものになってしまったんです。松坂熊吾というモデルは確かにいた。それは確かに僕の父であった。房江という人もいた。それは紛れもなく私の母であった。伸仁という子供もいた。これはどうも僕らしい。でも今はもう僕から離れてしまった、私の中の空想の産物なんですね。そういうふうにしなければ、この小説は読む人を裏切ると思うんです。

この男が本当に転がり落ちていくのは、これからなんです。そこをどう書くかですね。人の振る舞いということを知っていて、多少乱暴な、学のある人間ではないけれども、妙な教養があるという、要するに変な人ですが、この男がなぜ転げ落ちていくかということが、僕にはやっとわかってきたんです。人柄とか人徳とか、あるいは悪いことをしたかしなかったとかという問題ではないものが、やっぱり人生を支配している。それは、よそから来たものじゃない。熊吾自身が招き寄せたものなんですね。それが一体何だったのか、少しわかってきたんです。それをどう書くか。

児玉　今回のあとがきで、人間の運ということを書いていらっしゃいますね。ナポレオンは自分の将校を選ぶときに、成績優秀よりも運の強い人を選んだというけれど、宮本さんは、人生の流れに筆を及ばせながら、運というものに目を収斂《しゅうれん》させている。

宮本　運というのは最初から決まっている、与えられたものだ、だから仕方がないといって、それで済むのかというところへいくんですね。人間はそういうものを打ち破っていくことができないのかと。

児玉　例えば伸仁という息子を、熊吾は大変可愛《かわい》がる。周りから見れば、そんな育て方でどうするんだと思うやつがいるかもしれない。しかし、自分も家内の房江もちっとも心配していない。健康であればいいんだ。これだけいろんなことを教えているのにそれでも悪いことをするようだったら、それはもうこの子の持って生まれたものだと。これは、すごいことだと思うんですよ。宇宙の闇《やみ》や人間の心の不思議につながっていく。そこを引っ張り出そうとなさっているような気がして。

宮本　もくろみはそうだったんですけど、私の力がどこまで及ぶかですね。

作家の眼

児玉　今回も、背景になる日本社会のいろいろな問題が出てきますね。医療問題や教育問題にしても。

宮本　健康保険の問題も出てきます。あの昭和三十年代の、「もはや戦後ではない」と言われかけた時代において、健康保険がない貧しい人って、お医者さんにかかれないんですよね。お医者さんにかかってたら助かる子が、みんな死んでいった時代ですよ。でも、健康保険というのはいろんな問題があるだろうけれども、あの時代には必要だった。でも、そういうことを小説家が書いたって、それは小説じゃないですよね。だから、小谷医師の言っていることが正しいのか、それとも後継ぎの息子の主張が正しいのかは、僕は書かない。

児玉　でも宮本さん、読者はそこに宮本輝という作家の確かさ、良識というものを見るんだと思う。この本には、得体の知れない給食を強制して食べさせる教師や、家庭教師に自分の後輩を差し向けて、ただ飯食って飲み食いしている連中も出てきます。僕はここを読んでいる人たちの声が聞こえてくるような気がしますね。ああいう、物を知らない人間が子どもを教えてきた日本は恐ろしい国だと思うんですよ。この間ある短大で話をしたとき、教育者は宮本輝を読めと言ったんです。何が正しくて何が悪いかという大事なことは、こういう本によって知るしかないと思うんです。

ことしの秋に……

宮本　これは解けない謎《なぞ》ですけど、どうして僕の父というのはあらゆるところに僕を連れて行ったのか。大事な商談に行くのに、僕を連れて行くんですよ。その横に座らされているのが、僕には不思議でね。
児玉　今回読んでいて、熊吾が本当に自分の心を吐露できるというのは伸仁なんだと思ったんですよ。この二人の会話というのは絶妙ですね。あるときは最高の掛け合い漫才的なところがあるでしょう。僕、何度笑ったか。実にけったいな親子やな(笑)。
宮本　五〇の男にとって生まれた赤ん坊というのは、子供でもあると同時に……、そういえば僕、ことしの秋に初めておじいちゃんになるんですけども。
児玉　それはおめでとうございます。
宮本　それでまた何か変わるかもわかりませんね(笑)。
児玉　孫のかわいさは無責任だと言うけど、そうじゃないんですね。この中で熊吾は、生命力というものの衰えを感じる。以前は、悪運がやってきても、ブルドーザーみたいにそれをなぎ倒していった。だけど今、ちょっと歯車が狂い出すと、何かが消えていくような思いがするんです。急に闘えなくなってくる。その中で、伸仁の存在が熊吾にとってどれほど有難いものであったか、ここは読んでいる人間にはたまらないところですよ。

熊吾の血？

宮本　僕、人生には、ある種の極意ってあると思うんですよ。その極意のとおり生きたからといって成功するか不成功かというのは、別の問題です。何を成功と言うかという問題になるんですが、けれども松坂熊吾は何か極意を知っていた人だというような気がするんです。

児玉　それは思います。熊吾という人は、ひょっとしたら実業の世界に生きちゃったから動きがとれなかった。

宮本　そうです。

児玉　この人が芸術家だとか虚業の世界に生きたら、大変な人になったと思う。

宮本　松坂熊吾という人には「虚業指向」がまるでなかったような気がします。もしそういうものに知恵を使う人なら、このおっさん、また別の生き方をした。それに時代も、「実業」に一途に向かっていましたしね。

児玉　時代ですよね。

宮本　虚業の世界でなら、ひょっとしたら天下とってたかもわからない。
児玉　この人は例えば房江にいつも言わしめているでしょう。人より機敏な点でも、機知の面でも、それから策略、あらゆる面で人よりすぐれている。だから物事をパッとつかんで、八合目まではサッと行ってしまう。これはだれよりも速い。
宮本　しかし、そこであと二合目登るのに大変な力が要る。そのときに、別な方法を考えるんですね。
児玉　そうすると、一挙にふもとへ行っちゃうんです。
宮本　血ですねえ。私のゴルフ仲間が、あなたは、せっかくうまくいっているときにもっとうまくなろうとして今までのやり方を全部捨てるというんです。
児玉　わかりますよ。経験が生きているようで一つも生きてない（笑）。それは僕自身にも当てはまることだから言ってるんです。絶えず違うこと、夢みたいなことを考えている。
宮本　そのまま行きゃいいのに、もっと行こうと思う。そこで全部のはしごが外れちゃってドスーンと落ちて、また下から。
児玉　宮本さんが小説家以外で生活できたとしたら、これは大変ですよ。
宮本　何でそう思うんですか（笑）。

男の嫉妬《しっと》

児玉　しかし熊吾にはいい女性が集まってくるなあ。女房の房江は勿論《もちろん》ですが、今回、大阪で再会した踊り子の西条あけみもそうですね。
宮本　女に恵まれるってのは、男の幸福の中のほとんど五〇％を占めますよね。
児玉　男の読者というのは熊吾に対して大変な憧《あこが》れというのを持つと思いますね。男としても、雄としても。だけど人間怖いのは、ゆえなき嫉妬というか……。
宮本　男の嫉妬は、怖い。
児玉　怖い。しかも世の中嫉妬に満ちていますよ。この人は天衣無縫だから……。
宮本　自分が嫉妬されているということを考えてない。
児玉　この人は、意図的な、作為的なもので生きてませんから。ところが周りに集まるのは、全部作為のある人たちでしょう。僕自身も嫉妬という問題に対しては決して恬淡《てんたん》としてられない。変な話、俳優していながら、決して僕自身は人をうらやむつもりはないんだけれども、時々その裏返しで、自分の同期の人間たちがやっている仕事に対してフッと批判しているときがありますよ。これを裏返せば、やはり嫉妬かもしれないんです。そこら辺のところを熊吾は伸仁に絶えず言いますよね。
宮本　自尊心よりも大切なものを持って生きなければいけないと。これは僕自身、父から与えられた最大の言葉です。
児玉　それは身にしみますよ。
宮本　年とらないとわからないですよ、これは。自尊心なんか捨てられるかって、若いとき思いますもの。でも自尊心と誇りとは違うんですよね。

孫が生まれたら

児玉　だけど、熊吾はつらくなってくるね。今回のこのお話でも、熊吾が全く意図的じゃないにせよ言った言葉が、ものすごい遺恨を招く。
宮本　言った熊吾の方はそんなつもりじゃないのに。
児玉　ある程度自分に勢いがあるときは、恨む奴《やつ》には勝手にさせておけと言っていたのが、だんだん生命力が細り、自分の境遇が細ってくると、そういう刺《とげ》が刺さってくるんですね。僕がミステリアスと言ったのは、実はその部分で、彼らが熊吾に報復する、その心の裏にあるのは一体何なんだろうと。それは宮本さんには、もう見えていらっしゃるところでしょうけれども。
宮本　五五歳の段階では。でもこれが六〇歳になったら、また少し変わるかもしれない。やっぱり完結しちゃだめですね。
児玉　完結しちゃだめですよ（笑）。もう永遠に続いていいじゃないですか。

宮本　じゃ、ゆっくり書きます。孫が生まれてから書きます。こうなったら、八部でも九部でも（笑）。
児玉　ぜひ、お嬢さんが生まれてから。
宮本　お嬢さんかどうかわからないんですけど（笑）。熊吾のひ孫で、ヒグマだったらどうするんですか（笑）。

（編集部注「波」二〇〇二年七月号に掲載された対談を再録しました）

この作品は平成十四年六月新潮社より刊行された。

天《てん》の夜《や》曲《きよく》

流転の海 第四部

新潮文庫　み－12－53

平成十七年四月一日発行

著者　宮《みや》本《もと》輝《てる》

発行者　佐藤隆信

発行所　株式会社　新潮社

郵便番号　一六二―八七一一
東京都新宿区矢来町七一
電話　編集部(〇三)三二六六―五四四〇
　　　読者係(〇三)三二六六―五一一一
http://www.shinchosha.co.jp

価格はカバーに表示してあります。

乱丁・落丁本は、ご面倒ですが小社読者係宛ご送付ください。送料小社負担にてお取替えいたします。

印刷・大日本印刷株式会社　製本・憲専堂製本株式会社

ISBN4-10-130753-9 C0193